MEURTRES À SCARLET FALLS

MELINDA LEIGH

MEURTRES À SCARLET FALLS

MORGAN DANE - 1

Traduit de l'anglais (USA) par
CHARLÈNE LEJEUNE

DARK ALLEY

Dark Alley est un label appartenant aux Éditions Bookmark.

Edition originale américaine parue sous le titre : *Say you're sorry*

L'édition de ce texte est possible grâce à un accord de licence conclu avec Amazon Publishing, www.apub.com.

Traduction © Charlène Lejeune
Suivi éditorial © Lucile Stenger
Correction © Emmanuelle Raux-Boterberg
Contrôle qualité © L. Ross
Maquette © Alexandre Ascencio
Contrôle qualité maquette © Angélique Romain
Design de la couverture © Mélody Kist
Illustration de la couverture © Christian

ISBN : 9791038139787
Existe en format numérique (ISBN : 9791038105331)

www.editionsbookmark.com

Pour Roxy, dite « Fusée ».
Nous nous sommes sauvées l'une l'autre.

1

L'obscurité.

Tessa en avait eu peur quasiment toute sa vie. D'aussi loin qu'elle s'en souvenait, elle se couchait en redoutant la tombée de la nuit, regardant sous son lit et vérifiant que sa veilleuse était bien allumée. Comme si une ampoule de la taille d'une allumette pouvait bannir ses cauchemars. Mais ce soir, elle pria pour que la nuit soit la plus noire possible, que la lune reste cachée par les nuages qui défilaient, que les ombres la rendent invisible.

L'obscurité avait changé de camp. Étourdie et à bout de souffle, elle courut dans son étreinte. Ce qui avait été sa plus grande peur pouvait être à présent son miracle, la sauver. C'est ce qui allait lui permettre de rester en vie jusqu'au lever du soleil.

— Tesssssa, retentit une voix à travers la forêt. Tu ne peux pas t'échapper.

Où était-il ?

Des branches de conifères s'accrochaient à ses bras et griffaient son visage alors qu'elle s'enfonçait dans les profondeurs de la forêt, telle une biche effrayée. Son cœur battait la chamade, pareille à une proie. Elle ralentit, son corps meurtri par des muscles peu habitués à l'effort. Elle passa devant la carcasse d'un arbre brûlé, ses branches noircies pointant vers le haut, comme des mains levées vers les cieux. Elle s'abrita derrière un immense chêne. L'écorce lui écorcha le dos alors qu'elle se pressait contre son tronc, tendant l'oreille.

Où était-il allé ?

Un moustique bourdonnait autour de son visage. À sa droite, elle pouvait entendre les bruits de la forêt qui entourait le lac Scarlet. La tranquillité de la nuit aiguisait ses sens. Des grenouilles coassaient et des criquets gazouillaient. Un animal, petit et léger, se faufila dans un taillis non loin. Les odeurs de pins, de l'eau du lac et de la peur emplissaient l'air.

Ce n'était pas la première fois qu'elle souhaitait pouvoir rapetisser et disparaître dans un terrier de lapin.

Ouh ! Une chouette venait d'atterrir sur une branche au-dessus de sa tête.

Tessa sursauta et lâcha un cri de surprise. Elle couvrit d'une main sa bouche ouverte. Elle sentit un liquide couler sur ses doigts, et lorsqu'elle abaissa sa main, elle était couverte de larmes et de sang. Elle toucha le coin de sa bouche, là où son poing avait fendu sa lèvre. D'autres parties de son visage et de son corps avaient souffert de ce qu'il avait fait dans la clairière, avant qu'elle ne réussisse à lui donner un coup entre les jambes.

Il avait lâché prise et elle s'était enfuie, à l'aveugle.

La chouette prit son envol, montant en flèche avec de lents battements d'ailes au travers d'une percée dans la canopée. Les nuages se séparèrent, laissant passer la lueur de la lune. Pendant quelques secondes, la silhouette de la chouette se détacha du ciel noir d'encre, avant de disparaître.

Glissant le long du tronc, Tessa s'accroupit et se recroquevilla. Malgré la fraîcheur d'une nuit de septembre, ses poumons brûlaient comme si elle avait inhalé du gaz et avalé une flamme. Elle haletait, le son résonnait dans ses oreilles et paraissait assez fort pour porter à des kilomètres à la ronde à travers les arbres.

Chut !

Il allait entendre. Elle manquait d'exercice, et sa course folle avait épuisé ses poumons. Elle n'avait pas fui loin. Il devait être proche.

— Tesssssa.

Les battements de son cœur étouffaient sa voix. Elle ne savait pas d'où elle provenait. Elle pressa ses lèvres, mais ses poumons avaient besoin de plus d'air. Sa vision se troubla, prise d'un vertige. Ouvrant la bouche, elle prit une respiration peu profonde, espérant, priant que son souffle irrégulier n'était pas aussi bruyant que dans ses oreilles.

Les minutes défilèrent.

Rien ne se passa.

Peut-être était-il parti dans une autre direction.

Sa respiration se calma. Ses jambes commencèrent à trembler d'être restées accroupies. Elle avait fait la fête de nombreuses fois dans la clairière, mais tout se ressemblait dans le noir.

Elle avait perdu son chemin.

Elle jeta un coup d'œil derrière le tronc. Six mètres plus loin, la lune éclairait un sentier parmi les ombres argentées. Était-ce le chemin qui menait à la route principale ? Au-delà de la percée étroite dans le feuillage, les arbres se resserraient et la forêt se faisait plus obscure.

De la sueur coulait le long de sa colonne vertébrale, trempant la ceinture de son jean. Elle plissa les yeux. Quel choix avait-elle ? Elle ne pouvait pas rester ici indéfiniment.

Il finirait par l'attraper.

Il la tuerait.

Mais pour s'enfuir, il fallait qu'elle sorte de derrière l'arbre.

Où était-il ?

Peu importait, elle devait continuer à avancer. S'il ne l'avait pas encore attrapée, il le ferait bientôt. Il était impossible qu'il la laisse s'échapper. Pourquoi lui avait-elle fait confiance ? Parce qu'il lui avait dit qu'il l'aimait ?

Idiote.

Il était incapable d'aimer. En son for intérieur, elle l'avait su, mais son cœur avait voulu y croire. Et maintenant, la vérité aurait raison d'elle.

En début de soirée, elle avait envisagé de se donner au lac glacial, mettant fin à son calvaire. Mais maintenant qu'elle sentait le souffle de la mort dans son cou, la terreur s'était emparée d'elle. Son instinct de survie avait pris le dessus sur sa peur de l'avenir.

Je ne veux pas mourir.

Ses derniers mots adressés à ses grands-parents avaient été pleins de colère. Elle leur avait menti. Si elle ne s'en sortait pas, leur dispute serait leur dernier souvenir d'elle. Ils n'étaient pas parfaits, mais ils l'aimaient. À présent, il n'y avait aucun moyen pour elle de leur dire qu'elle les aimait aussi, qu'elle ne pensait pas ce qu'elle avait dit, qu'elle s'en voulait d'avoir gâché sa vie et de s'en être prise à eux. Elle n'aurait jamais l'occasion de leur demander pardon.

Elle devait s'en sortir. Elle devait survivre, afin de s'excuser d'avoir blessé les deux personnes qu'elle aimait le plus au monde. Elle se releva. Ses muscles tremblèrent et sa tête tourna. Au lieu de courir de toutes ses forces, elle partit en direction du sentier. Sans savoir où il était, il valait mieux faire le moins de bruit possible. Si elle ne savait pas où il se trouvait, peut-être que lui non plus.

Les taillis lui griffaient les jambes alors qu'elle empruntait le chemin d'un lent pas de course. La terre tassée sous ses baskets lui semblait familière. Elle s'engagea dans une courbe et accéléra le pas. Une brindille cassa et elle détala comme un lapin. Un nuage passa devant la lune, projetant une ombre sur sa route. Son pied se prit dans quelque chose et Tessa chuta. La douleur saisit son genou en heurtant une racine d'arbre. Les mains et genoux à terre, elle s'immobilisa, reprenant sa respiration et ravalant la terreur qui formait une boule dans sa gorge. Des larmes roulaient sur ses joues.

Continue !

Elle s'appuya sur l'un de ses pieds et se redressa. Forçant ses jambes tremblantes à bouger, elle tituba sur le sentier avant de s'arrêter net. Elle venait de reconnaître l'arbre brûlé. Elle avait tourné en rond. Elle trébucha lorsqu'elle se rendit compte qu'elle retournait sur ses pas, vers la clairière. Vers lui.

Le frémissement des feuilles mortes résonna, aussi bruyant que le tonnerre.

Par pitié, s'il vous plaît, ne le laissez pas m'attraper.

Ses yeux s'embuèrent de larmes, elle les essuya d'un geste de la main et se remit à courir. Une ombre sortit de derrière un arbre. Elle arrêta de courir et dérapa, les semelles usées de ses baskets montantes glissant sur la terre.

Ses os tremblèrent lorsqu'elle posa ses yeux sur lui. Il n'était ni essoufflé ni en sueur. Elle le savait, elle allait mourir, la vérité aussi cinglante qu'une gifle. La panique s'empara d'elle, lui coupant le souffle.

— Pensais-tu vraiment que tu allais t'en sortir ?

Il secoua la tête. Elle fit volte-face et courut, repoussant à l'aveugle les branches sur son chemin. Elle ne pouvait pas lui échapper. Elle était épuisée, et il était en forme. Elle peinait à respirer, son souffle saccadé. Derrière elle, ses pas étaient sûrs et mesurés.

Elle surgit des bois. Le lac scintillait devant elle. Au bord de l'eau sombre, des roseaux ondulaient avec la brise. Sous ses pieds, le sol était gorgé d'eau tandis qu'elle se réfugiait dans la végétation. Elle n'avait qu'une seule pensée en tête :

Cache-toi !

Le sol humide retenait les semelles de ses baskets. Leur son la trahit et une main jaillit pour lui saisir le bras, la traînant jusqu'à lui.

— Non.

Elle tira dans la direction opposée, tombant au sol. Mais résister était futile. Elle ouvrit la bouche et hurla de toutes ses forces.

— La ferme !

Il la frappa, le mouvement de son bras rapide et sûr. Son poing atterrit sur sa mâchoire. Elle cligna des yeux. Les roseaux autour d'elle devinrent flous.

Elle avait raison depuis le début. L'obscurité n'était pas son alliée. Elle ne la sauverait pas. C'était un abysse dont elle ne ressortirait plus jamais. C'était la fin. Elle tomba sur le sol marécageux. Au-dessus, les roseaux ondulaient, le ciel nocturne en fond. Un objet métallique brilla au clair de lune et elle ne fut plus que douleur.

Le monde plongea dans une froide et redoutée obscurité.

2

Il tituba hors des roseaux et fixa ses mains. Du sang visqueux et sombre couvrait ses gants et son couteau. Il se tourna vers l'étendue d'eau et s'accroupit à son bord. Posant le couteau sur la berge, il plongea ses gants dans l'eau peu profonde. Il frotta ses paumes l'une contre l'autre et lava le plus de sang possible. Il ôta ensuite ses gants et les posa à part. Ses avant-bras étaient parsemés d'éclaboussures de sang. Il les frotta, la boue au fond du lac faisant office de nettoyant.

Il y avait tellement de sang. Il n'arriverait jamais à tout enlever. Il jeta un regard vers les roseaux. Qu'avait-il fait ? Quelque chose d'irréparable.

Son regard se posa sur le couteau à ses côtés. La vue lui retourna l'estomac et il détourna rapidement les yeux.

Combien de fois l'avait-il poignardée ? Il ne s'en souvenait pas. La rage avait complètement court-circuité son cerveau. Les vingt dernières minutes étaient un flou total.

Un flou frénétique et violent.

Il entendit des cris, des supplications, des pleurs, des sons de douleur et de peur. Il plaqua ses mains sur ses oreilles, mais les sons venaient de sa tête.

Stop !

Le couteau ensanglanté le fixait, accusateur.

Tu sais ce que tu as fait.

Il devrait vivre avec. Mais comment ? Une idée surgit à travers sa panique.

En ne se faisant pas attraper.

Il ne pouvait pas aller en prison. Il ne survivrait jamais, et même s'il y arrivait, sa vie entière serait fichue. Ce n'était pas comme si une réclusion à perpétuité la ramènerait. Rien ne le pouvait.

Qu'est-ce que je vais faire du couteau ?

Grâce aux séries policières, n'importe qui savait qu'il n'arriverait jamais à enlever complètement des taches de sang. Il devait se débarrasser de l'arme et des gants, ainsi que de ses vêtements, qui étaient sûrement tachés. Il lui fallait tout jeter quelque part. Mais où ? Comment ?

Il marqua une pause et reprit son souffle.

Réfléchis !

Il n'avait pas eu l'intention de la tuer. Mais la rage avait pris le dessus. Il avait été contrôlé par un instinct animal qui lui dictait qu'elle lui appartenait. Tout en se le disant, il savait que ce n'était pas la vérité. Elle ne lui appartenait pas. Il avait simplement pris ce qu'il voulait, sans demander.

Cependant, il avait toujours eu des pensées sombres. Il avait lutté toute sa vie contre la noirceur en lui, et l'avait cachée aux yeux de tous. Mais elle avait brisé son contrôle.

Dès qu'il avait posé les yeux sur elle, il avait perdu la tête.

Il la revoyait, ses jolis yeux qui semblaient le suivre constamment. Dès leur première rencontre, elle avait ressenti la même attirance pour lui, même si elle n'avait pas voulu l'avouer. Il en était sûr. Mais elle n'était plus là. Son sourire n'illuminerait plus ses jours sombres.

Je t'aime.

Je suis désolé.

Son cœur souffrait, sachant parfaitement que le sien ne battait plus. Il avait regardé ses yeux s'éteindre et senti son âme quitter son corps.

Il avait causé sa propre perte en prenant le couteau avec lui, pris d'une impulsion. Mais son impulsivité était son véritable problème, n'est-ce pas ?

Son instinct de survie le força à se relever. Il avait du travail devant lui. Il récupéra ses gants qui dégoulinaient désormais d'eau du lac, plutôt que de sang. Après les avoir enfilés, il ramassa le couteau par l'extrémité du manche. Il devait le cacher.

Quelque part.

Mais avant cela, il fallait présenter ses hommages. Il avait besoin de la voir une dernière fois et faire face à la réalité de ses actions. Seulement après il pourrait avancer et mettre les souvenirs de cette nuit de côté.

Sur le chemin, de retour vers les roseaux, il ramassa un sac plastique, vestige d'un plat à emporter, et emballa le couteau avec. Il réfléchirait à ce qu'il en ferait plus tard.

Après avoir fait ses adieux.

Il retourna auprès d'elle. Tombant à genoux, il contempla son visage, seulement son visage. Il lui était impossible de penser à quel point il pouvait être brutal, comme si, durant ces vingt minutes, quelqu'un d'autre avait pris le contrôle de son corps. Cela ne pouvait pas être lui qui lui avait infligé ça. Il l'aimait.

Mais l'amour avait ses côtés sombres. Jalousie. Possessivité. Obsession.

Une larme coula sur sa joue à l'idée qu'il ne la reverrait jamais.

Je t'aime.
Je suis désolé.
Comment vais-je vivre sans toi ?

3

Morgan Dane jouait avec sa salade de steak, mais le poids de la décision qu'elle devait prendre lui coupait l'appétit. La serveuse approcha de leur table.

— Souhaitez-vous un autre verre ?

Morgan secoua la tête.

— Non, merci.

Elle avait seulement bu deux gorgées de son vin rouge. En face d'elle, le procureur Bryce Walters finissait son verre.

— Quelque chose ne va pas avec le vin ?

— Non, il est bon. C'est juste que je ne suis pas une grande buveuse.

La vérité était qu'elle n'avait aucune tolérance à l'alcool, et la pire chose qu'un kaléidoscope de papillons dans son estomac, c'étaient des papillons saouls.

— C'est une bonne chose.

Il sourit, ses dents blanches et bien droites. Elle aurait probablement pu être attirée par lui, mais elle ne l'était pas, ce qui était pour le mieux. Ce n'était pas un rendez-vous romantique. À moins qu'il n'ait changé d'avis depuis leur dernière rencontre, il allait devenir son supérieur, pas son petit ami.

Il posa son verre vide à part et lui proposa un café, que Morgan déclina. Il était impossible de nier que l'homme avait des gènes supérieurs. Grand et élancé, son teint hâlé suggérait la poursuite d'activités viriles en extérieur. Il était à la fois un gentleman et un homme hyper masculin. Il était également doté d'une voix grave qui portait bien dans une grande pièce. Dans la salle d'audience, Bryce vendait la culpabilité comme le plus habile des marchands.

Morgan changea de position sur sa chaise, particulièrement consciente de la manière dont son tailleur lui pinçait la taille. Sa chemise de soie ajustée tombait en un élégant drapé, révélant une unique rangée de perles autour de son cou, sans découvrir pour autant sa poitrine. Alors que certaines procureures adjointes tentaient de minimiser leur féminité, Morgan avait choisi de mettre la sienne en avant, ce qui lui valait d'être souvent sous-estimée.

Mais aujourd'hui, sa tenue professionnelle lui donnait plutôt l'impression de porter un déguisement pour Halloween. Cela faisait un moment qu'elle n'avait pas travaillé, pas depuis la mort de John. Le chagrin qu'elle refoulait menaça de remonter à la surface. Elle cligna des yeux et fuit le regard aiguisé de Bryce, reprenant une bouchée de son steak. Au moment d'avaler le morceau de viande, ces fichus papillons l'attaquèrent comme une nuée de sauterelles. Abandonnant l'idée de manger, elle posa sa fourchette en travers de son assiette.

Le regard de Bryce s'adoucit. Rien ne lui échappait.

Bon sang.

Elle avait cru pouvoir aller au bout de cette rencontre sans devenir émotive. Il était temps d'en finir.

Le comté rural dans le nord de l'État de New York n'employait qu'une poignée de procureurs adjoints. Si elle voulait travailler près de chez elle à Scarlet Falls, c'était sa meilleure chance, qu'elle comptait bien saisir.

La serveuse revint avec le café de Bryce. Il le buvait noir.

— Je suis désolé que ma réunion de cet après-midi ait autant tardé. Merci d'avoir été flexible et d'avoir accepté de dîner avec moi.

— Merci pour le repas.

Ce n'était pas comme si Morgan avait des plans de folie qu'il aurait pu interrompre en ce vendredi soir. S'il n'y avait pas eu ce dîner, elle aurait été en pyjama en train de regarder un film de Disney avec ses enfants. En toute franchise, Morgan n'avait pas été ravie de repousser leur rencontre, mais c'était sa vie maintenant. Les mamans qui travaillaient rataient occasionnellement le coucher des enfants.

Bryce se pencha sur ses avant-bras et entrelaça ses doigts. Son regard concentré qu'il arborait durant un contre-interrogatoire se fixa sur Morgan, comme un projecteur.

— Avez-vous pris votre décision ? demanda-t-il.

— Oui.

Elle frissonna alors que la ventilation au-dessus d'elle libérait un souffle d'air frais dans son dos.

— J'accepte.

Bryce sourit. La satisfaction pouvait se lire sur son visage alors qu'il reprenait position sur sa chaise.

— Parfait.

Un aide-serveur vint débarrasser leur table et leur serveuse approcha.

— Souhaitez-vous voir la carte des desserts ?

Morgan fit non de la tête. Quelques éclats argentés sur sa jupe brillèrent à la lumière, la preuve de l'obsession actuelle de son plus jeune enfant pour les paillettes. Elle résista à l'envie de regarder sa montre. Elle était seulement partie il y a deux heures. Les filles allaient bien.

Une soirée loin de ses enfants et ils lui manquaient. Comment pourrait-elle supporter d'être au bureau toute la journée, tous les jours ? C'était ridicule. Elle avait trente-trois ans. Il y a encore deux ans, elle était une procureure adjointe accomplie. Elle avait jonglé entre gérer son foyer, trois jeunes enfants et une carrière. La plupart du temps, John avait été déployé en Irak. Et puis une bombe artisanale avait explosé à neuf mille kilomètres de là, tuant son mari. Dévastée, elle avait tout laissé tomber pour revenir à la maison. Il était maintenant temps de redevenir une femme professionnelle et indépendante. Elle s'était cachée derrière son chagrin assez longtemps comme ça.

Elle avait besoin d'avancer. Mais pourquoi était-ce si difficile ?

Bryce leva sa tasse de café.

— À ma nouvelle procureure adjointe.

— À un nouveau départ.

Morgan leva son verre et trinqua avec lui. Elle se sentirait bientôt comme avant.

N'est-ce pas ?

— Vous devriez reconsidérer le choix de ne pas prendre de dessert, plaisanta Bryce. C'est probablement le dernier repas décent que nous aurons ensemble. À partir de maintenant, ça ne sera plus que des plats à emporter chinois à votre bureau.

— J'aime les plats à emporter chinois.

Le sourire de Morgan lui paraissait forcé. Probablement parce que c'était le cas.

Bryce paya l'addition et ils quittèrent le restaurant. Sur le trottoir, il la salua d'une chaleureuse poignée de main.

— Je vous verrai dans une semaine à compter de lundi. Les Ressources humaines vous contacteront.

— Au revoir.

Morgan partit dans la direction opposée et tourna à l'angle, sa main se resserrant sur la poignée de son sac comme pour maintenir sa contenance à la force de ses doigts. Elle avait garé son minivan sur le bord d'un trottoir dans une petite rue. Elle accrocha son talon et trébucha, la chaussure arrachée à son pied. Retrouvant l'équilibre, elle fit un pas en arrière, se pencha, et la ramassa. Le talon de sept centimètres pendait de la semelle, le cuir déchiré de manière irréparable.

Les larmes lui montèrent aux yeux et la panique saisit son cœur. *Sérieusement ?* C'était juste une chaussure. Ne gardant qu'une chaussure au pied, elle claudiqua maladroitement en traversant la rue et entra dans son van.

Heureusement que Bryce n'avait pas été témoin de la scène. Il n'avait pas besoin de connaître la fragilité de son masque professionnel. En réalité, il craquait sous la pression comme du sucre filé.

S'installant au volant, elle ferma les yeux et souffla jusqu'à ce que la pression dans sa poitrine se relâche. Crise évitée, elle retira sa chaussure encore en état et la jeta sur le siège passager avec sa compagne amochée avant de prendre la route du retour. Une fois à la maison, elle les jeta dans la poubelle devant l'allée et entra.

Dans le salon, son grand-père était penché sur la table basse et contemplait un échiquier. Leur voisin, Nick Zabrowski, était assis à l'opposé. Nick possédait une petite entreprise d'aménagements paysagers et vivait en face avec son père.

— Salut, Nick.

Morgan posa son sac sur le coffre situé dans le vestibule.

— Rien au programme, ce soir ?

— Non.

À vingt ans, Nick était bien trop jeune pour passer ses vendredis soir avec son vieux voisin. Des problèmes de cœur ?

— Les enfants sont couchés ? demanda Morgan.

Se grattant le menton, Grand-père saisit sa tour et la reposa.

— Oui.

— Comment as-tu réussi à coucher Sophie avec Nick ici ? demanda Morgan.

Nick était l'une des personnes préférées de Sophie. Il rougit.

— Je lui ai lu une histoire.

Han.

Grand-père déplaça sa tour, se rassit et observa Morgan.

— Où sont tes chaussures ?

— J'ai cassé un talon.

Morgan enleva sa veste de tailleur et la jeta sur son sac. Nick déplaça son cavalier par-dessus une rangée de pions.

— Je devrais y aller.

Grand-père hocha de la tête.

— On finit la partie demain ?

— Bien sûr, accepta Nick en se dirigeant vers la porte. Bonne nuit.

— Bonne nuit.

Morgan verrouilla la porte derrière lui. Grand-père se pencha sur l'échiquier.

— Laisse-moi faire.

Morgan posa l'échiquier sur une étagère, hors d'atteinte de ses trois petites filles, qui débarqueraient le lendemain matin comme des bulldozers dans le salon.

— Qui gagne ?

— Difficile à dire pour le moment.

Nick et Grand-père jouaient aux échecs depuis des années. Nick avait l'avantage, ayant été membre de son équipe d'échecs au lycée, mais Grand-père avait de temps en temps quelques tours dans son sac.

— Comment ça s'est passé ? demanda-t-il.

— Bien, répondit-elle en reniflant.

— Ça se voit, dit-il, amusé.

Il saisit un mouchoir d'une boîte sur la console et le lui tendit. Morgan sécha ses larmes.

— Je ne comprends pas ce qui cloche chez moi. Je viens d'accepter un poste que je voulais vraiment.

— Tu as fait un grand pas en avant.

Grand-père caressa son bras.

— Le changement, c'est effrayant. Ça va aller, tu es forte.

Morgan hocha de la tête. *Assez avec toute cette satanée émotivité.* Elle ne se sentait pas forte, mais elle ferait semblant. Elle se rendit dans la cuisine et prit un pot de glace dans le congélateur.

— Est-ce que j'ai pris la bonne décision vis-à-vis des filles ? Elles vont devoir se faire à de gros changements.

Grand-père la suivit.

— Ça va aller. Tu vas leur manquer, mais leur vie ne changera pas tellement. C'est toi qui vas connaître le plus de changements.

Prenant une cuillère, elle mangea directement dans le pot. Faisant de même, il s'installa près d'elle et se servit également.

— Personne ne t'a forcée à retourner au travail. Si tu t'inquiètes pour l'argent, ce n'est pas la peine. Même quand je ne serai plus là, j'ai de l'argent de côté…

— Merci, l'interrompit Morgan.

Ce soir, elle ne pouvait supporter l'idée de le perdre également.

— Je sais que tu veilleras toujours sur nous.

Elle posa sa tête contre son épaule.

— Mais ce n'est pas le problème. Je n'ai même pas touché à l'argent de l'assurance vie de John.

Vivant avec son grand-père, elle pouvait couvrir ses modiques dépenses avec sa pension de réversion.

— Je suis content de te voir essayer d'aller de l'avant. Si tu es heureuse, les filles le seront aussi.

— Merci. Je l'espère.

Morgan releva la tête.

— Je vais me coucher.

— Je vais tout fermer et activer l'alarme.

Grand-père avait installé un système de sécurité quelques mois plus tôt. Morgan dévora le reste du pot de glace et elle emporta sa veste dans sa chambre, frustrée et sentant les premières douleurs d'une migraine due au sucre. Retourner au travail devait l'aider avec sa dépression, pas l'empirer. Elle passa dans la chambre des filles. Trois lits jumeaux remplissaient l'espace. Ava, six ans, câlinait son ourson. Mia, cinq ans, était couchée sur le côté, son zèbre en peluche calé sous son bras. Sophie, qui même endormie ne pouvait s'empêcher de bouger, était allongée sur le dos, les bras et jambes grands ouverts.

Elle avait jeté sa couverture par terre. À trois ans, Sophie était remuante. Morgan devait être réaliste, Sophie serait remuante à n'importe quel âge. Morgan ramassa la couverture et borda sa plus jeune fille avant de se rendre dans sa propre chambre au bout du couloir.

Elle se dévêtit, mit son tailleur sur un cintre et revêtit son peignoir. John l'observait depuis sa photo sur la table de chevet. S'asseyant au bord du lit, elle la saisit. Elle avait de plus belles photos, des photos officielles de lui en uniforme de cérémonie, mais c'était celle-ci qui parlait à son cœur. De la sueur perlait sur son front bronzé ; son visage, creusé après avoir été déployé, était couronné d'une chevelure noire ébouriffée. Le désert en fond et habillé d'un kaki militaire, il riait. C'était John. Toujours positif.

S'il était là maintenant, il dirait : *Tu peux le faire, chérie.*

— J'essaie. Tu me manques, dit-elle à sa photo.

Le cœur lourd, elle ouvrit le tiroir de la table de chevet et contempla l'enveloppe scellée dans le fond.

Non, je ne suis pas prête pour ça.

Elle referma le tiroir. Après avoir remis la photo à sa place, elle s'installa sur son oreiller. Elle avait fait le premier grand pas vers un retour à une vie normale. Cela suffirait pour aujourd'hui.

Elle sursauta au son du téléphone. Elle releva la tête, confuse. Sa chambre était bien éclairée. Elle jeta un coup d'œil à l'horloge. Juste après minuit. Elle avait dû s'endormir. Il lui fallut quelques secondes pour se rendre compte que ce n'était pas son téléphone portable qui sonnait, mais le fixe. Personne n'appelait sur ce téléphone à part les télévendeurs. Le nom affiché était *Palmer.*

Morgan décrocha, s'attendant à entendre l'écho d'un centre d'appels en fond.

— Allô ?

— Morgan ? demanda une voix féminine, le ton trahissant une certaine anxiété.

— Oui, dit Morgan.

— C'est Evelyn Palmer, la grand-mère de Tessa.

Morgan se redressa. Tessa était occasionnellement sa baby-sitter.

— À quelle heure Tessa est-elle partie de la maison ? demanda Mme Palmer.

— Tessa n'était pas là ce soir, répondit Morgan, encore embrumée.

La ligne devint silencieuse. Morgan s'appuya sur son coude.

— Madame Palmer ? Que s'est-il passé ?

— Tessa est partie.

— Quoi ?

Morgan réajusta le téléphone. Elle devait avoir mal entendu.

— Nous avons eu une grosse dispute hier, et elle est partie.

La voix de Mme Palmer craqua.

— Elle disait qu'elle allait passer la nuit chez son amie, mais j'ai appelé la mère de Felicity. Tessa n'est pas allée chez les Weber.

Elle avait menti.

— Donc vous ne l'avez pas vue depuis hier ? demanda Morgan.

— Non.

De l'autre côté du combiné, Mme Palmer sanglota.

— Puisque Tessa faisait du baby-sitting pour vous tous les vendredis soir, j'espérais que vous l'auriez vue, et nous aurions enfin su qu'elle allait bien.

— Tessa n'est pas venue depuis des semaines, dit Morgan.

— Elle a donc menti à ce sujet aussi.

Mme Palmer se tut. Morgan déplaça son oreiller et descendit du lit. Jetant son peignoir sur le lit, elle fouilla dans sa commode à la recherche d'un jean et d'un T-shirt.

— Avez-vous appelé la police ?

— Nous pensions qu'elle s'était calmée et reviendrait à la maison ce soir. Mais il est presque minuit et elle n'est toujours pas là, dit Mme Palmer en reniflant. Je vais les appeler maintenant, mais je ne sais pas ce qu'ils peuvent faire, elle a dix-huit ans.

— Avez-vous essayé de localiser son téléphone ?

— Je ne saurais pas comment faire, répondit Mme Palmer.

— Avez-vous besoin d'aide pour la chercher ?

Alors qu'elle proposait son aide, Morgan tâtonna sous sa chaise pour retrouver ses baskets en toile.

— Je ne sais pas. Je continue de penser que sa voiture va arriver d'une minute à l'autre. Mon mari est en train de rouler dans les alentours. Je n'ai plus le droit de conduire la nuit.

M. Palmer ne devrait probablement pas conduire la nuit non plus. Les parents de Tessa étaient morts dans un accident de voiture lorsqu'elle avait douze ans, et ses grands-parents l'élevaient depuis les six dernières années. Contrairement au grand-père robuste de Morgan, les Palmer accumulaient les problèmes de santé.

— Je m'habille.

Morgan trouva ses chaussures.

— Je serai chez vous dans quelques minutes.

— Oh, merci, souffla Mme Palmer d'une voix plus douce. Je vais appeler la police et ses amis.

Morgan mit fin à l'appel, reposa le téléphone sur son socle et enfila son T-shirt. Ramassant ses chaussures, elle sortit de la chambre pieds nus. L'appel l'avait perturbée et elle prit une minute pour jeter un coup d'œil dans la chambre des filles. Dans le rai de lumière provenant du couloir, elle pouvait voir trois têtes brunes posées sur leurs oreillers. Le petit frisson de soulagement qui la traversa lui provoqua un bref sentiment de culpabilité.

Pauvre Mme Palmer.

Morgan ne pouvait imaginer quelque chose de plus terrifiant que d'avoir une de ses filles portée disparue. Elle se rendit à la cuisine. Des bruits de pas traînant provinrent du couloir. Son grand-père apparut dans l'embrasure de la porte, s'appuyant contre l'encadrement pour garder l'équilibre. Il portait un peignoir bleu marine par-dessus un pyjama ajusté en coton.

— Quel est le problème ?

— C'était Evelyn Palmer. Tessa n'est pas rentrée à la maison ce soir.

Morgan lui répéta sa conversation au téléphone alors qu'elle s'asseyait pour enfiler ses baskets sans chaussettes. Son grand-père s'avança dans la pièce, ses chaussons de cuir traînant sur le carrelage, une main appuyée sur le mur pour se tenir.

— Où est ta canne ? demanda-t-elle.

Il fronça les sourcils.

— Je n'ai pas besoin de canne.

— Ce n'est pas l'avis du docteur.

— Mes chaussons sont plus vieux que ce docteur.

Il appuya son épaule contre le mur et croisa les bras, faisant comprendre que cette discussion était terminée. Morgan abandonna, pour le moment. Elle admettait difficilement que son grand-père vieillissait, mais *lui* refusait catégoriquement d'agir comme quelqu'un de son âge.

— En tout cas, cela ne ressemble pas à Tessa.

Son grand-père haussa les épaules.

— Non, en effet, mais même les meilleurs ados peuvent être pénibles. Il faut les éduquer avec une bonne dose de suspicion.

Morgan se souvenait de retours de soirée sous son regard inquisiteur. Elle le revoyait, assis dans son fauteuil en cuir, un livre sur les genoux, son regard perçant la détaillant de la tête aux pieds par-dessus ses lunettes de lecture. Il ne se gênait pas pour sentir sans discrétion son souffle. L'enquêteur criminel à la retraite avait guidé trois des enfants Dane sur quatre jusqu'à l'âge adulte après la mort de leur père, tué en service, et après qu'ils avaient déménagé avec leur mère hors de la ville pour partir dans le nord de l'État de New York, quand Morgan était au lycée. Sa mère avait ensuite eu une crise cardiaque quelques années plus tard.

— Sa voiture aurait pu tomber en panne quelque part là où il n'y a pas de réseau.

Se relevant, Morgan attrapa sa veste en jean drapée sur la chaise de la cuisine.

— Elle a peut-être heurté un arbre ou une biche.

Son grand-père la suivit dans le petit couloir menant au vestibule.

— Tiens-moi au courant de ce que tu fais, d'accord ?

Il était la preuve vivante qu'être parent, et grand-parent, était un engagement à vie.

— Je le ferai. Je vais juste jusque chez les Palmer voir ce que je peux faire pour les aider.

— Tu sais qu'une nuit dehors n'est pas inhabituelle pour une ado, dit Grand-père. La plupart d'entre eux reviennent dans les vingt-quatre heures. En plus, elle est majeure. Elle n'a pas commis de crime.

— Je sais.

Mais Morgan restait inquiète. Cela dit, elle avait perdu ses deux parents et son mari. Elle avait tendance à surprotéger ses êtres chers de manière un peu maladive. Mais le deuil avait fragilisé son cœur, le plus léger des contacts le faisait saigner.

— Veux-tu que j'appelle Stella ? demanda Grand-père.

La sœur cadette de Morgan était inspectrice dans la police de Scarlet Falls.

— Pas encore, elle travaille assez comme ça. Laisse-moi voir ce qu'il se passe. Tessa arrivera probablement bientôt et Mme Palmer a déjà appelé la police. Je suis sûre que l'agent est capable de gérer l'appel. Comme tu disais, Tessa n'a rien fait d'illégal.

Juste quelque chose de très inhabituel.

— D'accord. Sois prudente. Je t'aime, déclara Grand-père. Est-ce que tu as une lampe torche ?

— Oui, j'en ai une.

Morgan tapota son sac et quitta la maison. Dehors, l'obscurité planait. Mais lorsqu'elle descendit l'allée du garage, les lumières à détection de mouvement éclairèrent le jardin comme un podium. Elle jeta un coup d'œil à la caméra fixée à la corniche. Grand-père l'avait installée avec le système de sécurité, blaguant à moitié quand il disait vouloir attraper une voisine qui ne nettoyait pas derrière son chien. Mais maintenant, Morgan était rassurée de cette sécurité supplémentaire.

Il y a des années de ça, personne n'aurait imaginé avoir besoin d'une alarme à Scarlet Falls, surtout dans une zone rurale. Mais ces jours-ci, il semblait impossible d'échapper à la criminalité.

4

Lance Kruger se cala dans le siège conducteur de sa Jeep et observa le motel de l'autre côté de la rue. Au milieu du bâtiment longiligne, les rideaux de la chambre douze étaient tirés. Son appareil photo et son téléobjectif sur le siège passager attendaient.

Son téléphone vibra, glissant sur le tableau de bord. L'écran afficha *SHARP*. Son chef. Lance décrocha.

— Ouais.

— Tu les as eus ?

L'ancien inspecteur de Scarlet Falls, Lincoln Sharp, était parti à la retraite après vingt-cinq ans de carrière et avait passé ces cinq dernières années en tant que détective privé.

— J'ai des photos individuelles de chacun d'eux en train d'entrer dans la chambre d'hôtel. Ils ne sont pas encore sortis.

Une photo de leurs adieux sulfureux sur le parking confirmerait les accusations d'adultères de Mme Brown.

— Ils sont encore là-dedans ? siffla Sharp. Impressionnant, je ne m'attendais pas à ce que Brown ait autant d'endurance.

— Il s'est probablement endormi.

Sharp ricana.

— Si tu ne peux pas dormir, tu peux toujours prendre la relève.

Lance changea de position, cherchant à être plus confortable.

— Je suis bien trop vieux et fourbu pour rester assis toute la nuit dans une voiture, dit Sharp. Pourquoi est-ce que je t'ai embauché à ton avis ?

— Tu as cinquante-trois ans, pas quatre-vingt-treize, et depuis quand on s'occupe des affaires de divorce ?

— Faveur de famille.

Mme Brown était la voisine du cousin de Sharp. Puisque M. Brown avait déjà été dénoncé pour harcèlement sexuel, Mme Brown espérait qu'il ne veuille pas que son adultère avec sa collègue soit rendu publique. Des photos toutes en couleurs procureraient un excellent moyen de pression lorsqu'il serait temps de faire le partage des biens et de négocier la pension alimentaire.

Mais toute cette affaire laissait un goût infect dans la bouche de Lance.

— On racle les fonds de tiroir.

— Parfois.

Une théière siffla de l'autre côté de la ligne chez Sharp.

— Tiens-moi au courant s'il se passe quelque chose. Je serai debout.

Sharp raccrocha. Lance reposa son téléphone et fixa la porte de la chambre de motel, priant qu'elle s'ouvre pour qu'il puisse rentrer chez lui. Mais rien ne se passa.

Lorsqu'il avait quitté la police de Scarlet Falls trois mois plus tôt, ce n'était pas tellement ce à quoi il s'attendait. À travers le tissu de son pantalon cargo, Lance frotta l'épaisse cicatrice sur sa cuisse, là où une balle avait mis fin à sa carrière dans la police. Sa jambe était presque guérie, mais pas suffisamment. Malgré sa volonté de rester dans les forces de police, il était hors de question d'être responsable de la blessure d'un autre officier parce qu'il ne pouvait pas suivre la cadence.

Après que les quatre premières ennuyantes semaines de chômage l'eurent à moitié rendu fou, il s'était jeté sur la proposition de Sharp de rejoindre son cabinet de détective privé comme un K-9 sur une manche de morsure. Ces deux derniers mois, il avait été Skywalker et Sharp son Obiwan.

Lance changea de position, étirant ses jambes. S'il allait devoir passer autant de temps assis dans une voiture, il lui faudrait un plus grand modèle.

Des phares balayèrent le bitume et une Cadillac familière se gara de travers sur la place devant la chambre du motel. Lance se redressa. Était-ce Mme Brown ?

La portière de la Cadillac s'ouvrit brusquement et rebondit sur ses gonds. Mme Brown sortit de la voiture, les jambes fébriles. Elle chancela jusqu'à l'entrée du motel.

Oh, merde. L'alcool n'aidait jamais à prendre de bonnes décisions. Lance se rua hors de la voiture, mais il était trop loin pour l'intercepter. Mme Brown s'arrêta à quelques mètres devant la porte. Elle sortit un pistolet de son sac, visa la porte et tira.

Boum. Le pistolet s'anima dans sa main. Du bois éclata en morceaux. Des lampes illuminèrent les fenêtres de l'autre côté du bâtiment. Et le cœur de Lance imita à la perfection une crise cardiaque. Il s'arrêta net lorsque Mme Brown tira de nouveau. Lance tressaillit, suant à grosses gouttes alors qu'il se remémorait la fusillade en novembre dernier.

Ressaisis-toi.

Ce n'était pas le moment d'avoir un flash-back.

Il sortit le téléphone de sa poche, composa le 911 et donna l'adresse à l'opérateur. Son cerveau lui disait de retourner dans son véhicule et d'attendre que la police arrive, mais il ne le pouvait pas. Ce petit motel miteux était à la lisière de la ville. Scarlet Falls n'aurait que quelques voitures en circulation pendant la patrouille de nuit. Il était peu probable que l'une d'elles soit à proximité.

Mme Brown était saoule et en colère, une combinaison mortelle. Dieu seul savait sur qui elle tirerait avant que la police n'arrive. Lance ravala la boule dans sa gorge et se força à avancer.

— Madame Brown ! l'interpella-t-il, presque rendu sourd par les battements fous de son cœur. S'il vous plaît, baissez votre arme.

— Non, répondit-elle par-dessus son épaule. Je vais lui fumer ses parties.

Elle porta de nouveau son attention et sa rage sur la porte, ajustant sa visée, et hurla :

— Leonard, ramène-toi ici !

Comme si M. Brown allait sortir après qu'elle eut annoncé son intention de lui faire un trou dans ses parties privées. Il était probablement déjà en train d'essayer de faire passer son ventre bedonnant par la fenêtre de la salle de bains.

— Madame, vous ne pouvez pas lui tirer dessus.

Les battements de son cœur résonnaient dans ses oreilles alors qu'il s'avançait lentement. Le pistolet ne pointait pas vers lui, mais si elle se retournait…

— Pourquoi pas ? Ce sale rat me trompe ! hurla Mme Brown.

— Je sais, dit Lance, compatissant. C'est un sale rat. C'est pour ça que vous allez divorcer, non ?

Il fit un autre pas en avant. Elle s'immobilisa. Elle hocha la tête sur le côté alors qu'elle réfléchissait à sa vengeance d'origine.

— Si vous lui tirez dessus, vous serez arrêtée.

Avançant encore une fois d'un pas, Lance positionna ses mains devant lui, prenant une posture rassurante.

— Et où allez-vous finir ? En prison.

Le canon du pistolet s'abaissa de quelques centimètres.

— Vous voulez votre revanche, non ?

Il s'avança.

— N'était-ce pas votre plan ? De le lui faire payer ?

Elle fit oui de la tête, les yeux humides. Elle renifla.

— Il n'a même pas fait l'effort de cacher ce qu'il faisait. Tout le monde en ville est au courant de ses agissements.

L'humiliation amplifia la détresse sur son visage. Lance hocha la tête.

— C'est un menteur indélicat doublé d'une ordure. C'est pour ça que vous le larguez. Tout le monde sait que vous ne tolérerez pas ce genre d'attitude de sa part.

Lance compta sur sa fierté.

— Il va payer longtemps pour ce qu'il a fait.

Elle pinça ses lèvres en une ligne pâle alors qu'elle imaginait sa revanche. Il désigna du pouce sa Jeep.

— J'ai déjà des photos d'eux deux se rendant dans le motel. Vous pourrez bientôt le faire sortir de votre vie pour de bon.

— Mais je l'aime ! gémit-elle, son visage s'effondrant.

Pour l'amour de Dieu…

Comment pouvait-elle être encore amoureuse de son abruti de mari qui la trompait et lui mentait ?

— Madame Brown, baissez votre arme, dit Lance.

Elle accepta, pointant le canon vers le bitume. D'un geste rapide, Lance s'empara du pistolet. Elle éclata en larmes. Il vida l'arme alors qu'elle sanglotait. Une fois la menace écartée, Lance prit une profonde respiration. L'adrénaline courait dans ses veines comme une dose de speed. Au moins, en tant que policier, il aurait eu des renforts et une armure. En tant que détective privé, il était tout seul dans un océan de fous. En parlant de fou…

Mme Brown désormais désarmée et calmée, Lance attendit la police de Scarlet Falls. Dix minutes plus tard, c'était un adjoint au shérif qui arriva finalement, ce qui n'était pas inhabituel. Avec un nombre limité de voitures de patrouille, les autorités locales comptaient sur le renfort du shérif du comté.

Lance lui confia l'arme de Mme Brown, donna sa déclaration et fut libre de partir. Dès qu'il aurait écrit son propre rapport, il en aurait fini avec les Brown et leur divorce compliqué. L'amour rendait les gens fous.

Son téléphone vibra avec un SMS de Sharp.

PASSE AU BUREAU.

Soit Sharp avait écouté sa radio de police, soit il avait eu un appel au sujet de l'incident. Il connaissait tout le monde dans les forces de l'ordre locales.

Lance roula jusqu'à la rue bordée d'arbres de Scarlet Falls, où Sharp possédait un duplex et vivait dans l'appartement au-dessus de Sharp Investigations. À presque une heure du matin, tout était calme dans le très petit quartier des affaires de la ville. Lance se gara sur le trottoir et gravit les marches de bois. Le bureau de Sharp occupait ce qui était à l'origine le salon de l'appartement de deux chambres qui avait été converti. Lance avait élu domicile dans la première chambre avec une table pliante, une seule chaise et un ordinateur portable. L'unique objet personnel était un haut-parleur sans fil. Il brancha son appareil photo à son ordinateur et téléchargea les photos prises plus tôt dans la soirée.

— Tu devrais vraiment t'acheter un bureau.

Le patron de Lance se tenait dans l'entrée. Portant un vieux jean et un simple T-shirt gris, Sharp était maigre et nerveux, et incroyablement en forme pour son âge. Vingt-cinq ans dans la police avaient figé à jamais son visage en une expression qui laissait entendre qu'il ne fallait pas se frotter à lui.

— La table suffit pour le moment.

Lance avait jusque-là refusé de s'engager de façon permanente dans un poste chez Sharp Investigations. Il n'était pas prêt à abandonner son rêve de retourner dans la police.

— La prochaine fois qu'un des membres de ta famille demandera une enquête pour adultère, tu te débrouilleras tout seul.

Sharp ignora le commentaire.

— Il faut qu'on parle.

— Oui, maman.

Lance suivit son patron dans la petite cuisine. Sharp remplit une théière et la posa sur la cuisinière. Il remplit ensuite un bol de croquettes pour chien et un autre avec de l'eau, ouvrit la porte arrière et posa les bols sur le porche.

— Tu continues toujours de nourrir ce chien errant ?

— Elle ne veut pas entrer.

Sharp mit une cuillère de thé dans un infuseur et le laissa tomber dans une théière en céramique.

— Elle ? dit Lance d'un ton taquin.

Sharp prétendait être un dur à cuire, mais il était très mauvais acteur.

— Tu fonds toujours pour les grands yeux bruns.

Lance entra en premier dans le bureau de Sharp. Deux chaises faisaient face à un bureau usé. Un canapé noir longeait le mur du fond. Sharp porta la théière d'une main et deux tasses de l'autre.

— Tu as eu une nuit difficile, donc je vais ignorer ton impertinence.

Lance s'installa dans la chaise de droite.

— La plupart des hommes offriraient à leur ami un verre de whisky après un événement traumatique, tu sais.

Sharp versa du thé vert dans les deux tasses et en plaça une devant Lance.

— L'alcool est un dépresseur. C'est bien la dernière chose dont tu as besoin maintenant.

Soupire.

— Maintenant que je sais que tu es vivant, raconte-moi ce qu'il s'est passé.

Sharp prit sa place derrière le bureau. Lance lui rapporta les événements.

— Juste un vendredi soir typique.

Sharp rit tellement fort qu'il en perdit son souffle.

— Ce n'est pas drôle, dit Lance.

— Tu as raison, ça ne l'est pas.

Mais la voix de son patron tremblait.

— C'était la pire mission du monde. Je ne sais pas ce qui m'a dérangé le plus, les balles qui volaient ou le mélodrame.

Lance prit plusieurs respirations profondes.

— J'ignore ce que nous allons faire du dossier.

— Il n'y a pas grand-chose à faire quand le client perd la boule.

La voix de Sharp se fit plus sobre.

— Plus sérieusement, je suis content qu'elle ne t'ait pas tiré dessus.

— Je ne sais pas quoi penser de toute cette histoire de détective privé, ça me manque d'être flic, dit Lance.

— Je le sais, et je sais pourquoi, répondit Sharp. Tu crois que j'ai oublié quel jour nous sommes aujourd'hui ?

La gorge de Lance se noua. Il y a vingt-trois ans, son père avait disparu. Sharp était chargé du dossier.

— Je comprends l'envie de protéger et servir. Je l'ai fait pendant vingt-cinq ans. Mais être un détective est mieux de bien des façons. Tu es ton propre patron. Tu prends tes propres décisions. Personne ne peut t'ordonner d'arrêter d'enquêter sur une affaire.

Sharp pinça ses lèvres. C'était exactement ce qu'il s'était passé avec lui quand les indices sur la disparition de son père avaient refroidi.

— Mais si c'est ce que tu veux vraiment, alors continue de te concentrer sur ton rétablissement.

— Encore tes histoires de manger cinq fruits et légumes par jour ?

— Critique tant que tu veux.

Sharp croisa ses bras.

— Mais tu te sens mieux, et tu le sais. Tu forçais de trop et ne laissais pas ton corps se rétablir. Ton kinésithérapeute ne t'a-t-il pas donné le feu vert pour retourner sur la glace ?

— J'ai le droit à quinze minutes de patinage tranquille.

Lance jouait au hockey au lycée, et il y a dix-huit mois, il s'était porté volontaire pour servir d'assistant au coach pour un groupe d'enfants défavorisés dans le cadre d'un programme de sensibilisation de la police. La fusillade l'avait mis sur le banc de touche. Le hockey ainsi que les enfants lui manquaient plus qu'il ne l'aurait pensé.

Son thérapeute lui avait donné le feu vert des semaines auparavant, mais il n'avait pas encore remis les pieds sur la glace. Même s'il avait envie de jouer, ça ne valait pas le coup de risquer une blessure. Une chute pourrait anéantir tous ses progrès. Il se contenterait de coacher sur le bord de la patinoire.

Sharp roula des yeux.

— Tu sais que j'ai raison.

Il avait raison. *Bon sang*. De plus, il pouvait difficilement se moquer de son hygiène de vie. L'homme pouvait encore courir onze kilomètres en une heure et faire des tractions.

— D'accord, mais j'aurais quand même préféré du whisky.

Lance vida sa tasse de thé. Il y a trois mois, il se serait arrêté dans un bar sur le chemin de la maison pour un ou deux shots. Ce soir, il rentrerait à la maison et se ferait un mélange protéiné antioxydant.

— Va dormir.

Sharp se leva et fit le tour du bureau. Lance se leva à son tour.

— Huit bonnes heures de sommeil sont sur mon agenda.

Savait-il faire la fête ou pas ?

Mais dix mois après s'être fait tirer dessus, il pensait enfin qu'il allait pouvoir se rétablir totalement. Que ce n'était pas la fin de sa carrière dans la police. Qu'il pourrait recommencer à coacher et retrouver son mode de vie actif qui lui manquait tant.

Son téléphone sonna et il lut le nom qui s'affichait.

Morgan.

S'il y avait une personne qui pouvait le tenter hors de son lit, ou dedans, c'était bien Morgan Dane. Il fut gratifié d'une courte image mentale d'elle dans son lit, les cheveux ébouriffés, sans trace de sa perfection habituelle, grâce à lui.

Il leva presque les yeux au ciel face au ridicule de son imagination. Il connaissait les Dane depuis le lycée. Lui et Morgan étaient sortis ensemble durant leur dernière année. C'était une amourette classique d'adolescents, mais lorsqu'ils s'étaient quittés pour l'université, aucun des deux n'avait été dévasté. Rien ne l'avait préparé à l'effet bulldozer qu'elle avait eu sur lui lorsqu'il l'avait croisée quelques mois auparavant. Morgan semblait seulement vouloir être son amie et il n'était pas en position d'avoir une relation.

Alors, sois cool.

Il répondit à l'appel.

— Morgan ?

— Est-ce que je t'ai réveillé ?

Sa voix était essoufflée, ce qui n'aidait pas.

Du tout.

Lance posa le pied dans le couloir.

— Non, j'étais levé.

Un coup d'œil à l'horloge digitale lui rappela qu'il était presque une heure du matin. Pourquoi Morgan l'appellerait-elle au milieu de la nuit ? L'inquiétude prit le pas sur son béguin.

— Qu'est-ce qui ne va pas ?

— Ma baby-sitter, Tessa, n'est pas rentrée à la maison ce soir. Ses grands-parents sont inquiets. Je vais partir à sa recherche dans les endroits typiques où les ados traînent. Tu viens avec moi ?

— Bien sûr. Je serai chez toi dans quinze minutes.

Il mit fin à l'appel.

Tu devais être cool, tu te souviens ?

— Je croyais que tu allais te coucher ?

Sharp se tenait dans l'entrée.

— Morgan a besoin d'aide.

Lance s'arrêta dans son bureau pour récupérer son Glock du coffre de sécurité dans le placard. Après le désastre de l'affaire Brown, il ne voulait pas prendre de risques, surtout avec la sécurité de Morgan. En y repensant, il retourna au coffre de sécurité pour récupérer son arme secondaire et son étui de cheville.

— Tu as vraiment le béguin pour elle, qu'est-ce que tu attends pour lui demander de sortir avec toi ? dit Sharp lorsque Lance passa devant son bureau.

Lance attrapa la poignée de porte.

— Bonne nuit, Sharp.

Si seulement c'était si simple. Sa coupe était déjà assez pleine avec la responsabilité de gérer la maladie mentale de sa mère. Après la disparition de son père, sa mère avait développé de l'anxiété sévère et de l'agoraphobie. Elle était relativement stable ces derniers mois, mais parfois, prendre soin d'elle était un travail à temps plein. En plus des problèmes de Lance, Morgan avait son propre cargo de bagages émotionnels et *trois* enfants.

Trois.

N'importe qui envisageant une relation sérieuse avec Morgan devait prendre en considération qu'un futur avec elle inclurait de devenir un père pour ses filles. Lance ne voyait pas comment il pourrait faire le travail correctement, et il ne bâclerait pas quelque chose d'aussi important qu'être parent. Les enfants méritaient mieux que ça.

Il baissa la vitre de sa Jeep, espérant que la fraîcheur d'une nuit de septembre soit suffisante pour lui refroidir le système. Ce n'était pas le cas. Il alluma la radio et grignota trois minutes de son trajet jusque chez les Dane alors que le son de Green Day le réveillait.

Garant sa Jeep à côté du minivan, il marcha jusqu'à la porte d'entrée, mais ne frappa pas. Il n'y avait aucune raison de réveiller les membres endormis de la famille. Il regarda au travers de la moustiquaire et appela doucement :

— Morgan ?

Son grand-père, Art, sortit de la cuisine et lui fit signe d'entrer, Snoozer, le bouledogue français de Morgan, à ses pieds.

Lance entra au moment où Morgan se précipitait dans le couloir vers lui. Elle était grande et mince, avec de grands yeux bleus et de longues jambes interminables. Ses vêtements étaient inhabituellement froissés, et ses longs cheveux noirs étaient lâchés et tombaient en vagues désordonnées sur ses épaules de la même façon qu'ils l'avaient fait dans sa vision précédente. Sharp avait raison. Lance avait le béguin. Mais c'était un adulte, et il allait agir comme tel.

— Merci pour ton aide.

Art lui serra la main. Puis il se retourna et donna à sa petite-fille un baiser sur la joue.

— Sois prudente. Je t'aime.

Elle le serra dans ses bras.

— Je t'aime aussi.

Lance ouvrit la porte pour elle, et ils sortirent. Elle mit son téléphone portable dans son gigantesque sac à main, le porta en bandoulière, et se dirigea vers sa « maman-mobile ».

— On va prendre ma Jeep. Les ados aiment faire du hors-piste.

Lance prendrait une balle pour Morgan, mais il n'irait pas jusqu'à monter dans son minivan.

— Bonne idée.

Morgan hocha la tête et changea de direction. Ils montèrent dans son véhicule. Il démarra le moteur, et la musique retentit. Il avait mis le volume à fond.

— Désolé. Où va-t-on ?

Elle se pinça les lèvres.

— Je ne sais pas. Sa grand-mère m'a donné le numéro de sa meilleure amie. La fille n'a pas répondu à son coup de téléphone. J'ai laissé un message. J'ai pensé que nous pourrions vérifier certains des lieux habituels de rencontre. J'espérais que tu saurais où les gamins vont ces jours-ci.

— J'ai quelques idées.

Lance avait interrompu beaucoup de fêtes dans son temps dans la police.

— Qui s'occupe de l'affaire ?

— Carl Ripton est venu à la maison, mais je ne suis pas sûre de ce qu'il peut faire. Tessa a dix-huit ans. Elle est partie de son plein gré. Pas de crime ici.

Lance sortit son téléphone et composa le numéro de Carl. Son ancien collègue lui fit un topo sur ce que la police de Scarlet Falls faisait pour trouver la fille. Lance le remercia et termina l'appel.

— Ils ont lancé un avis de recherche pour elle. Aucune trace de sa voiture pour l'instant, et le GPS de son téléphone portable n'envoie pas de signal. Malheureusement, c'est une adulte. Carl a dit qu'aucun des amis de la fille ne voulait lui donner d'informations.

— Les adolescents ne veulent pas que leurs amis aient des problèmes, dit Morgan.

— Quand as-tu vu Tessa pour la dernière fois ? demanda-t-il.

— Il y a un mois environ. Gianna insiste pour être ma nounou à domicile maintenant.

Parce qu'un vieil homme têtu et trois enfants de moins de sept ans n'étaient pas assez de responsabilités pour Morgan, il y a trois mois, elle avait accueilli Gianna Leone, une jeune femme très malade et sans famille. Gianna avait été élevée par une prostituée accro au crack. Dépressive et suivant les traces de sa mère, elle avait fait une overdose. En service, Stella, la sœur de Morgan, avait sauvé la fille avec une dose de Narcan, mais Gianna avait des lésions rénales permanentes. Après que Stella s'était liée d'amitié avec elle, Gianna avait été lentement intégrée à la famille Dane.

La maison des Dane évoluait dans un perpétuel état de chaos pailleté. Qu'était-ce qu'un singe de plus dans le cirque de Morgan ?

— Gianna a l'air en bien meilleure santé depuis qu'elle a emménagé chez vous, dit-il.

— Oui. Elle doit encore aller en dialyse trois fois par semaine, mais elle a repris du poids et a plus d'énergie. J'espère que les filles ne seront pas trop difficiles à gérer pour elle quand je commencerai à travailler.

Lance prit la direction du lycée.

— Alors tu as eu le boulot ?

— Oui.

Le soupir douloureux qui s'échappa de ses lèvres le fit souffrir pour elle.

— Tu as l'air enthousiaste.

Elle se tourna vers la vitre sombre.

— Je dois faire quelque chose. J'ai l'impression d'être au point mort, à ne rien avoir fait pendant deux ans.

— Élever tes filles et prendre soin de ton grand-père ainsi que de Gianna, ce n'est pas rien.

Comment faisait-elle pour jongler avec tout ça ? Lance pouvait à peine gérer sa mère.

— Tu fais plus avant le petit déjeuner que la plupart des gens en une journée.

— Je n'en sais rien. N'importe qui avec de jeunes enfants est follement occupé le matin, dit-elle en riant.

C'était un petit son, mais il aimait l'entendre.

— Folle décrit parfaitement votre maison.

— Il se trouve que j'aime un peu de folie dans ma vie. Ça me permet de rester sur le qui-vive.

Son ton devint sérieux.

— J'aime élever mes filles. Je ne peux pas expliquer pourquoi je me sens si déconnectée.

— Morgan, ta vie entière a été bouleversée de la pire des façons.

Pourtant, elle avait malgré tout réussi à prendre soin de toute une maison pleine de gens. Elle soupira, le souffle long, profond et triste.

— Tu vas t'en sortir, dit-il. Sophie ne tolérera pas autre chose.

Les deux enfants les plus âgés de Morgan semblaient apprécier Lance, mais sa cadette le regardait avec réserve et suspicion, comme si la petite de trois ans avait une vision à rayons X qui exposait ce qu'il y avait vraiment dans son cœur.

— Sans blague.

Elle lui sourit.

— Merci. Et merci d'être venu au milieu de la nuit.

— Tout le plaisir est pour moi. On se connaît depuis longtemps, mais je pense finalement que je vois la vraie toi.

Lance tourna sur la route rurale qui menait au lac.

— C'est bien la première fois que je te vois habillée de façon aussi décontractée…

Même au lycée, Morgan avait toujours réussi à avoir l'air parfaite. Cette tenue de pom-pom girl…

Elle leva la main pour lisser ses cheveux. Il l'arrêta en prenant sa main.

— Non, ça te va bien, et tu n'as pas besoin de faire semblant avec moi.

Elle se figea et son visage devint inexpressif.
Tu parles de te la jouer cool...

— On est amis, non ?

Il lâcha sa main. Il n'avait pas le droit de commencer quelque chose qu'il ne pouvait pas finir. S'il voulait la garder dans sa vie, il ne devait pas gâcher leur amitié.

Le téléphone de Morgan sonna, brisant la tension entre eux.

— C'est Felicity, l'amie de Tessa. J'espère qu'elle sait quelque chose.

5

Morgan frotta sa main, encore chaude du contact de Lance. C'était agréable de savoir qu'elle n'était pas morte, mais l'intérêt qu'on lui portait la mettait mal à l'aise, clairement une réaction qu'elle n'était pas prête à explorer.

Elle avait eu l'intention de chercher Tessa seule, mais elle n'avait pas protesté quand son grand-père avait suggéré qu'elle appelle Lance. Le fait était qu'elle se sentait beaucoup plus en sécurité avec lui. Mais ce soir, il agissait… différemment.

Intéressé ?

Ça devait être son imagination. Comme il l'avait dit. Ils étaient amis, et les amis s'entraidaient. C'était tout ce qu'il y avait à dire. Son malaise n'avait rien à voir avec la façon dont il remplissait son cargo et son T-shirt, la façon dont ses yeux bleus semblaient toujours être fixés sur elle, ou le fait qu'elle aimait sincèrement sa personnalité plus que sa blondeur et ses muscles.

Mais comment concilier son attirance pour Lance alors que John était toujours dans son cœur ?

La ballade romantique qui passait doucement à la radio ne l'aidait pas. Elle tendit le bras pour éteindre la radio et répondre à l'appel.

— Salut, c'est Felicity ?

— Oui, chuchota la fille.

— C'est Morgan Dane. J'ai appelé à propos de Tessa.

— Tess fait du baby-sitting pour vous, dit la fille d'une voix douce qui semblait essayer de ne pas être entendue.

— Oui. Elle le fait. Je suis à sa recherche. Je sais que tu as déjà dit à sa grand-mère que tu ne l'avais pas vue, mais je suis vraiment inquiète. Y a-t-il quelque chose que tu puisses me dire qui pourrait m'aider à la trouver ?

— Vous devez me promettre de ne rien dire à mes parents.

— Je ne le dirai à personne sauf si c'est absolument nécessaire.

Morgan ne mentirait pas. La confiance d'un adolescent était aussi fragile qu'un œuf d'oiseau. Une fois brisée, elle était impossible à réparer.

Felicity marqua une pause, semblant peser la réponse de Morgan.

— Il y avait une fête la nuit dernière.

— Tessa était là ?

— Ouais, admit Felicity.

— Où était la fête ?

— Au lac.

— Vous y êtes allées avec Tessa ? demanda Morgan.

— Non. Elle est venue avec sa propre voiture, mais elle était avec son petit ami.

— Je ne savais pas que Tessa avait un petit ami.

— Elle le gardait secret, dit Felicity. Elle disait que ses grands-parents ne l'aimeraient pas.

— Qui est ce garçon ?

— Nick. Son nom de famille commence par un Z. Tu le connais. Tessa l'a rencontré chez toi.

— Nick Zabrowski ? demanda Morgan, surprise.

Nick n'avait jamais mentionné qu'il sortait avec Tessa, et Morgan le voyait plusieurs fois par semaine.

— C'est lui.

— Pourquoi les grands-parents de Tessa n'approuveraient-ils pas que Tessa sorte avec Nick ?

Morgan aimait beaucoup Nick. C'était un travailleur acharné. Il avait obtenu son diplôme du lycée deux ans plus tôt et avait monté sa propre entreprise d'aménagements paysagers. Il était aussi gentil qu'ambitieux. Combien de jeunes hommes liraient une histoire à une petite fille ou prendraient le temps de jouer aux échecs avec un voisin âgé ?

— Il n'est pas allé à l'université, donc il n'est pas assez bien pour eux.

— Depuis combien de temps Tessa voyait-elle Nick ?

— Environ un mois, dit Felicity.

Combien de fois au cours du mois dernier Tessa avait-elle prétendu faire du baby-sitting pour Morgan alors qu'elle était en fait avec Nick ?

— Parle-moi de la fête.

— C'était nulle. Tessa et Nick ont eu une grosse dispute et ont rompu. Tessa était toujours là quand je suis partie. Je ne l'ai pas revue depuis.

— Tessa n'était pas à l'école aujourd'hui ?

Morgan aurait dû demander aux Palmer s'ils avaient appelé le lycée.

— Nous avons eu un jour de congé pour une journée de formation des enseignants, chuchota Felicity. Je dois y aller.

— Merci. Fais-moi savoir si tu te souviens d'autre chose.

Felicity mit fin à l'appel.

— Felicity dit que Tessa est allée à une fête au lac avec Nick Zabrowski la nuit dernière.

Morgan résuma la conversation pour Lance.

— Ce n'est pas le gamin qui vit en face de chez toi ?

— Si. Je ne comprends pas pourquoi les Palmer ne l'aimeraient pas.

Morgan remit son téléphone dans son sac.

— Se disputer avec ses tuteurs et mentir sur un garçon n'est pas inhabituel pour une personne de dix-huit ans.

Lance fit demi-tour avec la Jeep.

— Elle a probablement trouvé un autre ami chez qui rester la nuit dernière.

— J'espère.

Le lac n'était pas loin. Lance passa la pergola et les aires de pique-nique, puis quitta la route principale pour prendre un chemin de terre et d'herbe. Les adolescents du coin aimaient traîner dans un endroit qui ne faisait pas partie de la zone publique. Un sentier pédestre reliait le parc à la clairière. Mais il était plus rapide de prendre la route de service que les gamins utilisaient.

Morgan attrapa la poignée sur le haut de la portière alors que la Jeep rebondissait. Il était presque deux heures du matin quand ils arrivèrent dans la clairière au bord du lac. Leurs phares balayèrent les arbres, l'eau sombre et une Honda Accord blanche garée près de la berge. Morgan la pointa du doigt.

— C'est sa voiture. Ce serait merveilleux si elle était juste rentrée à la maison avec un ami.

Lance coupa le moteur de la Jeep. Des ailes battirent au-dessus de leurs têtes et un cri aigu fit presque bondir Morgan dans le SUV.

— C'était une chauve-souris ?

Morgan sortit sa lampe de poche de son sac à dos.

— Probablement.

Lance se pencha en arrière dans la Jeep pour prendre sa propre lampe torche et l'alluma.

— Tu es armé ?

— Oui.

Morgan se rapprocha. Elle était une femme indépendante et professionnelle, mais les insectes et les chauves-souris ne faisaient pas partie de la liste de ses choses préférées.

— J'aurais dû apporter mon arme.

Lance gloussa.

— Je promets de tirer sur toutes les chauves-souris qui nous attaquent.

— Je te prends au mot.

Le sol était sablonneux, et au centre de la zone dégagée, des générations de gamins avaient creusé une fosse pour les feux de joie. Lance balaya sa torche à travers la fosse, pleine de cendres et de bois brûlé. Des bouteilles d'eau vides, des canettes de bière et des sacs de fast-food jonchaient la zone.

— Peu importe combien de fois la police chasse les gamins d'ici.

Lance se tenait à côté d'elle.

— Ils reviennent toujours.

Morgan repéra d'autres déchets au bord de l'eau.

— Étions-nous aussi sales et sans-gêne ?

— Je ne me rappelle pas avoir été intéressé par la nourriture quand nous étions ici.

Lance fit une pause.

— Je me souviens de m'être bécoté à l'arrière de ma voiture.

— Je parie que oui.

Morgan braqua la lampe de poche sur son visage. Son sourire était trop large.

— Je parie que tu te souviens d'avoir embué les fenêtres de ma voiture aussi.

— Je n'admets rien.

Mais si, elle l'avait fait.

— Ton ego n'a pas besoin d'être nourri.

Elle lui donna un coup dans le bras.

— Ta tête va devenir plus grosse que tes muscles.

Il remua un sourcil.

— Tu as remarqué mes muscles.

Avec un grognement amusé, elle déplaça la lumière vers le sol, tournant son attention, et avec un peu de chance celle de Lance, vers la voiture de Tessa. Une sensation d'inquiétude picota sa peau.

— Ses pneus sont à plat.

— Tous ?

Lance braqua sa lampe de poche sur la berline blanche.

— Oui.

Ils s'approchèrent de la voiture. Lance se pencha pour regarder de plus près l'intérieur.

— C'est vide.

Les bois étaient épais et sombres. Tessa aurait-elle pu décider de marcher jusqu'à la maison et s'être perdue ? Ou peut-être qu'elle était rentrée avec l'un des autres ados. Ça ne serait pas la première fois que des adolescents couvrent un ami auprès de leurs parents ou la police.

Lance sortit son téléphone.

— Je vais appeler la police et leur faire savoir que nous avons trouvé la voiture.

— Nous devrions probablement appeler Nick et demander s'il l'a vue.

Lance secoua sa tête.

— Laisse la police s'en occuper au cas où il y aurait un problème.

— Un problème ?

— Quelqu'un a crevé tous ses pneus.

Ses yeux étaient plats dans l'obscurité alors qu'il se détournait.

— Nick ne ferait pas ça.

Mais Morgan ne passa pas l'appel.

Pendant que Lance appelait la police, elle fit le tour du véhicule, scrutant la voiture et le sol autour pour trouver des indices. Quelque chose de métallique brillait dans la terre à une dizaine de mètres : un jeu de clés. La plus grande était une clé de contact de Honda. Pourquoi les clés de Tessa seraient-elles sur le sol ? Si elle les avait fait tomber en s'éloignant…

Morgan marcha au-delà des clés. Elle balaya le faisceau de sa lampe de poche sur le sol et aperçut quelque chose de rose sur une racine d'arbre moussue plus proche du lac. Elle se rapprocha. Un téléphone portable. Elle se baissa pour le ramasser. Il y avait quelque chose de sombre éclaboussé dessus.

Le vent tourna, et un sentiment de vulnérabilité envahit Morgan. Frissonnant, elle jeta un coup d'œil aux bois sombres. Les branches et leurs ombres se balançaient dans l'obscurité.

Elle appela en direction de la clairière.

— Lance ?

Les poils de sa nuque se hérissèrent. Est-ce que Tessa était partie par là ? Morgan pouvait l'imaginer laisser tomber accidentellement ses clés ou son téléphone, mais les deux à la fois ? Elle jeta un coup d'œil aux points rouge foncé sur la coque du téléphone.

Du sang ?

Et Morgan le savait.

Tessa n'avait pas simplement marché. Elle avait couru.

Morgan suivit une flèche imaginaire qui reliait les deux objets. Les broussailles s'accrochaient à son jean alors qu'elle scrutait le sol, mais elle ne vit rien d'autre que de la terre, de la mousse et des feuilles mortes. En continuant dans la même direction, une piste de chasse menait vers le lac.

— Morgan, où es-tu ? appela Lance depuis la clairière. As-tu trouvé quelque chose ?

Une brindille craqua alors qu'il s'approchait. Elle sursauta, mais ne répondit pas. Chaque cellule de son corps criait que quelque chose n'allait pas.

Vraiment pas.

— Je suis là.

Elle attendit d'entendre Lance derrière elle, puis suivit le sentier vers le lac. Des quenouilles s'élevaient des mauvaises herbes alors qu'elle s'approchait de l'eau. Le sol devenait marécageux et aspirait ses pieds. Juste devant elle, sa lampe de poche s'arrêta sur des quenouilles cassées.

Était-ce un bout de tissu bleu ?

— Nous devrions attendre la police, dit Lance derrière elle.

— Je vois quelque chose.

Elle se rapprocha de deux pas, son besoin de savoir entrant en conflit avec son sentiment de crainte. L'appréhension lui piquait l'échine alors qu'elle se rapprochait, ses pieds traînant dans la boue comme s'ils savaient qu'elle n'allait pas aimer ce qu'elle allait voir.

Morgan fit un autre pas en avant. Le tissu était bleu. Bleu jean. La manche d'une veste semblable à celle qu'elle portait. Le faisceau de sa lampe mit en évidence une longueur de cheveux longs et sombres. Son estomac se noua.

Tessa ?

Les quenouilles s'étaient presque refermées sur elle.

— Je l'ai trouvée !

Elle se précipita en avant. À deux mètres de la fille, elle se figea.

Morgan déplaça la lumière sur le corps de la fille. Le sang sur son torse avait séché en un rouge sombre. Le bras de Lance se déploya pour lui bloquer le passage.

— Ne t'approche pas plus, dit-il. Tu vas contaminer la scène.

— Mais si elle est…

Même en le disant, Morgan savait que Tessa n'était pas vivante. Il y avait simplement trop de sang.

— Elle ne l'est pas.

La voix de Lance s'adoucit.

La lampe de poche trembla dans la main de Morgan. Elle se pencha en avant pour voir le visage de Tessa. Des tremblements se répandirent dans le corps de Morgan, pourtant, elle ne pouvait pas détacher ses yeux de la lumière tremblante et de ce qu'elle illuminait.

Son corps se glaça de l'intérieur, comme si son cœur pompait de la neige fondue dans ses veines. Lance se tourna vers elle et se plaça entre elle et Tessa.

— Regarde-moi, Morgan.

Mais alors même qu'elle fixait le centre de sa poitrine, son esprit projeta sa propre image. Tessa, laissant tomber ses clés, essayant d'entrer dans sa voiture, voyant ses pneus crevés, courant à travers les bois.

Quelque chose, ou quelqu'un, la pourchassant.

La rattrapant près du lac.

— Morgan.

Les mains de Lance se posèrent sur ses biceps, serrant doucement ses doigts.

— Allez. Regarde. Moi.

Mais ses muscles étaient figés. Lance lui donna une légère secousse. Elle cligna des yeux et leva la tête. Dans la lumière de la lune, son visage mince était tout en angles aigus et en ombres, avec une pâleur sous-jacente qui suggérait qu'il n'était pas aussi calme qu'il voulait l'être. Elle sentit l'effleurement de son regard scrutateur sur son visage.

Quand il parla, sa voix était plus rauque de douleur que pleine de conviction.

— Tout va bien se passer.

Mais elle savait que ça n'irait pas, que ça ne pouvait pas aller bien. Elle regarda par-dessus son épaule, ses yeux attirés vers Tessa, son corps déchiqueté en lambeaux de chair et couvert de sang séché. Son visage était gris et ses yeux bruns autrefois chauds fixaient le ciel nocturne.

Sur son front, des lettres d'un rouge rouillé formaient un seul mot.

PARDON.

6

— Recule.

Lance éloigna Morgan du corps.

Une partie de lui voulait regarder de plus près. Une autre voulait courir comme un dératé. D'après le bref aperçu qu'il avait eu du corps, c'était une scène particulièrement horrible.

Non pas que ça ait de l'importance. Il n'avait rien à faire près de ce corps. Il n'était plus flic, et la police de Scarlet Falls était en route.

Sous ses mains, le corps de Morgan tremblait, et ses dents claquaient.

L'inquiétude pour elle avait rapidement effacé toute inquiétude pour lui-même. Ce n'était pas sa première scène de mort, mais en tant qu'ancienne assistante du procureur, l'expérience de Morgan en matière d'homicides était un cran en dessous. Regarder des photos n'était pas la même chose que de voir le corps *in situ*.

Il la guida vers sa Jeep. Il ouvrit le hayon et sortit une veste chaude. Il l'aida à l'enfiler. Les manches couvraient ses mains, et l'ourlet tombait sur ses cuisses.

Avant qu'il ne puisse réfléchir, il enroula ses bras autour d'elle et l'attira contre sa poitrine. Elle s'adapta parfaitement à lui. Aussi affreuse que soit la scène derrière lui, avoir Morgan dans ses bras était bon, et il prit autant de réconfort de l'étreinte qu'il en donna.

Morgan remua, parlant à sa poitrine.

— Que lui est-il arrivé ?

À contrecœur, il recula et remonta la fermeture Éclair de la veste jusqu'à son menton.

— Il est bien trop tôt pour les théories. Nous ne ferions que deviner. Attendons les faits.

Il fit appel à l'avocat en elle.

— Tu as raison.

Mais ses yeux bleus étaient des mares sombres, et son visage était devenu plus pâle que la lune. Le regard dérivant vers les arbres, Morgan prit une grande bouffée d'air.

— Pourrait-il être encore ici ?

— J'en doute.

Mais il continua à scanner les arbres environnants juste au cas où. Il n'avait eu qu'un bref aperçu du corps, mais le sang étalé sur sa peau avait l'air sombre et sec.

— Je pense qu'elle est morte depuis plus que quelques heures.

Quinze minutes plus tard, des lumières stroboscopiques se rapprochant tourbillonnaient dans l'obscurité. Un véhicule de patrouille se gara à côté de la Jeep, et Carl en sortit, le visage sombre. Ils ne prirent pas la peine de se saluer. Lance montra le corps à Carl.

— Merde.

Carl retourna vers sa voiture de patrouille.

Le temps que les premières lueurs de l'aube éclairent la scène, deux autres voitures de patrouille, le médecin légiste et une équipe médico-légale étaient arrivés.

L'équipe resta en retrait, attendant que le médecin légiste fasse son travail. Kit en main, celui-ci traversa la clairière. Sa combinaison blanche était fantomatique dans la lumière grise. Malgré le nombre de personnes, la clairière était sinistrement calme. Normalement, les mauvaises blagues fusaient autour d'une scène de mort. L'humour noir était un mécanisme d'adaptation favorisé, mais pas lorsque la victime était un enfant. Une voiture de police bleu foncé non marquée se gara au bout de la rangée. Deux personnes en sortirent.

Les inspecteurs Brody McNamara et Stella Dane se pressèrent sur le chemin.

Stella se précipita vers sa sœur.

— Tu vas bien ?

Le hochement de tête rigide de Morgan n'était pas convaincant, mais elle s'était ressaisie. Pendant que l'équipe médico-légale enfilait ses EPI, Brody et Stella suivirent le médecin légiste dans les quenouilles. L'horizon passa du gris au rose tandis que Morgan et Lance attendaient. Dix minutes s'écoulèrent avant que Brody et Stella n'émergent des roseaux.

— Vous devez être épuisés. Nous allons prendre vos déclarations, et ensuite vous pourrez partir.

Brody fit signe à Morgan de le suivre. Il la guida à quelques pas de là. Stella se tourna vers Lance.

— Dites-moi ce qu'il s'est passé.

Lance raconta les événements de la soirée, du coup de téléphone de Morgan jusqu'à la découverte du corps. Stella prit des notes, puis remit son bloc-notes dans sa poche.

— Vous veillerez sur ma sœur ?

— Bien sûr.

Il hocha la tête.

Mais la colonne vertébrale de Morgan était droite et son menton haut alors qu'elle terminait sa déclaration avec Brody et revint ensuite aux côtés de Lance.

Ils retournèrent à la Jeep. Il démarra le moteur, alluma le chauffage et repartit vers la maison des Dane. Morgan fut silencieuse durant le trajet jusqu'à son quartier. Elle pinça ses joues, lissa ses cheveux, et descendit de la Jeep. Un Art au visage grimaçant ouvrit la porte avant qu'ils ne l'atteignent. Il lança à Lance un regard interrogateur.

Lance secoua la tête.

— Pas maintenant.

Avec une longue carrière de policier derrière lui, Art comprit. Il acquiesça.

Ils laissèrent leurs chaussures boueuses près de la porte. Des bavardages aigus les attirèrent vers la cuisine. Lance suivit Morgan dans la pièce. La vue des trois enfants prenant leur petit déjeuner était une dose bienvenue d'énergie positive.

Ses trois petites filles étaient assises à la table. Ava dévorait une crêpe imbibée de sirop. Mia étalait du beurre sur un petit pain. La petite Sophie, qui semblait survivre avec trois Cheerios par jour, n'avait pas touché à son assiette.

L'enfant sauvage de Morgan portait des leggings violets, un T-shirt vert fluo, et des chaussettes dans deux différentes nuances de bleu. Ses cheveux semblaient avoir été coiffés avec un souffleur de feuilles. Au lieu de manger, elle étalait un bâton de colle sur un morceau de papier et secouait un petit récipient de paillettes argentées dessus.

Les paillettes étaient la drogue de Sophie.

Gianna se tenait près de la cuisinière pour verser de la pâte sur une plaque chaude.

Dès que Morgan entra dans la cuisine, les filles coururent vers elle dans un chœur de « Maman ! ».

— Bonjour, mes chéries.

Elle les enveloppa dans un énorme câlin, et le sourire sur son visage devint authentique. Elle s'installa sur une chaise. Les enfants l'entourèrent, et leur bavardage s'intensifia. Lance eut la tête qui tourne, mais Morgan semblait pouvoir écouter trois conversations à la fois.

Son visage se détendit tandis que les enfants lui racontaient leur matinée. Combien de choses avaient-elles déjà pu faire ?

— Salut, Lance.

Ava regagna sa chaise. Mia courut pour lui donner un câlin rapide avant de retourner à son petit déjeuner.

Sophie traversa la cuisine, s'arrêta en face de lui et le regarda fixement, ses grands yeux bleus le transperçant. Sérieusement, la gamine était un polygraphe ambulant.

— Maman a l'air triste.

Clairement, Sophie le blâmait.

— Oui, dit Lance avec méfiance.

— Est-ce qu'elle sera bientôt de nouveau heureuse ?

Sous-entendu : que vas-tu faire à ce sujet ?

— Je l'espère.

— Moi aussi.

Son hochement de tête était bien trop solennel pour une enfant de trois ans.

— Je devrais y aller, dit-il.

La fatigue dans ses os provenait bien plus que d'une nuit sans sommeil. Elle provenait de la mort violente et insensée d'une jeune femme brillante.

Morgan l'accompagna jusqu'à la porte.

— Merci pour tout ce que tu as fait cette nuit.

— De rien.

Il s'arrêta sur le seuil.

— Appelle-moi si tu as besoin de quelque chose.

— Je le ferai.

Lance retourna à sa petite maison en ville, se gara dans l'allée et entra dans son ranch à deux chambres. Après le chaos chez Morgan, le vide de la sienne le frappa durement. Qui aurait pu penser que le bavardage incessant de trois petits enfants lui manquerait ?

Pas lui.

Il se rendit dans la chambre, se déshabilla, et alla dans la douche. Le jet d'eau froide lui vida la tête. Cinq minutes plus tard, séché et habillé, il regarda son lit. Se rappelant la scène de crime de ce matin, il ne voulait pas encore dormir. Dans la salle à manger, il s'assit à son piano, mais ne trouva pas l'envie de jouer. Il n'avait pas non plus envie de s'asseoir dans son espace vide et froid, et fixer les murs.

Même si c'était samedi, il avait besoin de la distraction du travail. Prenant ses clés, il partit. Le bureau était seulement à six pâtés de maisons. Son trajet matinal vers le boulot lui prenait moins de trois minutes.

Sharp était à son bureau quand Lance arriva au cabinet.

— Tu as une sale tête.

— Merci.

Lance alla dans la cuisine à l'arrière de l'espace.

— Tu as du café ici ?

— Tu veux vraiment fatiguer tes glandes surrénales ? demanda Sharp d'une voix qui disait *sûrement pas*.

— Oui.

Une douleur sourde palpitait à la base du crâne de Lance. Sharp sortit le mixeur et des légumes verts.

— Sérieusement, dis-moi ce qu'il s'est passé la nuit dernière.

— Comme si tu ne le savais pas.

Lance se laissa tomber sur une chaise à la petite table en bois.

— Je sais que Tessa Palmer, dix-huit ans, a été retrouvée morte près du lieu de fête locale du lac Scarlet.

Sharp enfonça des patates douces vertes, sa dernière obsession, et des morceaux de fruits congelés dans le mixeur.

— Je sais que Morgan Dane et toi l'avez trouvée, et que c'était un meurtre particulièrement cruel.

Lance poussa un soupir.

— Ça résume tout.

Mais il détailla quand même les événements de la nuit. Quand il eut fini, Sharp fit pulser le mixeur jusqu'à ce que son contenu prenne une couleur verte. Il versa la concoction dans un verre.

— Les antioxydants sont bons pour le stress.

Sachant que le shake aurait meilleur goût qu'il n'en avait l'air, Lance le but.

— Avons-nous des affaires sur lesquelles travailler ?

— Bien sûr.

Lance suivit Sharp dans son bureau.

Posant sa tasse sur le bureau, Sharp choisit un dossier dans une pile.

— Voilà. Jamie Lewis, seize ans, disparue depuis deux mois. La police n'a aucune piste. Sa mère est désespérée. Ce n'est pas la première fois qu'elle fugue, mais c'est la première fois que la police n'a pas réussi à la retrouver.

Lance prit le dossier et l'ouvrit. Une photo couleur sur papier glacé grand format d'une jeune fille le regardait fixement. C'était une photo d'école, mais Jamie ne souriait pas. Sa bouche était tordue en une grimace insolente.

Mais c'étaient ses yeux qui le surprirent. Ils étaient noirs et défiants, assombris d'une colère qui démentait son âge.

— J'ai vu des criminels condamnés avec des expressions plus chaleureuses, dit Lance.

— Certainement, poursuivit Sharp. Jamie souffre de TDA et de troubles oppositionnels avec provocation. Elle a suivi un large éventail de traitements pharmaceutiques depuis l'âge de huit ans. À douze ans, elle refusait de prendre ses médicaments. À la place, elle s'automédicamentait avec de l'alcool et de l'herbe. Il y a deux ans, son psychologue a ajouté des troubles bipolaires à son diagnostic. Ses parents sont divorcés et s'accusent mutuellement. Il y a beaucoup de frictions avec les beaux-parents. La mère est du coin. Le père de Jamie a déménagé en Californie et s'est remarié.

— Elle semble être une enfant sérieusement perturbée.

— Elle l'est.

Sharp soupira.

— La police n'a trouvé aucun signe d'elle en ville. Ils sont convaincus qu'elle s'est enfuie loin. Les parents ne le nient pas, mais ils veulent quand même la retrouver.

Lance feuilleta le dossier. Sharp avait interrogé la mère en personne, le père par téléphone. Il avait aussi fouillé la chambre de Jamie. Ce n'était pas une fille féminine. Elle aimait le rock classique et les bandes dessinées. Elle pouvait dessiner, et certains de ses croquis étaient troublants.

— Si elle a quitté la ville, il n'y a pas grand-chose que les flics locaux puissent faire à part l'entrer dans la base de données avec les millions d'autres enfants disparus.

Si elle était retrouvée par la police dans un autre endroit, ils la passeraient dans le Centre National d'Information sur les Crimes. Le CNIC l'aurait listée comme une fugueuse, et elle serait rendue à ses parents.

— Que veux-tu que je fasse ?

— J'ai les informations des comptes de Jamie sur les réseaux sociaux. Elle n'a pas été en ligne depuis qu'elle a disparu, mais les enfants mettent tout sur Internet. Retourne sur ses posts des derniers mois avant qu'elle ne parte. Vois si tu peux trouver quelque chose qui pourrait nous donner une idée. Des amis dont ses parents n'étaient pas au courant. Des endroits où elle a toujours voulu aller. Des connexions en ligne qui pourraient être suspectes.

Lance fit craquer ses articulations sur le clavier.

— Je m'en occupe.

Tirant ses clés de sa poche, Sharp fit un signe de tête vers son propre bureau. À travers la porte ouverte, Lance pouvait voir le canapé en cuir noir contre le mur.

— Essaie de faire une sieste.

— Je risque de m'ennuyer suffisamment.

— Tu t'es arrêté pour voir ta mère aujourd'hui ? demanda Sharp.

— Pas encore.

Après avoir trouvé le corps, Lance n'était pas encore prêt à voir sa mère.

— Peut-être après cette sieste.

Sharp marqua une pause.

— Tu veux que j'aille la voir pour toi ?

Comme si aller voir sa mère était tout ce qu'une visite impliquait. Sharp était l'une des rares personnes que la mère anxieuse de Lance autorisait à entrer chez elle. Sans Sharp, personne ne l'aurait vue ou emmenée à ses séances de thérapie de groupe pendant que Lance était à l'hôpital l'automne dernier.

— Non. Je vais le faire, mais merci pour l'offre.

— Appelle-moi si tu changes d'avis. Rends-moi service, et assure-toi que le bol d'eau sur le porche arrière est plein, dit Sharp en sortant.

Lance se rendit sur le porche arrière. Il vit le flash rapide d'un corps maigre, blanc et brun, alors que l'animal disparaissait sous les marches. Il apporta l'abreuvoir dans la cuisine, le remplit et le remit sur le porche. Le chiot semblait maigre et le bol de nourriture était vide, alors il ajouta quelques croquettes. Il pouvait voir l'éclat des yeux du chien qui le regardait.

— Tu pourrais faire pire que Sharp. Il agit comme un bourru, mais il serait fondamentalement ton esclave si tu le laisses faire.

Le chien ne le crut pas.

Lance retourna à son bureau, lança une station de rock classique à travers le haut-parleur sans fil, et s'installa avec son ordinateur portable. Il feuilleta le fichier des informations sur les parents, tout pour garder l'image d'une adolescente morte hors de sa tête.

Trois heures de recherches sur son ordinateur plus tard, l'épuisement frappa Lance comme une brique sur la tête. Les réseaux sociaux de Jamie n'avaient rien révélé, mais il était probable que ses parents surveillaient son activité en ligne, compte tenu de son historique psychiatrique. La gamine était certainement assez intelligente pour savoir que ses comptes étaient surveillés.

Lance envisagea d'aller chercher un café et un donut. S'il s'endormait, il verrait le corps de Tessa Palmer dans ses rêves. Il était à mi-chemin de la porte quand la douleur raide dans sa cuisse lui fit faire demi-tour. Il retourna à la cuisine et but un shake protéiné, puis s'allongea sur le canapé.

Il ne pouvait pas laisser quelques cauchemars – ou quoi que ce soit d'autre – entraver sa guérison.

Mais l'image sanglante qui hantait son sommeil n'appartenait pas à Tessa.

C'était celle de Morgan. Même dans son sommeil, il savait qu'elle était la seule à pouvoir le blesser.

7

C'était mercredi après-midi. Lance était appuyé contre sa Jeep et attendait le meilleur ami de Jamie Lewis. Tony Allessi, dix-sept ans, avait abandonné le lycée et travaillait au bowling. Ni la police ni les parents de Jamie n'avaient pu obtenir d'informations du gamin, mais Lance n'était pas une figure d'autorité. Quelqu'un devait savoir où Jamie était partie. Avec les adolescents, les amis étaient la meilleure possibilité. Tony était facile à repérer en traversant le parking. Au sommet d'une silhouette maigre haute d'un mètre quatre-vingt-dix, son Mohawk bleu et rouge de dix centimètres ne se fondait pas exactement dans la foule. Il ressemblait à un perroquet.

Lance se détacha de sa Jeep.

— Hé, Tony !

L'adolescent se retourna au son de son nom. Il portait un jean déchiré et un T-shirt vintage des Ramones.

— J'ai entendu dire que tu es un bon ami de Jamie Lewis.

Lance regarda au-delà de l'anneau dans le nez, de l'eye-liner, et des deux écarteurs de la taille d'une assiette. Sous toutes ses modifications faciales, le regard de Tony était vif et méfiant.

— Ouais. Et alors ?

— Je suis à sa recherche.

— Pourquoi ?

Lance lui tendit une carte de visite.

— Tu as entendu ce qu'il s'est passé jeudi soir, n'est-ce pas ?

Tony acquiesça, sa bouche se contractant en une ligne solennelle.

— Ouais. Je ne connaissais pas si bien Tessa, mais elle ne méritait pas d'être tuée.

— Non. Elle ne le méritait pas. La police n'a pas attrapé le gars qui a fait ça. Je déteste imaginer Jamie dehors toute seule.

Lance laissa l'implication flotter dans l'air. Tony se pencha en arrière, les mains levées.

— Mec, je ne peux pas mener la police vers une amie.

Il avait définitivement vu Jamie.

— Je ne suis pas la police, souligna Lance. Mais ses parents deviennent fous. Chaque fois que les infos parlent du meurtre, ils imaginent Jamie.

Tout comme Lance. Le cadavre de Tessa Palmer le hantait depuis samedi matin. Il voulait vraiment trouver Jamie avant que quelque chose de terrible ne lui arrive. Les enfants dans la rue étaient vulnérables à toutes sortes de prédateurs.

— Désolé, mec. Je ne peux pas t'aider, insista Tony. Je ne sais pas où elle est de toute façon.

— Si tu vois Jamie, demande-lui de m'appeler.

Lance lui tendit une autre carte.

— Savoir qu'elle va bien signifierait beaucoup pour ses parents.

— OK.

Tony l'empocha et entra dans le bâtiment.

— Hé, le flic ! appela une voix.

Lance pivota pour voir un adolescent aux cheveux roux debout à côté d'une Toyota déglinguée. Le gamin était petit et maigre avec un teint rougeâtre et des taches de rousseur.

— Tu demandais à propos de Jamie Lewis ?

— C'est quoi, ton nom ? le questionna Lance.

— T’es un flic ?

— Non.

Lance vérifia que son arme de poing derrière sa hanche droite était couverte par sa chemise. Elle l’était. Pourquoi tout le monde pensait-il qu’il était flic ?

— Alors ce n’est pas tes putains d’affaires.

Il était une heure de l’après-midi. Ce gamin n’était-il pas censé être à l’école ?

— As-tu des informations sur Jamie ? demanda Lance.

— Qu’est-ce que ça vaut pour toi ?

Le rouquin tendit sa main et remua ses doigts. Lance sortit un billet de vingt dollars de son portefeuille. Le gamin secoua la tête.

— Ça vaut plus que vingt dollars.

Lance échangea le billet de vingt contre un de cinquante. Le gamin voulut l’attraper, mais Lance faisait deux fois sa taille. Il tint l’argent juste hors de sa portée.

— Qu’est-ce que tu sais ?

Avec un soupir dégoûté, le rouquin sortit un téléphone portable qui avait probablement coûté plus cher que sa voiture. Il fit défiler son écran.

— Il y avait cette grande fête au lac jeudi soir.

Lance se redressa.

— Et ?

— Et Jamie était là.

Le gamin tendit le téléphone pour que Lance puisse voir l’écran. Une vidéo était en cours de lecture avec le son coupé. Lance regardait deux garçons se bousculer et se disputer. Le gamin tapota l’écran.

— Regarde en arrière-plan.

Un cercle d’adolescents entourait les garçons qui se battaient. Ils semblaient encourager le combat. Le rouquin appuya sur *Pause*.

— C’est Jamie.

— Tu connais un de ces autres gamins ?

L'attention était portée sur les combattants, donc les personnes en arrière-plan étaient floues. Lance ne pouvait pas identifier positivement qui que ce soit. Il devrait voir la vidéo sur un écran plus grand.

— Mec, je ne suis pas un mouchard.

Lance fit un signe de tête en direction du billet de cinquante.

— Je peux avoir une copie de ça ?

Le rouquin roula des yeux.

— C'est sur YouTube. Tu peux faire ce que tu veux avec.

Lance copia l'adresse URL et remit l'argent.

— Merci.

Le rouquin prit les cinquante dollars et son téléphone.

Alors que le gamin montait dans sa Toyota, Lance mémorisa les informations de sa plaque d'immatriculation. Il lui faudrait cinq minutes pour identifier M. le rouquin « ce n'est pas tes putains d'affaires ».

Lance roula jusqu'à son bureau. Sharp était à sa place, travaillant sur son ordinateur. Lance se dirigea vers la pièce vide et son ordinateur portable. Il s'installa sur la chaise pliante.

— Tu n'es pas mal à l'aise dans cette petite chaise ? héla Sharp à travers le hall.

— Je suis confortable. J'aime le minimalisme.

L'écran de l'ordinateur s'alluma ; Lance ouvrit le navigateur et alla sur YouTube. Il trouva la vidéo en vingt secondes.

— Viens voir ça.

Sharp traversa le hall et regarda par-dessus l'épaule de Lance. Celui-ci arrêta la vidéo au même moment que le rouquin.

— Jamie Lewis ?

— Ça alors !

— L'hypothèse qu'elle ait quitté la ville tombe à l'eau.

— Quand a été prise cette vidéo ? demanda Sharp.

— Jeudi soir.

Lance repassa la vidéo depuis le début. Il n'avait pas vu le rouquin, et n'avait pas repéré le Mohawk de Tony dans la foule, mais, même agrandies, les images de fond étaient un peu granuleuses.

Sharp se pencha plus près.

— Est-ce la fête où Tessa Palmer a été vue pour la dernière fois ?

— C'est ça.

Lance figea la vidéo de nouveau.

— C'est Tessa.

— Est-ce que la police a cette vidéo ?

Sharp recula, se grattant le menton.

— Je ne sais pas. Je vais appeler Brody.

— Tu devrais. C'est bien de rester dans les bonnes grâces de la police locale. Horner est un mal nécessaire et fait un très mauvais ennemi.

— Tu as oublié « trou du cul ». J'espère que le maire perdra les élections. Alors peut-être que Horner sera mis en boîte.

Ayant travaillé pour cet homme pendant dix ans, Lance en avait assez de sa politique sur le maintien de l'ordre.

— Ça pourrait toujours être pire. Mieux vaut le diable que tu connais, et tout ça.

— C'est vrai, admit Lance.

— Reconnais-tu les deux garçons qui se battent ? demanda Sharp.

— Le brun vit en face de chez Morgan. Il s'appelle Nick. C'était le petit ami de Tessa. Je ne connais pas l'autre garçon.

Lance pointa l'écran.

— On dirait que la vidéo a été mise en ligne sur YouTube aujourd'hui.

Lance regarda le clip une fois de plus. Il monta le son, mais tout ce qu'il pouvait entendre, c'était la foule d'ados qui scandait « Baston, baston, baston ! ».

Nick était l'agresseur, son visage rouge de rage alors qu'il s'attaquait à l'autre garçon en le poussant des deux mains.

— J'aimerais savoir ce qui a conduit à cette bagarre, dit Sharp. J'aurais aimé que la vidéo commence plus tôt.

Tessa entra en scène, se calant entre les deux garçons. Nick recula, mais le second garçon la contourna, la faisant tomber au sol dans sa hâte d'atteindre Nick. Tessa courut hors de vue. Quelques garçons intervinrent pour mettre fin à la bagarre et la vidéo se termina avec un long plan du sol.

— Au moins, nous savons que Jamie était encore en ville jeudi soir dernier.

Sharp se tourna vers la porte. En sortant, il parla par-dessus son épaule.

— Je vais appeler ses parents. Donne-moi quelques minutes pour télécharger une copie de la vidéo au cas où les flics la retireraient de YouTube.

— Je suis sûr que les parents de Jamie seront soulagés de la voir en vie, dit Lance.

Après que Sharp fut retourné à son bureau, Lance appela Brody, mais il ne répondit pas et sa boîte vocale était pleine. Il sortit dans le couloir et se pencha dans le bureau de Sharp.

— Je n'arrive pas à joindre Brody au téléphone. Je vais m'arrêter au poste. Tu as téléchargé la vidéo ?

Sharp leva les yeux de son clavier.

— Je l'ai.

Lance sortit, grimpa dans sa Jeep et se dirigea vers le bâtiment municipal du canton. La police de Scarlet Falls occupait le rez-de-chaussée d'un bâtiment de deux étages de style colonial. Le percepteur des impôts, le bureau de zonage et le greffier municipal étaient situés à l'étage. Il traversa le hall aux carreaux gris et entra dans l'accueil. De l'extérieur, le bâtiment avait l'air accueillant et pittoresque, avec son bardage bleu, typique de la Nouvelle-Angleterre, et ses volets rouge grange. À l'intérieur, l'espace avait eu besoin d'un lifting vingt ans plus tôt.

Le sergent au bureau l'accueillit avec un sourire qui plissa son visage comme celui d'un bulldog.

— Hey, Lance. Comment se passe ton nouveau boulot de détective privé ?

— C'est pas mal.

Lance s'appuya sur le comptoir.

— Sharp te traite bien ?

— Oui.

— Dis-lui qu'il a intérêt, ou je lui botte le cul.

Le sergent sourit.

— Brody est dans le coin ? J'ai essayé de lui laisser un message, mais sa messagerie est pleine.

Baissant la voix, le sergent répondit :

— Horner a tenu une autre conférence de presse, donc Brody est occupé avec les citoyens qui appellent pour des *infos*.

Quatre-vingt-dix-neuf pour cent d'entre eux s'avéraient être une perte de temps totale.

— Pauvre Brody, dit Lance.

— Nous essayons de les filtrer du mieux que nous pouvons, mais nous manquons déjà de personnel.

N'était-ce toujours pas le cas ?

Le sergent soupira.

— Et tu sais comment c'est. Tous les citoyens veulent parler à l'inspecteur.

— Et Stella ? Est-elle ici ? demanda Lance. Je pourrais avoir quelques informations sur l'affaire Palmer.

Le sergent secoua sa tête chauve.

— Non. Elle ne travaille pas sur l'affaire Palmer, de toute façon.

— Vraiment ?

— Vraiment.

— Alors qui travaille avec Brody ?

Quand Lance portait un uniforme, il aidait les inspecteurs lorsqu'ils en avaient besoin.

Le sergent jeta un coup d'œil autour de lui. Le hall était vide.

— Horner.

— Qu... Quoi ?

De tous les noms que Lance s'était attendu à entendre, ce n'était pas l'un d'entre eux.

— Je sais, concéda le sergent. En tout cas, peut-être que tu devrais lui parler.

— Bonne idée.

Lance préférerait encore avoir une rage de dents.

— Je vais lui dire que tu es là.

Le sergent décrocha le téléphone et parla avec la secrétaire de Horner pendant quelques secondes.

— Vas-y.

— Merci.

Lance contourna le comptoir et franchit la porte pour entrer dans une longue pièce ouverte remplie de rangées de casiers métalliques et de groupes de bureaux. Des officiers étaient assis à leur bureau et tapaient des rapports. Ils saluèrent Lance alors qu'il se dirigeait vers le bureau de Horner.

La secrétaire blonde de Horner lui fit signe de passer d'une main manucurée.

— Entrez.

Lance tapa poliment à la porte avant d'entrer. Même en fin de journée, pas un seul pli n'osait entacher l'uniforme bleu marine amidonné de Horner, et sa coupe de cheveux de précision était toujours aussi parfaite.

— Lance, assieds-toi.

Horner fit un geste vers l'une des deux chaises qui faisaient face à son bureau.

— Tu as l'air en forme. Comment vas-tu ?

— Très bien. Merci.

Lance s'installa confortablement dans le siège.

C'était une longue récupération.

En juin, sept mois après la fusillade, Lance était brièvement retourné dans la police, mais sa jambe n'était pas prête. Son incapacité à suivre le rythme avait mis ses collègues en danger. Il ne porterait plus jamais de badge à moins qu'il ne soit complètement remis.

— Heureux de l'entendre. J'aurais aimé que tu restes en invalidité au lieu de démissionner.

Les cheveux de Horner brillaient dans la lumière comme s'ils étaient vernis, ou peut-être en plastique. Le chef avait *vraiment* une certaine ressemblance avec la poupée Ken d'Ava.

— À l'époque, je ne savais pas si j'allais revenir à cent pour cent un jour, et rester en invalidité ne me plaisait pas. Je préférais travailler.

— Je comprends et je respecte ça.

Horner acquiesça.

— Maintenant, que puis-je faire pour toi ?

Lance sortit son téléphone de sa poche.

— En fait, j'ai quelque chose pour vous.

Il ouvrit son application YouTube et tendit le téléphone vers le bureau.

— Si vous regardez l'heure sur la vidéo, il semble que ça a été pris au lac jeudi soir.

Les yeux de Horner s'éclaircirent en regardant.

— C'est plus facile à voir sur un écran plus grand, mais c'est Tessa Palmer qui essaie d'interrompre la bagarre, dit Lance.

Horner pivota pour faire face à l'ordinateur situé sur l'autre partie de son bureau en L. Il ouvrit son navigateur puis la vidéo, en se figeant sur une image de Tessa entre les deux garçons.

— On dirait que c'est son petit ami, Nick Zabrowski.

— En effet.

— Comment as-tu trouvé ça ?

L'irritation aplatit la bouche de Horner.

— Je suis tombé dessus en travaillant sur une affaire d'enfant disparu. Jamie Lewis. Elle a été mise en ligne aujourd'hui.

Il n'y avait aucune raison pour que Lance préserve la confidentialité des clients puisque Jamie était déjà une affaire en cours pour la police.

— Sais-tu qui a pris cette vidéo ? demanda Horner.

— Non.

Lance hésita à donner le numéro de plaque du rouquin à Horner.

Mais la police pouvait assigner YouTube pour obtenir les détails du compte de la personne qui avait téléchargé la vidéo. Et Lance pourrait avoir besoin de plus d'informations de la part de M. Il-ne-sait-pas-qui pour trouver Jamie. Le gamin serait moins coopératif si Lance le livrait à la police. Il garderait son identité dans sa manche pour le moment.

— Merci d'avoir porté ça à mon attention. Si tu trouves quelque chose d'autre, j'apprécierais un appel.

Horner tendit la main. Lance la serra.

— Bien sûr.

— Je veux que tu saches que j'ai demandé à ajouter un troisième inspecteur et deux uniformes de plus à notre force. Le récent accroissement de la criminalité justifie l'augmentation du budget. Nous avons le plein soutien du maire. Bien sûr, le conseil retient l'approbation jusqu'après l'élection, mais je suis sûr qu'une fois le maire réélu, Scarlet Falls pourra embaucher.

Lance minimisa son intérêt.

— Merci pour l'information. Bonne chance avec l'affaire Palmer.

— Je ne doute pas que l'affaire sera close dans la semaine.

Les yeux de Horner brillèrent d'une lueur prédatrice.

— Vous avez un bon suspect ?

Horner sourit, ses dents aussi parfaites que ses cheveux.

— Tout ce que je peux dire, c'est que tout sera bientôt terminé. Cette vidéo va nous aider. Merci encore. Je n'oublierai pas ta coopération lorsque ce poste se libérera, si tu es toujours intéressé pour devenir un inspecteur, bien sûr.

— Je vais y réfléchir, répondit Lance.

Il quitta le bureau du chef avec la tête pleine de questions. Il appela Sharp depuis la voiture et le mit au courant de la rencontre.

— Pourquoi Horner s'intéresse personnellement à l'affaire Palmer ?

— Parce qu'il connaît les grands-parents de la fille et le maire aussi. Ils appartiennent au même country club chic. En plus, Horner est toujours à la recherche de publicité.

— Ça explique beaucoup de choses.

Lance parla à Sharp de la vague offre d'emploi de Horner.

— Tu veux vraiment travailler pour lui ? demanda Sharp.

— Peut-être.

Oui.

— Rappelle-toi, tu ne peux pas choisir tes affaires. Retourne travailler pour Horner, et tu seras à sa disposition.

— Par opposition à être à ta disposition ? plaisanta Lance.

— Tu me compares à Horner ? Quelle insulte ! répliqua Sharp. Tu te rends compte que Horner a volé cette affaire à Stella pour obtenir bonne presse pour lui et le maire.

— Il a suggéré qu'ils étaient sur le point de faire une arrestation.

— Oui. J'ai entendu dire qu'ils attendaient un test ADN.

— Où as-tu entendu ça ?

— J'ai mes sources.

Sharp s'arrêtait au bar local fréquenté par ses anciens potes flics plusieurs fois par semaine pour recueillir des ragots. Le pub stockait une bière bio juste pour Sharp.

— Pourrais-tu trouver à qui appartient ce véhicule ?

Lance lui donna le numéro de plaque de la Toyota du rouquin.

— Je vais le faire. Je te l'envoie par SMS.

La ligne bipa et Sharp dit :

— J'ai un autre appel en attente. Regarde combien d'autres gamins de la fête tu peux identifier. Quelqu'un doit savoir où Jamie Lewis s'est cachée.

— Je m'en occupe.

Lance termina l'appel et posa son téléphone sur le tableau de bord. Il avait reconnu trois personnes sur la vidéo : Tessa, Jamie et Nick. La seule de ces trois personnes à qui il pouvait parler était le voisin de Morgan.

Il se dirigea vers sa maison.

8

La pluie tapait sur la fenêtre de la cuisine. Morgan sirotait une tasse de café et lisait ses e-mails provenant du bureau du procureur et du département des ressources humaines. Remplir des formulaires d'emploi et d'assurance rendait son nouveau travail réel et la première lueur d'intérêt pour quelque chose en dehors des murs de la maison étincelait en elle.

À côté d'elle, Sophie mangeait un minuscule triangle de son sandwich au beurre de cacahuètes et à la confiture en travaillant sur un dessin. Morgan y jeta un coup d'œil. Les arcs de couleurs vives étaient typiques de Sophie.

Une nouvelle vague de tristesse et de colère la traversa.

Autrefois, Tessa avait été une petite fille, coloriant à la table de sa cuisine. Elle aurait dû avoir une longue et heureuse vie.

Morgan chassa d'un clignement d'œil l'image du corps mutilé de la fille, la même image qui apparaissait dans ses cauchemars encore et encore chaque fois qu'elle fermait les yeux.

— C'est l'heure de la sieste, rappela Morgan à sa cadette.

Sophie leva les yeux de son arc-en-ciel bancal. Comme d'habitude, des cheveux emmêlés se balançaient autour du visage de sa fille.

— Je suis trop vieille pour les siestes.

Morgan ignora la protestation.

— Je vais accrocher ton arc-en-ciel sur le frigo. Allez.

Sophie glissa de sa chaise et se dirigea vers sa chambre, traînant les pieds. Mais la matinée d'école maternelle l'avait épuisée et elle s'endormit en quelques minutes. Son visage était rouge, et Morgan soupçonnait qu'un rhume de rentrée des classes se profilait. Elle s'arrêta pour regarder Sophie dormir pendant quelques minutes. Réveillée, l'enfant ne restait pas immobile assez longtemps. Sa bouche en bouton de rose était détendue, lui donnant une innocence qu'elle avait rarement lorsqu'elle était debout.

Bientôt, Sophie serait trop vieille pour les siestes. Comme ses sœurs, elle serait trop grande pour les relectures de *Bonne nuit la lune* et le besoin d'avoir sa tartine coupée en triangles parfaitement réguliers. Morgan allait regretter ces petits moments de paix.

Elle repoussa le sentiment de tristesse qui l'envahissait. La vie n'était pas figée. Elle allait de l'avant.

Tirant la porte de la chambre presque fermée, Morgan retourna dans le salon. Grand-père était dans son fauteuil. Il mit de côté son iPad.

— J'abandonne. La caméra de sécurité ne fonctionne pas. Je vais devoir la vérifier demain.

Morgan l'imaginait en train de grimper à une échelle.

— Pourquoi n'appelles-tu pas la société d'alarme ? C'est pour ça qu'on les paie.

— Tu as raison.

Grand-père lui accorda toute son attention.

— Est-ce que tu vas bien ? Tu n'es pas sortie de la maison depuis des jours. Ce n'est pas sain.

Grand-père n'avait jamais peur de dire les choses comme elles l'étaient.

— Tu n'as jamais rappelé Lance, n'est-ce pas ? Il était inquiet pour toi.

Morgan n'avait pas répondu à son appel. Elle avait aussi ignoré les messages de plusieurs voisins, tous probablement désireux de faire des commérages sur Tessa. Grand-père fronça les sourcils.

— Nous n'avons même pas parlé de la mort de Tessa.

Morgan ne voulait pas en discuter. Elle ne voulait pas y penser. Elle avait refoulé le meurtre de Tessa dans le coin sombre de son esprit réservé au chagrin. Mais c'était là, planant, attendant un déclencheur, c'est pourquoi elle avait réussi à éviter Internet et rempli ces derniers jours avec des projets d'art créatif et de dessins animés pour les enfants.

— Chérie, tu ne peux pas tout garder à l'intérieur.

La voix de Grand-père était douce.

— Qu'est-il arrivé à ton thérapeute ?

— Je n'arrivais vraiment à rien. Ça semblait inutile de continuer.

Elle n'avait pas voulu faire de progrès.

Grand-père s'approcha et mit sa main sur la sienne.

— Alors tu devrais en trouver un autre.

Elle sourit, mais sans grande conviction.

— J'irai bien une fois que j'aurai repris le travail. J'ai juste besoin de mettre de l'ordre dans ma vie.

Son grand-père n'avait pas l'air convaincu.

Morgan se leva.

— Et sur cette note, je vais retourner à ma paperasse avant que Sophie ne se réveille.

Elle n'atteignit pas la cuisine.

— Tu vas vouloir voir ça.

Grand-père augmenta le volume de la télé. Il poussa le repose-pieds de son fauteuil relax et se pencha en avant.

Sur l'écran, le chef de la police, le maire et le procureur étaient réunis à côté d'un podium. De l'autre côté de la scène ornée de drapeaux, Brody se tenait en retrait. Le chef de la police Horner monta sur le podium.

— *Derrière moi se trouvent le procureur Bryce Walters, le maire Rich DiGulio…*

Horner changea de direction :

— *… et l'inspecteur Brody McNamara de Scarlet Falls.*

Des flashs retentirent tandis que les photographes prenaient des clichés. Morgan retourna sur le canapé et se percha sur le bord de l'assise.

Horner se retourna vers la foule de journalistes.

— *Nous avons des nouvelles sur le meurtre de Tessa Palmer.*

Les journalistes se précipitèrent, tendant leurs microphones et criant leurs questions. Horner leva une main pour demander le silence. Les conversations se réduisirent à des murmures, et il poursuivit.

— *Aux premières heures de la matinée de samedi, le département de police de Scarlet Falls a appris l'agression sexuelle brutale et le meurtre d'une victime féminine.*

Morgan tressaillit aux mots « agression sexuelle ». Elle n'était pas au courant. Horner continua :

— *La jeune femme a été identifiée comme étant Tessa Palmer, habitante de Scarlet Falls. Elle a été tuée entre jeudi et vendredi, entre vingt-deux heures trente et quatre heures du matin. Son corps a été retrouvé près du lac Scarlet. Nous enquêtons minutieusement sur ce crime brutal. L'inspecteur McNamara est chargé de l'affaire. Je vais le laisser répondre à vos questions.*

Il fit signe à Brody de s'approcher du micro.

Brody obtempéra, mais il n'avait pas l'air ravi.

Un journaliste cria :

— *Inspecteur McNamara, nous avons entendu qu'il y a un suspect !*

Brody secoua la tête.

— *Nous avons un suspect, mais nous ne sommes pas prêts à inculper qui que ce soit pour le moment.*

Un autre journaliste leva son micro.

— *Pensez-vous qu'il y ait un tueur en série qui sévit autour de Scarlet Falls ?*

— *C'est trop tôt dans l'enquête*... répondit Brody.

— *Merci, inspecteur McNamara.*

Horner le coupa, mais derrière son hochement de tête poli, il semblait prêt à arracher la tête de Brody.

— *Nous n'avons aucune raison de penser que ce meurtre soit autre chose qu'un événement isolé.*

— *Les femmes de Scarlet Falls devraient-elles prendre des précautions supplémentaires ?!* cria un autre journaliste.

— *Nous suggérons toujours à nos résidentes d'être vigilantes de leur environnement, mais nous n'avons pas d'avertissement spécifique pour le moment.*

Horner prit une respiration, son regard balayant la foule.

— *Je suis convaincu que ce bureau vous apportera une conclusion rapide à une affaire qui a choqué et consterné les résidents de cette ville.*

Grand-père baissa le volume alors que la conférence de presse se terminait.

— Le chef Horner aime être devant la caméra.

— Il perdra son poste si le maire n'est pas réélu. Un tueur qui court dans la ville n'aidera pas sa situation.

Le chef de la police avait été engagé par le maire et le conseil municipal. Si la direction de la ville changeait, le chef pourrait être renvoyé par la prochaine administration.

— Il y aura beaucoup de pression pour faire une arrestation rapide, dit Grand-père. L'élection est seulement dans six semaines.

— Je sens que je devrais faire quelque chose.

— Comme quoi ?

— Je ne sais pas, mais je veux que le tueur de Tessa soit arrêté.

Il y a cinq minutes, Morgan ne voulait pas parler de la mort de Tessa. Maintenant, elle se sentait soudainement lâche d'avoir évité de regarder les informations.

— Tu vas pouvoir mettre les criminels en prison à partir de la semaine prochaine.

— Je ne peux pas attendre. Pourquoi Stella n'était-elle pas à la conférence de presse ? demanda Morgan.

Sa sœur était intervenue sur la scène de crime avec Brody.

— Horner aime la mettre en face des caméras.

— Je ne sais pas. Peut-être qu'elle travaille sur l'affaire.

— Je vais l'appeler.

Elle passa un appel rapide à sa sœur.

Stella répondit au bout de deux sonneries.

— Morgan ?

— Hé. Je viens de voir la conférence de presse. Où étais-tu ?

— Horner m'a retirée de l'affaire.

Le vent affaiblissait le son de la voix de Stella.

— Quoi ?

— Attends. Le vent est violent par ici. Laisse-moi monter dans ma voiture.

Au bout du fil, une portière se ferma et le vent cessa. Stella continua.

— Il m'a retiré l'affaire. Il a dit que j'étais trop proche.

— Ce n'est pas la première fois que tu connais une victime. C'est une petite ville. Tu connais forcément des victimes.

— Je sais.

Stella marqua une pause.

— J'ai le sentiment qu'il cache quelque chose derrière son ordre.

— Comme ? demanda Morgan.

— J'ai reconnu la moitié des personnes amenées pour être interrogées.

Stella baissa d'un ton.

— Je me demande s'il m'a retiré l'affaire non pas parce que je connaissais la victime, mais parce que je pourrais connaître le tueur.

Statistiquement, les victimes masculines d'homicide étaient plus susceptibles d'être tuées par des inconnus, mais les femmes l'étaient généralement par quelqu'un qu'elles connaissaient. Scarlet Falls était une petite ville. Il y avait des chances que Tessa ait été tuée par l'un des siens.

Stella dit au revoir et Morgan baissa le téléphone. Un mouvement à travers la fenêtre du salon attira son attention. Trois voitures de police s'étaient arrêtées dans l'allée des Zabrowski. Deux véhicules noir et blanc et une voiture banalisée.

— Qu'est-ce qu'il y a ? demanda Grand-père.

— Des voitures de police de l'autre côté de la rue.

Morgan regarda Brody sortir de la voiture de police banalisée.

— Ils vont interroger Nick. Tu as dit qu'il était le petit ami de Tessa.

Grand-père se leva et la rejoignit à la fenêtre. Brody alla à la porte d'entrée. Bud l'ouvrit, et Brody lui tendit une feuille pliée.

— Ils sont en train de délivrer un mandat, dit Grand-père.

Morgan se dirigea vers la porte.

Grand-père fronça les sourcils.

— Tu ne peux pas t'impliquer. Tu vas travailler pour le procureur général, tu te souviens ?

— Je vais juste voir ce qu'il se passe.

L'inquiétude poussa Morgan à traverser la rue. Les terrains du quartier riverain faisaient plusieurs hectares chacun, les maisons étaient très éloignées les unes des autres. La maison des Zabrowski était un rectangle d'un étage, avec deux chambres, sans fioritures. Elle n'avait pas de vue sur l'eau, mais Bud était méticuleux dans son aménagement paysager. La pelouse de devant, avec son herbe verte comme l'Irlande et ses grands chênes, ressemblait à un parc. Nick avait appris son métier très jeune.

Morgan remonta l'allée de briques. Bud avait ouvert la porte avant qu'elle n'atteigne le perron.

— J'allais justement t'appeler. Je ne sais pas quoi faire.

Manager du Speedy Lube en ville, Bud portait toujours son polo rouge à logo et son pantalon noir.

Morgan ne savait pas grand-chose sur le passé de la famille, seulement que Bud avait élevé son fils seul depuis que Nick était petit. En dix ans, alors qu'ils vivaient en face de chez son grand-père, elle n'avait jamais entendu parler de la mère de Nick.

Bud gardait la maison aussi bien rangée que sa pelouse. L'ameublement était typique d'un célibataire, avec beaucoup de cuir noir et de chêne. Les bibelots se limitaient à des photos encadrées et à quelques trophées d'échecs du lycée. Brody se tenait au milieu de la pièce, donnant des instructions à trois officiers en uniforme pendant qu'ils travaillaient. Les quatre policiers portaient des gants alors qu'ils soulevaient les coussins du canapé et retournaient les meubles pour inspecter le dessous des tiroirs.

Bud ouvrit la voie vers la cuisine. Nick était assis à la table de la cuisine, les mains jointes devant lui en serrant les poings. Son visage était figé dans l'incrédulité, le chagrin et la peur. Un cinquième policier se tenait dans l'entrée en regardant Nick.

Bud lui tendit quelques papiers.

— C'est ce qu'ils m'ont donné. Nous sommes allés au poste de police samedi, et ils lui ont posé quelques questions, mais nous n'avons plus rien entendu depuis. Je pensais que c'était la fin de l'histoire.

Morgan repensa à sa discussion avec Felicity. La police allait retrouver tous les enfants qui étaient à la fête jeudi soir, mais Nick, en tant que petit ami de Tessa, serait d'un intérêt particulier. Elle déplia les feuilles et vérifia automatiquement que le nom, l'adresse et les autres informations étaient corrects. Il y avait des mandats séparés pour les véhicules de Nick et de Bud. Son regard se déplaça vers le bas de la page.

Elle lut la description des biens à saisir : couteaux, vêtements, preuves biologiques, fibres…

La police pensait que Nick avait tué Tessa. Il n'était pas seulement un suspect. Il était le suspect *principal.*

Le mandat incluait la maison, le terrain et le grand hangar dans lequel Nick stockait son matériel de jardinage. La police avait également saisi l'ordinateur et le téléphone portable de Nick.

Le regard de Morgan se déplaça vers Nick. Elle ne pouvait pas croire qu'il avait violemment tué Tessa le jeudi soir, puis qu'il était venu jouer aux échecs avec Grand-père le jour suivant comme si rien ne s'était passé. En fait, il avait été un peu distrait, et le fait qu'il était allé chez eux un vendredi soir était inhabituel.

— Nick ?

Elle prit la chaise à côté de lui.

Il ne leva pas les yeux, mais la position de ses épaules était tendue.

Avec un regard vers le policier dans l'embrasure de la porte, Morgan baissa la voix.

— La police t'a posé des questions samedi ?

Il leva son regard vers le sien. Elle recula devant le regard blessé de ses yeux.

— Deux policiers sont venus à la porte et ont dit qu'ils devaient me parler au poste de police. Ils voulaient que je monte dans leur voiture, mais papa m'a conduit à la place, dit-il en hochant la tête.

De nombreuses personnes avaient dû être interrogées samedi et dimanche alors que la police faisait le tri entre les suspects et les témoins.

— Comment ça s'est passé ? demanda-t-elle.

— Ça s'était plutôt bien passé.

Ses sourcils se baissèrent.

— Je suppose que j'avais tort.

— T'ont-ils informé de tes droits Miranda ? demanda-t-elle.

— Oui.

Les droits Miranda étaient généralement lus aux suspects, pas aux témoins. Ils se sont concentrés sur Nick presque immédiatement. En soi, ce n'était pas alarmant.

Mais un mandat de perquisition exigeait que la police établisse une cause probable, donc la police devait avoir plus qu'une simple intuition que Nick était coupable. L'affidavit de cause probable n'était pas joint au mandat de perquisition. Parfois, pour accélérer la recherche, un juge signait le mandat tout en étant conscient que l'affidavit serait joint dans les vingt-quatre heures.

Mais Morgan aurait aimé connaître l'étendue des preuves en ce moment.

— As-tu compris que tu aurais pu avoir un avocat avec toi pendant qu'ils te posaient des questions ? demanda Morgan.

— Oui, répondit-il. Mais je ne pensais pas en avoir besoin. Je voulais coopérer. Je veux qu'ils trouvent qui…

Ses yeux s'embuèrent, mais il refoula ses larmes.

— Je veux qu'ils trouvent celui qui a fait ça à Tessa.

— Quels sont les noms des officiers qui t'ont posé des questions ? demanda-t-elle.

— Le chef de la police Horner a posé toutes les questions, dit Nick. Mais l'inspecteur dans le salon était là aussi.

Donc, Stella avait dû être retirée de l'affaire parce qu'elle connaissait le principal suspect : Nick.

— Ne dis rien d'autre sans un avocat, dit-elle.

— Je n'ai rien fait. Comment ont-ils pu penser… ?

Il ne finit pas sa phrase.

— Nick, je veux que tu me promettes que tu ne répondras plus à aucune question de la police sans la présence d'un avocat. C'est important.

— Oui, je comprends maintenant.

Il leva les yeux au ciel.

— Et les laisser faire un prélèvement dans ma bouche était probablement stupide aussi. Mais honnêtement, je ne pensais pas que j'avais de quoi m'inquiéter. Je n'aurais jamais pu faire de mal à Tessa.

Une larme coula de son œil. Il l'essuya d'un revers de main rageur.

Un sentiment de malaise s'installa dans le ventre de Morgan. Ils avaient prélevé l'ADN de Nick le samedi.

Combien de preuves la police avait-elle ?

La culpabilité submergea Morgan. Elle s'était cachée sous un rocher métaphorique ces derniers jours. Elle savait que la police allait emmener Nick pour l'interroger. Pourquoi ne lui avait-elle pas demandé comment s'était passé son interrogatoire ?

— On peut aller dehors ? demanda Morgan à l'officier qui gardait Nick. Nous sommes probablement dans le chemin.

Il hocha la tête et se recula pour qu'elle, Bud et Nick puissent passer. Le policier les suivit, restant près de Nick. Sur la pelouse de devant, la situation ne s'était pas améliorée. Une autre voiture de police était arrivée, et deux officiers fouillaient l'extérieur de la propriété.

Nick serra son poing, et sa posture se raidit. On aurait dit qu'il s'efforçait de ne pas pleurer. Peut-être qu'elle aurait dû le garder à l'intérieur, mais regarder la police fouiller votre maison était forcément bouleversant.

— Ça va aller, Nick.

La voix de Bud était calme.

Nick secoua la tête. Ils attendirent tandis que les policiers marchaient sur le terrain, s'arrêtant périodiquement pour s'accroupir et inspecter l'herbe. Le cœur de Morgan se brisa par sa détresse. D'habitude, c'était un jeune homme agréable.

Les officiers contournèrent la maison et disparurent. Bud faisait les cent pas, Morgan s'était appuyée contre un arbre, et Nick restait immobile au centre de la pelouse.

Vingt minutes passèrent.

— Brody !

Un officier arriva en courant du côté de la maison.

Brody sortit de la maison et contourna le bâtiment. Quelques minutes plus tard, il revint vers eux. Ses yeux étaient sinistres. Il jeta un coup d'œil à Morgan. De toute évidence, il ne voulait pas faire ce qui allait suivre.

Brody s'arrêta devant Nick.

— Nick Zabrowski, vous êtes en état d'arrestation pour le meurtre de Tessa Palmer.

Le corps de Nick trembla. Son visage devint blanc, bouche bée.

— Non.

Un officier en uniforme s'avança, menottes sorties et prêtes.

— Tournez-vous. Mettez vos mains derrière votre tête. Croisez vos doigts.

Au lieu d'obtempérer, Nick recula.

— Non. Ça ne peut pas être vrai. Je ne ferais jamais de mal à Tessa. Je n'ai rien fait.

— Donne-lui une minute, dit Bud.

— Tournez-vous.

Le flic tenta d'attraper le bras de Nick.

La main du flic toucha le biceps de Nick, et son corps se mit à trembler, ses jambes s'emmêlant alors qu'il se retournait pour fuir.

L'officier le plaqua, mettant Nick au sol face contre terre et se plaçant à califourchon sur son dos.

— Stop ! Lâchez-moi ! cria Nick dans l'herbe, terrifié.

Le désespoir montait dans la gorge de Morgan alors que des larmes lui brûlaient les yeux.

— Nick, essaie de te calmer, dit-elle. Se battre contre eux ne fera qu'empirer la situation. Si tu peux être calme et coopérer, ce sera plus facile pour toi.

Nick se calma, mais ils savaient tous que rien de ce qui allait lui arriver ensuite ne serait facile.

9

C'est quoi, ce bordel ?

Lance se gara sur le trottoir en face de la maison de Morgan. De l'autre côté de la rue, quatre voitures de police étaient stationnées dans l'allée de Nick. Un van de journalistes était arrivé. Une journaliste et son caméraman se précipitèrent dans l'herbe comme des rats avec des microphones.

Au centre de la pelouse, un policier était agenouillé sur un homme à terre.

Un autre homme en chemise rouge s'élançait sur le couple dans l'herbe. Le père de Nick ? Morgan se tenait devant lui, le retenant avec ses deux mains sur sa poitrine.

La journaliste repoussa ses cheveux, leva son micro, et vérifia son rouge à lèvres dans l'objectif de la caméra. Le flic au sol releva d'un coup sec l'homme menotté sur ses pieds.

Merde. C'était Nick.

Rapidement, il comprit avec horreur la scène devant lui.

Nick était arrêté pour le meurtre de Tessa.

Le jeune homme cessa de se débattre. Son corps se raidit, son visage complètement impassible, comme s'il s'était simplement éteint.

Lance sortit de la voiture. Il n'allait pas s'impliquer dans l'affaire de Tessa Palmer, et Morgan ne le devrait pas non plus. Le procureur ne serait pas content de la trouver dans la maison du principal suspect.

— Nooon !

Un cri aigu vint de derrière lui. Lance pivota.

Sophie sauta de la marche d'entrée, avec Gianna sur ses talons.

— Sophie, reviens ici ! cria Gianna.

Le visage de la petite fille était un masque de panique et de rage. Lance fila à gauche et l'intercepta avec un bras autour de son ventre.

— Non ! hurla-t-elle. Ils font du mal à Nick. Arrête-les !

Lance la prit dans ses bras et la serra contre sa poitrine, essayant de détourner son visage de la scène. Non pas que cela puisse aider à ce stade. Elle avait manifestement déjà vu le pire.

De petits poings cognèrent contre sa poitrine.

— Fais-moi descendre !

— Chuuuut.

En la tenant fermement, il lui frotta le dos.

— Tout va bien se passer.

La journaliste désigna Lance du doigt, et le caméraman fit demi-tour pour pointer la caméra sur lui. Il déplaça Sophie pour la protéger de l'objectif avec son corps.

De l'autre côté de la rue, le visage de Morgan était dévasté, alors que Nick, les jambes raides, était traîné vers une voiture de police et mis à l'arrière. Le caméraman retourna filmer Nick. Morgan relâcha sa prise sur l'homme en rouge. Il s'affaissa, s'essuya le visage avec une main, et hocha la tête aveuglément à ce qu'elle lui disait.

Lance porta Sophie à l'intérieur.

— Je suis désolée.

Gianna tendit ses bras.

— Tiens-la bien.

Lance se pencha pour la lui remettre. Les bras et les jambes maigres de Sophie étaient étonnamment forts, mais elle avait cessé de se battre et commencé à sangloter.

— Garde-la à l'intérieur. Je ne veux pas que ces vautours de la presse la mettent au journal du soir.

Gianna prit l'enfant, entourant son petit corps de ses bras, et se dirigea vers l'arrière de la maison. Par-dessus l'épaule de Gianna, Sophie fixa Lance d'un regard revêche, son visage était rouge de colère et larmoyant. Elle n'allait jamais lui pardonner.

Il sortit sur le perron pour voir ce qu'il se passait. La voiture contenant Nick était partie. Les flics, y compris Brody, s'étaient précipités sur l'herbe. Morgan avait tiré le père de Nick sur le côté de la propriété et lui parlait. Le visage de l'homme était figé dans la douleur et le désespoir.

Morgan toucha son avant-bras, se retourna et marcha vers Lance.

Il alla à sa rencontre au milieu de son allée. Ses yeux, habituellement remplis de tristesse, étaient en feu. Au cours de ces derniers mois, les seules fois où il l'avait vue vraiment heureuse et animée étaient lorsqu'elle jouait avec ses enfants. À l'intérieur, son chagrin était profond. Quand elle était seule, elle avait tendance à broyer du noir.

— Que s'est-il passé ? demanda-t-il.

— Ils ont trouvé un couteau, qui semblait être incrusté de sang, enterré derrière l'abri.

Morgan croisa son regard. Ce n'était pas tout.

— Ils ont aussi trouvé un T-shirt avec du sang dessus dans son panier à linge.

— Non.

L'homme à la chemise rouge se dépêcha de traverser la rue.

— Morgan ?

Se tournant vers lui, Morgan fit un geste entre eux.

— Lance Kruger, Bud Zabrowski. Bud est le père de Nick.

— Ça ne peut pas être vrai, dit Bud. Nick ne pourrait jamais faire de mal à personne. D'abord, il ne supporte pas la vue du sang. Il vomit à chaque fois. Il ne pourrait jamais faire…

Bud ne pouvait clairement pas exprimer le crime dont Nick était accusé.

— … *Ça* à personne, encore moins à Tessa. Il l'aimait vraiment.

Bud prit une profonde et douloureuse inspiration.

— Qu'est-ce que je vais faire ? Je ne peux pas me payer un avocat.

— Le tribunal désignera un avocat si vous n'en avez pas les moyens, dit Morgan.

Bud secoua la tête.

— Est-ce que ça suffira ?

Cela dépendait de la personne à qui l'on confiait son affaire. Il y avait de bons défenseurs publics et des mauvais, mais franchement, ils étaient tous surchargés de travail.

— Je ne sais pas.

Morgan était honnête.

— Je peux essayer d'hypothéquer la maison, mais je doute qu'il y ait beaucoup d'équité. J'ai pris une seconde hypothèque pour aider Nick à acheter l'équipement pour son entreprise. Connaissez-vous de bons avocats ? demanda Bud à Morgan.

Elle acquiesça.

— Je peux vous donner quelques noms.

— Merci. Je dois essayer.

Bud lui serra la main.

— Je vais commencer à appeler les sociétés de crédit immobilier.

Il se dépêcha de rentrer chez lui.

Morgan marcha jusqu'à la porte d'entrée et s'assit. Elle sortit son téléphone portable de sa poche et commença à faire défiler l'écran.

— Même s'il hypothèque sa maison, il va avoir du mal à payer la facture d'un excellent avocat de la défense.

— À quel point ce sera difficile pour lui de trouver quelqu'un pour prendre l'affaire ? Si l'ADN sur le couteau correspond au sang de Tessa…

— Je sais.

— Et s'il est coupable ?

Lance ne connaissait pas très bien Nick.

— Il ne l'est pas.

— Comment le sais-tu ? Si Brody a arrêté Nick, c'est qu'il a assez de preuves pour monter un dossier, et il n'enquête que depuis quelques jours.

Morgan leva son regard.

— Il y a quelques semaines, Grand-père s'est coupé la main dans le jardin avec une paire de sécateurs. Nick travaillait avec lui. Un regard sur le sang et il a vomi dans l'allée. C'était une réaction immédiate.

— Ce n'est pas suffisant pour construire une défense.

Morgan se releva et épousseta son pantalon.

— L'ombre d'un doute, non ? Ce n'est pas ce à quoi Nick a le droit ?

— C'est une ombre plutôt mince.

— C'est un début, et nous ne savons rien de l'affaire. Et si l'ADN sur le couteau ne correspondait pas à celui de Tessa ?

— Pourquoi Nick aurait-il un couteau ensanglanté enterré dans son jardin ?

Le corps de Morgan devint rigide.

— Si Nick a tué Tessa, pourquoi aurait-il gardé l'arme du crime ? Elle a été tuée juste à côté du lac. Il aurait pu jeter le couteau dans l'eau ou le laisser sur la scène de crime. Seul un idiot rapporterait chez lui l'arme du crime qu'il a utilisée pour tuer sa petite amie.

— Pas un idiot, corrigea Lance. Quelqu'un qui n'a jamais commis de crime avant. Quelqu'un qui a paniqué. Les criminels ne font pas toujours la chose la plus intelligente. C'est comme ça qu'ils se font prendre.

— Je sais, mais je ne peux pas croire que Nick soit un tueur. Il joue aux échecs avec mon grand-père. Il lit des histoires à mes filles.

Peut-être était-ce pour ça que Morgan était si effrayée. Nick était un membre de leur communauté. Elle lui faisait confiance. Elle l'avait laissé entrer chez elle, lui avait donné accès à ses enfants. S'il pouvait être coupable de meurtre, alors comment quelqu'un pourrait-il se sentir en sécurité ?

— Je ne l'ai jamais vu perdre son sang-froid, dit-elle.

Mais Nick était très en colère sur cette vidéo.

Lance tendit la main pour toucher le bras de Morgan.

— Je sais que tu ne veux pas le croire, mais Brody est un bon flic.

— Je sais que Brody est un bon flic, mais, cette fois, il doit avoir tort.

Avait-il vraiment tort ? Lance se demanda si Morgan connaissait vraiment bien Nick. Et d'ailleurs, à quel point quelqu'un connaissait-il vraiment ses voisins et ce qu'il se passait derrière les portes fermées ?

10

Il éteignit la télévision. Nick Zabrowski avait été arrêté pour le meurtre de Tessa. Son plan avait fonctionné. Il aurait dû être heureux, mais ça ne semblait pas réel.

Debout, il se dirigea vers la fenêtre, s'attendant presque à voir une voiture de police à l'extérieur. Mais la scène était la même que d'habitude. Un écureuil bondit dans l'herbe et courut en haut d'un arbre.

Pouvait-il vraiment s'en sortir avec ce qu'il avait fait ?

Il observa ses mains. Peu importe combien de fois il les lavait, il n'arrivait pas à se débarrasser des taches de sang imaginaires. Il serra les poings. Ses ongles s'enfoncèrent dans ses paumes. La morsure aiguë de la douleur l'ancra dans le présent.

Cela l'étonnait qu'il puisse se promener en public, et que personne ne voie à travers lui. Il savait ce qu'il était, et ce n'était pas normal. Les autres personnes seraient horrifiées par les choses dont il rêvait. Il avait travaillé dur pour prétendre qu'il était comme tout le monde.

Tout ce dur labeur avait payé après avoir perdu la raison jeudi soir. Il s'était ressaisi et s'était occupé de ses affaires.

Maintenant, il devait agir comme si tout allait bien. Mais cela devenait difficile de faire semblant. Comment un monstre peut-il agir normalement ?

Il écouta pendant quelques secondes, mais n'entendit rien. La maison était vide. Aucune voiture de police n'était garée à l'extérieur. Personne n'attendait pour exposer ses secrets.

Il alla dans son placard, alluma, et mit de côté quelques boîtes. Dans le coin arrière, il souleva le tapis, puis un petit morceau du sol. Dans le trou, il y avait une boîte à chaussures. Un frisson d'excitation le traversa alors qu'il tenait la boîte dans ses mains. Elle semblait trop légère pour tout ce qu'elle contenait.

Ses secrets.

Ses démons.

Sa culpabilité.

La posant sur le sol, il l'ouvrit. Des photos de Tessa le fixèrent. Il en prit une par le coin. Une larme coula de son œil et atterrit sur la photo. Il l'essuya d'un geste de colère.

La douleur dans son cœur s'intensifia.

Je t'aimais. Pourquoi ne pouvais-tu pas m'aimer en retour ?

Comment pouvait-il vivre sans elle ?

Elle avait été parfaite. Douce. Innocente. Belle.

Elle avait dit qu'elle ne l'aimait pas en retour. Elle avait essayé de le rejeter. Mais elle s'était menti à elle-même. Peu importe à quel point elle avait essayé de le nier, elle le voulait autant qu'il la voulait. Se détourner de lui avait été sa trahison ultime.

Mais maintenant, elle était partie. Au début, il s'était reproché son manque de contrôle, mais elle l'avait forcé à faire ce qu'il avait fait. Elle connaissait son tempérament, et pourtant, elle l'avait acculé dans un coin, elle l'avait menacé. Il n'avait pas eu le choix. Il avait été soulagé quand il s'était rendu compte que c'était sa faute à elle.

Pourquoi m'as-tu forcé à te faire du mal ?

Il feuilleta la pile de photos, chacune étant un coup de poignard dans son cœur. Mais alors qu'il atteignait les dernières, il s'était conditionné à la douleur. Il les parcourut encore et encore, jusqu'à ce qu'il puisse regarder chaque image sans réagir. Puis il les rangea.

Il chercha au fond de la boîte la mèche de cheveux qu'il avait prise la nuit où il l'avait tuée. Il passa ses doigts dessus, mais s'arrêta quand il toucha quelque chose de dur et craquelant. Il porta la mèche à la lumière.

Du sang.

Un autre rappel qu'elle était partie. Jamais plus rien ne serait comme avant.

Sa prise autour du cheveu se resserra. Il sortit du placard et se rendit dans sa salle de bains. Il fit couler l'eau dans l'évier, boucha le siphon et lava les cheveux avec du shampoing.

Puis il retourna au placard. Les cheveux furent reposés dans la boîte. La boîte fut replacée dans le trou, le plancher et le tapis furent remis en place. Personne ne saurait ce qu'il avait caché là.

Tout comme jamais personne ne devinerait ce qu'il avait fait. Si son plan fonctionnait, la police ne le suspecterait jamais. Oui, il avait perdu le contrôle. Il avait craqué. Mais il s'était ressaisi et avait nettoyé son bazar.

Maintenant, il était temps de faire la même chose avec sa vie.

Tessa était partie, mais pas lui. Bien qu'elle lui manque, il allait devoir penser à la remplacer. Le monstre à l'intérieur de lui devait être nourri.

Aussi longtemps qu'il vivrait, il aurait des besoins.

Des besoins sombres.

Des besoins que quelqu'un devrait satisfaire.

11

Morgan se réveilla avec un mal de tête lancinant. Elle n'avait pas beaucoup dormi depuis qu'elle avait trouvé le corps de Tessa, et l'arrestation de Nick la veille l'avait tenue éveillée une bonne partie de la nuit. Quand elle avait enfin réussi à s'endormir, ses cauchemars avaient été remplis d'images de Tessa, de Nick et de sang. Finalement, son subconscient avait fini par substituer ses propres filles à Tessa.

N'était-ce pas en partie ce qui motivait son déni ? Elle ne voulait pas croire qu'elle avait laissé entrer un meurtrier dans sa maison. Qu'elle avait présenté Nick à Tessa.

Elle jeta un coup d'œil à l'horloge sur sa table de nuit. Sept heures ! Elle n'avait pas dormi après l'aube depuis des années. Elle sortit en titubant dans le couloir et jeta un coup d'œil dans la chambre des filles. Elle était vide. Mia et Ava avaient école aujourd'hui. Étaient-elles prêtes ?

Elle se rendit dans la cuisine. Les bols de céréales sales dans l'évier la rassurèrent sur le fait qu'elles avaient mangé. Elle se versa une tasse de café, avala deux comprimés d'ibuprofène, et continua sa recherche.

Des rires l'attirèrent sur la terrasse. Dans la lumière du matin, les filles couraient après des bulles géantes dans le jardin clôturé. Gianna agitait une énorme baguette en l'air, envoyant une bulle scintillante dériver sur l'herbe.

Les trois enfants étaient habillées. Et, miracle des miracles, les cheveux de Sophie étaient brossés et attachés en deux couettes de chaque côté de la tête.

Posant sa tasse sur la table extérieure, Morgan descendit les marches pieds nus. Son humeur étrange s'améliora lorsque ses trois petites filles coururent à travers la pelouse pour la saluer. Elle prit Ava et Mia dans ses bras. La petite Sophie sauta du sol. Morgan la réceptionna, et Sophie enroula ses membres autour de Morgan comme un koala.

Elle toucha le front de sa fille. Sa température était normale, mais Sophie reniflait et passait sa main sous son nez, ce qui indiquait qu'elle avait pris froid.

— Regarde.

Sophie montra sa tête.

— Gianna m'a donné des oreilles de chaton.

Quelle brillante façon de gagner la coopération de la petite.

Sophie serra aussi fort qu'elle le pouvait pendant trois secondes, puis se laissa tomber sur le sol et s'enfuit en courant. Cela fit chaud au cœur de Morgan.

Il y avait des moments où son amour pour ses enfants était presque écrasant, surtout lorsqu'elles souriaient et qu'elle pouvait voir John dans chacune d'elles.

Gianna s'approcha en souriant.

— Je compte ça comme une victoire.

— Et tu devrais. Merci de t'être occupée des filles ce matin. Je n'arrive pas à croire que j'ai dormi si tard, dit Morgan.

— Tu avais besoin de dormir, et on s'est bien amusées.

Gianna souffla une autre bulle géante.

— Je ne veux pas qu'elles te fatiguent.

— Je les *adore.*

Des larmes scintillèrent dans les yeux de Gianna.

— Je n'ai jamais fait partie d'une vraie famille avant. J'aime vivre ici. J'attends toujours que quelqu'un me pince et me prenne tout.

— Personne ne t'emmènera nulle part.

Morgan lui toucha le bras.

— Nous aimons t'avoir avec nous.

Gianna cligna des yeux et se les essuya.

— As-tu vu mon grand-père ? demanda Morgan.

— Il est allé au magasin. Pourquoi n'irais-tu pas prendre ton petit déjeuner et une douche ? Je vais mettre Mia et Ava dans le bus.

— Merci. J'apprécie vraiment.

Avec un regard en arrière sur les enfants heureux, Morgan retourna dans la maison. Après une douche chaude, elle se sentait presque humaine. Elle s'habilla, peigna ses cheveux et se brossa les dents. En retournant à la cuisine, elle remplit sa tasse de café. Un mouvement attira son regard vers la fenêtre de la cuisine. Au bout de l'allée, les filles et Gianna attendaient le bus scolaire. Mia et Ava portaient des sacs à dos roses et violets. Gianna tenait la main de Sophie, ayant manifestement appris à ses dépens, la veille, à quelle vitesse les petites jambes de Sophie pouvaient courir.

Morgan regarda de l'autre côté de la rue. La maison de Bud et Nick semblait sombre. Comment Nick avait-il passé la nuit ? Avait-il été arrêté et transféré à la prison du comté, ou était-il toujours dans la cellule de détention du poste de police ?

Elle fut soulagée quand la porte d'entrée s'ouvrit et que Sophie fit irruption dans la cuisine. Il n'y avait pas de meilleure distraction qu'une petite de trois ans.

Gianna était juste derrière l'enfant.

— Gianna dit que je peux être un chaton aujourd'hui.

Sophie rebondit sur ses orteils. Elles passèrent les heures suivantes à fouiller dans les fournitures d'art plastique et à façonner un grossier costume de chaton avec de la feutrine noire et des restes du dernier Halloween. La matinée se passa tranquillement. Grand-père rentra à la maison et s'endormit dans son fauteuil. À midi, Sophie mangea trois bouchées de son sandwich au beurre de cacahuètes et le mit de côté.

Quand on sonna à la porte, Morgan sursauta. Laissant Gianna et Sophie à la table de la cuisine, elle regarda par la fenêtre.

— C'est Bud.

Gianna tendit la main à Sophie.

— C'est presque l'heure de la sieste. Si nous allons dans ta chambre maintenant, j'aurai le temps de lire deux histoires.

Gianna prit un mouchoir en papier de la boîte sur la table, mais Sophie fila dans le couloir avant qu'elle ne puisse essuyer le nez de l'enfant.

— Merci, dit Morgan.

Elle se dirigea vers la porte et l'ouvrit.

— Entrez.

— Vous êtes sûre ?

Bud entra dans la maison. Son visage était gris, ses yeux sombres.

— Je ne veux pas déranger.

Elle lui fit signe d'entrer.

— Où êtes-vous resté la nuit dernière ?

— Mon assistant m'a laissé dormir sur son canapé.

La police avait passé toute la nuit à fouiller la maison de Bud.

— Vous êtes autorisé à rentrer aujourd'hui ?

Bud hocha la tête.

— Je ne suis pas encore allé à l'intérieur. Je ne sais même pas ce qu'ils ont pris.

— Ils vous donneront un inventaire de tous les objets retirés de la propriété, dit Morgan. Dites-moi ce qu'il se passe avec Nick.

— Il a eu une audience de mise en accusation ce matin, mais ce n'était pas du tout ce à quoi je m'attendais. Nick n'a rien dit. Il y avait un avocat qu'il n'avait jamais rencontré. Je n'ai pas encore réussi à lui en trouver un privé. J'ai demandé un prêt hypothécaire par téléphone, mais l'approbation est en attente. J'espère qu'il y a assez de capital dans la maison pour au moins couvrir un acompte. Je n'ai pas beaucoup d'économies.

Bud suivit Morgan dans la cuisine.

— De toute façon, ils ne lui ont même pas demandé s'il était coupable ou quoi que ce soit. Tout ça n'a pris que quelques minutes.

— Nick est accusé d'un crime de classe A. La mise en accusation initiale est vraiment juste une formalité. Il aura l'occasion de plaider sa cause plus tard.

— Je ne pouvais même pas entendre la plupart de ce qu'ils disaient. Le juge a fixé sa caution à un million de dollars. L'agent de cautionnement a dit que j'avais besoin de cent mille en liquide pour le faire sortir. C'est impossible que je puisse trouver cette somme. Même si l'hypothèque est approuvée, j'aurai besoin de chaque centime de ces fonds pour payer un avocat. Comment peuvent-ils l'enfermer alors qu'il n'a pas été condamné pour le crime ?

— Nick est accusé d'un meurtre violent et particulièrement haineux.

Morgan frissonna, se rappelant à quel point le crime l'était.

— Il sera maintenu en détention en attendant l'inculpation formelle du grand jury, qui devrait avoir lieu dans les six jours suivant son arrestation, donc mardi.

Mais même le grand jury était une formalité. Morgan connaissait Bryce. Le procureur n'aurait pas inculpé Nick s'il n'avait pas eu assez de preuves pour une condamnation.

— Et après ça ? Comment je le ramène à la maison ?

— Je ne sais pas. Son avocat peut demander une réduction de la caution.

— Mais vous n'avez pas l'air de penser que ça va arriver, ce qui veut dire qu'il devra rester en prison jusqu'au procès, non ?

— Oui.

— Combien de temps ça va prendre ? demanda Bud.

— Ça pourrait prendre un an avant que l'affaire ne soit jugée.

Le visage de Bud devint gris.

— Et Nick devra rester en prison pendant tout ce temps ?

— C'est possible.

Morgan n'ajouta pas que l'affaire pourrait prendre encore plus longtemps que ça. En tant que procureure, Morgan avait toujours cru que la grande majorité des personnes arrêtées étaient coupables. Elle n'avait jamais eu l'impression d'avoir mis un innocent en prison. Mais il y avait eu des cas à New York de personnes innocentes qui avaient passé des années en prison en attendant leur procès. Bien que le pourcentage d'innocents injustement détenus soit faible, quand quelqu'un qui vous tenait à cœur était inclus dans cette petite minorité, la situation devenait soudainement intolérable.

— Je ne sais pas quoi faire. Je ne trouverai jamais assez d'argent pour payer des années de frais de justice, et si l'avocat qui a représenté Nick aujourd'hui est une indication de ce qu'il obtiendra de l'État…

Bud avait l'air perdu.

— J'ai déjà l'impression que l'avocat pensait que Nick était coupable.

— Les avocats commis d'office ont une grande charge de travail, mais beaucoup sont en fait très bons.

Beaucoup, mais pas tous. Une grande charge de travail signifiait moins de temps, moins d'attention sur chaque affaire. Nick pourrait très bien rester en prison l'année suivante. Il n'y avait pas un endroit spécial et sûr pour garder les gens en attente de jugement. Il serait incarcéré avec les autres détenus. Innocent ou coupable, le jeune Nick allait être enfermé avec de vrais criminels. Son entreprise naissante allait couler. Il pourrait être agressé. Il serait certainement traumatisé.

La vie de Nick pourrait être ruinée. Au minimum, il serait changé pour toujours. Les prochains mots de Morgan sortirent de sa bouche avant qu'elle ne puisse réfléchir.

— Et si je proposais de représenter Nick ?

Qu'était-elle en train de faire ? La famille Dane mettait les criminels en prison. Elle ne les faisait pas sortir. Son père se retournerait dans sa tombe. Et elle ne voulait même pas penser à la réaction de Bryce.

La tête de Bud se leva.

— Vous feriez ça ? Je n'ai pas beaucoup d'argent pour vous payer.

— On va s'arranger, dit Morgan.

Que pouvait-elle faire d'autre ? Nick n'avait personne.

— Il n'y a aucune garantie que je puisse faire la différence, mais je peux vous promettre que je ferai tout ce qui est en mon pouvoir pour prouver que Nick est innocent.

— Vous pensez qu'il est innocent ?

Morgan imagina le corps de Tessa, l'image horrible aussi claire que la nuit où elle l'avait trouvé.

— Je ne peux pas croire que Nick puisse faire une telle chose.

Après le départ de Bud, Morgan ouvrit le réfrigérateur et regarda fixement son contenu. Elle avait besoin de déjeuner, mais son appétit avait été coupé par sa décision. Son esprit tourbillonnait en pensant à ce qu'elle avait fait.

Elle avait accepté de défendre Nick. Son nouveau travail, la chose même qui allait la sortir de son trou actuel, était de l'histoire ancienne.

Son grand-père entra dans la cuisine en traînant les pieds.

— Alors… J'ai écouté aux portes.

Morgan referma le réfrigérateur.

— Est-ce que tu vas me dire que je viens de prendre la pire décision de ma vie ?

Grand-père s'assit sur une chaise.

— Tu as bien réfléchi à tout ça ?

— Honnêtement, non.

Elle lui fit face, croisa les bras, et s'appuya sur le comptoir.

— Personne d'autre ne va croire qu'il est innocent. Personne d'autre. Bud n'a pas beaucoup d'argent. S'il trouve un autre avocat qui est prêt à prendre l'affaire *pro bono*, ce sera pour la publicité. L'affaire de Nick est du pain béni pour les médias. Et aucun avocat médiatisé ne fera passer les besoins de Nick en premier. Ce sera un spectacle.

L'affaire avait tous les signes avant-coureurs d'un déchaînement de publicité.

— Qu'en est-il de ton travail avec le bureau du procureur ? Bryce Walters ne va pas être content.

Morgan ferma les yeux une seconde et déglutit.

— Je suppose que le destin en a décidé autrement.

— Tu es prête à renoncer à tout ton avenir pour Nick ? Tu ne sais même pas les preuves qu'ils ont contre lui, fit remarquer Grand-père. Toute ta carrière est basée sur la mise en prison des criminels, pas sur leur libération. La plupart des gens arrêtés et accusés de crimes sont coupables.

— Tu crois qu'il est coupable ? demanda Morgan.

Grand-père soupira.

— Non. Mais je me base sur mes émotions, pas sur les faits. Tu pourrais gâcher toute ta carrière.

— Je sais. Mais je n'ai pas le choix. Et s'il est innocent ? Est-ce que tu sais ce que la prison fera à un jeune homme comme Nick ?

Le gamin ferait partie de l'ensemble des prisonniers les plus vulnérables. Jeune, beau, et un peu naïf, il serait la proie de la population générale.

— Ça ne veut pas dire qu'il est innocent, dit Grand-père.

— C'est pourquoi je vais trouver la vérité.

Morgan s'installa dans la chaise face à son grand-père.

— Je te déçois ?

— Pourquoi penserais-tu ça ?

— Parce que j'ai l'impression de changer de camp. Tous les autres membres de la famille ont consacré leur vie à mettre les criminels en prison, et moi j'essaie de sauver un homme d'une accusation de meurtre.

— Personne dans notre famille ne voudrait qu'un innocent soit mis en prison.

Son grand-père posa une main fine, aux veines bleues, sur la sienne.

— Les Dane se battent pour la justice. Ce n'est pas différent. Nick mérite la meilleure défense qu'il peut avoir, et je sais que c'est toi. Personne ne se battra autant pour lui.

— J'ai l'impression d'avoir été une fainéante pendant ces deux dernières années.

— Une fainéante ? Tu plaisantes, n'est-ce pas ?

Grand-père avait l'air irrité.

— Ton mari est mort et t'a laissée avec trois enfants à élever seule. Tu as pris un congé pour aider tes enfants et toi-même à surmonter le chagrin que personne ne devrait avoir à affronter à ton âge. John et toi auriez dû avoir quarante autres années ensemble.

— Mais ce n'est pas le cas. La vie est injuste. Il est temps de l'accepter et de passer à autre chose.

Ce qui semblait plus facile à dire qu'à faire.

— Tu ne penses pas que papa serait déçu que j'aie déménagé de l'autre côté de la salle d'audience ?

— Il serait fier de toi, peu importe ce que tu fais. Tu défends tes positions. Tu fais un sacrifice personnel au nom de la justice.

Grand-père lui serra la main.

— Je suis sacrément fier de toi. Ton père le serait aussi.

Un bruit venant de la rue attira leur attention. Morgan se leva et alla à la fenêtre. Une voiture de police était garée dans la rue devant la maison de Bud.

— Je vais m'assurer que tout va bien.

Elle sortit sur le porche d'entrée. Une foule s'était rassemblée dans la rue.

Oh. Non.

12

Il n'y avait pas moyen de surprendre la famille Barone.

Deux grands bergers allemands aboyaient du bout de leurs chaînes quand Lance arrêta sa Jeep devant la maison.

M. le rouquin « ce n'est pas vos putains d'affaires », alias Robby Barone, vivait avec ses parents dans une petite ferme en bordure de la ville.

Une petite antenne parabolique surmontait le toit de la ferme bleue à deux étages.

La pelouse était principalement composée de trèfles, mais fraîchement tondue. Il n'y avait pas de parterres de fleurs, pas de carillons éoliens. Aucun meuble n'ornait le porche gris. À la place de jouets d'enfants ou d'une balançoire, deux cordes à linge et un potager soigneusement planté remplissaient la cour arrière.

Une grange et de multiples dépendances étaient regroupées à l'arrière de la propriété. Une douzaine de poulets occupaient un enclos clôturé et un grand poulailler. Un deuxième enclos abritait deux cochons, et trois vaches paissaient dans un petit pâturage entouré de barbelés. Une remorque à bétail et un vieux bus scolaire étaient garés à côté de la grange.

Tout dans cet endroit privilégiait la fonctionnalité à la fioriture. Il y avait un air autour de la maison qui semblait trop austère, même pour une ferme.

L'odeur âcre du fumier envahit la gorge de Lance alors qu'il montait les marches du porche en bois. Il ferma sa bouche et sonna. Parce qu'il n'entendit pas de sonnerie à l'intérieur de la maison, il frappa sur le cadre de la porte.

La brise tourna, apportant l'odeur bienvenue d'herbes au nez de Lance. Des pots de fleurs remplis de plantes étaient alignés comme des soldats sous une double-fenêtre. Des rideaux bougèrent derrière la vitre, et il eut un bref aperçu d'une forme humaine. La porte en bois craqua, et une femme regarda par l'entrouverture.

Lance sourit à travers la porte moustiquaire.

— Bonjour. Vous êtes madame Barone ?

Elle hocha la tête.

— Qu'est-ce que vous voulez ?

La femme évalua Lance. Robby tenait ses cheveux roux, sa petite taille et ses taches de rousseur de sa mère. Mme Barone portait un tablier blanc sur une robe en coton à fleurs d'un bleu pâle délavé. Ses cheveux étaient attachés en une queue-de-cheval fine et serrée. Sous l'ourlet qui descendait jusqu'aux genoux, ses pieds étaient nus. Elle devait avoir une trentaine d'années, mais la vie dure et sa peau sèche et rougie la faisaient paraître plus âgée.

Lance sourit et essaya d'avoir l'air non menaçant, ce qui n'était pas une tâche facile pour un homme de sa taille.

— J'aimerais parler à Robby. Vous êtes sa mère ?

La voiture de Robby n'était pas dans l'allée, mais l'une des dépendances semblait être un garage, et la porte était baissée.

— Oui. Il a des problèmes ?

Sa prise sur la poignée de la porte se resserra.

— Non, madame. J'espérais juste qu'il pourrait m'aider.

Ses yeux bruns se plissèrent en signe de suspicion.

— Je suis à la recherche de Jamie Lewis, continua Lance.

Il ne mentionna pas la vidéo. Si Mme Barone n'était pas au courant de la fête dans les bois, alors la dénonciation de Robby par Lance n'aiderait pas à gagner la coopération de l'adolescent.

— Donc ce n'est pas à propos de Tessa Palmer ? demanda-t-elle.

— Non, madame.

Pourquoi penserait-elle que c'est le cas ?

Mme Barone fronça les sourcils, des lignes s'accrochant aux coins de ses yeux alors qu'elle regardait par-dessus son épaule et observait l'allée en terre.

— Êtes-vous avec la police ?

— Non, madame.

Lance glissa une carte de visite hors de sa poche.

— Je travaille pour Sharp Investigations. Les parents de Jamie nous ont engagés pour la rechercher. J'interroge tous les enfants qui pourraient connaître Jamie.

Menteur.

Il dit à sa conscience de se taire. Il ne mentait pas. Il les interrogerait tous s'il pouvait les identifier.

Lance regarda par-dessus l'épaule de Mme Barone vers l'intérieur de la maison. Par la porte ouverte, il pouvait voir le salon.

Les meubles étaient plutôt usés et fatigués, mais en arrière-plan, une émission d'informations passait sur une télévision LED. Un ordinateur portable d'apparence récente était posé sur la table basse. Clairement, les Barone dépensaient de l'argent en électronique.

Est-ce que Robby ou quelqu'un d'autre dans la famille avait une source alternative de revenus pas tout à fait légale ?

Suivant sa ligne de mire, Mme Barone franchit le seuil, fermant la lourde porte en bois derrière elle. Elle fourra ses mains dans les poches de son tablier, les épaules repliées sur elles-mêmes.

— Robby n'est pas encore rentré de l'école.

— Savez-vous quand il rentrera ?

Lance savait que l'école avait fini quinze minutes auparavant, à quatorze heures.

— Non.

Elle secoua la tête, mais ses yeux s'égarèrent de nouveau dans l'allée.

— Et je ne sais pas comment il pourrait aider. Personne n'a vu Jamie depuis longtemps.

— Jamie et Robby sont-ils proches ? demanda Lance.

— Non.

Ses mains glissèrent hors de ses poches et se serrèrent l'une contre l'autre assez fort pour blanchir ses jointures.

— Vous feriez mieux de partir avant que mon mari ne rentre à la maison.

Ou quoi ?

Était-ce une menace ou avait-elle peur de son mari ?

Lance prit note de vérifier les antécédents de tous les membres de la famille Barone, en particulier le père de Robby.

— Je sais que c'est se raccrocher aux branches, mais on ne sait jamais quel petit détail peut aider. Ses parents deviennent désespérés.

Les yeux de Mme Barone devinrent soudainement humides.

— J'imagine qu'ils le sont, surtout après ce qui est arrivé à Tessa.

— Ça a été un choc pour tout le monde, convint Lance.

— Tessa était la fille d'à côté, si douce et timide.

Mme Barone marcha jusqu'au bord du porche, ses bras serrant sa taille.

— Je n'arrive toujours pas à y croire.

— C'est une chose terrible, dit Lance. À quel point connaissiez-vous Tessa ?

Mme Barone hésita.

— Elle avait le même âge que mon aînée, Rebecca. Je fais l'école à la maison à mes filles, mais Tessa et Rebecca se sont rencontrées au groupe de jeunes de l'église.

— Après ce qui s'est passé ce week-end…

Lance laissa l'implication planer.

— Je veux vraiment trouver Jamie et la ramener saine et sauve à la maison.

Mme Barone hocha la tête.

— Pauvre Tessa. Je ne peux pas croire qu'elle ait été tuée par un voisin. Ça prouve juste qu'on ne connaît pas vraiment les gens, n'est-ce pas ?

Tant pis pour l'innocence jusqu'à preuve du contraire.

Lance ravala son commentaire. Il avait besoin que Mme Barone encourage son fils à coopérer avec l'enquête de Lance. Ce n'était pas à lui d'éduquer la femme sur les points les plus fins du droit pénal.

— Est-ce que Robby sera de retour plus tard dans la journée ? demanda Lance.

— Je ne sais pas.

Elle empocha la carte de visite que Lance lui tendit, puis se frotta les bras comme si elle avait froid.

— Je suis sûre qu'il fera ce qu'il peut pour vous aider à trouver Jamie.

Lance était également sûr que le petit ange de Mme Barone serait heureux d'aider – pour cinquante dollars de plus.

— Merci.

Lance sortit une photo de sa poche, un cliché qu'il avait imprimé de la vidéo du garçon qui s'était battu avec Nick. Lance le montra à Mme Barone.

— Vous connaissez ce garçon ?

Mme Barone prit la photo.

— C'est Jacob Emerson.

— Vous êtes sûre ?

— J'en suis sûre. Tout le monde ici connaît les Emerson. Monsieur Emerson est un avocat. Il essaie de garder un contrôle strict sur Jacob, mais ce garçon est né pour être ingérable.

Bon à savoir.

Un bruit de moteur vrombissant annonça l'arrivée de l'antique Toyota de Robby. Robby aperçut Lance à travers le pare-brise. La voiture hésita, comme si Robby envisageait de faire demi-tour, mais il se gara à côté de la Jeep de Lance. Robby sortit de la voiture et entra dans l'allée avec une posture arrogante.

Sa mère fit un signe de tête à Lance.

— Monsieur Kruger était juste en train de demander à propos de Jamie Lewis.

— OK.

Robby hocha la tête, mais comme sa mère, il semblait plus préoccupé à surveiller le bout de l'allée pour voir la personne qui devait rentrer ensuite.

— J'allais te demander si tu savais qui c'était.

Lance montra la photo de Jacob Emerson.

— Mais ta mère m'a déjà aidé.

— Alors vous avez ce que vous êtes venu chercher, dit Robby.

Il partagea un regard avec sa mère.

— Vous devriez partir. Maintenant.

Lance se tourna vers Mme Barone.

— Merci, madame.

De retour dans sa Jeep, il envoya un message à Sharp : *Besoin d'une vérification complète des antécédents de tous ceux qui vivent à cette adresse.* Il tapa le numéro de la route rurale des Barone dans son téléphone.

Il y avait quelque chose de louche dans la maison des Barone. Robby et sa mère étaient beaucoup trop paranoïaques. Leurs transgressions pouvaient être totalement innocentes, mais Lance avait appris à la dure à ne pas ignorer ses instincts. Est-ce que M. Barone était un criminel ? Maltraitant ? Les deux ?

Il s'éloigna de la maison des Barone. Sur le chemin du retour vers la ville, sans consulter son cerveau, Lance fit un détour par la rue de Morgan.

Il se sentait comme un gamin de douze ans passant devant la maison de son béguin secret sur son Schwinn[1]. Il tourna au coin de la rue. Son pied se déplaça vers la pédale de frein.

Trois maisons plus loin, une petite foule de gens se tenait au milieu de la route. Tous les yeux regardaient l'allée des Zabrowski.

Que diable se passait-il ?

Des morceaux de ruban adhésif de la scène de crime pendaient mollement dans l'allée et autour de la propriété. Bud se tenait au bout de son allée. Un couple de personnes âgées lui bloquait le passage. Le vieil homme était courbé et avait les jambes arquées par l'âge. La femme à ses côtés se tenait droite, mais son corps était mince comme un trombone.

Un vent fort balayait les feuilles mortes sur la pelouse. Lance était surpris qu'il ne l'ait pas renversée.

Morgan traversa la rue en courant.

Lance ouvrit sa portière et se glissa hors de son véhicule. Se dépêchant de passer la foule de curieux, il entendit les murmures des commérages.

— Son père aurait dû le savoir.

— J'ai toujours pensé que ce gamin était étrange.

— Je ne peux pas croire qu'un tueur ait vécu ici pendant tout ce temps.

Lance voulait corriger toutes leurs idées fausses. Nick était innocent jusqu'à preuve du contraire, mais ce n'était pas le moment. Les foules n'écoutaient pas les faits ou la raison. Les foules agissaient sur l'émotion, qui s'amplifiait selon la taille du rassemblement.

1 Schwinn est une marque de vélos américaine, devenue la plus importante aux États-Unis durant une grande partie du XXe siècle.

Les ignorant, il suivit Morgan.

Une femme en survêtement rose jeta un regard suspicieux au dos de Morgan en passant à côté.

Morgan s'approcha de Bud. Son visage s'était adouci avec empathie.

— Monsieur et madame Palmer, je suis vraiment désolée pour votre perte.

Lance se faufila dans la foule jusqu'à ce qu'il soit à côté de Morgan.

Le vieil homme aux jambes arquées ne répondit pas, mais son regard vacilla vers Morgan pendant une seconde avant de se recentrer sur le père de Nick.

— Votre fils a tué ma Tessa.

Oh non. Les grands-parents de Tessa étaient en train de confronter le père de Nick.

Bud secoua sa tête.

— Non.

— Tessa était une bonne fille, et votre garçon l'a tuée.

S'avançant, M. Palmer désigna Bud d'une main tremblante.

— Comment avez-vous pu ne pas savoir ce que votre garçon faisait ?

— Je suis désolé pour Tessa, mais mon fils n'a rien fait, dit Bud, sa voix pleine d'émotion.

Le visage de M. Palmer devint rouge.

— Les flics disent que c'est lui. Ils n'arrêtent pas des citoyens innocents.

— Ils ont trouvé le couteau derrière votre cabane ! cria quelqu'un dans la foule.

Morgan s'interposa entre M. Palmer et Bud.

— Monsieur Palmer, Tessa était une belle jeune femme. Je me rappellerai toujours combien elle était gentille avec mes propres filles. S'il vous plaît, acceptez mes condoléances.

M. Palmer lui fit un bref signe de tête.

Morgan poursuivit :

— S'il vous plaît, rentrez chez vous. Laissez la police s'occuper de l'affaire. Rien de bon ne peut sortir de tout ça.

Bud fit un bond en avant, mais Morgan le retint.

M. Palmer se pencha vers Morgan.

— De quel côté êtes-vous ?

— Il n'y a pas de camp ici, dit Morgan. Nick est innocent jusqu'à preuve du contraire.

Le visage de M. Palmer s'assombrit.

— Il y a certainement des camps.

— Le système judiciaire prend du temps, dit calmement Morgan. Vous devez avoir foi en lui.

— Et pour Tessa ?

Le visage de M. Palmer devint tout rouge.

— Qu'en est-il de la justice pour elle ?

— Je suis tellement désolée, dit Morgan. Y a-t-il quelqu'un que je peux appeler pour vous ? Un membre de votre famille ?

— Il n'y a personne. Tessa était tout ce que nous avions.

Sa colère s'amenuisa.

— Elle est partie, et il n'y a aucun moyen pour vous de la ramener.

Accablé, le vieil homme s'affaissa et leur tourna le dos. La frêle femme blonde à ses côtés s'avança, se mettant nez à nez avec Bud. Elle leva une main et le gifla violemment. Bud ne bougea pas. Bien qu'il semble prêt à tenir bon avec le vieil homme, il paraissait résigné à prendre n'importe quelle punition que la vieille femme lui infligerait.

— Votre fils est un monstre.

Mme Palmer pivota sur une chaussure orthopédique, saisit le bras de son mari, et l'emmena.

En murmurant, la foule s'éloigna. Quelqu'un cracha sur la pelouse de Bud.

Après que la foule se fut dispersée, Morgan se tourna vers Bud.

— Est-ce que vous allez bien ?

Une empreinte rouge colorait sa joue, mais Bud n'y prêta pas attention.

— Je suppose que j'aurais dû m'attendre à un peu de haine. Tessa était une gentille fille, et tout le monde est consterné par sa mort. Mais je pensais que ces gens étaient aussi nos voisins. J'avais espéré qu'ils soutiendraient Nick.

Il s'était trompé.

— Ils ont peur, dit Lance. Ils ne veulent pas penser que cela peut arriver dans leur propre jardin.

Les médias avaient alimenté leur peur et leur rage avec des titres sensationnels comme *JEUNE FILLE LOCALE TUÉE PAR SON PETIT AMI* et *JEUNE FILLE ASSASSINÉE PAR UN HOMME DU QUARTIER*.

— C'est plus facile de reporter leur haine sur moi et Nick que de l'affronter.

Bud se tourna vers sa maison. Quelqu'un avait peint à la bombe *MEURTRIER* avec de la peinture rouge vif sur la façade de son garage.

— Je crois que je vais aller nettoyer ça.

— Je suis désolée, Bud

Morgan lui toucha le bras.

— Voulez-vous de l'aide ?

— Non.

Il secoua la tête.

— Vous faites déjà plus que ce que n'importe qui pourrait demander. Le travail me donnera quelque chose à faire.

Bud disparut à l'intérieur de la maison. Morgan et Lance traversèrent la rue.

— Que fais-tu pour Bud ? demanda Lance. Tu devrais rester en dehors de ça.

— C'est plutôt raté.

Les longues jambes de Morgan parcoururent l'allée rapidement.

— Qu'est-ce que tu veux dire ?

Lance se rapprocha d'elle.

Elle fit une pause.

— Je défends Nick.

Quoi ?

Lance attrapa son bras et la fit tourner.

— Tu es folle ?

Elle mettait sa carrière en l'air.

— Non. Naïve, peut-être.

Dans ses chaussures à semelles plates, Morgan faisait à peine une tête de moins que Lance. Mais avec son menton relevé et ses épaules en arrière, elle semblait plus grande et plus imposante. Son visage portait un masque de détermination qu'il n'avait jamais vu auparavant. Ses yeux bleus passèrent de jolis à perçants. Si c'était son visage au tribunal, il était franchement intimidant.

— La ville a déjà jugé et condamné Nick. Quand les gens du voisinage découvriront que tu es de son côté, ils vont se retourner contre toi aussi.

— Je ne pense pas. Ils me connaissent. Ils connaissent ma famille depuis quinze ans. Ils respectent mon grand-père.

— Morgan, ils pensent que Nick a assassiné l'incarnation même de la fille d'à côté. M. Palmer l'a bien résumé. Tout le monde devra choisir. Tu feras partie du côté opposé. Tu seras l'ennemie.

— Donc je devrais tourner le dos à Nick parce que je pourrais devenir impopulaire ?

— Je n'ai pas dit ça.

— Alors qu'est-ce que tu as dit ? demanda Morgan.

Lance lui fit face.

— Je suis inquiet pour toi.

Elle hocha la tête.

— Je peux comprendre ça, mais quel genre de personne serais-je si je n'aidais pas Nick ?

— Tu penses vraiment qu'il est innocent ? demanda Lance.

— Je le pense. Les preuves ne font pas tout.

Morgan regarda par-dessus son épaule vers la maison des Zabrowski.

— Un groupe de faits peut avoir plus d'une explication logique.

— Tu m'avais dit un jour que tu ne pourrais jamais être avocate de la défense parce que tu ne pourrais pas vivre avec toi-même si tu devais aider des criminels à s'en sortir avec leur crime. Je comprends que tu penses que Nick est innocent. Même si tu le prouves, que feras-tu après le procès ? Bryce ne t'engagera jamais après ça. Tu n'auras plus de travail.

— Je sais, soupira Morgan. Mais je ne peux pas laisser ça m'arrêter.

Mais Lance n'était pas sûr qu'elle comprenait la rage qu'elle rencontrerait quand son choix de défendre Nick deviendrait public. Les gens allaient être très en colère, et les gens en colère étaient dangereux.

— Tu dois voir ça.

Lance sortit son téléphone et lança la vidéo de la bagarre au lac.

Morgan pâlit.

— Où est-ce que tu as eu ça ?

— D'un gamin qui était à la fête du lac jeudi soir dernier, mais c'est sur YouTube.

Lance expliqua à propos de sa recherche de Jamie Lewis.

— Ton *client* a un sacré caractère.

— Merde.

Morgan se précipita vers la maison, demandant par-dessus son épaule :

— Qui est le garçon avec qui se bat Nick ?

— Son nom est Jacob Emerson.

Lance se précipita pour la rattraper.

— Où vas-tu ?

— Je dois déposer une injonction pour que cette vidéo soit retirée de YouTube avant que ce soit partout sur les réseaux sociaux et aux infos. Notre jury entier sera biaisé.

Elle ouvrit sa porte d'entrée et pénétra dans la maison.

Lance pensait que les chances d'avoir un jury impartial avaient déjà vogué à mi-chemin de la Chine. Il suivit Morgan dans la maison.

— Morgan, tu ferais mieux de regarder ça, dit Art depuis son fauteuil.

Une bannière *FLASH INFO* défilait en bas de l'écran tandis que la vidéo de la bagarre entre Nick et Jacob Emerson était diffusée.

Il était un peu trop tard pour empêcher les jurés d'être influencés.

13

Prison, jour 1

Nu, Nick frissonna alors qu'il se pressait dans la pièce, un paquet de vêtements sous le bras.

La porte derrière lui se referma avec un cliquetis métallique surréaliste, étouffant les gémissements et les cris de la zone de détention. Presque tout étant fait de blocs et d'acier, les sons se répercutaient avec une intensité discordante qui l'avait fait sursauter constamment pendant toute la première heure à la prison du comté.

La petite pièce était construite en parpaings avec une porte en acier verrouillée de chaque côté. Il y avait une petite fenêtre grillagée dans chaque porte.

Toutes les quelques secondes, un garde regardait à l'intérieur. La pièce sentait l'eau de Javel et la pisse. Une flaque d'urine entourait les toilettes en acier inoxydable dans le coin. Nick avait envie d'uriner, mais il ne savait pas comment faire sans se mettre de la pisse sur les pieds.

Mais le bon côté des choses, c'était que cette zone d'attente était vide.

Pour la première fois depuis qu'il avait été amené dans le bâtiment, Nick pouvait presque respirer à pleins poumons. Même s'il savait que la caméra dans le coin du plafond l'observait, l'absence d'autres détenus était un doux, bien que bref, soulagement. Dans son ventre, les nerfs bourdonnaient comme un essaim d'abeilles.

Bientôt, il allait être intégré à la population générale. Pire encore, il avait été assigné au bloc D, où les détenus les plus dangereux étaient incarcérés, puisqu'il était accusé d'avoir commis un crime violent. Nick n'était pas le seul tueur détenu ici qui n'avait pas encore été condamné.

« Innocent jusqu'à preuve du contraire » n'était que pure fiction.

Il avait passé tout l'après-midi à endurer le processus d'admission. Il avait été fouillé à nu, épouillé, et douché. La poudre d'épouillage était entrée dans son œil, l'avait rendu rouge et l'avait fait pleurer. Ce processus avait été l'expérience la plus humiliante et la plus effrayante de toute sa vie.

Son humanité avait été dépouillée. Il aurait dit qu'il se sentait comme un animal, mais les animaux de zoo étaient traités avec plus de respect.

Il se pressa vers le banc d'acier boulonné au mur, posa l'uniforme orange qu'on lui avait donné, et s'habilla. Il était reconnaissant d'avoir porté un caleçon blanc. Toutes les autres couleurs étaient confisquées. S'il avait choisi l'écossais ce matin, il aurait été en commando. D'une certaine manière, il savait que l'absence de sous-vêtements l'aurait fait se sentir encore plus vulnérable.

Au lieu de la combinaison à laquelle il s'attendait, l'uniforme ressemblait plus à une blouse d'hôpital qui gratte. Il enfila le pantalon et enfonça ses pieds dans les sandales en caoutchouc qu'on lui avait fournies. Elles ressemblaient aux chaussures de football qu'il avait portées au collège. La chemise était trois fois trop grande. Le froid s'infiltrait à travers le tissu fin.

Assis sur le banc froid et dur, il se concentra sur sa respiration. Chaque pensée qui lui passait par la tête le terrifiait. Il avait besoin de se calmer. Ce n'était pas l'endroit pour montrer sa peur. Il imagina une partie d'échecs dans sa tête, coup après coup, l'ordre au lieu du chaos.

La porte derrière lui s'ouvrit, le claquement métallique formant une boule de peur dans ses entrailles. Un grand homme blanc entra, portant son propre uniforme orange. Tout en lui était énorme, de ses poings de la taille d'une tête à sa poitrine et ses bras géants et tatoués. Sa barbe était épaisse et blonde, tout comme les poils de son torse. Il s'habilla d'une manière calme, sans hâte, et résignée qui suggérait que cette expérience n'était pas nouvelle pour lui.

Nick essaya de ne pas avoir l'air effrayé, mais d'après l'expression amusée sur le visage du nouveau venu, ce n'était pas une grande réussite.

— Je suis l'Homme.

Il prononça le mot comme un titre royal. Puis il s'assit sur le banc en face de Nick et lui jeta un regard désinvolte.

— C'est ta première fois ?

Nick ne savait pas s'il devait l'admettre ou non. Il était tellement hors de son élément, il aurait pu être sur Mars ou une autre planète hostile. Il ne pensait qu'à essayer d'arrêter le tremblement de ses mains. Il n'avait besoin de personne pour lui dire que montrer sa faiblesse en prison serait comme saigner dans des eaux infestées de requins.

— Tu n'as pas à répondre. Je sais que tu es un poisson.

L'homme ricana.

— Rester silencieux peut être une bonne stratégie, mais ne les laisse pas penser que tu as peur de parler. Ignore le chef du bloc et tu te feras botter le cul aussi. Même chose si tu ne te défends pas.

Nick hocha la tête comme s'il comprenait, mais ce n'était pas le cas. Il n'était sûr que d'une chose. Il était tellement dépassé qu'il n'y avait aucun moyen pour lui d'atteindre la surface avant de se noyer.

L'Homme étendit ses énormes jambes devant lui.

— C'est la troisième fois que je viens ici. Je vais te donner quelques conseils. À l'intérieur, on se serre les coudes. Les Blancs traînent avec d'autres Blancs. On est moins nombreux, et il n'y a pas de putain de politiquement correct ici. C'est une question de survie. On reste avec les siens.

Nick l'écouta sans parler.

— Tu gardes la tête baissée, et ta bouche fermée. Tu ne poses pas de questions. Tu ne répètes pas ce qu'on te dit. Les mouchards se font moucher.

L'Homme retourna son bras. Une série de tatouages bleus recouvraient la face inférieure blanche de son avant-bras.

— Tu vois ceux-là ?

— Ouais.

Nick n'était pas sûr de la signification des éclairs jumeaux ou du nombre 88, mais il était impossible de se méprendre sur une croix gammée.

L'Homme était un suprémaciste blanc.

— Un jeune poisson comme toi a besoin de protection ici ou tu finiras par devoir assouvir les besoins de quelqu'un.

Il tapota la croix gammée.

— C'est comme ça que tu l'obtiens.

Merde.

Nick n'avait pas pensé aux gangs. Son manque de connaissance de la vie en prison venait ajouter à sa peur. Rejoindre un gang ressemblait à un engagement, une décision qui ne pouvait pas être changée une fois qu'elle était prise.

Un engagement sérieux qui pouvait avoir des conséquences permanentes.

— Certains des autres détenus ont un truc contre les violeurs. Moi ? Ça ne me dérange pas du tout.

La colonne vertébrale de Nick se redressa, une vague de froid l'envahit.

— Vous savez qui je suis ?

— Tout le monde saura qui tu es. Il n'y a rien à faire en prison à part parler. Les rumeurs se répandent vite.

L'Homme haussa les épaules.

— Comme je le disais, je n'ai rien contre toi. Les femmes doivent apprendre leur place, et certaines semblent avoir besoin de leçons plus dures que d'autres. Mais certains mecs pourraient vouloir te tuer juste à cause de ce que tu as fait. Et encore, certains mecs pourraient vouloir te tuer pour s'amuser. Rappelle-toi toujours : une fois qu'ils sont condamnés, certains de ces gars ne sortiront jamais, et ils le savent. Ils n'ont rien à perdre.

Les mots glissèrent de la bouche de Nick.

— Je n'ai rien fait.

— Bien sûr. Tout le monde ici est innocent. On a tous été accusés à tort.

L'Homme ricana.

— Tu as une chance de survivre.

Il tapa sur la croix gammée.

— Pourquoi êtes-vous ici ? demanda Nick.

Si le fait d'être accusé de viol et de meurtre n'effrayait pas l'Homme, il devait avoir des charges sérieuses aussi.

— Homicide involontaire, mais il va sans dire que je suis innocent aussi.

Il se pencha en arrière et croisa les bras.

— Si j'étais toi, je jouerais la carte de l'accusation injuste jusqu'au bout. Tout homme peut compatir au fait de se faire rouler par les porcs. Et si ça ne marche pas…

L'Homme montra ses tatouages.

— Parce que les gardes n'en ont rien à foutre.

La porte s'ouvrit et deux autres détenus nus entrèrent. L'homme noir avait environ vingt-cinq ans, il était grand et costaud. Son dos entier était couvert de tatouages. Le jeune Blanc avait peut-être dix-neuf ans, grand, mais maigre comme un cure-dent. Nick pouvait compter ses vertèbres de l'autre côté de la pièce. L'Homme grogna alors que le gamin enfilait un pantalon trois fois trop grand. Il avait l'air effrayé au point de se pisser dessus.

Nick se demanda s'il avait la même lueur de proie effarouchée dans les yeux.

Il ne valait mieux pas. Il était silencieusement reconnaissant d'être trop paresseux pour se raser quotidiennement – son épaisse barbe de quatre jours le vieillissait – et pour le travail physique qui avait musclé son corps depuis qu'il avait obtenu son diplôme du lycée. Le maigrichon ressemblait à une cible ambulante.

À une proie.

L'Homme se tut. Finalement, l'autre porte s'ouvrit. Les gardes aboyèrent des ordres, et les quatre détenus furent escortés dans le couloir. On donna à chacun un matelas plié en plastique fin et une couverture usée qu'ils devraient porter jusqu'au bloc.

Nick suivit l'exemple de l'Homme et le hissa sur une épaule. Au moins, cela lui fournissait ce qui lui semblait être un écran partiel. Seule la moitié des résidents du bloc pouvait voir son visage. Le maigrichon serrait le matelas contre sa poitrine comme un bouclier, et quand ils entrèrent dans le bloc, il devint plus blanc que blanc, ses yeux brillant de terreur.

Nick figea son visage dans ce qu'il espérait être une expression impassible.

Il s'était attendu à une rangée de cellules fermées à clé, comme dans les prisons qu'il avait vues à la télé. Mais le bloc D de la prison du comté était une grande pièce en béton. Les hommes s'y promenaient librement. Des portes ouvertes bordaient un côté de la pièce. *Les cellules ?* Nick y jeta un coup d'œil en passant. Chaque minuscule cellule contenait deux lits superposés en métal séparés par un mètre de béton, clairement conçus pour contenir quatre hommes. Les détenus se tenaient dans les ouvertures, évaluant les nouveaux arrivants. Nick pouvait sentir leurs regards prédateurs.

Les cellules devaient toutes être pleines, car d'autres lits superposés en métal s'alignaient contre un mur de la pièce principale. Chacun d'entre eux contenait déjà un kit de literie, et d'autres matelas étaient alignés sur le sol. Le centre de l'espace était occupé par des tables en métal avec des bancs attachés.

Quelques calculs rapides montrèrent à Nick que l'espace était conçu pour accueillir quarante hommes, mais il comptait au moins soixante prisonniers. D'autres détenus dans la cellule de détention de la police de Scarlet Falls s'étaient plaints de la surpopulation dans la prison du comté. Mais Nick n'en avait pas envisagé les ramifications. Donc cela voulait dire que personne n'était enfermé la nuit ?

Au lieu de la possibilité que trois compagnons de cellule essaient de le tuer, Nick devait s'inquiéter de tout le bloc ? Il s'attendait à de l'ordre, de la discipline, voire de la claustrophobie, mais enfermer soixante criminels dans une pièce ensemble, sans rien à faire, était une expérience de pur chaos.

Il essaya de ne pas tressaillir aux commentaires émanant des portes sur son passage.

— Regarde ce cul blanc bien tendu.

— Je vais le manger tout cru.

— *Mm. Mm. Mm.* De la viande fraîche.

Ils parlaient de lui ou du petit maigrichon ? Égoïstement, Nick espérait que ce n'était pas lui.

Un autre Blanc poilu fit un check à l'Homme, et il fut accueilli dans une mer de barbes et de tatouages effrayants, comme un guerrier viking rentrant d'un pillage réussi.

Quelqu'un se dépêcha de déplacer son matelas et sa couverture, et l'Homme se vit attribuer une couchette supérieure. Nick ne connaissait pas grand-chose au protocole de la prison, mais l'Homme inspirait le respect et la peur.

Nick observa le détenu noir se faire absorber par un groupe d'Afro-Américains. Il semblait connaître son chemin.

Le gamin tremblait comme un chaton effrayé.

Instinctivement, Nick mit de l'espace entre eux. Le gamin était de la chair à canon, et Nick ne pouvait rien y faire. Il n'y avait pas de place pour la culpabilité. L'évaluation du danger et de ses chances de survie absorbait toute son attention, et il n'était pas en position de protéger quelqu'un d'autre.

Ce groupe d'hommes était cent fois pire que les protagonistes de *Sa Majesté des mouches*.

Étant accusé d'être un délinquant sexuel, Nick perdait déjà des points.

Il regarda le sol. Contrairement aux cellules de détention, le béton semblait relativement propre. Ne sachant pas quoi faire d'autre, Nick posa son matelas sur le sol au bout d'une rangée. Personne ne l'emmerda à ce sujet, alors il se dit que c'était bon.

Il s'assit dessus, en gardant le dos au mur.

Le gamin avait déjà été désigné comme une mauviette. Qui sait ce qu'il adviendrait de ça, mais, pour le moment, tout le monde semblait regarder Nick. Il s'était retrouvé dans cette situation avec un plan qui consistait à garder la tête baissée et se fondre dans les murs en parpaings. Mais de toute évidence, ça n'allait pas fonctionner. Il avait besoin d'un nouveau plan.

Pour la première fois, le poids des charges retenues contre lui le frappa.

À moins qu'il n'y ait un tueur en série parmi les détenus, il n'y avait probablement personne dans cette cellule accusé de crimes plus graves.

Comment cela avait-il pu arriver ?

Il n'avait même pas eu la chance de faire le deuil de Tessa. Son image surgit dans sa tête, et la tristesse fit pression sur ses sinus. Il la fit taire et canalisa une colère plus saine. Pleurer le mettrait dans la même catégorie que le gamin maigre.

Au plus profond de la poitrine de Nick, la rage et la frustration bouillonnaient. Il était coincé ici alors que celui qui avait tué Tessa était en liberté. Qui l'avait fait ? Jacob ? Il imaginait très bien que ce connard arrogant puisse le faire.

Un sifflement ramena les pensées de Nick dans le présent.

À ce stade, Nick était un violeur et un meurtrier présumé. Espérons que la nature sérieuse et violente de ces accusations ferait réfléchir les autres détenus à deux fois. Mais en réalité, s'ils voulaient battre le cul de Nick, le violer, ou même le tuer, il n'y avait pas grand-chose qu'il puisse faire.

Ils étaient soixante, et il n'était même pas dans une cellule fermée à clé.

À ce moment-là, tous les regards étaient dirigés vers Nick. Il avait envie de courir, crier et frapper sur la porte du bloc D.

Je ne l'ai pas fait.

Je suis innocent.

Les commentaires de l'Homme résonnèrent dans son esprit : *Les gardes n'en ont rien à foutre.*

Son regard s'égara vers la porte, comme si elle allait s'ouvrir et qu'il serait escorté pendant que tout le monde s'excuserait de l'avoir enfermé par erreur.

Mais cela ne se produisit pas. Merde, il n'avait même pas un avocat qui en avait quelque chose à foutre. Celui qu'ils avaient commis d'office pour la lecture de l'acte d'accusation avait lu les charges contre lui exactement trois secondes avant l'audience et n'avait pas protesté quand le juge avait fixé la caution à *un million de dollars*. Son père n'avait pas ce genre d'argent.

Nick garda les yeux rivés sur le groupe d'hommes, les oreilles tendues vers les conversations autour de lui, et la bouche fermée. Dans sa tête, il jouait à sa partie d'échecs imaginaire et forçait sa posture à se détendre.

Il envisagea ses options.

Jouer au dur. *Idée stupide.* Il était un enfant blanc de classe moyenne venant d'un quartier sympa. Il était aussi loin d'être un dur à cuire qu'il pouvait l'être. Les seuls tatouages qu'il avait portés étaient des autocollants temporaires de *Bob l'éponge.* N'ayant aucune idée, il décida de ne pas bouger et de s'occuper de ses affaires. Tôt ou tard, les autres détenus viendraient à lui. Nick devrait faire du mieux qu'il pourrait. Pour l'instant, il regarderait et attendrait.

Mais la nuit arrivait. Parviendrait-il à tenir jusqu'au matin ?

14

Tout le monde avait l'air coupable dans un uniforme de prison orange.

Vendredi matin, Morgan était assise à une table dans une salle d'interrogatoire de la taille d'une cellule à la prison du comté. Le bleu cobalt de son tailleur était la seule tache colorée dans la palette de couleurs de gris sur gris. Elle avait essayé de voir Nick l'après-midi précédent, mais son transfert officiel de la police et son admission dans la prison du comté n'avaient pas encore été effectués.

Rien n'était plus important pour les forces de l'ordre que la paperasse.

Un garde escorta Nick dans la pièce et lui enleva ses menottes.

Se frottant les poignets, Nick se glissa dans la chaise en face de Morgan. Son visage était sans expression, et un bleu noircissait son menton. Il fixa le mur alors que le garde se retirait.

— Il n'a pas dit grand-chose depuis que nous l'avons arrêté, dit le garde.

Bien. Il avait écouté.

— Je serai à l'extérieur, derrière la porte.

Le garde jeta un regard d'avertissement à Nick.

— Ça va aller, mais merci.

Morgan attendit que le garde se retire de l'autre côté de la porte.

Une fois celle-ci fermée, le regard de Nick se porta sur son visage.

— Tu vas vraiment être mon avocate ?

— Oui.

— Pourquoi ?

— Parce que je te connais.

Il se pencha en arrière.

— Ils pensent tous que je suis coupable.

Il inclina sa tête vers la porte.

— Ils ne te connaissent pas. Moi si.

Morgan se pencha sur la table et fixa Nick du regard.

— Je vais te le demander une fois et une seule fois. As-tu tué Tessa ?

La plupart des avocats de la défense que Morgan connaissait ne demandaient absolument jamais à leurs clients s'ils étaient coupables. Non seulement ils ne voulaient pas savoir, mais un avocat ne pouvait pas permettre à un client de se parjurer et de clamer son innocence à la barre. Les avocats de la défense contournaient ce dilemme éthique avec la politique du « ne pas demander, ne pas dire ».

Le système judiciaire ne fonctionnerait pas sans des avocats prêts à soutenir les deux parties. Intellectuellement, Morgan comprenait que chaque accusé criminel méritait la meilleure défense possible, mais elle ne serait pas capable de vivre avec elle-même si elle aidait à libérer des criminels qui étaient relâchés et qui ensuite commettaient d'autres crimes violents.

Nick n'avait pas bronché à sa question. Il n'avait pas non plus rompu le contact visuel. Son regard soutenait le sien, stable et sûr, sans aucune trace de ruse.

— Non.

— Alors je te crois.

Nick ne semblait pas savoir quoi dire.

— Merci.

— Remercie-moi plus tard. Je veux que tu me dises exactement ce qui s'est passé jeudi soir dernier.

Morgan posa son stylo sur son bloc-notes.

— J'ai rencontré Tessa à une fête au lac.

— À quelle heure était-ce ?

— Environ neuf heures, dit Nick. Bref. Juste après que nous sommes arrivés, le gars avec qui elle était sortie, Jacob Emerson, est venu et l'a traitée de salope. Je lui ai dit qu'il devrait...

Nick marqua une pause, détournant le regard, le visage rougissant.

— J'ai besoin que tu me dises tout, Nick, même si ce n'est pas joli.

Morgan appuya ses avant-bras sur la table.

— J'ai travaillé pour le bureau du procureur pendant six ans. Tu ne peux pas me choquer.

Mais il refusa de croiser son regard quand il répondit.

— Je lui ai dit qu'il devrait aller se faire enculer.

— Et ensuite ?

— Et il a dit qu'il n'avait pas besoin de le faire parce qu'il avait déjà baisé Tessa, comme tous les autres gars de la ville.

Nick prit une inspiration.

— Tessa a essayé de m'éloigner, mais j'ai poussé Jacob. C'est un tel connard privilégié.

— Que s'est-il passé ensuite ?

Morgan ne voulait pas mettre des mots dans la bouche de Nick.

Il haussa les épaules.

— La bagarre n'a pas duré longtemps. Quelques coups de pied dans le dos et en avant. Tessa s'est interposée entre nous, et Jacob l'a renversée en essayant de m'atteindre. Ça m'a énervé. Je l'ai frappé. Il m'a frappé en retour. Quelques autres mecs sont intervenus, et c'était fini.

Nick secoua sa tête.

— J'ai fini avec le nez en sang. Tu sais ce qui arrive quand je vois du sang. Il n'y en avait pas beaucoup, mais j'ai presque vomi.

Morgan prit des notes détaillées.

— J'ai vu une vidéo de la bagarre hier. Elle a été diffusée en ligne et aux informations. Sais-tu que quelqu'un l'avait filmée ?

Nick fit non de la tête.

— J'ai déposé une injonction pour qu'elle soit retirée d'Internet afin d'éviter de biaiser le jury, mais j'ai peur que le mal soit déjà fait. Je vais également faire pression pour un changement de lieu. Bien que nous ne soyons pas susceptibles de l'obtenir, au moins la demande sera enregistrée comme un motif d'appel si tu es condamné.

Le visage de Nick devint pâle.

— Tu penses que je vais être condamné ?

— Je vais faire de mon mieux pour empêcher que cela n'arrive, mais une partie de mon travail est de préparer le terrain pour d'éventuels futurs appels.

— OK.

Nick mâchouilla une cuticule.

— Qui a pris la vidéo ?

— Je ne sais pas encore, mais je vais le découvrir.

Les deux seuls éléments de preuve que Morgan avait vus à ce stade étaient la liste des charges et la vidéo sur YouTube. Elle avait en fait préféré mener son premier entretien à l'aveugle. Une fois qu'elle commencerait à examiner les preuves, il serait difficile d'obtenir l'histoire de Nick sans y injecter ses propres opinions préconçues.

— Maintenant que je suis officiellement ton avocate, je vais obtenir des copies de toutes les preuves que la police et le procureur ont rassemblées contre toi.

Il hocha la tête.

— Que s'est-il passé après la bagarre ? demanda Morgan.

— Tessa et moi sommes allés dans ma voiture. Elle a nettoyé mon visage.

Il s'agita sur sa chaise. Son visage rougit.

— Puis on a roulé jusqu'à l'autre côté du lac et on a fait l'amour dans ma voiture.

— Du sexe consensuel ?

— Ouais.

Nick se redressa, la colère surmontant sa peur et illuminant ses yeux.

— Bien sûr. Je sais que la police a dit qu'elle avait été violée. Je n'aurais jamais pu…

Morgan leva une main pour le calmer.

— Très bien. Toi et Tessa avez eu une relation consensuelle dans ta voiture. Siège avant ou arrière ?

— Arrière.

— Avez-vous utilisé un préservatif ?

— Non. Et je sais que c'était stupide.

Sa mâchoire se contracta de frustration et de regret.

— Je n'en avais pas.

Morgan posa son stylo sur le bloc-notes.

— Nick. Je ne suis pas ton parent. Je suis ton avocate. Tu dois t'habituer à me dire des choses personnelles. Si ça va jusqu'au procès, chaque détail sortira de toute façon.

Le hochement de tête de Nick était raide et à peine perceptible.

Morgan reprit son stylo.

— À quelle heure était-ce ?

— Je ne sais pas exactement. Peut-être vers dix heures.

— Que s'est-il passé ensuite ?

Morgan commença une chronologie.

— Tessa pleurait. Elle ne voulait pas me dire pourquoi. J'ai supposé que ça avait un rapport avec la dispute et ce que Jacob avait dit. Je nous ai ramenés à la clairière. Sa voiture était toujours là.

Les yeux de Nick s'assombrirent.

— Puis elle a rompu avec moi.

— Elle a couché avec toi, et a rompu après ? clarifia Morgan.

— Oui. J'ai essayé de la faire parler, mais elle ne voulait pas dire pourquoi elle devait rompre avec moi.

Les yeux de Nick se remplirent de larmes.

— Finalement, je suis juste parti. Elle était dans sa voiture. J'ai supposé qu'elle allait rentrer chez elle en voiture.

Il renifla.

— C'est la dernière fois que je l'ai vue.

— Est-ce que d'autres ados ont été témoins de votre dispute avec Tessa ?

Il rongea un morceau de l'ongle de son pouce.

— Ouais. Probablement. Il y avait quelques personnes encore là quand nous sommes allés à la clairière.

— Quelqu'un t'a-t-il vu partir sans elle ?

— Peut-être.

— Je dois savoir qui.

— OK. Je pense que Robby Barone était là, et Felicity, et une autre amie de Tessa, Jamie.

Nick se concentra, son expression était désespérée.

— Essaie de penser à d'autres.

Morgan nota les noms.

— Où es-tu allé ?

— J'ai roulé pendant un moment. Je ne pouvais pas croire qu'elle avait rompu avec moi.

La tristesse frémissait dans sa voix.

— Si les flics ne m'avaient pas montré de photos, je n'aurais pas cru non plus qu'elle était morte.

Morgan eut un flash rapide du corps ensanglanté de Tessa. Si l'affaire allait jusqu'au procès, elle et Nick verraient ces images encore et encore.

Seraient-ils immunisés un jour ? Elle espérait que non.

Non. Elle ne pouvait pas penser comme ça. Elle allait prouver qu'il était innocent.

— Tu as pris un hamburger ? demanda-t-elle. Tu t'es arrêté dans une épicerie ? Est-ce que quelqu'un t'a vu rouler ?

Nick secoua la tête.

— Non. Je ne me souviens même pas exactement où je suis allé.

— As-tu passé des appels sur ton téléphone ? demanda Morgan, espérant que le GPS aurait pu enregistrer la localisation de Nick.

— J'ai essayé de lui envoyer un texto plus tard, mais ma batterie était morte.

Dommage pour le GPS de son téléphone.

— À quelle heure es-tu rentré chez toi ?

— Vers minuit.

— Ton père t'a vu rentrer ?

— Non. Il était déjà endormi. Il devait ouvrir le magasin vendredi matin.

Donc Nick n'avait pas d'alibi pour toute la nuit.

— Combien de choses as-tu racontées à la police ?

— Tout. Je ne pensais pas que je devais cacher quoi que ce soit, parce que je suis innocent. Quand ils ont dit que je les aidais à trouver le meurtrier de Tessa, je les ai crus.

La colère crispa le visage de Nick.

La plupart des citoyens ne savaient pas que la police pouvait mentir lorsqu'elle interrogeait des suspects. C'était parfaitement légal, et elle le faisait tout le temps.

Il renifla et passa une main sous ses yeux.

— Je ne peux toujours pas croire qu'elle est morte.

— Je sais. Moi non plus.

Morgan leva les yeux de son bloc-notes.

— Voici ce qui va se passer ensuite. Mardi, il y aura une audience du grand jury où le procureur présente les preuves et le jury décide si elles sont suffisantes pour t'inculper officiellement. En réalité, c'est une formalité. Nous ne devons même pas assister à l'audience, sauf si tu veux témoigner, et je ne te recommande pas de fournir un quelconque témoignage à ce stade. Le procureur se chargera de l'inculpation.

Le visage de Nick se plissa de confusion.

— Le procureur pourrait proposer une négociation de peine, mais je ne pense pas que ce sera une bonne affaire.

Pas avec le maire, le chef de la police et le procureur qui exploitaient l'affaire pour se faire de la publicité.

— Je dois t'informer que si tu es reconnu coupable, tu risques la prison à vie.

La bouche de Nick s'ouvrit et se referma sans qu'aucun mot sorte.

— J'ai besoin de ta permission pour discuter de ton dossier avec ton père, dit Morgan.

— OK. Bien sûr. Y a-t-il un moyen de me faire sortir d'ici ? demanda Nick.

La tristesse dans ses yeux l'anéantit.

— Le juge a fixé la caution à un million de dollars. Ton père devra fournir dix pour cent de cette somme. Soit cent mille dollars.

Ses épaules s'affaissèrent.

— Il n'a pas ce genre d'argent.

— Je ne veux pas ajouter des problèmes financiers à vos soucis en ce moment, mais une défense solide sera coûteuse. Je travaillerai sur votre affaire bénévolement, mais je devrai payer pour le témoignage d'un expert, des tests supplémentaires de preuves, et un enquêteur, entre autres choses. Même si je déteste cette situation, vous allez devoir choisir comment dépenser vos fonds limités. Si vous utilisez tout pour la caution, il ne restera plus rien pour ta défense.

— Donc je dois rester en prison ?

La panique s'immisça dans la voix de Nick.

Morgan posa sa main sur la sienne.

— J'aimerais qu'il en soit autrement.

— Tu ne sais pas ce que c'est…

Nick jeta un coup d'œil dans la petite pièce, la peur dans les yeux.

— Je ne veux pas que tu passes les vingt-cinq prochaines années de ta vie derrière les barreaux.

Morgan serra ses doigts.

— Je suis vraiment désolée que cela t'arrive.

Il prit une inspiration tremblante, puis renifla fortement et releva le menton.

— Je vais m'en sortir. Merci pour tout ce que tu fais.

— En attendant, tu dois être très prudent. Ne parle pas de ton affaire à qui que ce soit ici. Ni à tes compagnons de cellule, ni aux gardes, ni à personne. Ne pense même pas à voix haute. Les autres détenus pourraient essayer d'utiliser les informations que tu leur donnes comme moyen de pression dans leurs propres affaires.

En tant qu'assistante du procureur, Morgan avait vu des procureurs obtenir des informations d'autres prisonniers.

— Ne parle pas de l'affaire au téléphone, même si c'est à moi ou à ton père. L'appel pourrait être surveillé et enregistré. Ne renonce à aucun droit. Ne parle à aucun enquêteur si je ne suis pas avec toi. Le procureur n'a pas à honorer les promesses faites par d'autres agents de la loi.

— Rien de tout cela ne semble juste.

— Non. Ça ne l'est pas. Mais je vais faire de mon mieux pour te faire sortir aussi vite que possible.

Morgan appela le garde et regarda Nick se faire menotter et embarquer.

Elle refoula sa tristesse, rassembla ses notes et sortit de la pièce.

Après avoir quitté la prison, Morgan roula jusqu'au bureau du procureur.

Il était temps de parler à Bryce. Sans doute avait-il déjà entendu qu'elle avait accepté de défendre Nick, mais elle lui devait la courtoisie d'un face-à-face. Le bureau du procureur se situait dans le complexe municipal, en bas de la rue de la prison du comté. Morgan se gara dans le parking des visiteurs et sortit de son van. Ses chaussures à talons claquèrent sur le trottoir alors qu'elle se dirigeait vers l'entrée.

— Madame Dane ?

Morgan s'arrêta et pivota. Elle reconnut l'homme qui courait vers elle. Un journaliste d'une chaîne câblée locale. Une douzaine de foulées derrière lui, un caméraman suivait. Elle prit un air sincère. Nick avait besoin de quelqu'un pour être son porte-parole.

Le journaliste s'arrêta, redressa les revers de son costume, et attendit que le caméraman le rattrape. Une fois l'objectif en place et la lumière verte allumée, le journaliste commença.

— Est-il vrai que vous allez représenter l'homme accusé du viol et du meurtre de Tessa Palmer ?

— Je défends Nick Zabrowski.

Les mots sont importants, et Morgan avait choisi les siens avec soin. Elle utiliserait toujours le nom de Nick ou se référerait à lui comme son client. La presse et le procureur appelleraient Nick le défendeur ou l'accusé pour le culpabiliser chaque fois qu'ils parleraient. Morgan s'efforcerait de faire apparaître Nick comme une victime d'un système judiciaire biaisé, un être humain pris dans des circonstances indépendantes de sa volonté. C'était le travail de Morgan de faire comprendre au public que ce qui arrivait à Nick pouvait arriver à n'importe lequel d'entre eux.

— Vous avez été procureure. Qu'est-ce que ça fait d'essayer de libérer un suspect plutôt que de l'enfermer ?

Il repoussa le micro vers elle. La presse avait déjà rendu un très mauvais service à Nick avec ses titres sensationnels et racoleurs. Malheureusement, la première station à rapporter l'information gagnait, et le succès n'avait rien à voir avec l'exactitude. Mais Morgan ne pouvait pas se permettre de froisser les plumes des médias.

— Je n'ai aucun commentaire à faire pour le moment, si ce n'est que mon client est innocent, et nous sommes impatients de le prouver.

Elle leva son menton et lança à la caméra un regard sincère et confiant.

— Et pour Tessa Palmer ?

Morgan adoucit son expression. Quand ses yeux s'embuèrent, elle ne prit pas la peine de le cacher.

— Ce qui est arrivé à Tessa est terrible et tragique. Elle était une jeune femme gentille et intelligente avec un brillant avenir devant elle. Personne ne devrait jamais avoir à souffrir comme elle l'a fait.

Morgan n'avait pas hésité à condamner le crime ou à compatir avec la victime.

— Mais la nature horrible du crime ne justifie pas que l'on se précipite dans une présomption de culpabilité ou de faire une arrestation prématurée.

Elle se détourna du journaliste vers la caméra.

— Je vais prouver que Nick est innocent, mais je veux aussi voir le vrai tueur de Tessa arrêté. Mon client n'a pas commis ce terrible crime. Par conséquent, quelqu'un d'autre l'a fait.

Morgan marqua une pause, en regardant la caméra d'un air très sûr.

— Et aussi longtemps que Nick est injustement retenu derrière les barreaux, le vrai meurtrier est toujours là.

Elle laissa la presse avec ce dernier commentaire et entra.

Cinq minutes plus tard, elle regardait le procureur de l'autre côté de son bureau.

— Je pensais que je vous devais le retrait de ma candidature en personne.

— Je vous en remercie.

Bryce fit un geste vers l'une des chaises faisant face à son large bureau.

— Je ne peux pas dire que je ne suis pas déçu.

— Je suis désolée que vous ressentiez cela.

Morgan s'assit sur le bord de son siège.

Mais sous la façade tranquille de Bryce, la colère couvait. Le procureur prenait mal sa décision.

— Je ne peux pas croire que vous ayez laissé tomber un excellent travail pour une affaire sans espoir. Nick Zabrowski est plus que coupable.

Morgan ne fit pas de commentaire. À quoi bon ? Elle n'avait même pas encore examiné les preuves. Bryce n'allait pas offrir beaucoup d'avantages, pas sur une affaire de meurtre aussi juteuse. Tessa était la fille d'à côté. Elle avait été brutalisée et tuée dans sa propre communauté. Tessa représentait l'innocence gâchée. Son meurtre avait touché le cœur de chaque parent, frère, sœur, et voisin. Qu'est-ce que les gens craignaient plus qu'un vicieux agresseur violant et tuant leurs filles ?

Rien.

Bryce posa ses avant-bras sur le bureau. Les boutons de manchette français de sa chemise blanche dépassaient des manches de sa veste. C'étaient des disques en sterling et onyx, classiques et discrets.

— Parlons de votre client plaidant coupable et faisant gagner du temps et de l'argent aux contribuables.

— Parlez-en, dit Morgan. Comme je n'ai pas encore reçu ou examiné toutes les preuves pour le moment, la discussion devra être unilatérale.

— Avant qu'elle ne soit poignardée neuf fois, Tessa Palmer a été sexuellement agressée. L'ADN du sperme correspond à celui de votre client. Le sang prélevé sous l'ongle du pouce de la victime correspond aussi à l'ADN de votre client. Tout est noté dans l'affidavit, au cas où vous penseriez à contester la cause probable pour le mandat de perquisition.

Comment Bryce avait-il obtenu des résultats ADN aussi rapidement ?

Bryce continua :

— Nous avons un témoin qui a vu votre client se disputer avec la victime peu de temps avant qu'elle soit tuée, et une vidéo de lui se disputant avec l'ex de la victime une heure avant ça. Sur la vidéo, votre client est clairement l'agresseur dans l'altercation.

Morgan ne paniqua pas même si les preuves semblaient accablantes. Le procureur transformerait chaque fait en preuve de la culpabilité de Nick. C'était le travail de Morgan de trouver une explication alternative et de découvrir d'autres preuves ou témoignages qui mettraient en doute la théorie du procureur.

Bryce se pencha en arrière, entrelaçant ses doigts et les posant sur son buvard, la confiance suintant de tous ses pores. Cet homme était très bon.

— Saviez-vous que Tessa était enceinte ?

Merde.

Seule son expérience en tant qu'avocate avait empêché le choc de l'expression de Morgan.

Mais elle était sûre qu'il l'avait vu dans ses yeux.

— Vous le verrez dans le rapport d'autopsie, mais au cas où vous vous poseriez la question, votre client n'était pas le père.

Bryce observa son visage.

Combien de faveurs Bryce avait-il demandées pour obtenir ces résultats d'ADN accélérés ? Et pourquoi n'avait-il pas demandé un mandat de perquisition aux Zabrowski avant de recevoir les résultats des tests ? La plupart des juges auraient signé un mandat basé sur les déclarations des témoins que Nick s'était disputé avec Tessa peu avant sa mort. La cause probable était souvent mise en balance avec le besoin de collecter des preuves avant que le suspect ne s'en débarrasse. Mais Bryce avait mis tous les points sur les i et les barres sur tous les t.

Morgan hocha simplement la tête pendant que son esprit travaillait. Quand elle avait travaillé du côté de Bryce, elle avait été menacée et harcelée par des criminels. Elle avait appris à garder un visage calme dans presque toutes les situations.

— Toujours pas de commentaire ?

Bryce haussa les sourcils.

— Pas pour le moment.

— Voilà comment je vois les choses. Votre client a découvert que Tessa le trompait. Elle était enceinte d'un autre gars. Elle a rompu avec lui. Votre client était jaloux. Enragé. Alors il l'a violée et poignardée.

— C'est assez exagéré.

Le corps de Bryce bascula en avant.

— Voici la seule offre que votre client va recevoir. S'il plaide coupable de meurtre au premier degré et de viol, je recommanderai une peine de vingt-cinq ans au lieu de la perpétuité sans liberté conditionnelle.

Dans l'État de New York, la peine de mort n'était pas une option.

— Je m'assurerai de transmettre votre offre à mon client après avoir revu toutes les preuves.

— Faites donc.

Bryce se redressa. Le seul signe de son irritation était un poing fermement serré sur le bureau.

— Une fois que le grand jury se réunira, l'offre ne sera plus valable.

— Merci.

Morgan se leva, tendit la main à Bryce par-dessus son bureau.

— Je vous concède ceci, madame l'avocate.

Bryce la prit et la serra brièvement.

— Vous avez de la classe. C'est juste dommage que vous veniez de détruire votre carrière.

Morgan quitta le bureau de Bryce avec le cœur lourd. Même si Bryce allait loin avec sa théorie, les preuves contre Nick étaient convaincantes.

Les jurés adorent l'ADN. Elle se pressa dans le couloir, puis dans l'ascenseur.

Certains des documents de preuve avaient été envoyés par e-mail sécurisé et devraient commencer à arriver dans sa boîte de réception d'ici quelques heures. Elle était impatiente de commencer. Elle avait certaines décisions à prendre, comme la façon dont elle allait engager un enquêteur sans honoraires.

Elle avait une option : Lance.

Elle conduisit distraitement jusqu'à la maison, son esprit absorbé par l'affaire, et se gara dans son allée comme si elle était en pilotage automatique. Il n'y avait personne à la maison. Elle vérifia sa montre. Ce n'était même pas encore l'heure du déjeuner. Le vendredi matin, la maison était généralement vide. Gianna avait une dialyse, Sophie était à la maternelle, et Grand-père jouait au chauffeur.

Attrapant son sac à main, Morgan sortit du van et remonta vers l'entrée de la maison. Son téléphone sonna pour l'avertir d'un nouvel e-mail, et elle le sortit de la poche de son sac.

Elle ouvrit son application de messagerie alors qu'elle approchait de la maison.

Elle était presque à la porte quand elle le vit. Son téléphone glissa de ses doigts et heurta le chemin de briques.

Ce n'était pas possible.

Son cerveau refusait de croire ce qu'elle voyait. Elle garda fermement les yeux fermés pendant une seconde puis les rouvrit. Mais il était toujours là.

Juste en dessous du heurtoir en étain monogrammé, un cœur ensanglanté était épinglé sur la porte avec un couteau.

15

— Un couteau dans le cœur ?

La colère envahit Lance alors qu'il regardait la photo que Morgan lui tendait.

— Le symbolisme est clair.

Morgan frotta ses biceps et se percha sur la deuxième chaise pliante qu'il avait apportée dans son bureau de fortune.

En acceptant de défendre Nick, aux yeux des voisins, Morgan s'était retournée contre eux.

— C'est un cœur de bœuf. Je l'ai signalé à la police.

Morgan frissonna et croisa ses longues jambes.

— Ils ont pris des photos et ont fait un rapport. Je doute qu'il en ressorte quelque chose. Personne dans la communauté, à part Bud, n'est du côté de Nick.

Elle pressa une main contre son front.

— Où peut-on trouver un cœur de bœuf ? J'ai appelé les épiceries et les boucheries locales. Je n'ai rien trouvé.

— As-tu appelé les marchés ethniques ? Il y a un supermarché asiatique près de l'autoroute. Sharp y va pour acheter des patates douces. Je sais qu'ils ont plus que les morceaux de viande habituels. J'ai vu des poulets entiers et des têtes de cochons.

Lance lui rendit la photo.

— Et de la caméra de surveillance de ton grand-père ?

— Elle ne fonctionne pas.

Elle la glissa dans sa mallette.

— La société d'alarme est venue l'autre jour, mais ils n'ont pas pu la réparer. Ils la remplacent lundi.

Aussi dérangeant que cela puisse être, il sentit qu'elle n'était pas venue pour parler du cœur de bœuf que quelqu'un avait cloué sur sa porte d'entrée. Alors, pourquoi était-elle ici ?

Des bruits de pas retentirent dans le couloir.

— Lance ? appela Sharp.

— Par ici, répondit Lance.

Sharp apparut dans l'embrasure de la porte, Lance les présenta.

— Je suis contente que vous soyez là, dit Morgan. J'ai vraiment besoin de parler avec vous deux.

— Dans ce cas, allons dans mon bureau. J'ai de vraies chaises.

Sharp fit un pas en arrière et montra d'un geste le couloir.

— Puis-je vous offrir une tasse de thé ?

— Oui, merci, dit-elle.

Sharp fit entrer Morgan dans son bureau.

— Je reviens tout de suite.

Il se rendit dans la cuisine.

Lance s'installa sur la chaise à côté de Morgan. Dans la cuisine, l'eau coula à flots et l'allumeur de la cuisinière cliqua.

Morgan se tourna vers Lance.

— Je ne veux pas te prendre au dépourvu. Si tu préfères qu'on parle en privé…

Lance l'interrompit :

— C'est bon. Tu peux tout dire devant Sharp.

Il marqua une pause, considérant brièvement s'il voulait partager les détails intimes de son passé avec elle et ce que cela impliquait.

— Est-ce que je t'ai déjà parlé de mon père ?

— Je sais qu'il ne faisait pas partie de ta vie, mais tu ne m'as jamais donné de détails. Tu semblais ne pas vouloir parler de lui.

Morgan inclina sa tête.

— J'ai supposé qu'il était parti.

C'est ce que tout le monde avait supposé.

— Quand j'avais dix ans, mon père a disparu.

Morgan se redressa.

— Disparu ?

— Un soir, il est littéralement sorti chercher du pain et du lait et n'est jamais rentré à la maison.

— C'est horrible.

Morgan plaça une main sur sa gorge.

Lance se détourna de Morgan et de sa pitié. À l'extérieur de la fenêtre du bureau, le vent remuait un tas de feuilles mortes sur la pelouse de devant. Elles tourbillonnaient dans l'air, puis tombaient sur l'herbe, à la merci du vent. Comme un Lance âgé de dix ans avait regardé impuissant sa vie partir à vau-l'eau. Bien qu'il ait essayé de laisser sa jeunesse derrière lui, il ne pouvait s'empêcher de se demander si son père était mort ou vivant. Avait-il été victime d'un acte criminel ou avait-il vraiment fui sa famille ?

— Est-ce que la police l'a retrouvé ? demanda-t-elle.

— Non.

Lance déglutit. Calme, il pivota pour lui faire face.

— Sharp était le détective sur l'affaire. Il a travaillé dessus pendant environ un an jusqu'à ce que le département le force à la mettre de côté, officieusement bien sûr. Officiellement, les flics travaillent sur chaque affaire jusqu'à ce qu'elle soit résolue. Mais en réalité, les ressources limitées doivent être concentrées sur les crimes actuels.

— Ça a dû être terrible à vivre.

— Ça l'a été, dit Lance. Mais après que l'affaire a été classée, Sharp a gardé un œil sur moi et ma mère pendant des années.

Plus qu'un œil. Si Sharp n'avait pas été là, Lance se demandait s'il serait allé à la fac, s'il serait devenu flic ou s'il serait devenu un membre sain et productif de la société.

— Ce que je veux dire, c'est qu'il y a peu de choses que Sharp ne sait pas sur moi. Il est plus qu'un associé. On peut parler devant lui.

— Je suis contente que tu me l'aies dit.

Ses yeux se firent plus doux.

Pourquoi le lui avait-il dit ? Peu de gens, à part Sharp, savaient l'horreur qu'était devenue son adolescence. La vérité était trop douloureuse pour en parler. Quand il était enfant, il était plus facile de laisser croire à tout le monde que ses parents étaient divorcés et que sa mère n'était jamais là parce qu'elle faisait des heures supplémentaires pour payer les factures. Les circonstances avaient limité sa vie sociale, et il n'avait certainement pas partagé sa dépression avec ses rares amis.

Il ne pouvait pas s'empêcher de se demander ce que Morgan penserait de sa mère. Il n'avait évidemment jamais dit aux femmes qu'il fréquentait occasionnellement que son père avait disparu. Et «*Au fait, ma mère souffre d'une sérieuse maladie mentale*» n'était pas la meilleure entrée en matière pour de futurs rendez-vous. Lance avait eu plusieurs relations quasi sérieuses. Aucune n'avait survécu à l'étape de la rencontre avec les parents. C'était trop d'attendre de quelqu'un d'autre qu'il s'occupe des problèmes de sa mère.

Morgan avait déjà plus que sa part de responsabilités. Comment pourrait-il lui demander d'en assumer davantage ?

C'est pourquoi ils ne pouvaient être que des amis, peu importe à quel point Lance aurait voulu plus. Des tasses tintèrent dans la cuisine. Quelques minutes plus tard, Sharp apporta un plateau à son bureau. Il tendit une tasse à Morgan.

Elle la prit à deux mains, la serrant comme pour se réchauffer les doigts.

— Comme vous devez le savoir, j'ai accepté de défendre Nick Zabrowski.

Sharp hocha la tête.

— Je vous ai vue aux infos.

— Je ne vais pas mentir. Défendre Nick ne sera pas facile. Le procureur a déjà convaincu le public qu'il est coupable, et d'après ce que j'ai vu des preuves, l'affaire est intimidante.

Lance se pencha en avant.

— Quelqu'un a épinglé un cœur de bœuf sur la porte d'entrée de Morgan avec un couteau aujourd'hui.

— Classe.

Sharp expira, l'inquiétude et le respect remplissant ses yeux.

— Mais ça ne vous arrêtera pas.

— Non.

Morgan leva son regard, ses yeux bleus brillant avec conviction.

— Nick a vécu en face de chez mon grand-père pendant des années. Il tond notre pelouse. Il joue aux échecs avec Grand-père. Mes filles l'adorent. Je n'arrive pas à croire qu'il puisse avoir le niveau de rage nécessaire…

Laissant sa pensée s'éloigner, elle mit son thé de côté.

— Notre quartier est très très soudé. Je connaissais aussi Tessa. Elle faisait du baby-sitting pour mes filles. Autant je veux prouver que Nick ne l'a pas tuée, autant je veux aussi trouver la personne qui l'a fait.

— C'est un grand défi.

— Ça l'est. Je ne serai pas capable de le faire seule. Je vais avoir besoin d'un enquêteur.

Lance toussa. Elle voulait engager Sharp Investigations ? Pourquoi ça ne lui était pas venu à l'esprit ? Sinon, pourquoi serait-elle ici ? De toute évidence, elle n'était pas venue juste pour lui parler, et ce fait était un crève-cœur.

Il essaya de le mettre de côté. Il n'avait pas le droit de se sentir blessé. Morgan n'était pas prête pour une relation, et tant qu'il avait sa mère à gérer, il ne l'était pas non plus.

Mais bon sang.

Il ne pouvait pas entièrement supprimer ses sentiments. Si lui et Sharp n'étaient pas d'accord pour l'aider, elle irait voir quelqu'un d'autre. La jalousie lui donna un coup dans l'estomac. Il ne voulait pas que quelqu'un d'autre travaille avec elle. Mais accepter l'affaire le mettrait en désaccord avec le chef Horner. Les chances de Lance d'obtenir le prochain poste d'inspecteur s'évaporeraient plus vite que la vapeur d'un radiateur en surchauffe.

Tout ce qu'il avait toujours voulu depuis la disparition de son père, c'était devenir inspecteur.

Pourrait-il y renoncer ?

— Votre client a-t-il de l'argent ? demanda Sharp sans ambages.

Morgan soupira.

— Je vais être honnête. Bud est à la recherche d'argent. Il est en train d'hypothéquer à nouveau sa maison.

— Vous travaillez *pro bono* ? demanda Sharp.

Morgan acquiesça. Elle sacrifiait toute sa carrière pour son voisin, et elle n'était même pas payée.

— Tout l'argent qu'il peut amasser sera pour l'enquête et la défense. Bud est un homme bon. Il vous paiera, quoi qu'il arrive.

— Vous croyez vraiment que ce gamin est innocent ? s'enquit Sharp.

— Je le crois.

Il n'y avait aucun doute dans son ton.

Lance posa ses coudes sur ses genoux.

— Et si vous découvrez qu'il ne l'est pas ?

— Il l'est.

Les yeux de Morgan s'étrécirent de détermination.

— Outre le fait que je sais qu'il n'est pas capable de tuer, Nick vomit à la vue du sang. J'en ai été personnellement témoin. C'est une réaction immédiate et viscérale.

— Donc tu penses qu'il a été piégé, dit Lance.

— Horner est un con, ajouta Sharp. Mais je ne peux pas le voir délibérément persécuter un homme innocent.

— Il a fait trois tests ADN en six jours, renchérit Morgan. Ça a demandé du travail. Je suis sûre qu'il a utilisé quelques faveurs. Il veut que Nick soit coupable.

Sharp acquiesça.

— Bryce Walters a besoin de renforcer son image publique après l'affaire Jones d'il y a quelques mois.

— Je me sens tellement déconnectée. Que s'est-il passé ?

Morgan se frotta le front.

— Le chef de la police et le procureur ont fait passer un mandat de perquisition seulement pour qu'il soit déclaré invalide au procès pour manque de cause probable. Avec la preuve supprimée, un voleur armé s'en est sorti. Trois semaines plus tard, Jones a tué un employé de magasin d'alcool à Whitehall. Après que la presse a diffusé le lien, le maire et le procureur ont vu leur cote de popularité dégringoler.

— Cela explique aussi pourquoi ils ont été très prudents avec le mandat de perquisition.

Morgan baissa sa main, les sourcils froncés, pensive.

— Mais s'ils veulent que cette affaire soit résolue rapidement, ils pourraient avoir fait des erreurs.

— Oui, acquiesça Sharp. Non seulement je regarderais sous tous les rochers, mais je les ferais exploser et j'examinerais les morceaux.

Sharp darda son regard sur Lance comme une flèche, puis revint sur Morgan.

— Nous allons devoir discuter de l'offre. Pouvons-nous avoir quelques minutes ?

— Bien sûr, dit-elle.

Lance suivit Sharp à travers le couloir jusqu'à la salle de stockage.

Sharp ferma la porte.

— C'est à toi de voir. Si nous travaillons sur son enquête, Horner va être furieux. Tant qu'il sera le chef de la police, tu ne pourras plus jamais porter de badge dans cette ville.

— Je sais.

Lance frotta ses mains sur son visage. S'éloigner de Scarlet Falls n'était pas une option. Il ne pouvait pas laisser sa mère.

— Tu connais ce gamin ?

— Un peu. À première vue, je ne l'aurais jamais soupçonné être capable de meurtre, mais nous savons tous les deux que les gens peuvent être très doués pour cacher leurs péchés.

Lance mit de côté les complications que l'offre de Morgan entraînait et se concentra sur ce qu'il savait de l'affaire.

Sharp se gratta le menton.

— Indépendamment de sa culpabilité ou de son innocence, es-tu prêt à renoncer à un avenir dans la police pour travailler pour elle ?

— Oui. Je veux prendre cette affaire, dit Lance.

— Pour toi, pour Nick, ou pour Morgan ?

— Pour toutes ces raisons. Je pourrais prétendre être honorable, mais ce serait des conneries.

Sharp se leva et alla vers un casier.

— Dans ce cas, j'ai quelque chose pour toi qui pourrait te rassurer sur ta décision. J'attendais le bon moment pour te le donner.

Il déverrouilla le tiroir du bas, tripota une rangée serrée de dossiers, et sortit un épais dossier en accordéon. Il le lui tendit.

— Tiens.

— Qu'est-ce que c'est ?

Lance le tourna de côté. Son sang se glaça en lisant l'étiquette : *VICTOR KRUGER*.

Son père.

Le dossier était épais de dix centimètres et semblait plus lourd qu'un simple dossier devrait l'être. Le poids de ses implications sans aucun doute.

— Mon dossier personnel sur l'affaire de ton père.

Sharp ferma et verrouilla le tiroir.

— Les inspecteurs de police ne sont pas censés garder des dossiers personnels.

— C'est vrai, mais nous le faisons tous. Ou, du moins, on le faisait à l'époque.

Sharp soupira.

— Je suis sûr que beaucoup de choses ont changé depuis que j'ai quitté la police.

Lance soupesa le dossier.

— Donc tu as clairement travaillé sur cette affaire même après qu'elle a été officiellement classée.

— J'ai continué à travailler dessus pendant mon temps libre.

C'était tout à fait le genre de Sharp de le faire sans dire un mot.

— Tu ne me l'as jamais dit.

— Quand tu étais adolescent, tu avais besoin de normalité et tu ne l'aurais pas eue si tu n'avais pas laissé ça de côté.

Comme en témoignait ce qui était arrivé à la mère de Lance.

Lance n'ouvrit pas le dossier.

— J'ai été dans ce bureau presque tous les jours depuis deux mois. Pourquoi ne me l'as-tu pas donné avant ?

— Je n'étais pas sûr que tu le voulais, et je ne voulais pas que tu sois consumé par quelque chose qui s'est passé il y a plus de deux décennies. Je suis aussi sensible à l'impact que la réouverture de l'affaire pourrait avoir sur ta mère. Mais si tu rejoins le cabinet de façon permanente, je sens que je ne devrais pas te cacher ça plus longtemps. Tu devrais être capable de prendre cette décision pour toi-même.

Lance effleura le nom de son père. Est-ce qu'il le voulait ? Une fois le dossier ouvert, il serait impliqué. L'affaire avait le potentiel de l'aspirer, comme un trou noir. Il devait aussi considérer sa mère. Déterrer le passé pourrait avoir de sérieuses répercussions sur sa vie, qui était déjà constamment en équilibre précaire.

Sharp poursuivit :

— Je sais que l'affaire de ton père et mon influence au fil des ans font partie de ce qui te motive. Mais tu n'as pas besoin d'être dans la police pour être un enquêteur. J'ai été retiré de l'affaire de ton père parce qu'elle a été classée et le budget était serré. Nous étions en sous-effectif. Officiellement, j'ai dû passer à la résolution de crimes actifs. Dans le secteur privé, je décide quand arrêter de travailler sur une affaire. Maintenant, c'est à toi de décider.

— Merci. Enfin, je crois.

Lance tapota le dossier sur sa jambe. Il avait peur de l'ouvrir.

— Donc tu es sûr de vouloir prendre l'affaire de Nick ? C'est une décision importante. As-tu besoin de temps pour y réfléchir ?

Même si ça faisait mal à Lance de laisser tomber son rêve, au fond de lui, il n'avait pas vraiment le choix. Il ne serait jamais capable de tourner le dos à Morgan. Ses doigts s'enroulèrent autour du bord du dossier.

— J'en suis.

— Tu as vraiment craqué pour elle.

— On est juste amis.

— Bien sûr que vous l'êtes.

— Le bon côté des choses, dit Lance, c'est que je ne peux pas supporter Horner, et non seulement je n'aurai jamais à travailler pour lui, mais prendre cette affaire sera comme lui faire un doigt d'honneur métaphorique.

— C'est le bon état d'esprit. C'est un con. Je ne sais pas pourquoi tu aurais voulu un jour retourner travailler pour lui. Il est l'une des raisons pour lesquelles j'ai pris ma retraite dès qu'elle a été envisageable.

Sharp tapa sur l'épaule de Lance.

— Commande de fichus meubles et fais-les passer en frais d'entreprise. Je suis fatigué de voir ton corps de géant se pencher sur cette ridicule table à cartes.

Bizarrement, Lance se sentait plus léger, comme si le fait de laisser tomber sa carrière de policier l'avait en quelque sorte libéré. La tension dans sa cuisse n'était plus aussi forte.

— Je ne serais pas si sûr de cette histoire d'amitié, dit Sharp. Elle ne te regarde pas comme un ami. Elle est veuve depuis combien de temps ?

— Environ deux ans. Mais on sait tous les deux que ça n'a pas d'importance.

— Ce n'est pas parce que tu as été échaudé par quelques femmes égoïstes que tu n'en trouveras jamais une qui pourra gérer ton bagage.

— Morgan a assez de bagages de son côté. Ensemble, nous serions un désastre.

Le poids de leurs fardeaux collectifs les entraînerait sous terre.

— Je lui ferai savoir que nous sommes partants. Qu'en est-il de la règle d'or ? Le père de Nick n'aura pas encore d'acompte.

— Je ferai une exception parce qu'elle est ton amie proche.

Sharp pointa un doigt en l'air.

— Mais ne dis à personne que j'ai pris une affaire sans argent à l'avance. Ma réputation serait ruinée.

— Ça serait fâcheux.

Lance ouvrit la porte.

— Je peux toujours déduire les frais de ton salaire, dit Sharp, sans doute en plaisantant à moitié.

Lance s'immobilisa dans l'encadrement de la porte.

— Tu peux prétendre être un dur à cuire tant que tu veux, mais, maintenant, je sais que tu es un tendre.

Sharp ricana, puis reprit son sérieux.

— Si elle a besoin d'un bureau, dis-lui qu'elle peut utiliser cette pièce. Nous la débarrasserons pour elle. J'ai un excellent système de sécurité pour ce bâtiment. Ses fichiers seront plus en sécurité ici que dans sa maison. Je doute aussi qu'elle veuille apporter des photos d'autopsie chez elle où ses enfants pourraient les voir.

— Bonne idée, dit Lance. Je vais rester près d'elle, Sharp. Les gens vont être en colère.

Le coup d'aujourd'hui n'était que le début. En prenant cette affaire, Morgan s'était faite la cible publique de toute une vague de haine.

— D'accord.

Le regard de Sharp se rétrécit.

— Si elle a raison et que ce gamin est innocent, ça veut dire qu'il y a un vrai tueur là dehors, et je doute qu'il soit content que Morgan s'intéresse au meurtre.

Lance retourna dans le bureau de Sharp. Morgan naviguait sur son téléphone.

— Nous sommes partants, dit-il.

Elle expira et ferma les yeux pendant une longue seconde. Quand elle les ouvrit, ils étaient pleins de gratitude.

— Merci.

— As-tu un plan ? demanda-t-il.

— J'attends des documents de preuve du bureau du procureur. Je viens juste de rencontrer Bryce il y a une heure, donc ça va prendre du temps. Mais j'ai parlé à Nick ce matin.

Morgan sortit ses notes et leur donna les grandes lignes de son entretien. Lorsqu'elle énuméra les enfants qui étaient encore au lac quand Nick était parti, Sharp l'interrompit.

— Tu as dit qu'une fille nommée Jamie était l'un des ados que Nick a laissés derrière lui au lac ?

Morgan hocha la tête.

— Oui. Nick a dit qu'elle était une amie de Tessa. Il ne connaissait pas son nom de famille.

— Nous pouvons vous aider avec ça, dit Sharp. Son nom est Jamie Lewis. Un de vos témoins clés est notre adolescente disparue. Vous et Lance devriez aller parler à ses parents.

Lance sortit ses clés de sa poche. Maintenant qu'il avait pris sa décision, son intérêt pour l'affaire était piqué. De plus, travailler avec Morgan allait être… intéressant. Elle se leva et ramassa son énorme sac à main.

— Peut-être qu'il y a un lien. Jamie et Tessa étaient amies. L'une se cache. L'autre est morte.

16

Morgan ne pouvait pas imaginer qu'une de ses filles disparaisse pendant deux mois. Rien que le fait d'y penser lui donnait la nausée.

Dans le minuscule salon d'un appartement avec deux chambres, Vanessa Lewis s'était assise sur une causeuse à carreaux et fixait la photo de sa fille.

Elle n'était pas maquillée, et ses cheveux bruns raides étaient coupés en une coupe courte facile à coiffer.

— Je n'arrive pas à croire que cette photo a été prise jeudi soir dernier. Pourquoi serait-elle encore à Scarlet Falls et refuserait-elle de rentrer à la maison ?

Elle cligna pour faire disparaître une larme de son œil.

— Nous la trouverons.

Assis à côté d'elle, le fiancé de Vanessa, Kevin Murdoch, attrapa une boîte de mouchoirs sur la table basse et la lui tendit.

Morgan et Lance étaient assis dans deux fauteuils bergère de l'autre côté de la table basse en verre.

— Est-ce que quelque chose d'inhabituel s'est produit avant que Jamie ne s'enfuie ? s'enquit Morgan.

Vanessa acquiesça de la tête. Ses yeux et son nez s'étaient rougis.

— Kevin m'a demandé de l'épouser. J'étais tellement heureuse. Mais quand j'ai dit à Jamie qu'il allait emménager avec nous, elle a explosé. Elle a toujours été difficile. Lunatique. Explosive. Elle a un trouble de l'attention.

Quand elle était plus jeune, elle prenait des médicaments, mais elle n'aimait pas ce qu'elle ressentait. Lorsqu'elle est devenue trop vieille pour que je la force, c'en était fini. Je me suis toujours demandé pourquoi elle était si difficile à gérer, mais quand elle a atteint la puberté, ça a empiré. Je l'ai emmenée chez un nouveau psychiatre qui a dit qu'elle était aussi bipolaire. Le diagnostic était difficile à accepter, mais il expliquait ses terribles sautes d'humeur et ses problèmes de colère.

Kevin lui prit la main.

— Ce n'est pas ta faute. Tu ne pouvais pas prévoir que Jamie réagirait comme elle l'a fait.

— Je suis manager de nuit au restaurant, dit Vanessa. Au moins cinq nuits par semaine, je ne rentre pas à la maison avant deux heures du matin.

Elle renifla.

— Je pensais que ça allait être une bonne chose. Kevin est comptable. Il travaille à la maison. Je sais que Jamie se faufilait dans des soirées pendant que j'étais au travail. J'espérais qu'avoir un adulte à la maison le soir entraînerait la fin de l'alcool et de l'herbe.

Elle regarda son fiancé.

— Kevin m'a prévenue que Jamie pourrait ne pas voir la fin de sa liberté comme quelque chose de positif.

— Nous n'arrêterons pas de chercher jusqu'à ce que nous la trouvions.

Kevin souleva leurs mains jointes et embrassa la jointure de ses doigts.

À cinquante ans, Kevin était un homme d'âge moyen avec une calvitie et une petite bedaine, mais Vanessa le regardait comme s'il était Brad Pitt.

— Je ne sais pas ce que j'aurais fait sans Kevin. Il a été mon roc.

Elle lui sourit fébrilement.

— Je n'arrête pas de lui dire qu'il devrait emménager. Il est ici tout le temps de toute façon, mais il ne le fait pas.

Kevin secoua la tête.

— Non. Pas tant que Jamie n'est pas là. Ce ne serait pas bien. Elle aurait l'impression que tu es passée à autre chose sans elle en seulement deux mois. Nous allons attendre qu'elle soit à la maison et stable.

Lance se pencha en avant.

— Depuis combien de temps sortez-vous ensemble ?

Vanessa sourit.

— Deux ans.

— Comment vous vous entendez avec Jamie, Kevin ? demanda Morgan.

Le regard de Kevin rencontra le sien pendant une fraction de seconde, puis vacilla sur la gauche. Il se gratta le nez.

— Bien.

Faire une pause avant de répondre à une question simple, être incapable de maintenir un contact visuel, et se toucher le visage étaient tous des exemples classiques du langage corporel d'un menteur. Alors, sur quoi Kevin mentait-il ?

Morgan tourna autour du sujet de sa relation avec Jamie.

— Avez-vous des enfants ?

Il secoua la tête.

— Non.

Lance reprit la ligne de questionnement de Morgan.

— Les adolescents peuvent être difficiles. Avez-vous de l'expérience avec les enfants ?

— Hmm. Non.

La sueur perlait sur le front de Kevin. Il laissa tomber son menton et secoua la tête.

— Je fais du mieux que je peux avec Jamie, mais je reconnais que parfois, je ne me sens pas à la hauteur de la tâche.

Vanessa intervint :

— Jamie et Kevin s'entendent aussi bien que possible. Ils ne se disputent pas. Kevin est extraordinairement patient avec elle, plus patient que moi parfois. La plupart des adolescents sont difficiles, mais Jamie porte cela à un tout autre niveau. Bref, elle semblait accepter notre relation jusqu'à ce que je lui dise que nous allions nous marier.

— Comment Jamie s'entend-elle avec son père ? demanda Lance.

— Ils se parlent au téléphone de temps en temps.

Vanessa fronça les sourcils.

— Il fait juste semblant. Jamie sait qu'il n'est pas intéressé. Il a une nouvelle femme et un bébé en route.

— Ça doit être dur pour elle, dit Morgan.

— Elle devrait y être habituée.

L'amertume faisait écho dans la voix de Vanessa.

— Il nous a quittés quand elle avait huit ans. Il ne pouvait pas la gérer. Il voulait deux enfants, une clôture blanche et un chien. Nous vivions difficilement le rêve américain. Nous étions fauchés la plupart du temps. Nous devions payer de notre poche une grande partie de la thérapie de Jamie. Et l'argent mis à part, il ne pouvait tout simplement pas faire face à sa volatilité.

— Jamie a-t-elle déjà fait une fugue ? demanda gentiment Lance.

Hochant la tête, Vanessa s'épongea les yeux avec un mouchoir.

— Oui, mais elle était toujours facile à trouver, ce qui me fait penser qu'elle ne voulait pas vraiment s'enfuir. En général, cela se produisait après une dispute à propos de son traitement. L'emmener en thérapie était un cauchemar chaque semaine. La dernière fois qu'elle a fugué, la police l'a trouvée dans la cabane d'un ami. Les parents n'avaient aucune idée que Jamie avait dormi dans leur jardin pendant deux jours. Son ami lui apportait de la nourriture et des vêtements, et la laissait entrer dans la maison quand les parents étaient au travail.

— Est-ce que Jamie a des hobbies ? demanda Morgan. Est-ce qu'elle aime la musique, le shopping, le sport… ?

— Elle écoute de la musique, mais elle ne joue pas d'un instrument ou autre.

Vanessa se concentra sur son mouchoir en papier froissé. Sa respiration se bloqua dans sa gorge.

— Elle aime les bandes dessinées et elle dessine, termina Kevin pour elle.

Morgan avait gardé un œil sur Kevin tout au long de l'entretien. Tant qu'elle ne lui posait pas de questions directement, ses nerfs semblaient s'apaiser.

Elle se tourna vers lui.

— Quel genre de dessins ?

De la sueur perla de nouveau sur son front.

— Ils ressemblent à des bandes dessinées sombres.

Le regard de Lance passa de Kevin à Vanessa.

— Que fait-elle après l'école ?

— Elle s'enferme dans sa chambre.

Vanessa soupira.

— Je fais de mon mieux, mais je ne sais pas comment l'atteindre.

— Avait-elle un téléphone portable ?

Tous les adolescents que Morgan connaissait avaient un téléphone.

— Non.

Vanessa secoua la tête.

— J'ai dû le lui enlever. Elle l'utilisait pour accéder à des salons de chat et communiquer avec des étrangers. Ici, à la maison, j'ai un logiciel qui limite son activité en ligne aux sites web éducatifs approuvés.

Lance et Morgan cherchèrent plus d'informations, puis regardèrent dans la chambre de Jamie. Les murs étaient couverts de posters de rock classique.

— Elle a de bons goûts musicaux.

Lance fit un signe de tête vers un poster des Rolling Stones. Il ouvrit le placard.

— Que des jeans et des sweat-shirts.

— Pas de vernis à ongles ou de maquillage non plus. Jamie n'est pas une fille coquette.

Morgan s'assit au bureau encombré. Les tiroirs étaient pleins de camelotes habituelles : stylos, crayons, trombones. Des cahiers. Morgan en ouvrit un.

— Elle dessine ses propres bandes dessinées.

Lance regarda par-dessus son épaule.

— Elle est plutôt douée. Sharp a montré sa photo dans les magasins de BD et d'art locaux, mais n'a eu aucune chance.

— Regarde ça.

Morgan se pencha pour voir les photos collées dans le cadre du miroir de la commode.

— Ils ressemblent à certains des enfants de la vidéo.

Il en prit une.

— C'est Tessa.

C'était un selfie de Tessa et Jamie imprimé sur du papier d'imprimante.

— Elle a été prise juste ici.

Morgan pointa du doigt l'endroit.

— Il y a le poster des Rolling Stones.

Ils emportèrent la photo dans le salon et la montrèrent à Vanessa et Kevin.

— Connaissez-vous cette fille ?

Ils hochèrent tous les deux la tête.

— C'est Tessa.

Vanessa se remit à pleurer.

— Elle donnait des cours particuliers à Jamie en maths l'année dernière. L'école a arrangé le tutorat. Cela n'a pas aidé ses notes, mais l'amitié lui a fait du bien. Jamie aimait vraiment Tessa. Je ne peux pas croire ce qui lui est arrivé, dit-elle en sanglotant.

Kevin passa un bras autour de ses épaules et la serra contre lui.

— Quand était-elle ici pour la dernière fois ? demanda Lance.

Vanessa eut un hoquet et parla entre deux respirations saccadées.

— Pas depuis avant les examens finaux de juin dernier.

Ils se dirent au revoir et sortirent, laissant Vanessa pleurer sur l'épaule de Kevin.

Lance sortit les clés alors qu'ils traversaient le parking.

— Qu'est-ce que tu en penses ?

Morgan jeta un coup d'œil par-dessus son épaule au bâtiment en briques déprimant.

— Je pense que Vanessa Lewis est dans une situation très difficile.

— La maladie mentale peut détruire votre vie, convint Lance, la voix rauque.

— Sharp a-t-il vérifié les antécédents de tous les parents ? demanda Morgan.

— Oui. Je n'aime pas que Jamie soit partie dès qu'elle a découvert que sa mère allait épouser Kevin, mais Sharp n'a pas trouvé de signes alarmants dans le passé de Kevin ou de Vanessa. Le père en Californie est clean aussi.

17

La photo de Tessa le fixait sur l'écran de son ordinateur. Ses cheveux noirs étaient tirés loin de son joli visage. On aurait dit qu'elle souriait pour lui.

Vers lui.

Il ne pouvait pas utiliser Internet sans la voir. Elle était partout. Et sur aucune des photos diffusées aux infos, elle n'était couverte de sang.

Tellement de sang.

Tu me manques.

Il contempla ses mains. Propres. Il ferma les yeux. Comment allait-il se remettre d'elle ?

Il prit une grande inspiration.

Sur l'écran, un journaliste parlait à Morgan Dane. Il monta le volume. Dans une bande sonore enregistrée la veille, elle prétendait savoir que la mauvaise personne avait été arrêtée pour le meurtre de Tessa Palmer.

Impossible.

Seules deux personnes étaient dans les bois cette nuit-là, et l'une d'entre elles était morte. Elle ne pouvait pas connaître la vérité.

Mais le doute subsistait sous sa certitude. Il vivait dans la peur constante que quelqu'un découvre son jeu et le dénonce. Mais les gens voyaient ce qu'ils voulaient voir et personne ne voulait croire qu'un tueur pouvait vivre à côté de chez lui.

Il s'essuya les mains sur ses cuisses. Avait-il fait une erreur ? Il passa en revue ses actions de la nuit, mais n'en trouva aucune. Les flics avaient été satisfaits. Nick Zabrowski avait été arrêté. La ville entière pensait qu'il était coupable.

Nick Zabrowski allait être condamné pour meurtre.

Parce que l'alternative était inacceptable. Si Morgan Dane prouvait l'innocence de Nick, alors la police reprendrait son enquête. S'ils creusaient assez profondément, qui savait ce qu'ils trouveraient ? Peu importe combien il avait été prudent, il y avait toujours un risque. Il ne serait pas capable de dormir la nuit jusqu'à ce que le procès soit terminé et que Nick Zabrowski soit envoyé en prison.

Il cliqua sur le bouton de lecture et la regarda faire son petit discours une fois de plus.

Le feu dans ses yeux le poussa à faire une pause. Elle était déterminée. Elle croyait vraiment que Nick était innocent.

L'appréhension picota sa peau comme de l'électricité statique. Morgan Dane allait être un problème. Il le sentait.

Mais surtout, il ne pouvait pas la laisser découvrir la vérité.

Ouvrant une nouvelle fenêtre dans son navigateur, il commença une recherche aléatoire. Il devait apprendre tout ce qu'il pouvait sur Morgan Dane. Son adresse. Sa famille. Ses amis. Tous ceux dont elle était proche pouvaient être utilisés contre elle.

Il se servirait des informations comme de munitions. Il trouverait ses faiblesses. Si vous percez assez de trous dans n'importe quelle fondation, elle s'effritera.

Morgan Dane était une menace, et elle devait être arrêtée.

18

Le lendemain matin, Morgan entra dans la salle de stockage de Sharp Investigations. Lance et Sharp étaient en train de vider la pièce pour qu'elle puisse l'utiliser. La porte du placard était ouverte et remplie de boîtes. La longue table au centre de la pièce contenait encore quelques cartons.

— Comment va le rhume de Sophie ?

Lance déplaça un carton. Il portait ce qu'elle considérait comme son uniforme de détective privé : un pantalon cargo, un T-shirt et une chemise à manches courtes déboutonnée, probablement ajoutée pour dissimuler l'arme derrière sa hanche droite.

— Beaucoup mieux.

Morgan posa un plateau à emporter chargé de trois cafés et une boîte de Dunkin' Donuts sur la table.

— Mais je soupçonne Ava de l'avoir attrapé. Sans aucun doute, Mia sera la prochaine.

— Tu as apporté des donuts ?

Lance sourit.

— Aussi quelques croissants et muffins. Je ne savais pas ce que Sharp et toi aimiez.

Morgan ôta le couvercle de son café et l'inhala. Elle aimait l'été, et le froid automnal de ce matin l'avait transpercée. Selon elle, le café au potiron et ses bottes en daim étaient les seules bonnes choses de l'approche du froid.

Sharp entra.

— Tu sais que les samedis, et tous les autres jours, sont décontractés ici.

— Quand je travaille, il est important pour moi de soigner mon apparence.

Morgan pensait que son apparence était devenue encore plus importante depuis qu'elle travaillait sur l'affaire de Nick.

Sans le poids du bureau du procureur derrière elle – et considérant que l'opinion publique n'était pas de son côté –, elle aurait plus de mal que d'ordinaire à obtenir la coopération habituelle.

— Les gens jugent les capacités des avocats par le coût de leurs vêtements et de leur véhicule. Je conduis un minivan. Le costume est tout ce que j'ai.

Et elle le considérait comme son armure.

Elle offrit à Sharp la boîte de Dunkin. Il fit une grimace de dégoût.

— Je vais en prendre un.

Lance prit un beignet glacé.

— Sharp ne consomme pas de café ou de nourriture industrielle.

— Je suis désolée.

Morgan choisit un Boston Kreme.

— J'ai une méchante envie de sucreries.

— Le sucre et la caféine créent une forte dépendance, dit Sharp de son ton hautain.

— Je vais vivre sur le fil du rasoir ce matin.

Lance prit un café sur le plateau.

— Je suis désolée. Je ne le corromprai plus. Je vous le promets.

Souriant, Morgan glissa son ordinateur portable hors de son sac.

— Merci encore de me prêter votre espace.

Sharp déplaça les deux dernières boîtes dans le placard.

— Vous êtes la bienvenue.

— Notre système de sécurité est loin d'être comparable à ce que vous avez ici, dit Morgan.

Lance transporta une boîte de fournitures et de documents du couloir et la plaça sur la table.

— Quels sont tes plans pour aujourd'hui ?

— Examiner les preuves. J'ai commencé hier soir, mais il y a beaucoup à faire.

Morgan avait la tête embrouillée par le manque de sommeil.

Sharp ouvrit sa boîte.

— Il n'y a pas grand-chose là-dedans.

— La plupart des documents à découvrir sont arrivés par e-mail sécurisé.

Elle ouvrit son ordinateur portable.

Sharp fronça les sourcils.

— Je sais que je suis un vieux schnock, mais je préfère les documents imprimés.

Il quitta la pièce et revint avec une imprimante, qu'il installa à l'autre bout de la table.

— Commencez quand vous serez prête.

Morgan commença à imprimer des rapports de police.

— J'aime travailler avec des visuels.

Sharp frotta ses mains l'une contre l'autre, comme s'il était impatient de commencer.

— Je vais mettre en place un tableau du meurtre.

Elle jeta un coup d'œil au mur du fond, où un énorme tableau blanc couvrait la distance entre deux fenêtres.

— J'imprimerai plusieurs copies. J'aime aussi garder mes fichiers d'une certaine manière.

L'imprimante ronronna en crachant des pages. Ils se divisèrent les rapports et commencèrent à lire.

Morgan débuta avec les rapports de police. À l'heure du déjeuner, elle avait parcouru une grande partie des documents, et les détails tournaient dans sa tête.

Elle garda le rapport d'autopsie pour la fin, se préparant aux horribles détails. Lire la brutalité pure d'un crime violent était déjà difficile quand elle ne connaissait pas personnellement la victime. Mais là…

C'était l'étoffe des cauchemars.

Elle parcourut d'abord le texte, puis passa aux photos. La première image du corps de Tessa gisant dans les quenouilles coupa le souffle de Morgan.

Les gros plans du visage et des blessures de Tessa étaient pires. Morgan ferma les yeux et imagina la jeune fille la dernière fois qu'elle l'avait vue vivante, assise à la table de la cuisine des Dane, jouant à un jeu de Serpents et Échelles avec les enfants.

L'estomac vide de Morgan se retourna. Elle prit dans son sac un rouleau d'antiacides et en mâcha deux.

— Nous devrions faire une pause pour déjeuner, dit Lance, le regard trop concentré sur elle.

— Je vais aller prendre l'air.

Ce dont elle avait besoin était de s'éloigner de ces photos. Elle prit un croissant avec elle jusqu'au porche arrière.

Un éclair blanc attira son attention sur l'espace sous les marches du porche. Un chien se blottissait dans l'ombre. De toute évidence de race mixte, son corps était blanc avec des taches feu, et il ressemblait vaguement à un bulldog, mais plus maigre.

Quelqu'un lui avait coupé la queue, et ses côtes ressortaient sous un pelage court et sale.

— Je n'arriverai pas à manger ça de toute façon.

Morgan jeta un morceau de sa viennoiserie sur le porche. Le chien se glissa hors de sa cachette et engloutit la nourriture avec l'empressement méfiant d'un animal qui ne sait ni où ni quand il aura son prochain repas. Morgan jeta d'autres morceaux de croissant, attirant ainsi l'animal plus près. Le chien s'avançait à chaque bouchée, jusqu'à ce qu'il ne soit plus qu'à quelques mètres d'elle.

— Je n'ai plus rien.

Avec un remuement d'appréhension de son bout de queue, le chien se précipita en arrière sous les marches.

La porte derrière elle s'ouvrit. Lance sortit et se tint à côté d'elle.

— Tu vas bien ?

— Oui.

Morgan s'appuya contre un poteau.

— J'avais juste besoin d'une minute.

Lance enroula un bras autour de ses épaules, et elle bascula son poids contre lui. Une larme glissa sur sa joue. Elle l'essuya.

— Certaines de ces photos m'ont touchée. Je suis désolée.

— Pour quoi ? D'être humaine ?

— D'être faible.

Elle s'écarta de lui.

— La seule chose que je peux faire pour Nick ou Tessa est de résoudre son meurtre. Pleurer n'aidera personne.

— Tu es la personne la plus forte que je connaisse.

Lance tendit la main et replaça une mèche de cheveux derrière son oreille, ses jointures effleurant sa joue.

— Mais ça…

Il fit un geste vers le bâtiment.

— C'est déjà assez difficile à gérer, même quand la victime est un étranger. Je suis là si tu as besoin de quelqu'un sur qui te reposer.

Elle ferma les yeux et tourna son visage dans sa main pendant quelques secondes.

Mais quand il s'avança, comme pour la prendre dans ses bras, elle se redressa. S'il la tenait dans ses bras à ce moment précis, elle s'effondrerait, et elle ne pourrait pas gérer la tempête émotionnelle qui s'ensuivrait.

Le chagrin était un bourbier qui la tirerait jusqu'à ce qu'elle suffoque. Elle pouvait déjà sentir la lourdeur familière, prête à installer son poids écrasant sur sa poitrine, rendant chaque souffle plus difficile à prendre que le précédent, comme si le simple fait d'aspirer l'air dans ses poumons pouvait la faire craquer et la laisser en morceaux.

Elle ne pouvait pas y retourner, pas après s'être battue pour s'en sortir.

— Merci, dit-elle. J'apprécie l'offre. Je l'apprécie vraiment. Mais ce dont j'ai vraiment besoin, c'est de me remettre au travail.

Ignorant son froncement de sourcils désapprobateur, elle se tourna vers la porte et s'éloigna de lui.

De retour dans la salle de crise, Sharp lui apporta un smoothie vert, et elle se força à le boire tout en regardant le tableau du meurtre. En utilisant des aimants, il avait classé les photos sous des titres comme *Scène de crime* et *Suspects*. Il avait aussi écrit des listes à puces et tracé des liens avec des flèches.

Il avait placé une photo de Tessa en haut du tableau.

— La présentation visuelle aide à voir les liens, dit-elle.

— C'est l'idée. Que savons-nous jusqu'à présent ?

Sharp prit son marqueur et commença à tracer une frise chronologique sur un côté du tableau.

— Nick et Tessa ont assisté à une fête au lac. Ils sont arrivés à environ neuf heures du soir. La police a identifié onze autres adolescents qui ont assisté à la fête.

Sharp lista leurs noms.

— Pour autant que je sache, seuls Jamie, Robby Barone, Felicity Weber et Jacob Emerson étaient encore au lac à la fin de la fête.

— Jacob est l'ex-petit ami ? demanda Lance.

— Pas exactement. Jacob et Tessa ont eu quelques rendez-vous en avril dernier, clarifia Morgan.

Sharp étira ses bras au-dessus de sa tête.

— Est-ce qu'on sait qui a pris la vidéo ? demanda Lance.

— Oui.

Morgan fouilla dans quelques papiers.

— Un gamin du nom de Brandon Nolan.

— Brandon a-t-il dit pourquoi il n'a pas posté la vidéo plus tôt ? s'enquit Sharp.

Morgan tria les interrogatoires de la police.

— Oui. Il a manqué son couvre-feu jeudi soir, et son père l'a puni et lui a pris son téléphone pendant une semaine comme punition. La police n'avait pas Brandon sur sa liste initiale de fêtards. Il ne fait pas partie du cercle social de Tessa. La police l'a interrogé après avoir pris connaissance de la vidéo. Il a dit qu'il était parti juste après la bagarre.

Sharp renifla.

— Donc à la seconde où il a récupéré son téléphone, il a posté la vidéo sans penser que ça pouvait être lié au meurtre de Tessa ?

— C'est ça.

Morgan soupira. Elle avait poursuivi assez d'adolescents pour que le manque de prévoyance ne la surprenne pas.

— Finissons la chronologie. Nick et Jacob se sont battus peu après le début de la fête. À vingt et une heures trente, Nick et Tessa sont partis dans sa voiture. Selon Nick, ils ont eu des rapports sexuels consensuels et non protégés sur la banquette arrière. Quand ils sont revenus à la fête vers vingt-deux heures, ils se sont disputés. Nick dit que Tessa a rompu avec lui. Ceci est vérifié par le texto que Tessa a envoyé à Felicity à vingt-deux heures quarante-trois. La fête s'est terminée entre vingt-deux et vingt-deux heures trente. Nick dit qu'il a laissé Tessa là-bas. Elle avait sa propre voiture.

— Quelqu'un l'a-t-il confirmé ? demanda Sharp.

— Oui. Robby Barone et Felicity ont tous deux déclaré être partis après Nick.

— Nick dit qu'il a conduit jusqu'à environ minuit. Son téléphone était déchargé, donc nous n'avons pas de données GPS. Son père était endormi quand il est rentré, ajouta Morgan.

— Donc Bud ne peut même pas le soutenir sur ça, dit Lance.

— Exact.

Morgan nota les heures et les événements sur sa ligne de temps, puis sortit le rapport d'autopsie.

— Tessa est morte entre vingt-deux heures trente jeudi soir et quatre heures du matin vendredi. Elle a été poignardée neuf fois, mais le médecin légiste pense qu'elle est morte rapidement. Vu l'étendue de ses blessures…

Morgan frissonna en regardant une photo d'autopsie.

— Une des blessures initiales était une profonde perforation du cœur. Si elle avait survécu à toute l'attaque, il y aurait eu plus de sang.

Les blessures ne saignent pas beaucoup après que le cœur a cessé de battre.

Morgan feuilleta la page suivante du rapport d'autopsie.

— L'autopsie montre également des ecchymoses et des abrasions compatibles avec une agression sexuelle. Le sperme récupéré sur le corps de Tessa et le sang gratté sous l'ongle de son pouce correspondent à l'ADN de Nick. Le médecin légiste a également trouvé des traces de lubrifiant de préservatif. Le procureur suppose que Nick a essayé d'utiliser un préservatif, ce qui montre la préméditation et le désir de ne pas être pris, mais le préservatif s'est rompu.

Sharp s'approcha de la table et fouilla dans le dossier.

— Dans votre entretien avec Nick, il a dit qu'il avait le nez en sang après s'être battu avec Jacob et que Tessa l'a nettoyé. Est-ce que c'est dans sa déclaration originale à la police, ou a-t-il dit ça en réponse au sang qui a été trouvé sous l'ongle de Tessa ?

Morgan trouva son premier entretien avec la police.

— Malheureusement, il n'a pas inclus cette information dans sa déclaration initiale. Mais la police ne lui a posé aucune question qui l'aurait poussé à le révéler. Dans l'ensemble, les déclarations de Nick sont cohérentes.

— Lui ont-ils proposé un polygraphe ? demanda Lance.

— Non, mais nous devrions l'envisager.

Morgan prit plus de notes, et puis retourna à son récit.

— Le couteau retrouvé dans le jardin de Nick correspond aux blessures de Tessa, mais le test ADN est toujours en attente. Il n'y avait pas d'empreintes digitales sur le couteau. Il y avait un T-shirt avec du sang dessus dans le panier à linge de Nick.

— De son nez ensanglanté, dit Lance.

— Ce serait ma conclusion. Le test ADN est aussi en attente.

Morgan leva les yeux.

— L'ADN sur la chemise devrait être celui de Nick. Je suppose que le sang sur le couteau est celui de Tessa. Le procureur refuse d'accélérer ces tests.

— Pourquoi le ferait-il ? Il a déjà son suspect sous les verrous, dit Sharp.

— Et peut-être qu'il a utilisé toutes ses faveurs, ajouta Lance.

Morgan hocha la tête, frustrée.

— Les choses que la police n'a pas trouvées chez Nick ou sur la scène de crime : un préservatif rompu, un pantalon ensanglanté, ou des chaussures ensanglantées.

Lance l'interrompit.

— Donc Nick a réussi à se débarrasser du préservatif, de son pantalon et de ses chaussures, mais il a jeté sa chemise ensanglantée dans son panier à linge et a enterré l'arme du crime derrière son abri ? Ça n'a aucun sens.

— Ce n'est pas possible qu'il ait poignardé cette fille neuf fois sans mettre du sang sur son pantalon et ses chaussures, reconnut Sharp. Le couteau devait être un piège.

— Ce qui veut dire que Nick a été intentionnellement piégé, dit Morgan.

— Bien. Notez de vérifier les rapports médico-légaux quand ils arriveront pour voir si du sperme a été trouvé sous le corps ou dans la voiture de Nick, dit Sharp.

— A-t-elle été violée et tuée au même endroit ?

Morgan retourna à sa chaise et fouilla parmi d'autres feuilles.

— Les rapports médico-légaux ne sont pas là, mais je vois des notes sur le sang qui était visible sous et immédiatement autour du corps. Il y a une note sur la lumière noire qui a détecté une petite quantité de sperme sur le siège arrière de la voiture de Nick.

— Ce qui est cohérent avec la déclaration de Nick.

Lance étudia le tableau.

— Mais le procureur soutiendra que Nick a pu la violer dans la voiture, puis la traîner dehors pour la poignarder.

Sharp reboucha son marqueur. Le tenant à deux mains derrière son dos, il fit les cent pas devant le tableau.

— Elle aurait pu s'éloigner de lui et courir. Puis il l'a poursuivie et l'a poignardée.

Morgan massa une douleur à l'arrière de son cou.

— À vingt-deux heures trente, Tessa était seule au lac.

Sharp s'arrêta et fronça les sourcils.

— Alors que s'est-il passé ensuite ?

Trois temps de silence passèrent, puis Lance demanda :

— Est-ce que Nick savait qu'elle était enceinte ?

— Je ne pense pas. Il ne l'a pas mentionné.

Morgan nota la question dans ses notes pour son prochain entretien avec Nick.

— Je ne le savais pas quand je l'ai interrogé. Mais la théorie du procureur est qu'elle a rompu avec lui parce qu'elle était enceinte du bébé d'un autre homme. Nick est devenu enragé. Il est revenu à la fête et l'a attaquée.

— C'est une hypothèse raisonnable.

Sharp pivota pour faire face au tableau.

— Mais elle n'est pas sans faille.

Morgan regarda le rapport d'autopsie.

— Le médecin légiste note qu'une partie des cheveux de Tessa a été coupée de sa tête avec une lame, pas des ciseaux. La mèche n'a pas été trouvée sur la scène de crime.

Sharp se redressa.

— Un trophée ?

— Ou un souvenir, dit Lance. Puis-je voir ce rapport ?

Morgan s'écarta, lui donnant accès aux pages qu'elle avait étalées sur la table.

Lance se dirigea vers une pile de photos de la scène de crime et en choisit une.

— Tessa portait une jupe en jean. Quand elle a été trouvée, elle était entièrement habillée et sa jupe était tirée sur ses jambes.

Lance prit la photo et la fixa au tableau du meurtre avec un aimant.

— Il l'a habillée ou l'a laissée s'habiller, ce qui suggère que le meurtre n'a pas eu lieu immédiatement après le viol.

— Donc le tueur avait-il honte du viol ? demanda Morgan. Peut-être que c'est pour ça qu'il a écrit « Pardon » sur son front.

— C'est possible, si c'est lui qui est désolé. C'est aussi possible qu'il pense que Tessa aurait dû être désolée pour quelque chose.

Sharp s'approcha de Lance et fixa la photo.

— Parce que je vois de la rage dans l'étendue des blessures de Tessa.

Le regard de Sharp fit des allers-retours entre la chronologie, les photos et les incohérences.

— Nick a dit qu'il n'avait pas utilisé de préservatif.

— Correct, dit Morgan.

— A-t-on trouvé des préservatifs chez lui ? demanda Lance.

— Non.

Morgan pointa le tableau.

— Mais celui qui a violé Tessa a apporté un préservatif et un couteau, rendant son attaque préméditée.

— Donc son tueur était très en colère, mais a planifié son attaque, dit Sharp d'une voix serrée.

— Au moins dans la période précédant immédiatement le meurtre. Motifs possibles : jalousie, possession…

— Si je ne peux pas l'avoir, personne ne peut ?

Lance retourna à la table.

— Avons-nous les relevés téléphoniques de Tessa ?

— Oui, dit Morgan. Les Palmer ont donné à la police un accès immédiat à leur compte. Pour une adolescente, elle n'a pas beaucoup d'activités sur son téléphone. Elle envoyait surtout des SMS à Felicity et à Nick. En examinant ses textos des trois semaines précédant sa mort, j'ai trouvé des plaintes selon lesquelles ses grands-parents sont ridicules, qu'ils ne la comprennent pas, qu'ils veulent qu'elle sorte avec Jacob. Elle le décrit comme un abruti odieux. Elle ne mentionne pas sa grossesse. Cependant, la nuit où elle a été tuée, juste après avoir envoyé un message à Felicity, elle a passé un appel de vingt-neuf secondes vers le téléphone fixe de la maison de Jacob Emerson.

— Qui utilise une ligne fixe ? demanda Sharp.

— Je n'en ai même pas, ajouta Lance.

— Dans l'interrogatoire de Jacob, il dit que lui et Tessa ne sont sortis que quelques fois ensemble. Ses parents et ses grands-parents n'arrêtaient pas de les pousser à sortir ensemble, mais il dit « qu'ils ne s'aimaient pas ».

Morgan mima des guillemets.

— Jacob n'est pas autorisé à avoir son téléphone la nuit. Il est éteint et laissé dans la cuisine. Tessa connaissait la règle et a appelé sur le téléphone fixe. Le père de Jacob a répondu et lui a dit de rappeler dans la matinée.

Sharp se frotta l'arrière du cou.

— Qu'en est-il de la connexion entre Tessa et Jamie ?

Il plaça une photo de Jamie sur le tableau et traça une ligne la reliant à celle de Tessa.

Lance accrocha le portrait de Kevin Murdoch sur le tableau.

— Je veux plus d'informations sur le futur beau-père de Jamie.

— Celui à la transpiration excessive ? demanda Sharp.

— Lance a raison, approuva Morgan. Kevin était beaucoup trop nerveux pendant notre entretien. En plus de transpirer à grosses gouttes, Kevin ne pouvait pas maintenir un contact visuel ou garder ses mains loin de son visage. Il connaissait Tessa, et il cache quelque chose. Je veux savoir quoi.

— La police a-t-elle prélevé l'ADN d'un des autres enfants ? demanda Sharp. Les rapports médico-légaux ne sont pas là, mais le médecin légiste a trouvé un certain nombre de poils sur son corps et ses vêtements. De différentes couleurs. Différentes longueurs. Aucun d'entre eux n'a encore été testé.

Morgan secoua la tête.

— Non. Il semble qu'ils se soient concentrés uniquement sur Nick depuis le tout début. Mais elle aurait pu se retrouver avec des cheveux en étreignant ses amis.

— Mais on peut toujours les comparer à l'ADN du fœtus, dit Sharp. Si nous pensons que le père inconnu est un suspect pour le viol et le meurtre. Un préservatif empêche le transfert d'ADN par le sperme, mais il est difficile de violer une femme sans laisser de traces biologiques derrière soi. Je n'ai aucun doute que la médecine légale trouvera d'autres sources d'ADN. La difficulté réside dans la détermination de ce qui appartient au tueur et ce qui a pu être transféré par des activités normales.

Lance se leva et frotta sa cuisse. Il disait que sa blessure par balle allait bien, mais il était clair qu'elle le dérangeait toujours.

— Alors, quelle est notre théorie ?

Morgan posa son marqueur sur le rebord étroit du tableau blanc.

— Tessa était seule au lac. Nous savons qu'elle était en colère contre ses grands-parents. Elle a envoyé un message à Felicity à propos de sa rupture avec Nick. Puis elle a appelé la maison de Jacob, mais on lui a refusé l'accès. Que s'est-il passé ensuite ? Quelqu'un est revenu au lac et l'a attaquée. Il a apporté un préservatif et un couteau. Il savait qu'elle était là et avait prévu de la tuer.

— Mais qui ? demanda Lance.

— Je veux obtenir une copie de l'annuaire du lycée de l'année dernière, dit Morgan.

— Alors nous pourrons voir avec qui Tessa traînait l'année dernière.

— L'autopsie dit qu'elle était enceinte d'environ huit semaines, donc elle est tombée enceinte en juillet, fit remarquer Lance. Pas pendant l'année scolaire.

Morgan hocha la tête.

— C'est vrai, mais je doute fort que Tessa ait couché avec un garçon qu'elle ne connaissait pas.

Sharp désigna du pouce ses listes croissantes de témoins et de suspects.

— Nous devons rassembler autant d'informations que possible sur chacune de ces personnes. Lance, et si on mettait ta mère sur le coup ?

Lance tritura un crayon.

— Ma mère ?

Sa mère ? La curiosité de Morgan était piquée. Autre que la révélation de la disparition de son père, Lance ne parlait pas beaucoup de sa famille ou de son passé.

Sharp acquiesça.

— C'est une pro de l'accès aux informations en ligne, et nous avons besoin de son aide.

Il fit un geste vers le tableau.

— Au cas où vous n'auriez pas remarqué, cette affaire est un vrai casse-tête. Notre meilleur suspect alternatif est un jeune de dix-sept ans avec un avocat pour père.

— Ma mère ne nous a jamais aidés pour une affaire. Elle pourrait ne pas vouloir s'impliquer, protesta Lance.

— Tu ne le sauras pas tant que tu n'auras pas demandé.

Sharp fixa Lance de son regard.

— Elle pourrait apprécier d'être utile. Ça pourrait être bon pour elle.

Lance avait l'air dubitatif.

— Tu veux que je lui demande ? proposa Sharp.

— Non. Je dois aller la voir aujourd'hui de toute façon.

Mais Lance n'avait pas l'air ravi de l'idée.

— Je ne promets rien.

— Compris.

Sharp hocha la tête.

— Nous devons interroger Robby Barone, Felicity Weber et Jacob Emerson. Je ne doute pas que M. Emerson participera à l'entretien de Jacob.

Morgan abandonna son dossier, alla au tableau, et commença une liste de questions.

Qui était le père du bébé de Tessa ?

Qui n'a pas d'alibi pour le jeudi, après la fête ?

— J'aimerais aussi visiter la scène de crime. La lumière du jour pourrait nous donner une tout autre impression de la zone.

Morgan frissonna en se revoyant dans les bois sombres, découvrant le corps de Tessa dans le faisceau cruel de la lampe de poche, la jeune fille couverte de sang.

Et le mot écrit sur son front :

PARDON.

19

Le soleil de l'après-midi réchauffait le dos de Lance alors que Morgan et lui marchaient vers sa Jeep.

— Tu es sûre que ça ne te dérange pas ? demanda Lance. Je pourrais déposer cette liste à ma mère, et te rejoindre plus tard.

Il avait donné du fil à retordre à Sharp, mais son patron avait raison. Sa mère pourrait être ravie d'aider. Elle avait de longues journées et rien pour les remplir. Mais pourrait-elle gérer les faits de l'affaire de meurtre ? Tout ce que Lance avait apporté était une liste de noms et d'adresses, pas de photos ou de détails du crime. Pourtant, sa mère était fragile. Qui sait ce qui pourrait la bouleverser ?

Lance ne pouvait pas nier qu'il était embarrassé que Morgan la rencontre. Il pouvait sentir un moment de partage sans retour possible à l'horizon. Mais Morgan était une amie, pas un rencard, et c'était la femme la plus compréhensive et la plus généreuse qu'il n'ait jamais connue. Elle ne jugeait pas les gens. Elle avait accueilli une ancienne droguée chez elle et l'avait intégrée à sa famille. Elle prenait soin de son grand-père acariâtre. Elle comprenait ce que cela signifiait de prendre soin des gens qu'elle aimait, sans réserve.

Lance avait appris à la dure que tout le monde n'était pas prêt à faire des sacrifices.

— C’est idiot. Après tout ce que tu as fait pour aider mon grand-père ? Évidemment que ça ne me dérange pas, dit Morgan en s’asseyant sur le siège passager. Je suis heureuse de rencontrer ta mère.

Lance se glissa derrière le volant.

— Je ferais mieux de te donner quelques informations d’abord. Tu te souviens quand je t’ai parlé de la disparition de mon père ?

— Oui.

Sa ceinture de sécurité s’enclencha.

Il s’éloigna du trottoir. C’était plus facile de parler de sa mère si ses yeux étaient sur la route. Il ne voulait pas voir le choc et la pitié sur le visage de Morgan alors qu’elle imaginait son enfance.

Avant qu’il ne puisse changer d’avis, Lance plongea dans son histoire la tête la première.

— Environ un an après son départ, ma mère a commencé à montrer des signes d’anxiété et de dépression. Cela a probablement démarré plus tôt, mais je n’étais qu’un enfant. Je n’ai rien remarqué jusqu’à ce que ça commence à affecter ma vie. Au début, les symptômes étaient plus bizarres qu’inquiétants. De légers TOC, une dépression, ce genre de choses. Je pensais qu’elle était juste triste. Bon sang, j’étais triste aussi. Mon père me manquait, et à la façon dont elle se renfermait, c’était comme si je la perdais aussi.

Morgan ne fit aucun commentaire, mais il pouvait sentir son attention.

— Au cours des deux années suivantes, maman est de moins en moins sortie. Lorsque j’avais treize ou quatorze ans, elle ne quittait la maison peut-être qu’une fois par semaine. Si elle n’avait pas eu à me nourrir, elle aurait probablement volontiers rampé dans un trou pour mourir de faim. Elle ne pouvait pas travailler. Ses voyages à l’épicerie étaient de plus en plus espacés.

Les souvenirs l'envahirent. Il avait eu peur qu'elle se suicide et qu'elle le laisse seul.

— Elle n'avait pas d'amis ? demanda Morgan, sa voix lourde d'empathie, mais pas de pitié.

Lance s'arrêta au coin de la rue, puis tourna à gauche sur Main Street.

— Ses symptômes ont mis des années à se développer complètement. C'était une progression graduelle, en commençant par se couper lentement de ses amis. Quand elle a été assez malade pour que les autres le remarquent, elle avait déjà aliéné tous les membres de son cercle social. Elle n'avait pas de vraie famille à part moi. La seule personne qui a persisté, c'est Sharp.

— On dirait qu'il tient vraiment à toi.

Lance continua le long de Main Street jusqu'à la sortie de la ville et tourna sur une route de campagne. Les kilomètres défilaient. Les maisons firent place aux champs et aux forêts.

— Il était encore inspecteur à l'époque, et même si l'affaire de mon père avait été depuis longtemps mise de côté, il a gardé un œil sur nous. Comme tu peux le voir, nous ne vivions pas en ville. C'était un trajet sacrément long à vélo pour aller quelque part. Sharp était le gars qui me conduisait à l'entraînement de hockey. Il m'a appris à conduire. Il a forcé ma mère à voir un psychiatre. Il y a eu beaucoup de nuits où je suis resté chez Sharp parce que j'avais besoin d'une pause vis-à-vis de l'anxiété de ma mère.

Autrefois des blessures ouvertes, les souvenirs de Lance étaient maintenant des piqûres d'humiliation. Sharp vérifiant leur frigo et le trouvant vide. La mère de Lance, sale et aux yeux fous, comptant et arrangeant les bouteilles vides, des boîtes de chaussures non portées et des piles de magazines. Sharp emmenant Lance pour un hamburger et le laissant utiliser sa chambre d'amis pour lui donner un répit du stress de la maladie mentale de sa mère. Le jour où il avait obtenu le permis de conduire à l'âge de seize ans, Lance était devenu le soignant de sa mère.

Lance s'arrêta sur le bas-côté devant un stand de ferme.

— Je reviens tout de suite. Tu veux quelque chose ?

— Non, merci.

Lance prit une tarte aux pommes fraîche, la gourmandise préférée de sa mère, et retourna à la Jeep. Morgan attrapa la boîte blanche et la posa sur ses genoux.

— Je n'en avais aucune idée, dit Morgan après qu'il eut repris la route. Je me suis souvent demandé pourquoi tu es resté à Scarlet Falls alors qu'il n'y avait aucun poste libre d'inspecteur. Tu aurais pu postuler dans un autre service police il y a des années et obtenir ta promotion.

— Ma mère demande beaucoup d'attention. J'ai besoin de rester proche.

Lance tourna à une boîte aux lettres. Une allée étroite menait à la petite maison dans laquelle il avait grandi. Après la disparition de son père, sa mère avait refusé d'envisager un déménagement. C'était comme si elle s'accrochait à la maison de trois chambres et deux hectares comme à son dernier lien avec son mari.

Comme si elle s'attendait toujours à ce qu'il rentre chez eux.

Il se gara devant la maison et regarda Morgan. Elle ne semblait pas perturbée par son histoire.

— Y a-t-il quelque chose que je pourrais faire ou dire susceptible de la contrarier ? demanda Morgan, pensant toujours aux autres, jamais à elle-même.

— Pas vraiment, dit Lance. Mais ne sois pas offensée si elle est distante ou nerveuse. Elle n'aime pas les visites d'inconnus. Les seules personnes avec qui elle est à l'aise sont Sharp et moi.

— D'accord.

Lance sortit de la Jeep. Pendant quelques secondes, il envisagea de demander à Morgan d'attendre dehors, mais ça aurait été de la triche. Le thérapeute de sa mère voulait qu'il la traite aussi normalement que possible. Amener un collègue de travail à la maison était parfaitement ordinaire.

Morgan porta la tarte alors qu'ils marchaient vers le porche d'entrée.

— Ai-je mentionné qu'elle est aussi une entasseuse compulsive ? prévint-il en frappant à la porte.

Personne ne répondit, alors il utilisa sa clé et les laissa entrer.

— Maman ? appela-t-il, alors qu'ils entraient dans le salon.

Il évalua une pile de boîtes d'expédition près de la porte. Pas trop mal. Sept paires de chaussures. La dernière fois qu'il était venu, c'était hier matin. Celles-ci avaient dû être livrées dans l'après-midi. À part les nouvelles boîtes, le salon était bien rangé.

Anciennement professeure d'informatique, sa mère s'était tournée vers l'enseignement en ligne des années auparavant. Elle faisait également de la conception de sites web en freelance, elle en assurait la sécurité et la maintenance. Avec son prêt hypothécaire remboursé, ses dépenses étaient minimes, et son salaire lui permettait de s'adonner à beaucoup trop d'achats en ligne.

Lance surveillait de près ses cartes de crédit, mais il était toujours impossible de la contrôler complètement. S'il annulait une carte de crédit, elle en demandait dix autres.

Il imagina le désordre qui avait autrefois rempli la maison. Ils étaient à peine capables de marcher d'une pièce à l'autre. Les antidépresseurs, la thérapie de groupe hebdomadaire et la détermination de Lance étaient les trois clés pour garder les conditions de vie de Jennifer Kruger salubres, sûres et relativement saines.

Morgan se promenait dans le salon et inspectait les vitrines suspendues remplies de dés à coudre et de cuillères. Plusieurs commodes contenaient la même chose, en plus grande quantité.

— Cuillères et dés à coudre ?

— Ils sont petits et ininflammables, dit Lance.

Sa mère avait besoin de garder certains de ses trésors.

— Lance, c'est toi ? Je suis dans le bureau.

La voix de sa mère dériva depuis l'aile de la chambre de la maison.

Une porte s'ouvrait sur la cuisine, tandis qu'un court couloir menait aux trois chambres.

Morgan fit un détour vers la cuisine avec la tarte tandis que Lance se dirigeait vers le couloir et la chambre supplémentaire qui avait été convertie en bureau lorsque sa mère avait commencé à travailler à domicile.

Sa mère était assise derrière le bureau, penchée sur un clavier. D'un côté de son bureau en forme de L, un ordinateur était équipé de trois moniteurs. Un ordinateur portable était ouvert sur le deuxième pied. Un chat se prélassait à côté. Un autre se baignait dans un rayon de soleil qui entrait dans la pièce et s'étendait sur le sol derrière le bureau.

Sa mère sourit quand il entra dans la pièce, se pencha par-dessus son bureau, et l'embrassa sur la joue.

De l'extérieur, sa mère avait l'air ordinaire. Sa silhouette douloureusement mince, ses cheveux blancs qu'elle ne prenait pas la peine de colorer, et des rides profondes sur son visage la vieillissaient au-delà de ses soixante ans. Le seul point fort de ses TOC était qu'elle était dépendante de la routine, et son thérapeute avait conçu des rituels d'hygiène quotidiens en tenant compte de sa maladie. Elle était désormais incapable de dormir après le réveil de sept heures, de sauter une douche ou de ne pas laver ses vêtements à neuf heures précises tous les matins. Le résultat final était une femme âgée apparemment bien organisée qui fonctionnait avec une précision que même les sergents instructeurs envieraient.

Mais l'éclat de l'appréhension toujours présente qui obscurcissait ses yeux bleu pâle la trahissait. Aucune quantité de médicaments ou de thérapie ne la ramènerait jamais à la femme qu'elle avait été.

En un clin d'œil, l'expression de sa mère passa de la résignation à la peur.

— Qui est dans le couloir ?

Avec son allure d'avocate, et sa beauté, dans son tailleur bleu marine, son chemisier blanc et ses talons, Morgan franchit le seuil de la porte. Elle devait avoir laissé la tarte et son énorme sac à main dans la cuisine.

Lance lui fit signe d'entrer dans la pièce.

— Maman, voici Morgan Dane.

— C'est un plaisir de vous rencontrer, madame Kruger.

Il se prépara à une crise de panique quand sa mère étudia Morgan pendant une minute entière sans parler. Dans son esprit, Lance était déjà en train d'aller chercher des médicaments contre l'anxiété dans la cuisine quand la chose la plus extraordinaire arriva.

Sa mère sourit.

Se levant, elle sortit de derrière le bureau et tendit la main à Morgan.

— S'il vous plaît, appelez-moi Jennifer.

C'était quoi, ça ?

Depuis quand sa mère avait-elle touché un inconnu de son plein gré ?

— Laissez-moi vous faire du café.

Elle conduisit Morgan vers la cuisine. La paire de chats se faufila de façon précaire autour de leurs chevilles.

Se sentant comme s'il était hors de son corps, Lance les suivit. Sa mère fit un geste vers la table ronde en chêne qui ornait le sol de vinyle gris depuis que la maison avait été construite. Il ne pouvait se souvenir de la dernière fois où quelqu'un d'autre que lui, sa mère ou Sharp s'était assis à cette table. Même l'assistante sociale qui venait une fois par mois déclenchait une crise d'angoisse.

Mais sa mère était au comptoir à faire du café comme si elle avait des invités tous les jours. Elle désigna une armoire haute.

— Lance, prends des assiettes.

— OK.

Il fit ce qu'elle lui demandait, ses émotions oscillant entre la suspicion et un soulagement prudent.

— Je peux vous aider ? demanda Morgan.

Sa mère rejeta l'offre de Morgan :

— Non. Non. Vous êtes notre invitée.

Lance passa les vingt minutes suivantes dans un état de confusion totale alors qu'ils mangeaient de la tarte et buvaient du café comme des gens normaux. Sa mère finit une part entière, le plus qu'il l'ait observée manger en une seule fois depuis des années, et elle arborait le premier vrai sourire qu'il avait vu depuis très longtemps.

Qui était cette femme, et qu'avait-elle fait de sa mère ?

— Maman, on a besoin de te demander une faveur.

Lance collecta leurs assiettes sales et les mit dans le lave-vaisselle. Sa mère ferait tourner l'appareil à sept heures ce soir, qu'il soit vide ou plein.

— Quoi donc ? demanda sa mère.

— Morgan est une avocate de la défense. Sharp et moi l'assistons dans son enquête. Nous manquons de personnel, et nous aurions besoin d'aide pour vérifier des antécédents.

— Vous voulez que je vous aide ?

Elle se ressaisit encore plus.

— Bien sûr que je le ferai.

Elle se leva, une main troublée allant à sa gorge alors qu'elle se précipitait vers son bureau.

Lance se précipita à sa suite. Allait-elle paniquer ? Qu'est-ce qu'il avait fait ?

— Je ne veux pas te stresser.

Mais sa mère se glissa derrière son bureau. Est-ce qu'elle venait vraiment de faire craquer ses doigts au-dessus de son clavier ?

— Tu m'as apporté une liste ?

— Oui.

Lance se figea.

Heureusement, Morgan garda son sang-froid.

— Je vais la chercher, dit-elle derrière lui.

Quand sa mère leva les yeux vers lui, ils étaient humides. Lance eut un moment de peur avant de réaliser que c'était de la gratitude qui brillait sur son visage.

Sharp avait raison.

Sa mère était ravie de l'aider.

— Donc tu es partante ? demanda Lance.

Elle hocha la tête.

— Je suis heureuse que tu me le demandes.

Son regard fit le tour du bureau.

— Le trimestre d'automne vient de commencer. Il n'y a pas grand-chose que je puisse faire pour remplir mes heures de travail.

Elle se concentra sur lui.

— Il n'y a rien que je préférerais faire que de vous aider, toi et Sharp. Je sais que j'ai été un terrible fardeau pour vous deux.

— Jamais un fardeau.

Lance contourna le bureau. Posant ses mains sur ses épaules, il se pencha et embrassa sa joue.

Elle se retourna, lui sourit et murmura :

— Elle est charmante.

Le mouvement de ses sourcils le choqua, et il ne put étouffer son rire qui surgit de sa poitrine.

Une autre première, sa mère montrant un sens de l'humour.

— Nous travaillons ensemble.

La lueur dans ses yeux montrait qu'elle ne le croyait pas.

— Bien sûr.

Morgan apporta un dossier dans le bureau et le lui remit. Sa mère l'ouvrit en feuilletant les pages.

— Ça va aller, alors ? demanda Lance.

— Oui. Oui. Je vais travailler là-dessus tout l'après-midi.

L'attention de sa mère était rivée sur le dossier.

— Combien de temps pensez-vous que cela va prendre ? demanda Morgan.

— Ça dépendra de ce que je trouve.

Sa mère feuilleta quelques pages.

— Je ne pense pas que j'aurai fini, mais j'aurai quelque chose pour vous lundi.

— Alors on te laisse faire.

Lance se redressa.

— J'appellerai plus tard. Si tu trouves quelque chose d'incroyable d'ici là, tu m'appelles ?

— Je le ferai.

Sa mère releva les yeux.

— Ramèneras-tu Morgan ?

— Peut-être, répondit Lance. Elle est très occupée par l'affaire.

Le sourire de sa mère faiblit.

— Je serais ravie de revenir, dit Morgan depuis le seuil de la porte.

Sa mère rayonna. Elle tira sur la manche de Lance.

— Apporte plus de tarte.

— D'accord. Je te verrai demain.

Le dimanche, Maman avait une thérapie de groupe. Il devrait faire ses courses et tondre la pelouse également.

Morgan attendit patiemment pendant qu'il s'arrêtait dans la cuisine pour vérifier le pilulier de sa mère et s'assurer qu'elle avait bien pris ses médicaments.

Dans le salon, il ramassa les boîtes de chaussures. La pile bloquait sa vue.

— Laisse-moi t'aider.

Morgan attrapa la boîte du haut.

Ils sortirent.

— C'est surprenant.

Il ferma et verrouilla la porte derrière eux.

— Normalement, elle n'est pas très sympa avec les étrangers.

— Ta mère est gentille.

— Elle t'aime bien, c'est une évidence.

Lance soupçonnait sa mère de se faire une mauvaise idée de sa relation avec Morgan.

— Je suis contente.

Lance empila les chaussures à l'arrière de sa Jeep.

— C'est le rituel. Elle se débrouille bien dans la journée, mais la nuit elle se connecte sur Internet et commande toutes sortes de choses. Je rapporte tout le lendemain de la livraison. Je renvoie ce que je peux et je donne le reste. Elle essaie, mais elle ne peut pas s'en empêcher.

— Quand tu disais qu'elle était entasseuse compulsive, j'imaginais une maison en désordre.

— C'était un piège à feu, mais il y a eu un point de rupture lorsque j'ai été diplômé de l'université et que je suis rentré à la maison. Pendant le semestre, je venais à la maison tous les week-ends, mais les semaines auparavant, j'étais pris par mes examens et mes dissertations. Je n'étais pas venu depuis un mois. Je ne pouvais même pas rentrer dans la maison. Elle avait bloqué toutes les sorties sauf la porte de derrière. Mon absence avait exacerbé ses symptômes. Elle s'inquiète tout le temps. Je ne peux pas manquer un jour de visite. Quand j'étais à l'hôpital, même si Sharp venait chaque jour pour lui donner des nouvelles de mon état, je devais lui parler sur Skype chaque matin pour prouver que je n'étais pas mort.

— Que s'est-il passé quand tu es rentré de l'université ? demanda Morgan.

— Sharp et moi l'avons fait hospitaliser.

Lance se souvenait encore du choc qu'il avait ressenti à l'apparition de sa mère, pas douchée, dans des vêtements sales, les ongles rongés, les cuticules en sang. Il ne savait pas comment elle avait pu faire semblant pendant leurs appels téléphoniques quotidiens.

— Ils l'ont remise sous médicaments et ont équilibré ses sautes d'humeur. Pendant qu'elle était partie, Sharp et moi avons vidé la maison.

Ce qui avait nécessité de louer une benne à ordures.

— Maintenant, je dois lui faire respecter des règles strictes. Si elle veut garder un nouvel achat, elle doit se débarrasser de quelque chose de taille égale. Deux chats sont le maximum, mais elle peut avoir toutes les cuillères et tous les dés à coudre qu'elle veut. Je sais que ça semble bizarre, mais le système fonctionne depuis des années.

Lance ferma la porte du cargo. Ils remontèrent dans le véhicule et il démarra le moteur. Quand il attrapa le levier de vitesse, Morgan mit sa main sur la sienne.

— J'aime ta mère, dit-elle en souriant. Personne n'est parfait.

— Certains sont moins parfaits que d'autres, mais merci.

— Elle est gentille, elle est vivante, et elle t'aime visiblement beaucoup.

Morgan serra sa main.

— Finalement, c'est ce qui compte vraiment.

— Je sais.

Lance se concentra sur le mot « vivante ». Morgan avait perdu deux parents et un mari.

— Après que mon père s'est fait tuer, ma mère a fui les souvenirs. Elle a déménagé hors de la ville et nous a tous entraînés avec elle. Nous ne voulions pas quitter nos amis, nos vies, mais on ne pouvait pas la raisonner. Ian est allé à l'université en ville, alors il est resté. Mes sœurs et moi n'avions pas le choix.

Morgan marqua une pause pour respirer.

— Ma mère ne s'est jamais remise de sa mort. Quelques années plus tard, elle a fait une crise cardiaque grave. J'ai toujours pensé qu'elle était morte d'un cœur brisé. Merci à Dieu pour Grand-père.

— Je suis désolé.

Lance retourna sa main et entrelaça leurs doigts. Leur relation d'adolescents avait été courte et superficielle. La mère de Morgan était encore en vie, mais Lance ne l'avait rencontrée qu'une ou deux fois. Après leur rupture, Morgan et lui n'étaient pas restés en contact.

Quand elle se détourna pour regarder par la vitre, ses yeux brillaient de larmes non versées.

— Ta mère est malade. Ne lui en veux pas. Le chagrin peut briser même la personne la plus forte.

20

Prison, jour 3

Nick était courbé sur son plateau de petit déjeuner. Bien que son estomac crie famine, il attendait que les détenus plus âgés prennent leur plateau. Comme au lycée, le choix de l'endroit où l'on s'asseyait pour manger était déterminant.

Au début, il avait eu peur que chaque détenu soit obligé de choisir un gang, mais il semblait que seul un tiers de la population du bloc D était réellement membre d'un gang. Les informations de l'Homme n'étaient pas tout à fait correctes. Si les tatouages étaient exacts, la Fraternité Aryenne, les Bloods et la mafia mexicaine étaient tous représentés, mais ils se donnaient de l'espace, comme si une sorte de trêve méfiante avait été conclue.

Puisque les caméras et les gardes surveillaient vingt-quatre heures sur vingt-quatre, sept jours sur sept, peut-être qu'ils étaient tous d'accord sur le fait que s'attaquer les uns aux autres ici était inutile.

La quarantaine d'autres détenus avaient leurs propres petits groupes sociaux. Un petit groupe lisait la Bible et priait avant le petit déjeuner. Il y avait un groupe d'étude. Nick ne s'y attendait pas. Et un type populaire, un geek, donnait des conseils juridiques gratuits, ce qui semblait lui avoir valu le respect, et peut-être même la gratitude, des autres détenus.

Pour l'instant, Nick restait discret et observait autant de comportements que possible avant qu'il ne soit inévitablement forcé d'interagir avec les autres. Jusqu'à présent, l'évaluation avait été principalement silencieuse.

Il avait déjà appris que les débutants étaient appelés des poissons. Il prit un plateau. Il occupa le bout vide de la table du groupe de prière.

Il garda la tête basse et mangea, goûtant à peine les flocons d'avoine, l'œuf dur et le lait sur son plateau. Les portions étaient petites, et son estomac était loin d'être plein quand il eut fini de manger. Les autres détenus s'échangeaient de la nourriture, et il devait y avoir un endroit pour en acheter parce qu'un type plus âgé cuisinait des ramens dans un micro-ondes, une autre surprise.

Nick ne s'attendait pas à autant de liberté.

Un drôle de mot pour l'intérieur d'une prison du comté, mais bien que les hommes soient tous sous les verrous, ils se déplaçaient dans la pièce à volonté. Personne n'était enfermé dans une minuscule cellule. Il semblait que tant que vous obéissiez aux règles, à la fois officielles et officieuses, et que personne ne voulait vous faire la peau, c'était comme ça que ça se passerait.

Mais la façon dont les autres détenus étudiaient Nick lui disait qu'il ne serait pas aussi chanceux.

Il mangea rapidement, se sentant vulnérable à l'air libre. Déposant son plateau sur le chariot, il se retira sur son matelas au sol. Il se sentait mieux dos aux parpaings.

Quelques traînards s'assirent à des tables vides. Un type nettoya les tables. Un autre le sol. Deux gars jouaient aux échecs, et un petit groupe s'était formé autour d'eux pour regarder. Nick avait presque envie d'y aller et de voir s'il pouvait faire la queue pour jouer, mais il observa de loin. Il attirait toujours trop l'attention. Il y avait une tension qu'il ne pouvait pas décrire qui se développait dans la pièce. Et elle semblait augmenter chaque fois que l'un des autres détenus établissait un contact visuel avec lui.

Les murs étaient déprimants. La nourriture était déprimante. En plus de la peur, le désespoir pur et simple pesait sur lui comme une couverture d'acier. Au milieu de la matinée, un petit homme blanc trapu avec une manche pleine de tatouages multicolores s'approcha. Il s'assit sur le banc en acier le plus proche et fit face à Nick. Avait-il été désigné pour l'interroger ?

— Alors, c'est toi la bête ?

— La bête ? demanda Nick, confus.

— Tu as violé une fille, non ? demanda l'homme, les yeux plissés de désapprobation.

— Non.

Pour la première fois, Nick établit un contact visuel intentionnel et prolongé. La colère maintenait sa voix et son regard stable.

— Je ne l'ai pas fait.

L'homme considéra la réponse de Nick.

— C'est quoi, ton histoire ?

Nick sentit que c'était un test.

— Ma petite amie a été violée et tuée. La police et le procureur m'ont mis ça sur le dos. Je veux juste sortir d'ici, trouver la personne qui l'a fait, et lui rendre justice.

— La moitié des hommes ici clament leur innocence. Pourquoi devrais-je te croire, toi en particulier ?

Nick haussa les épaules, l'épuisement glissant sur son corps en une vague. Il avait peur de fermer les yeux. Bon sang, il avait peur que s'il clignait des yeux, quelqu'un ne le tue. Mais le manque de nourriture et de sommeil l'épuisait. Il ne savait pas combien de temps il pourrait maintenir cette hypervigilance.

— Si tu ne veux pas me croire, il n'y a rien que je puisse y faire.

— C'est vrai.

Le détenu hocha la tête.

— Je m'appelle Shorty.

OK

— Je m'appelle Nick.

C'était quoi, ce bordel ? Ne sachant pas quoi faire d'autre, il tendit une main.

Shorty la serra avec seulement la plus brève des hésitations.

Que signifiait une présentation ? Est-ce que c'était un test ?

Tout cela était si confus. Il se sentait comme s'il avait été jeté dans une émission de télé-réalité sans aucune description du jeu auquel il était censé jouer.

Au cours des heures suivantes, trois autres détenus se présentèrent à Nick et lui demandèrent son histoire. Comparaient-ils leurs notes ? Nick garda ses déclarations simples et honnêtes et espéra que cela passe.

Il ne pouvait pas faire grand-chose d'autre. Tout dépendait de Mme Dane.

Nick se leva pour aller aux toilettes. Il passa devant une cellule. Une main attrapa le col de son uniforme et l'entraîna dans l'espace sombre. Il atterrit sur le côté, son épaule s'écrasant sur le béton. Un corps se jeta sur lui. Un poing s'abattit sur son visage. La douleur explosa au niveau de son nez et de sa bouche. Nick goûta au sang. Il enveloppa ses bras autour de sa tête pour bloquer les coups pendant qu'il reprenait ses esprits. L'adrénaline traversa son système sanguin, provoquant une panique frénétique dans son cœur.

Les questions fusaient dans son esprit. Les gardes le verraient-ils ? Est-ce que des caméras filmaient dans les cellules ? Nick ne s'était jamais aventuré à l'intérieur de l'une d'elles.

Allaient-ils le tuer ?

Essayant de bloquer la pluie de coups de poing, Nick jeta un coup d'œil au travers de ses avant-bras. Un homme donnait les coups, mais d'autres observaient depuis l'entrée de la porte. Ils semblaient monter la garde.

Un coup de poing toucha ses côtes. Il ne pouvait pas protéger sa tête et son torse en même temps. L'instinct primitif envoya un souffle d'énergie à travers lui.

Il allait mourir s'il ne se défendait pas. Aussi merdique que soit sa vie, il ne pouvait pas laisser tomber.

Nick roula une épaule pour couvrir son visage. Il tendit une main. Son poing toucha le corps de son agresseur.

Le gars se releva et donna un coup de pied dans les côtes de Nick. La douleur le plia presque en deux. Il toussa et enroula ses mains autour de son torse. Quand le pied s'approcha pour un second coup, Nick attrapa la cheville et tira. Surpris, son agresseur tomba sur le dos. Nick se releva, la poitrine se soulevant, ses poumons réclamant de l'air.

Du sang coulait sur son visage et sur son uniforme. Il faillit poursuivre son agresseur, puis se stoppa lorsqu'il reconnut Shorty, et vit les trois détenus les plus grands dans l'embrasure de la porte. Ils aidèrent Shorty à se remettre debout. Puis les quatre fixèrent Nick.

Bordel !

Il ne pouvait pas tous les affronter.

Sa poitrine se gonfla. Il passa une main sur son visage et attendit. Quelques longues minutes s'écoulèrent jusqu'à ce qu'un des hommes jette une serviette à Nick.

— Nettoie-toi avant que les gardes n'arrivent.

Nick hocha la tête et s'essuya le visage. Les quatre hommes s'écartèrent et le laissèrent sortir.

Deux gardes firent irruption par la porte. L'un d'eux regarda le visage de Nick.

— Que s'est-il passé ?

Les mouchards se font moucher.

Est-ce que c'était une sorte de test ?

— J'ai trébuché, dit Nick.

— Personne ne t'a attaqué ? demandèrent-ils en balayant la pièce du regard.

— Non, mentit Nick. Ces gars m'ont juste aidé à me relever.

Le garde fronça les sourcils. De toute évidence, ils n'avaient pas de caméras à l'intérieur des cellules, seulement dans la pièce principale, et les détenus le savaient tous.

Qui a eu cette idée stupide ?

— Vous êtes sûr ? demanda le garde.

— Ouaip.

Nick s'essuya le nez.

Le garde fronça les sourcils, pas convaincu.

— Vous avez besoin d'aller à l'infirmerie ?

Nick fit non de la tête. Il fut pris de vertiges.

— Je vais bien.

Les gardes jetèrent un regard d'avertissement dans la pièce. Shorty n'était pas en vue. Nick se demanda si ses articulations saignaient. Il boita jusqu'aux toilettes et se soulagea. En retournant sur son matelas, Nick se mit dos contre le mur. Il se recroquevilla sur le matelas, la douleur et le froid supprimant tous les autres sens.

Et il attendit.

Il devrait peut-être passer un an ou plus dans cet endroit. L'idée de vivre le reste de sa vie dans une boîte en béton lui donnait envie de vomir.

Ou de se tuer.

Aujourd'hui, il avait reçu une raclée. Il ne savait pas pourquoi.

Ou ce qui allait suivre.

21

Il leva ses jumelles et observa les trois filles qui se tenaient au bord du lac Scarlet. Il supposait que les filles avaient environ seize ans. Le soleil se reflétait sur l'eau comme un miroir. L'une d'elles tendit quelque chose à son amie. Un joint ?

Il ajusta la mise au point de ses jumelles pour zoomer sur le visage de la fille.

Ouaip. Elles se passaient un joint.

Il déplaça son objectif plus bas. Des pantalons de yoga serrés moulaient des culs encore plus serrés.

Il se lécha les lèvres. Une main glissa jusqu'à son entrejambe. Il se frotta à travers le tissu de son pantalon avant de céder à l'envie et d'abaisser sa fermeture Éclair.

Mais ce n'était pas suffisant.

Frustré, il remonta sa fermeture.

Il n'y avait aucun doute là-dessus. Il avait besoin de remplacer Tessa.

Il pensait que revenir à l'endroit où elle était morte l'aiderait à se contrôler en lui rappelant que toutes les actions ont des conséquences.

Et qu'il devait absolument rester en dehors des problèmes jusqu'à ce que tout ce bordel se soit dissipé. Mais il n'avait pas compté sur ces filles et leurs pantalons moulants.

Il voulait être seul au bord du lac. Pour réfléchir. Pour se ressaisir.

Il s'était préparé à partager la plage avec des chiens et des familles. Mais les jolies filles lui rappelaient des souvenirs de Tessa. Pas seulement de sa mort, mais de toutes les choses qu'il avait faites avec elle.

Qu'il lui avait fait, à elle.

Les filles finirent leur joint et se détournèrent de l'eau. Il les suivit avec ses jumelles alors qu'elles se dirigeaient vers une voiture sur le parking. Celle de gauche avait de longs cheveux blonds. Grande, aux yeux bleus, et élancée, elle était aussi différente de Tessa que possible.

La blonde se glissa dans le siège du conducteur. Elles partirent, et il baissa ses jumelles après avoir mémorisé la plaque d'immatriculation de la voiture. À quel point serait-il difficile de trouver son nom ?

Il savait qu'il devait attendre. C'était trop tôt. Mais en réalité, combien de temps serait-il capable de garder son foutu calme ?

Il était venu au lac pour contrôler ses pulsions, mais il avait fini par les attiser davantage.

22

Sur le siège passager de la Jeep, Morgan cligna des yeux pour se débarrasser de ses larmes. Son chagrin s'était intensifié cette semaine.

Lance lui tenait toujours la main. Le geste était à la fois réconfortant et terrifiant, et elle combattit l'envie d'arracher sa main et celle de grimper sur ses genoux.

Elle ne devrait pas être surprise qu'elle veuille du réconfort. Elle avait laissé tomber son travail. Ses voisins la détestaient. Après deux ans dans les limbes, elle avait transformé toute sa vie professionnelle en l'espace d'une semaine.

Et Lance semblait vouloir être là pour elle. Au lycée, il avait gardé ses distances émotionnellement, et elle ne l'avait pas poussé à avoir une relation plus profonde. Ils étaient jeunes, et elle avait ses propres problèmes familiaux.

Mais il était plus difficile de résister au Lance adulte. Plus elle passait de temps avec lui, plus il s'ouvrait à elle.

Plus elle l'appréciait.

Il faisait passer le bien-être de sa mère avant ses propres désirs. Il avait fait de vrais sacrifices pour s'occuper d'elle, et il l'avait fait librement et sans ressentiment.

Il était prêt à aider Morgan à résoudre l'affaire de Nick, et elle savait que si Bud ne pouvait pas payer, Lance serait toujours là.

C'était un homme sur lequel on pouvait compter. Un homme sur qui *elle* pouvait compter.

Mais ce n'était pas le moment. Le regret lui pinçait le cœur alors qu'elle retirait sa main de dessous la sienne. Elle devait rester concentrée sur Nick et sa défense. Quand ce serait terminé, elle réévaluerait sa vie personnelle. Il y a quelques mois, elle n'avait pas envisagé qu'elle serait un jour attirée par un autre homme.

Mais elle devait l'admettre, elle l'était vraiment.

Elle se tourna pour étudier le profil de Lance, son regard glissant de son visage à son torse et ses bras musclés. Elle aimait définitivement ce qu'elle voyait, et il n'y avait aucun doute sur le fait que ses parties féminines étaient intéressées.

Il lui jeta un regard perplexe.

— Quoi ?

— Rien.

Elle se détourna, le visage chaud.

— Un retour du père de Jacob ? demanda Lance.

— Laisse-moi vérifier. Il est avocat, donc ça ne me surprendrait pas s'il nous fait attendre un peu juste pour montrer qu'il peut.

Morgan sortit son téléphone.

— C'est ce que je ferais. Il y a toujours une sorte de jeu impliqué avec les avocats. Mais il sait que nous aurons une assignation, donc à la fin, il coopérera.

— C'est gênant.

— C'est le système légal.

Morgan ouvrit son compte e-mail.

— Je suis surprise. Le père de Jacob a déjà répondu à mon e-mail. Il veut qu'on se rencontre.

— Où ?

— Laisse-moi l'appeler.

Morgan passa l'appel et obtint une réponse immédiate. Une minute plus tard, elle raccrocha et baissa le téléphone.

— Il dit qu'on peut passer chez eux maintenant.

— Peut-être qu'il ne joue pas le jeu.

Morgan secoua la tête.

— C'est un avocat. Il a une stratégie. Je ne sais pas laquelle, ce qui me met mal à l'aise.

— C'est triste que notre système juridique soit un jeu, dit Lance.

— N'est-ce pas ? dit Morgan. J'ai passé la plus grande partie de ma carrière à essayer de découvrir l'arrière-pensée de l'autre partie.

— On ne s'en lasse pas ?

— Plus vite que tu peux l'imaginer, convint Morgan.

— Alors, pourquoi le fais-tu ?

— Aujourd'hui, je fais ce que je fais pour Nick, dit Morgan. Je sais juste dans mon cœur qu'il est innocent. Ça n'est jamais arrivé auparavant dans ma carrière. J'ai toujours été convaincue que les personnes que je poursuivais étaient coupables. Mais cette fois-ci, c'est différent en tout point.

— Alors nous ne nous arrêterons pas avant d'avoir résolu l'affaire. Où allons-nous maintenant ?

Lance s'arrêta à une intersection, et Morgan lui donna l'adresse de la résidence Emerson.

— C'est dans ton quartier. Tu connais les Emerson ?

— Non. Mon grand-père connaît les Emerson et les Palmer en passant, mais pas bien. Grand-père n'est pas très sociable.

Et depuis qu'elle était revenue à Scarlet Falls, Morgan avait évité les gens autant que possible.

— A-t-il une opinion sur Jacob Emerson ? s'enquit Lance.

— Grand-père a une opinion sur tout, répondit Morgan. Mais il a probablement plus de contacts avec les parents qu'avec leur fils adolescent. La raison pour laquelle Grand-père connaît Tessa et Nick est qu'ils étaient tous les deux dans notre maison régulièrement.

Alors que Lance tournait dans la rue des Emerson, une BMW se gara dans l'allée.

Un jeune homme blond sortit de la voiture et disparut dans la maison.

— Ça semble être Jacob, dit Morgan.

— Je me demande où il était.

Lance gara la Jeep sur le trottoir devant la maison des Emerson.

— Quelle est notre approche ?

Elle rassembla son fourre-tout et ses pensées.

— Je vais poser des questions et prendre des notes. Je veux que tu les observes tous les deux. Les expressions faciales. Le langage corporel. Tout comme avec Kevin Murdoch, leurs paroles ne seront qu'une partie de l'histoire.

Ils remontèrent l'allée et sonnèrent à la porte. Une domestique vêtue d'un uniforme gris les fit entrer. Construite en cèdre et en verre, la maison était située en hauteur avec une vue imprenable sur la rivière. Morgan avait pensé que la vue chez son grand-père était excellente, mais elle n'était pas comparable à celle-ci.

La domestique les conduisit sur la terrasse arrière, où M. Emerson et son fils étaient assis à une table ronde.

Jacob, dix-sept ans, était blond et athlétique. Assis à côté de son père, il n'avait plus l'arrogance qu'il avait montrée dans la vidéo de la bagarre. Il portait un polo bleu, un jean foncé sans trous et des chaussures bateau. Phillip Emerson, quarante-huit ans, vêtu d'un pantalon gris et d'une chemise blanche, semblait sortir d'un parcours de golf. Ses cheveux blonds et argentés étaient coupés court. Ils se levèrent tous les deux quand Lance et Morgan firent leur entrée.

La domestique s'écarta alors que les présentations et les poignées de main commençaient.

— Voulez-vous un thé glacé ? demanda M. Emerson.

— Oui. Je vous remercie.

Morgan accepta, espérant que la politesse et la convivialité de la réunion se traduiraient par une coopération.

La domestique disparut. Morgan et Lance prirent place à la table.

La domestique revint une minute plus tard et posa un verre devant chacun d'eux.

— Tout d'abord, j'aimerais vous remercier pour votre coopération, dit Morgan.

M. Emerson afficha un sourire froid.

— Nous savons tous les deux que vous pouvez citer mon fils à comparaître. Bien que nous puissions être civilisés à propos de la situation, ne prétendons pas que c'est autre chose qu'une exigence légale. Mon fils a déjà dit à la police ce qu'il sait. Vous avez sans doute déjà lu sa déclaration. Il répondra à toutes vos questions comme l'exige la loi, mais rien de plus.

— Nous apprécions votre franchise, répondit Morgan.

Elle ouvrit son fourre-tout et sortit un carnet où elle avait noté une liste de questions.

Elle laisserait l'entretien se dérouler tout seul, mais il y avait des points spécifiques où elle voulait comparer les réponses d'aujourd'hui à la déclaration originale de Jacob.

M. Emerson appuya ses avant-bras bronzés sur le bord de la table.

— Je suis aussi bien conscient que c'est un coup à l'aveugle. Vous allez vous emparer de tout ce qui pourrait jeter un doute sur la culpabilité de votre client. Je ne laisserai pas mon fils être le laissez-passer de Nick. Alors, s'il vous plaît, gardez vos questions sur le sujet.

Morgan hocha la tête. Tant pis pour la coopération. À quoi s'attendait-elle ?

Si elle prouvait que Nick était innocent, quelqu'un d'autre devait être coupable. M. Emerson était bien conscient que son fils, en tant qu'ex-petit ami de Tessa, serait en haut de la liste des suspects alternatifs.

— Jacob, commença-t-elle. Tu as assisté à la fête du lac jeudi dernier ?

— Oui, madame.

Jacob croisa ses mains sur ses genoux.

— À quelle heure es-tu arrivé ? demanda-t-elle.

— Je ne sais pas exactement. Je n'ai pas regardé l'heure.

Ses mots étaient prudents.

— Peux-tu me donner ta meilleure estimation ? demanda-t-elle.

— Un peu avant neuf heures, répondit Jacob.

— Étais-tu le premier à la fête ?

Il secoua la tête.

— Non.

— Qui était déjà là ?

— Je ne me souviens pas.

Il n'avait pas rompu le contact visuel, mais il y avait eu une légère torsion de la bouche et une lueur dans les yeux qui semblait… moqueuse.

Comme s'il mentait.

Et il était doué pour ça.

Elle passa à autre chose.

— Quand Nick et Tessa sont-ils arrivés ?

— Je ne regardais pas l'heure, donc je ne peux pas vous la donner.

Morgan tenta de le coincer.

— Avant que tu sois arrivé ou après ?

— Après, dit-il.

Morgan prit note. Elle posa son stylo et lui accorda toute son attention.

— Peux-tu me dire ce qu'il s'est passé entre toi et Nick ?

— Nick et Tessa sont arrivés au lac. Je lui ai dit bonjour. Elle m'a répondu bonjour en retour. Nick s'est interposé entre nous et m'a dit de rester loin d'elle. Il m'a poussé. Je l'ai poussé en retour. Nous avons échangé quelques coups de poing. C'était rapidement terminé. Nick et Tessa sont partis. Je suis resté encore une heure ou deux, et puis je suis rentré chez moi.

Jacob avait récité cette partie sans inflexion, comme s'il l'avait mémorisée.

— L'un d'entre vous a-t-il été blessé dans la bagarre ? demanda-t-elle.

Jacob secoua légèrement la tête.

— Je ne l'étais pas.

— Et Nick ?

— Il faisait sombre. Je ne pouvais pas voir, dit Jacob.

Morgan changea de tactique, essayant de susciter une réponse émotionnelle.

— Pourquoi penses-tu que Nick était en colère quand tu as salué Tessa ?

M. Emerson intervint :

— Il n'y a aucun moyen pour mon fils de savoir ce que l'autre garçon pensait.

— Vous avez raison. Je suis désolée. J'essaie juste de comprendre ce qu'il s'est passé, concéda Morgan. Jacob, as-tu consommé de l'alcool à la fête ?

Le regard de Jacob se baissa sur la table. Vraie honte ou fausse honte ?

— J'ai bu quelques bières.

— Penses-tu que ton jugement était altéré ? demanda Morgan.

M. Emerson se pencha en avant.

— S'il vous plaît, soyez précise, madame Dane. Qu'est-ce que vous entendez exactement par « altéré » ?

— T'es-tu battu avec Nick parce que tu étais ivre ? demanda Morgan.

— Je me suis battu avec Nick parce qu'il m'a attaqué.

L'énonciation de Jacob s'était aiguisée avec l'irritation. Enfin, une réaction.

— Et tout ce que tu as dit à Tessa, c'est « bonjour » ? insista Morgan.

Mais M. Emerson intervint :

— Déjà dit.

L'expression de Jacob se figea, l'interruption de son père lui donnant le temps de faire disparaître la gêne de son visage.

Morgan retourna à sa liste.

— Qu'ont fait Tessa et Nick ensuite ?

— Ils sont partis.

La voix de Jacob était revenue à son ton monocorde.

— Ont-ils conduit ou marché ? demanda-t-elle.

Il répondit sans bouger.

— Ils ont conduit.

— Sa voiture ou celle de Tessa ?

— La sienne.

Pour un garçon qui disait ne pas être intéressé par Tessa, Jacob avait observé chacun de ses mouvements.

— Dis-moi comment le reste de la nuit s'est déroulé.

Morgan posa son stylo et l'observa.

— Je suis resté à la fête pendant un moment, puis je suis rentré chez moi.

Jacob allait lui faire arracher chaque réponse de sa bouche.

— As-tu revu Nick et Tessa cette nuit-là ?

— Oui. Ils sont revenus à la fête plus tard, répondit Jacob. Ils se sont disputés.

— Est-ce que Nick est parti avant Tessa ?

— Je ne sais pas. Je ne faisais pas attention.

Jacob retourna à sa position de repli.

Morgan fit semblant de vérifier ses notes.

— Parle-moi de ta relation avec Tessa.

Jacob haussa les épaules.

— Nous n'avons pas eu de relation. Nous sommes sortis ensemble quelques fois au printemps dernier, mais nous n'étions pas intéressés l'un par l'autre. Je la connais depuis des années. Ma relation avec Tessa était plus de type frère-sœur.

Le sourire de M. Emerson était triste.

— Ma femme et la grand-mère de Tessa pensaient qu'ils feraient un beau couple.

— Donc, tu n'avais pas passé beaucoup de temps avec Tessa au cours des derniers mois ? clarifia Morgan.

Jacob haussa les épaules.

— Pas vraiment.

Morgan ferma son carnet de notes.

— C'est toutes les questions que j'ai pour toi Jacob, à moins que tu n'aies autre chose à me dire ?

Il fit non de la tête.

— Alors, merci à vous deux d'avoir pris le temps de nous voir cet après-midi.

Morgan se leva et leur tendit la main. Lance, M. Emerson et Jacob se levèrent en même temps qu'elle.

La domestique leur montra la sortie. Morgan attendit qu'ils soient dans la voiture.

— Alors ?

Lance démarra la Jeep et s'éloigna du trottoir.

— Je ne fais pas confiance à ce gamin. Je n'ai pas senti de sincérité venant de lui. Comment ses réponses correspondent-elles à son entretien avec la police ?

— C'est la déclaration de Jacob.

Elle s'éclaircit la gorge et lut :

— *Nick et Tessa sont arrivés au lac. Je lui ai dit bonjour. Elle a dit bonjour en retour. Nick s'est interposé entre nous et m'a dit de rester loin d'elle. Il m'a poussé. Je l'ai poussé en retour. Nous avons échangé quelques coups de poing. C'était terminé rapidement. Nick et Tessa sont partis. Je suis resté une heure ou deux de plus, et puis je suis rentré chez moi.*

— Cela ressemble à ce qu'il a dit aujourd'hui.

— C'est exactement la même déclaration. Mot pour mot.

— Et alors ? Son père est avocat. Bien sûr qu'il l'a coaché.

— Tu as raison. J'aurais dû m'y attendre.

Morgan rangea le carnet dans son sac.

— Tu as toujours la vidéo de la bagarre sur ton téléphone ?

— Oui.

Il le lui tendit et lui donna son code d'accès.

— Quand j'ai interrogé Nick, il a dit qu'il avait frappé Jacob parce que Jacob avait mis Tessa à terre quand elle a essayé d'arrêter la bagarre.

Morgan sortit la vidéo et la regarda. Elle regarda la scène se dérouler exactement comme Nick l'avait décrite.

— Jacob a commodément laissé ça de côté dans sa version.

— Il a une mémoire très sélective.

— Tu l'as remarqué aussi ?

— Oui.

Lance tapota du bout des doigts le volant.

— Il s'est souvenu de tout ce qui faisait paraître Nick coupable.

— Omettre quelque chose dans sa déclaration n'est pas la même chose que mentir. M. Emerson a fourni un alibi à Jacob, et ses relevés téléphoniques le confirment. C'est pourquoi je n'ai pas pris la peine de lui demander. Notre occasion tombe à l'eau. Nous n'avons pas de motif.

— La jalousie ? suggéra Lance.

— Nous n'avons aucune preuve que Jacob voulait Tessa pour lui.

— Alors, quelle est la prochaine étape ? demanda Lance.

Elle vérifia ses messages.

— Je n'ai toujours pas de nouvelles de Felicity.

Puisqu'elle avait déjà une connexion avec Felicity, Morgan avait appelé la jeune fille directement. Elle consulta ses notes.

— Cela met Robby Barone en haut de notre liste de personnes à questionner.

Lance fronça les sourcils.

— La ferme des Barone m'a donné la chair de poule. Je devrais y aller seul ou avec Sharp.

— Ou peut-être devrais-je y aller seule. Mme Barone pourrait être plus disposée à parler à une autre femme.

— Non.

Morgan reporta son attention de ses notes sur le profil de Lance.

— Pardon ?

Lance se rangea sur la voie de droite.

— Je suis désolé. Je ne voulais pas que ça sorte de façon si autoritaire.

— J'espère bien, dit sèchement Morgan. Tu sais que j'ai beaucoup d'expérience dans les enquêtes criminelles ? Je fais attention, mais je fais aussi mon travail.

Lance tourna ses épaules pour lui faire face.

— Je me suis déjà arrêté là-bas pour parler à Robby Barone et j'ai eu un très mauvais pressentiment sur cet endroit.

— Quel genre de mauvais pressentiment ?

— Comme si Robby et Mme Barone avaient peur que monsieur rentre à la maison pendant que j'étais là.

— Peut-être qu'ils ont peur de lui, dit-elle.

— Et peur qu'il les découvre en train de me parler.

Morgan considéra ses options.

— Si elle était nerveuse parce que son mari est du genre jaloux, alors une visite avec une autre femme est moins susceptible de causer des frictions.

Morgan se remémora les rapports d'interrogatoire de la police. Robby avait été brièvement interrogé au bowling. Horner ne l'avait jamais amené au poste pour un entretien plus formel.

Clairement, la police ne pensait pas que Robby avait quelque chose d'intéressant à ajouter aux déclarations qu'ils avaient déjà prises.

— Nous irons ensemble.

Lance se remit en route.

— Tu peux envoyer un SMS à Sharp et lui faire savoir où nous allons ? Si on ne revient jamais, au moins il saura où chercher nos corps.

23

Lance roula vers la maison des Barone. Il n'aimait toujours pas l'idée d'emmener Morgan là-bas, mais il allait devoir mettre une laisse à son chien de garde intérieur.

Elle avait été procureure pendant six ans. Elle connaissait son métier, et les Barone ne seraient pas les premiers témoins hostiles qu'elle interrogerait.

— Qu'est-ce que nous avons comme informations sur les Barone ? demanda-t-il.

Morgan prit un dossier dans son fourre-tout, feuilleta quelques pages, et commença à lire.

— Je vais résumer. Personne chez les Barone n'a de casier judiciaire. Robby, ou Robert William Barone, est le deuxième de six enfants. Il a eu seize ans il y a quatre mois. Son permis a été délivré le jour de son anniversaire. Il a une sœur aînée et quatre plus jeunes. L'aînée a dix-huit ans. La plus jeune en a huit.

— Six enfants en dix ans ?

— Mes enfants ont deux ans d'écart, rétorqua Morgan.

— Mais vous n'en avez pas six, fit remarquer Lance.

— Nous avions parlé d'en avoir un autre.

— Vous en aviez parlé ?

Pourquoi était-il surpris ? Elle n'avait que trente-trois ans, et elle aimait clairement ses enfants. Lui aussi, maintenant qu'il y pensait, ce qui était une révélation bien plus effrayante.

Morgan tourna une page.

— Ivy Melissa Barone, trente-six ans, sans emploi. C'est intéressant. Ivy n'a pas de permis de conduire de l'État de New York.

— Problème de santé ?

Lance n'avait pas remarqué de déficience évidente quand il lui avait parlé.

— Elle a eu six enfants, donc elle ne peut pas être trop fragile. La grossesse et l'accouchement ne sont pas pour les faibles.

Le doigt de Morgan parcourut la feuille.

— Elle n'apparaît pas à beaucoup d'endroits. Certificat de naissance, inscription à la Sécurité sociale, acte de mariage, actes de naissance de ses six enfants. Et c'est toutes les informations sur elle. Elle ne possède ni véhicule ni bien immobilier.

— Elle n'a pas de travail, elle ne conduit pas, et elle vit à bonne distance de la ville. Mme Barone ne sort pas beaucoup.

— La fille aînée a dix-huit ans. Elle n'a pas de permis de conduire non plus.

— Robby en a un, dit Lance. Mais il n'a que seize ans.

— Oui. Et pendant que Robby va au lycée de Scarlet Falls, les cinq filles sont scolarisées à domicile.

Morgan fronça les sourcils et une ligne de réflexion profonde se creusa au-dessus de l'arête de son nez.

— L'enseignement à domicile devient de plus en plus courant.

— C'est vrai, mais dans cette situation, c'est plutôt comme si Dwayne n'aimait pas que les femmes aient des contacts extérieurs.

Lance était d'accord, et il n'aimait pas l'impression qu'il avait de la famille.

— Dwayne David Barone a cinquante ans. Il a travaillé pour Marker Construction pendant vingt-cinq ans. Son poste est listé comme superviseur. La maison n'est qu'à son nom, tout comme les factures du câble et des services publics. Il n'y a pas d'hypothèque. La propriété est exploitée comme une ferme et produit un petit revenu. Toutes les taxes sont à jour, poursuivit Morgan.

— Donc pas de signaux alarmants au sujet de Dwayne Barone ?

— Non.

Morgan lui lança un regard.

— Sauf pour le manque d'informations sur lui. De plus, il n'y a aucune carte de crédit émise au nom de l'un des Barone.

— C'est inhabituel, dit Lance. Mme Barone était terriblement anxieuse que je ne parte pas avant que son mari ne rentre à la maison.

— Possible violence domestique ? suggéra Morgan.

Lance hocha la tête.

— Mon impression d'elle était qu'elle avait peur.

— Il n'y a pas d'enregistrement de troubles domestiques, d'arrestations ou d'ordonnances de restriction, dit Morgan. Mais ce n'est pas parce que personne n'a jamais rapporté un crime qu'il n'y en a jamais eu. Beaucoup de victimes d'abus domestiques sont trop intimidées pour appeler la police.

Lance tourna dans l'allée. La Toyota de Robby était garée à côté de la maison. Une Ford Bronco en remarquable état pour son âge stationnait à l'ombre de la grange. Le capot était relevé, et un homme se penchait sur le moteur. Les bergers allemands devinrent fous, l'homme se redressa et s'éloigna du véhicule.

Ça ne peut pas être le père de Robby.

Lance estimait qu'il faisait deux mètres et une centaine de kilos.

Le deuxième prénom de Dwayne aurait dû être «The Rock» au lieu de David. Il s'éloigna de quelques pas de son véhicule, la démarche détendue, mais prête, sa posture presque militaire.

— Il n'y a aucune trace de Dwayne servant dans l'armée ?

Lance contourna une ornière dans la voie de gravier.

Morgan vérifia.

— Non.

Lance arrêta la Jeep à côté du Bronco et sortit du véhicule.

— Bonjour, dit-il.

— Je peux vous aider ?

Dwayne tenait une clé dynamométrique dans une main. De la graisse tachait sa combinaison grise, et son crâne rasé brillait. Il posa sa clé dans la boîte à outils à ses pieds, sortit un bandana de la poche arrière de sa salopette et s'essuya les mains. Malgré la sueur, M. Barone était imperturbable.

— Oui.

Lance sortit une carte de visite de sa poche pendant que Morgan faisait les présentations.

— Je représente Nick Zabrowski, dit-elle.

Dwayne leur serra la main.

— Que puis-je faire pour vous ?

— J'aimerais poser quelques questions à votre fils, Robby, dit Morgan.

Les yeux de Dwayne se rétrécirent en signe de suspicion.

— Pourquoi ?

— J'interroge tous les enfants qui étaient présents à la fête du lac jeudi soir.

Morgan sourit.

— Il a déjà parlé à la police.

Dwayne déplaça son poids sur ses talons et croisa ses bras épais sur sa poitrine.

— Oui.

Elle hocha la tête.

— Nous le savons. Mais j'ai besoin d'interroger toutes les personnes impliquées dans l'affaire afin de prouver que Nick est innocent.

— La police semble penser qu'il est coupable, dit Dwayne.

Est-ce que Lance avait entendu un léger écho de méfiance lorsque Dwayne avait prononcé le mot police ?

Morgan hocha la tête.

— Ils ont fait une erreur.

Lance joua sa carte.

— Ils ne semblent pas s'inquiéter du fait qu'ils pourraient avoir la mauvaise personne.

Dwayne ne mordit pas à l'hameçon, mais un soupçon d'irritation accompagna son hochement de tête presque imperceptible.

— Est-ce que Robby est là ?

Le regard de Morgan dériva vers la maison.

— Il est là. Je suppose que si je ne vous laisse pas lui parler, vous obtiendrez une assignation à comparaître ?

Un autre fait intéressant à propos de Dwayne Barone : il savait une chose ou deux sur la loi.

— Oui. Je n'aurais pas le choix. C'est mon travail de donner à Nick la meilleure défense possible.

Ce que Morgan ne disait pas, c'est qu'elle ferait probablement déposer Robby s'il avait quelque chose de pertinent à dire aujourd'hui.

— Je vais le chercher. Attendez ici.

La demande de Dwayne était clairement un ordre. Il s'éloigna et entra dans la maison.

— Je suppose que nous ne sommes pas invités à l'intérieur, dit Lance.

Il aurait vraiment voulu jeter un coup d'œil à la dynamique familiale, une chance de fouiller dans leur maison.

— Non. C'est clair, convint Morgan.

Deux minutes plus tard, Dwayne revint avec Robby à sa suite. Leur relation se résumait à l'inclinaison de la tête de Robby et à la courbure de ses épaules. Dwayne se tenait à côté du garçon, une main énorme sur son épaule. Le contact aurait pu être destiné à être un geste de réconfort, mais Robby semblait intimidé.

— Salut, Robby.

Morgan se présenta et présenta Lance.

— Je représente Nick.

— Je sais qui vous êtes, marmonna Robby.

— Fais attention à tes manières.

Les doigts de Dwayne se resserrèrent, et une brève grimace traversa le visage de Robby avant qu'il ne s'en remette.

— J'ai besoin de te poser quelques questions, dit Morgan.

Robby leva les yeux. Il n'y avait aucun signe d'arrogance dans ses yeux, seulement de la défaite et de l'humiliation.

— Oui, madame.

— Quand es-tu arrivé à la fête ?

Elle commença par des faits de routine pour lancer l'entretien. La réponse de Robby était en accord avec toutes les autres.

— Dis-moi ce qu'il s'est passé entre Jacob et Nick.

La tête de Morgan s'inclina. Si Dwayne n'avait pas été là, intimidant terriblement son fils, sa voix douce et son comportement auraient encouragé Robby à parler.

Mais Dwayne *était* là, avec sa main de la taille d'une enclume comme un rappel constant de l'ordre qu'il avait donné à son fils.

— Je ne sais pas.

Les yeux de Robby dérivèrent vers sa basket gauche.

Il en savait beaucoup.

— Tu as vu la vidéo, n'est-ce pas ? demanda Morgan.

C'était intelligent de sa part de ne pas informer Dwayne que c'est Robby qui avait montré la vidéo à Lance.

— Ouais, admit Robby. Jacob et Nick s'y sont mis.

Sa voix s'aiguisa quand il prononça le nom de Jacob.

— Mais tu ne sais pas ce qui a déclenché l'altercation ? demanda Morgan.

— Non.

Robby secoua la tête, évitant volontairement le contact visuel.

— Je n'étais pas assez proche pour entendre.

Menteur.

Le nez de Robby aurait dû s'allonger.

— As-tu vu Nick et Tessa après la bagarre ? demanda Morgan.

Les doigts de Dwayne bougèrent, très légèrement, mais Lance ne manqua pas le tout petit tressaillement du garçon.

— Non.

La mâchoire de Robby se contracta. Des larmes humidifièrent ses yeux.

Morgan posa d'autres questions, mais Robby refusa d'admettre qu'il savait quoi que ce soit d'autre, comme qui avait quitté la fête à quelle heure, ou qui avait été la dernière personne à voir Tessa vivante.

— Je ne peux rien vous dire d'autre.

Le regard du garçon se releva. Pendant quelques secondes, il brûla de colère.

— Merci, Robby. J'apprécie vraiment que tu aies essayé.

Morgan adressa au garçon un sourire compréhensif.

La tête de Robby hocha une fois en signe de reconnaissance.

Le claquement du bois contre le bois résonna aussi fort qu'un coup de feu. Tout le monde se tourna vers la maison. Deux filles minces et rousses portaient des paniers à linge vers une corde d'étendage. Elles étaient vêtues du même type de robe en coton informe, descendant jusqu'aux genoux, que leur mère lorsque Lance était venu à la maison pour la première fois.

— Retournez à l'intérieur ! leur aboya Dwayne.

Elles se figèrent une fraction de seconde, les yeux écarquillés, puis firent demi-tour et coururent vers la maison. Quelques articles de vêtements mouillés tombèrent du panier de la petite fille.

Morgan adressa un froncement de sourcils à Dwayne, puis souleva rapidement les coins de sa bouche en un sourire forcé et mince.

— Merci beaucoup pour votre coopération, M. Barone.

Dwayne hocha la tête, les yeux durs.

Lance sentit les yeux de Dwayne dans son dos pendant tout le trajet jusqu'à la Jeep. Il se glissa derrière le volant, ferma la portière du véhicule et démarra le moteur.

— Quel âge avaient ces filles ?

— Environ douze et quatorze ans.

Morgan boucla sa ceinture de sécurité.

— Et elles sont terrifiées par Dwayne.

— Je pense que toutes les personnes qui vivent dans cette maison sont terrifiées par lui.

Lance prit la direction de la route principale et s'éloigna de la ferme, les doigts serrés sur le volant. Robby n'était pas un scout, mais il ne méritait pas le traitement de son père.

— Pourquoi était-ce si grave pour les filles d'être dehors pendant que nous étions là-bas ? demanda Morgan.

— Je ne sais pas, mais je pense que nous devrions le découvrir.

— Il n'y a pas d'amour perdu entre le père et son fils.

Morgan tourna la tête pour regarder la ferme à travers la vitre arrière.

— Les enfants que nous avons vus ressemblent à leur mère, très petits et minces…

Sa voix resta en suspens.

— Alors que Dwayne ressemble à une star de la WWE à la retraite.

Lance termina sa pensée.

— Dwayne doit être déçu par son fils. Son seul fils est un gringalet de quarante-huit kilos.

— Dwayne est une brute, dit Morgan.

— Quel âge a-t-il déjà ? demanda Lance.

— Cinquante ans.
— Et Ivy a trente-six ans ?
— Oui.
— Quel âge avait-elle quand ils se sont mariés ?
— Oh, elle devait être jeune.
Morgan fit défiler l'écran de son téléphone.
— Elle avait dix-sept ans quand ils se sont mariés, et Dwayne en avait trente et un.
Morgan releva les yeux.
— Que pensais-tu des hommes de trente et un ans quand tu avais dix-sept ans ? demanda Lance.
— À dix-sept ans, toute personne de plus de vingt-cinq ans était dégoûtante, dit Morgan.
Lance tourna à droite à un stop.
— Non seulement Ivy s'est mariée très jeune, mais elle a eu son premier bébé dans l'année.
— Je ne sais pas quoi penser de tout ça.
Morgan tapota un doigt sur sa lèvre inférieure.
— Ou comment cela pourrait être lié à la mort de Tessa. J'aimerais bien savoir si Tessa connaissait Dwayne.
— Quand j'ai parlé avec Mme Barone, elle a dit que Tessa avait le même âge que sa fille aînée.
— Je me demande si Tessa a déjà rendu visite à la ferme.
— Je ne vois pas Dwayne approuver des visites pour jouer, et je pense vraiment que Dwayne doit approuver tout ce qu'il se passe dans cette ferme, dit Lance.
— Oui.
Morgan fronça les sourcils.
— Ces deux filles étaient clairement effrayées. Je n'aime pas ça, mais je n'arrive toujours pas à comprendre comment cela pourrait être lié au meurtre de Tessa.
— Moi non plus. Je vais demander à ma mère de faire des recherches plus approfondies sur la famille Barone. Qu'est-ce que tu as pensé de la façon dont Robby a pratiquement craché le nom de Jacob ?

— Il n’aime pas Jacob, ça, c’est sûr, dit Morgan.

Lance frotta une main frustrée sur son visage.

— Tu sais, toute cette enquête serait plus facile si tout le monde ne mentait pas.

24

Alors que Lance s'éloignait de la ferme des Barone, Morgan posa son téléphone. Il était seize heures. Où était passée la journée ? Ils avaient fait si peu de progrès. Elle avait besoin de se recentrer, de revenir au début et de regarder le crime d'une manière nouvelle.

— Allons voir la scène du crime avant qu'il ne fasse nuit, dit-elle. As-tu un appareil photo ?

— Dans la console.

Lance leva son bras.

Morgan récupéra l'appareil. Bien que la police ait déjà photographié la scène, les enquêteurs voyaient l'affaire sous un angle totalement différent. Quand elle travaillait sur des affaires d'homicide pour le procureur du comté d'Albany, elle visitait toujours les scènes de crimes pour s'assurer d'avoir une perspective personnelle. Les photos et les diagrammes n'étaient pas suffisants pour visualiser comment le crime s'était déroulé. Elle avait attrapé plus d'un criminel en train de mentir parce qu'il s'était trompé sur de petits détails.

Lance prit la prochaine à gauche.

Morgan relut ses notes sur la scène de crime pendant le trajet jusqu'au lac. Lance tourna sur le même chemin de terre qu'ils avaient emprunté la nuit où ils avaient trouvé le corps de Tessa. Il se gara juste avant la clairière.

En sortant de la voiture, Morgan eut l'estomac noué. Chaque sens, le craquement des feuilles mortes sous les pieds, les odeurs de pin et d'eau du lac, le son de la brise soufflant dans les branches au-dessus de sa tête, ramenait le souvenir de la découverte du corps de Tessa.

En personne, elle avait vu la jeune fille de nuit, l'obscurité dissimulant beaucoup de détails. Mais les photos de la police et de l'autopsie avaient mis en évidence chaque tache de sang, chaque trace de saleté, chaque blessure profonde et chaque petite égratignure sur le corps de Tessa. Maintenant, l'esprit de Morgan superposait ces nouveaux détails dans sa mémoire.

Un violent frisson secoua ses os, et Morgan pouvait sentir des yeux au centre de son dos. Était-ce son imagination ? Elle observa la forêt environnante. Les arbres étaient denses, et même en plein jour, en fin d'après-midi, les bois offraient beaucoup d'ombres.

— Tu vas bien ?

Lance s'approcha d'elle.

— Oui.

Morgan se débarrassa de sa peur.

— Attends.

Elle ouvrit son fourre-tout et sortit sa paire de chaussures plates d'urgence. Après avoir changé de chaussures, elle laissa ses talons dans la Jeep.

— Y a-t-il *quelque chose* que tu ne gardes pas dans ce sac ?

Lance appuya sur le bouton de ses clés. Avec un *bip*, les portières du véhicule se verrouillèrent.

— J'aime être préparée.

Morgan se mit à marcher à ses côtés.

La sensation écrasante d'être observée pesait de nouveau sur elle.

Les poils de sa nuque se dressèrent, ses instincts lui criant pratiquement d'y prêter attention. Elle s'immobilisa pour examiner les bois.

— Tu es sûre que tu vas bien ? demanda Lance.

Elle parla à voix basse.

— J'ai l'impression que nous ne sommes pas seuls.

— Cet endroit me donne aussi la chair de poule.

Son regard suivit le sien.

— C'est probablement le fait de savoir ce qu'il s'est passé ici qui nous rend nerveux.

Elle alla de l'avant.

— Je suis peut-être paranoïaque. Quand j'avais dix ans, nous sommes allés camper en famille dans les Catskills. J'ai repéré un couple de cerfs et je me suis éloignée du camp. Avant de m'en rendre compte, je m'étais perdue. Ils ne m'ont pas trouvée avant le lendemain matin.

— Tu as passé la nuit dans les bois, seule ?

— Oui.

Morgan se dirigea vers la clairière.

— Je n'ai jamais eu beaucoup d'amour pour les bois ou l'obscurité depuis.

— Et je suis sûr que trouver le corps de Tessa n'a pas non plus amélioré ton opinion.

Ils remontèrent le chemin de terre et s'arrêtèrent au bord de la clairière. À la lumière du jour, l'endroit aurait dû être joli. Mais au lieu de voir le jeu de lumière des rayons du soleil sur le feuillage cuivré, les yeux de Morgan se concentrèrent uniquement sur les ombres.

À l'exception du bois carbonisé dans la fosse du feu de joie, la clairière était nue. L'équipe médico-légale avait ramassé les déchets comme preuves.

Lance se rapprocha, et la tension dans son corps lui disait qu'il le ressentait aussi. Bien qu'elle déteste l'admettre, sa présence était la seule raison pour laquelle elle pouvait supporter d'être dans la clairière.

— Je vais commencer par la clairière, et nous allons remonter le chemin à l'endroit où nous avons trouvé le corps.

Lance commença à prendre des photos.

Morgan sortit un bloc-notes de son sac et se mit à dessiner un croquis.

Elle étudia la clairière et la forêt environnante.
— Sa voiture était garée là-bas.
L'Accord était maintenant dans le garage de la fourrière de la police. Le sac à main de Tessa avait été retrouvé sur le siège passager.
Elle ajouta des détails à son croquis.
— Nick a dit que quand il est parti, Tessa était assise dans sa voiture.
Morgan alla à l'endroit où la Honda avait été garée. Un sentiment d'effroi se glissa dans son ventre, le laissant froid et vide, tel qu'elle imaginait les derniers moments de Tessa.
— Elle est assise dans sa voiture, en train de pleurer. Elle envoie un message à Felicity, pour dire à sa meilleure amie qu'elle a rompu avec Nick. Puis elle appelle la maison des Emerson pour parler avec Jacob.
— Mais M. Emerson a répondu à l'appel.
Lance baissa la caméra.
— C'est ce qu'il dit. Et s'il ne l'avait pas fait ? Et si Jacob avait répondu ?
— Et si Tessa avait dit à Jacob qu'elle était enceinte ? dit Lance. Et qu'il a roulé jusqu'à la clairière ?
— La police n'a pas demandé d'échantillon d'ADN à Jacob. Ils étaient concentrés sur Nick depuis le tout début. Quand la police a interrogé Jacob, ils ne savaient pas que Nick n'était pas le père du bébé de Tessa. Ils ont supposé que c'était Nick. Ils ne savaient pas qu'ils recherchaient deux hommes différents. De plus, le père de Jacob est un avocat. Il ne l'aurait jamais permis. Il aurait su les implications et exigé un mandat.
— Quelles sont les chances de forcer Jacob à se soumettre à un test ADN ? demanda Lance.
— Sans nouvelle preuve ? Minces. M. Emerson protesterait à coup sûr. De plus, Jacob et Tessa sont sortis ensemble il y a cinq mois. Elle était seulement enceinte de huit semaines. Il n'y a pas de base.

— J'ai regardé la bagarre entre Jacob et Nick, dit Lance. Jacob était en colère de voir Tessa avec Nick. Qui peut dire qu'ils n'ont pas eu une brève réconciliation pendant l'été ?

Morgan détestait l'idée que Tessa sorte avec Nick et le trompe avec Jacob, mais la théorie de Lance était possible. Elle ne pouvait pas laisser sa relation personnelle avec Tessa ou Nick se mettre en travers de son enquête. Tessa avait trompé Nick. Mais avec qui ?

— Nous n'obtiendrons pas un ordre du tribunal basé sur une intuition. Nous devons obtenir des preuves que Jacob et Tessa ont eu des contacts…

Morgan compta à rebours.

— Entre mi et fin juillet.

— Ou des preuves qu'elle voyait quelqu'un d'autre en juillet, ajouta Lance.

Elle écrivit une note dans son téléphone.

— J'ai besoin de passer en revue les enregistrements du portable de Tessa de tout l'été.

La police s'était concentrée sur les dernières semaines de la vie de Tessa. Même après avoir appris sa grossesse, Horner n'avait pas fait grand-chose pour rechercher le père du bébé de Tessa.

Lance fronça les sourcils en regardant le lac.

— Donc tous les autres partent. Tessa est seule dans sa voiture. Pourquoi en sortirait-elle ?

— Je peux penser à plusieurs raisons.

Tournant en rond, Morgan balaya la forêt du regard.

— Elle était en colère contre ses grands-parents. Elle ne voulait pas rentrer à la maison. Elle a fait une promenade pour se vider la tête.

— Ou quelqu'un est arrivé.

— Quelqu'un qu'elle connaissait. Jacob, si on pense qu'il était le père de son bébé et que M. Emerson a menti sur la gestion de l'appel, et qu'elle a réellement parlé à Jacob.

Morgan ne serait pas sortie de la voiture seule dans le noir, mais elle n'était pas une adolescente effrayée et enceinte.

— L'aurait-il vraiment tuée s'il l'avait mise enceinte ? Sa famille a beaucoup d'argent. On n'est pas en 1950.

— D'une certaine manière, la pression sociale n'a pas changé autant qu'on pourrait le penser. Je suis sûre que Tessa se sentait plutôt désespérée. Elle n'avait même pas encore eu son bac. Ses grands-parents sont vieux jeu. La stigmatisation d'être une mère adolescente l'aurait éloignée de tout le monde.

Morgan pensait aux filles qui étaient tombées enceintes à son époque du lycée. Elles avaient toutes abandonné l'école, incapables de supporter d'être ostracisées.

— C'était assez tôt pour qu'elle puisse avorter, ou elle aurait pu donner l'enfant à l'adoption, dit Lance.

— C'est vrai. Mais je suis sûre qu'elle était encore paniquée par la grossesse.

Le cœur de Morgan se serra quand elle pensa à Tessa traversant sa crise personnelle toute seule. Sa grand-mère était trop éloignée pour être une confidente.

— Aurait-elle pu menacer le père ? dit Lance.

— Si un test de paternité prouvait que Jacob était le père, comment seraient affectés ses plans pour l'école de droit ?

— Ça ne semble pas être une motivation suffisante pour la tuer, dit Lance. Légalement, le plus que Jacob aurait pu être forcé de fournir est un soutien financier. Personne ne pourrait l'obliger à élever l'enfant. Sa famille pouvait se permettre de payer Tessa.

— C'est comme ça que toi et moi aborderions une décision critique, mais nous parlons de deux adolescents. Tessa a clairement adopté un comportement risqué.

— Comme des rapports sexuels non protégés, dit Lance. Elle couchait avec Nick et au moins un autre garçon.

— Exactement. De plus, ils ont tous admis avoir bu de la bière. Jacob a dit qu'il avait bu quelques bières. Peut-être que c'était beaucoup plus, ajouta Morgan.

— Tout cela dit, nous ne sommes pas sûrs que Tessa a été tuée parce qu'elle était enceinte. Nous n'avons aucune preuve qu'elle l'ait dit à qui que ce soit.

Lance prit quelques photos du côté opposé de la clairière.

— La police a caché cette information à la presse. Personne n'en a parlé, pas même les Emerson.

— Si elle l'a dit au père et qu'il l'a tuée à cause de ça, ce n'est pas une information qu'il admettrait avoir.

Morgan traversa la clairière jusqu'à l'entrée de la piste de chasse.

— Elle est sortie de sa voiture. Ils se sont disputés. Elle a couru, et il l'a poursuivie.

Qu'est-ce qu'avait ressenti Tessa cette nuit-là ? Seule dans le noir.

Lance prit quelques photos de la zone où la Honda avait été garée. Puis il suivit Morgan sur la piste jusqu'au bord du lac. Des quenouilles piétinées et des morceaux déchirés de ruban adhésif de scène de crime marquaient l'endroit où le corps de Tessa avait été trouvé. À part la bande jaune molle et sale, le seul autre signe qu'une jeune femme avait été tuée ici était un petit mémorial composé de nounours, de petits mots et de fleurs au bord de l'eau.

Un frisson envahit Morgan alors qu'elle fixait le carré de roseaux épais dans lequel Tessa s'était couchée. Se tenant à l'abri dans la lumière du jour et en compagnie de Lance, elle pouvait à peine retenir son envie de courir.

— La boue ici est trop humide pour des empreintes de pas. Toute empreinte aurait été comblée.

— La police n'en a pas trouvé non plus sur la rive. Trop de sable dans le sol, et il y avait tellement de traces de pneus et d'empreintes à la clairière.

— La police n'avait aucun moyen de savoir qui était venu avant ou après la fête.

— Pourquoi a-t-elle couru dans cette direction ?

La boue aspirait les chaussures de Morgan alors qu'elle se dirigeait vers l'eau et le chemin brisé de roseaux qui avait mené au corps de Tessa.

— De l'autre côté, il y a un chemin qui mène au parking public, à la pergola et aux tables de pique-nique.

Lance la suivit.

— Il n'y aurait eu personne là-bas à cette heure de la nuit pour l'aider. Elle courait à l'aveugle, absolument terrifiée.

Mais Tessa était à peine sortie de la clairière. Morgan fixa le lac, consciente dans chaque fibre de son corps qu'une jeune fille avait été brutalement assassinée à cet endroit précis du marais. Le sang de Tessa s'était échappé de son corps et s'était infiltré dans la boue. Était-elle consciente ? Savait-elle qu'elle était en train de mourir ?

Seule dans l'obscurité.

Ils restèrent silencieux pendant quelques minutes. Une brise s'engouffra dans les roseaux, leurs têtes lourdes se balançant. Le craquement d'une brindille les fit sursauter tous les deux. Lance se retourna vers le bruit. Il enroula un bras épais autour de Morgan, la poussant derrière lui.

— Qu'est-ce que c'est ?

Les poils de l'arrière du cou de Morgan se hérissèrent alors qu'elle regardait derrière lui.

— Un cerf ? murmura-t-elle.

— Je ne pense pas.

Le regard de Lance balaya les arbres alors que lui et Morgan reculaient vers la piste de chasse.

— Il y a quelqu'un ici.

25

La main de Lance se posa automatiquement sur le Glock à sa hanche. Le bruit venait de plus loin dans les bois.

— Retournons à la Jeep.

Il dirigea Morgan sur le chemin vers la clairière, gardant son corps entre elle et l'origine du bruit.

Il aurait dû écouter son instinct quand ils étaient sortis de la voiture. Mais il avait pensé qu'ils étaient tous les deux effrayés par la scène elle-même.

Oh, ils pourraient encore l'être.

Morgan pointa du doigt l'autel improvisé.

— On dirait que beaucoup d'autres personnes sont venues ici. C'est probablement juste quelqu'un qui veut présenter ses respects. Ou satisfaire sa curiosité.

— Je suis sûr que tu as raison, dit Lance.

Leur visiteur était-il Jamie Lewis ? Elle était à la fête, et personne ne semblait savoir comment elle était arrivée là. Pourrait-elle se cacher ici, dans les bois ?

— Devrions-nous appeler la police ? demanda Morgan, alors qu'ils faisaient marche arrière dans la clairière.

Hors des broussailles, ils tournèrent et se dirigèrent vers le chemin de terre où ils avaient laissé la Jeep.

— Et dire quoi ? Que nous avons entendu une brindille craquer pendant que nous étions dans les bois ?

Lance positionna Morgan devant lui et jeta un coup d'œil par-dessus son épaule. Il ne voyait personne, mais, bon sang, il sentait des yeux sur lui.

— Bon point, dit Morgan. Mais nous devons savoir qui traîne autour de la scène du crime.

— Tu as raison.

Il ouvrit la marche jusqu'à la Jeep.

— Laissons celui qui était ici penser que nous sommes partis. Peut-être qu'il sortira de sa cachette.

Ils retournèrent à la Jeep. Lance fit demi-tour et roula en direction de la route principale. Alors que les pneus roulaient sur la chaussée, Lance se dirigea vers la zone de loisirs publique sur les rives du lac. Il se gara sur le parking en gravier. Une petite plage et le lac s'étendaient devant eux. D'un côté, le belvédère et le quai étroit s'étendaient sur l'eau. De l'autre côté de la plage, des tables de pique-nique s'agglutinaient sous les arbres.

Il récupéra ses jumelles dans la console.

— Devrions-nous essayer d'approcher furtivement ? demanda-t-elle.

— Oui.

Il tendit les jumelles à Morgan.

— D'abord, observons les bois et voyons si notre départ a fait sortir quelqu'un de sa cachette.

Ils observèrent et attendirent. Lance observa les arbres avec son appareil photo.

Morgan utilisa les jumelles. Un quart d'heure plus tard, rien n'avait bougé de plus gros qu'un écureuil. Lance posa l'appareil photo.

— Je ne vois personne. Peut-être qu'il n'y avait personne. Serions-nous si paranoïaques ?

— Je sais que je le suis.

Les jumelles toujours en main, Morgan ouvrit sa portière.

— Allons jeter un coup d'œil à la clairière de ce point de vue.

Ils sortirent du véhicule et marchèrent jusqu'à la plage. Ils passèrent les tables de pique-nique et la pergola. La plage était un endroit sablonneux artificiel de trente mètres de large. Au bout, le rivage se transformait en terre, avec de mauvaises herbes et des quenouilles, puis se fondait progressivement dans la forêt.

— Voilà le sentier, dit Morgan à voix basse en le pointant du doigt.

Un sentier rudimentaire menait à travers les arbres. Lance garda un œil attentif, mais ne vit personne alors qu'ils marchaient à travers les bois jusqu'à la clairière.

— C'était beaucoup plus proche que dans mon souvenir.

Morgan s'arrêta au bord.

— Les adolescents n'utilisent jamais la zone publique. C'est plus sûr d'utiliser le chemin de terre et de se garer dans les bois. La police doit faire un détour pour les voir.

— Certaines choses ne changent jamais, dit Morgan en faisant demi-tour.

Sur la plage, elle porta de nouveau les jumelles à son visage, balayant le rivage. Elle pointa du doigt les bois du côté opposé.

— Est-ce que tu vois quelque chose de noir et brillant ?

Lance suivit son geste et repéra une autre ouverture dans les arbres.

— Oui.

— Comment peut-on aller là-bas ?

— Je suis sûr qu'il y a des sentiers de chasse tout autour du lac.

Morgan commença à avancer.

— La police s'est concentrée sur la clairière et la zone boisée qui l'entoure immédiatement. Je n'ai vu aucune déclaration ou image de l'autre côté du lac.

— Aucune raison de le faire. Le corps a été localisé. La scène sécurisée.

— Un suspect a été identifié presque immédiatement, ajouta Morgan.

Ils trouvèrent un chemin qui serpentait le long de la rive. Vingt minutes plus tard, ils se tenaient sur la rive opposée, contemplant un camp de fortune. Une tente noire pour deux personnes avait été plantée dans un peuplement de pins. Des cendres remplissaient un cercle bordé de pierres. Un petit panache de fumée s'échappait du centre, comme si la fosse avait récemment abrité un feu. Lance jeta un coup d'œil à l'intérieur de la tente. Un sac de couchage, une glacière et une lampe à piles formaient un espace confortable.

À côté du sac de couchage, une petite pelle, un sac à dos et une boîte occupaient le coin.

— Quelqu'un fait du camping, dit Morgan. Peux-tu voir ce qu'il y a dans le sac ?

Lance souleva délicatement le rabat. À l'intérieur du sac, il vit une paire de jeans, plusieurs sweat-shirts et un manteau d'hiver.

— Des vêtements.

— Homme ou femme ?

— Difficile à dire.

Lance déplaça le sac pour voir plus d'objets. Les vêtements semblaient grands, mais Jamie Lewis était grande et la plupart des photographies qu'il avait vues d'elle la montraient habillée de manière grunge.

— Il y a aussi des allumettes, une corde en nylon.

— Laisse-moi voir. Peut-être que je peux reconnaître les marques.

Morgan se pencha sur le sac.

Un coup de feu retentit dans les bois. Lance plongea sur Morgan, la tirant au sol et la recouvrant de son corps. Son cœur battait la chamade, son pouls résonnant dans ses oreilles, bloquant le son comme la ligne de basse d'un concert de rock.

— Quelqu'un nous a tirés dessus ? demanda-t-elle de dessous lui, sa voix pleine d'incrédulité. Ou c'était un pétard ?

— Un coup de feu.

Lance n'aurait jamais confondu le son d'un coup de feu avec autre chose. Prenant son arme de poing, il observa le petit camp, mais ne vit personne sur qui tirer. Une tente ne fournissait pas beaucoup de couverture. Il repéra un arbre tombé.

— Peux-tu ramper ?

— Oui.

Lance la poussa vers le rondin couvert de mousse.

— Va derrière ça.

Le rondin à moitié pourri n'était pas une couverture adéquate, mais se cacher derrière était toujours mieux que d'être complètement exposé. Morgan fit remonter sa jupe plus haut sur ses cuisses et se faufila en avant, rampant de manière impressionnante.

Le claquement révélateur d'un fusil à verrou fit se dresser les poils de la nuque de Lance. Un autre tir toucha un arbre à trois mètres sur sa gauche. Morgan bougea plus vite. Plus préoccupé par elle que par lui-même, Lance garda son corps plus grand entre elle et l'origine des tirs alors qu'il la suivait. En deux minutes, il la coinça entre le tronc d'arbre et son corps. Il sortit son téléphone portable de sa poche, appela le 911, et signala des coups de feu.

Il termina l'appel et chuchota à l'oreille de Morgan :

— La police ne sera pas ici avant au moins dix minutes. Ensuite, ils devront nous trouver au milieu des bois.

— Et qui sait comment le tireur va réagir à leur arrivée.

Elle leva sa tête à quelques centimètres du sol.

— Nous devrions bouger.

Si le tireur décidait de faire le tour et de les attaquer par l'arrière, ils seraient des cibles faciles. Des pas crissèrent dans les feuilles. Le son devenait plus fort, comme si le tireur approchait.

— Bouge.

Lance la poussa en avant.

Morgan rampa. Quand ils atteignirent la sécurité d'un grand chêne, ils se mirent debout derrière le tronc massif. Lance jeta un coup d'œil autour du tronc. Un autre tir atteignit un arbre voisin. Des morceaux d'écorce volèrent dans l'air.

— Il suit nos mouvements, dit Morgan, le dos collé au tronc. Pourquoi ne nous touche-t-il pas ?

— Soit il n'est pas un grand tireur, soit il ne veut pas nous atteindre.

Lance paria sur la seconde hypothèse. Chaque tir semblait être à la même distance.

— Pourquoi est-ce que vous nous tirez dessus ? cria Lance.

— Éloignez-vous de mon camp ! cria une voix masculine.

— Nous voulons juste vous parler, répondit Lance en essayant de localiser avec précision l'emplacement du tireur.

Clac clac. Une autre balle toucha l'arbre voisin presque exactement au même endroit que le tir précédent. Le tireur mettait ses balles à des endroits précis.

Essayait-il de les éloigner ou de les coincer ?

— Vous êtes des voleurs ! cria l'homme. Vous êtes ici pour mes objets de valeur.

Des objets de valeur ?

— Laisse-moi essayer, marmonna Morgan.

Elle s'éclaircit la gorge.

— Si vous arrêtez de nous tirer dessus, nous partirons. Nous sommes tombés sur votre camp par accident. Nous ne vous voulons aucun mal, déclara-t-elle.

— Laissez-moi tranquille.

La voix passa de la colère à la tristesse.

Morgan fronça les sourcils.

— Nous comprenons, et nous sommes désolés de vous avoir dérangé.

Quelques secondes de silence sinistre suivirent, puis le son déchirant de sanglots.

— Nous ne sommes pas armés, et nous ne voulons pas prendre vos affaires, dit Morgan d'une voix sympathique et calme.

Mais les cris du tireur étaient tout sauf stables.

— Elle est morte. Elle est morte. Morte, morte, morte.

Lance et Morgan échangèrent un regard. *Oh oh*. Quelle que soit la faible emprise que leur campeur armé avait sur la réalité, il était en train de la perdre.

— Continue à parler, chuchota Lance. Je vais essayer de me mettre derrière lui pendant que tu le distrais.

Morgan hocha la tête, élevant la voix pour demander :

— Qui est morte ?

— La fille. Si jolie. Si jeune. Personne ne peut l'aider maintenant.

La voix s'éleva avec colère.

— Avez-vous vu qui l'a tuée ? demanda Morgan.

— Tellement de sang.

Les sanglots cessèrent, la voix devint chantante et inquiétante.

— Partout.

En plaçant soigneusement chaque pied sur de la terre solide et sans débris, Lance garda ses pas silencieux. Il se glissa derrière un autre arbre, puis un autre. Avec des pas méticuleux, il se fraya un chemin à travers les arbres.

— J'aimerais vous parler, dit Morgan. Vous êtes d'accord ?

— Non. Pas de discussion ! hurla le tireur. Laissez-moi tranquille. Je veux être seul. Je ne peux blesser personne si je suis seul.

Lance contourna le tronc d'un arbre et eut son premier aperçu du tireur. Un homme habillé en camouflage désert était assis dos à l'arbre. Un fusil de chasse à verrou reposait sur ses cuisses. Il avait strié son visage avec de la terre comme camouflage. Ses yeux semblaient sauvages et blancs contre la saleté. Les cercles sous ses yeux étaient si sombres et profonds qu'il aurait pu être un cadavre. Sous la saleté, ses pommettes soulignaient nettement son visage squelettique.

Il essuya son visage d'une main, son expression était un déchirant mélange de confusion et de dévastation. Des larmes traçaient des ruisseaux propres de ses yeux jusqu'à sa mâchoire.

— Je suis désolée, déclara Morgan. Si vous promettez de ne pas tirer, nous allons partir maintenant, et nous ne vous ennuierons plus.

— Partez ! cria-t-il, et il commença à se frapper la tête contre le tronc d'arbre dans son dos.

Le son ténu d'une sirène flottait dans l'air. Bon sang ! Pourquoi n'étaient-ils pas arrivés discrètement ? Morgan aurait pu calmer l'homme.

Il n'y avait aucune chance que cela se produise maintenant.

La sirène s'arrêta, mais c'était trop tard. La peur illumina les yeux du tireur. Il sauta sur ses pieds et, maladroit dans sa panique, il laissa tomber son fusil.

Il se précipita vers lui. Lance saisit l'occasion d'une fraction de seconde pour rengainer son arme et plonger vers le milieu du corps de l'homme. Ils tombèrent dans un enchevêtrement de membres et roulèrent sur le sol. Lance repoussa le fusil.

S'attendant à une réponse féroce, il fut choqué lorsque le tireur passa en mode corps à corps. Le tireur effectua un balayage instinctif, comme dans les manuels, et jeta Lance loin de lui. Il atterrit sur le dos. Un avant-bras à la gorge le cloua au sol.

Lance siffla. Des étoiles parsemèrent sa vision. Se cabrant pour déséquilibrer le tireur, il saisit l'avant-bras à deux mains. Attrapant le pied de l'homme, il passa par-dessus son épaule et inversa leurs positions.

Le tireur était mal nourri et tremblant. Une fois que sa poussée initiale d'adrénaline diminua, ses efforts s'affaiblirent, et il en fut réduit à donner des coups de pied et à se débattre sous le corps de Lance. Ses yeux prirent une lueur désespérée.

La panique et l'égarement brillaient dans ses pupilles dilatées. L'homme souffrait manifestement d'une maladie mentale.

Mais la folie était dangereuse. Malgré sa pitié, Lance avait besoin que l'homme soit immobilisé pour assurer la sécurité de Morgan.

— Ne bougez plus ! cria Morgan. Ou je tire.

Lance se figea. Tout comme le tireur.

À moins de trois mètres, Morgan tenait le fusil dans une prise confortable.

Elle le pointa vers le tireur.

— Ne pensez même pas à bouger. Je suis une excellente tireuse.

Lance retourna le tireur sur le ventre, ramena ses deux bras au bas de son dos, et le coinça avec un genou.

— Est-ce que tu vois quelque chose pour le retenir ?

— Tu le tiens ?

— Oui.

— Là.

Morgan se baissa, fouilla dans le sac à dos du tireur, et sortit un morceau de corde en nylon.

Lance attacha les poignets du tireur, le fit ensuite rouler et le tira en position assise. Agité, il commença immédiatement à se balancer d'avant en arrière. Il refusait d'établir un contact visuel, fixant ses bottes à la place.

Les sirènes hurlaient de plus en plus fort. Des portières de voitures s'ouvrirent et se fermèrent.

— Par ici ! cria Lance. Nous maîtrisons la situation.

Des corps se frayèrent un chemin dans la broussaille. Carl Ripton et un autre officier en uniforme surgirent des arbres, armes dégainées. Lance ne reconnut pas le second officier. Une nouvelle recrue ?

— Baissez votre fusil, madame. Vous deux, mettez vos mains sur votre tête. Croisez vos doigts, ordonna le second flic en pointant son arme de poing sur Morgan.

Elle obtempéra, et Carl prit l'arme.

— À genoux ! cria le second flic à Lance.

— Je les connais, dit Carl. Tu peux baisser ton arme.

Il se tourna vers Lance.

— Que s'est-il passé ?

Lance expliqua alors qu'il maintenait sa prise sur l'homme à présent calmé sur le sol.

— Il a dit des choses étranges à propos d'une fille morte et de sang. Ce petit camp là-bas, c'est le sien.

— Mettons-le à l'arrière de la voiture.

Carl désigna son compagnon.

— Il a besoin d'un bain.

Le second flic grimaça en menottant le tireur et le tira sur ses pieds.

Il maintenait l'homme immobile tandis que Carl le fouillait. Il vida les poches de l'homme en camouflage, jetant un couteau de poche, de la monnaie et un portefeuille sur le sol. Carl ouvrit le portefeuille et le parcourut.

— Son nom est Dean Voss.

Carl se tourna vers l'homme.

— Dean ? Vous voulez me dire pourquoi vous tiriez sur ces gens ?

— La fille est morte, et c'est entièrement ma faute.

Dean fixa ses bottes.

— Ils viennent me chercher.

— Qui vient vous chercher ? demanda Carl d'une voix douce.

Dean leva son regard. Les yeux qui les balayaient étaient grands ouverts de terreur.

— Vous ne pouvez pas m'enfermer. Ils me trouveront. Ils me tueront. Je dois fuir. Je dois me cacher.

— Tout va bien. On ne laissera personne vous attraper, dit Carl.

Mais Dean n'était pas convaincu. Il se retourna et essaya de fuir l'officier. Carl le saisit par le bras opposé. Dean devint fou, mais ses bras liés et son état de faiblesse ne lui permettaient pas de s'opposer.

Carl et le second flic le maintinrent en place jusqu'à ce qu'il arrête de se débattre et se tienne immobile, tremblant, mou et pathétique.

— Faisons-le partir d'ici.

Carl accompagna le second flic et Dean jusqu'à la route. Il revint quelques minutes plus tard.

— Il est en route vers la cellule de détention, mais je m'attends à ce qu'il soit transféré dans un établissement psychiatrique. Pas besoin d'être un expert pour voir qu'il est instable.

— Qui est le nouveau ? demanda Lance.

— Nouvelle recrue, répondit Carl en hochant la tête. C'est son troisième jour. Il est très enthousiaste. Désolé qu'il ait fait sonner sa sirène.

— Je me souviens de cette époque, dit Lance. Nous étions tous aussi enthousiastes au début.

Lance et Morgan donnèrent à Carl leurs déclarations, en s'assurant de mettre en évidence les divagations de Dean à propos de la fille morte et du sang.

Morgan brossa la saleté et les feuilles mortes de sa jupe. La saleté et la sueur tachaient son chemisier. Son visage était pâle et sa voix tremblante. Des égratignures sillonnaient ses mollets.

Carl hocha la tête.

— Je vais demander à une équipe médico-légale de fouiller son camp. Brody est en route. Il veut vous parler à tous les deux.

— Merci, dit-elle.

Morgan et Lance s'écartèrent pendant que Carl sécurisait la scène.

Morgan prit ses propres photos. Ce n'est pas qu'elle ne faisait pas confiance à la police, mais ils étaient tellement sûrs d'avoir déjà attrapé le tueur qu'elle voulait s'assurer qu'aucune nouvelle preuve ne serait «perdue».

Brody arriva avant le van de la police scientifique. Il passa le camp au peigne fin avant de rejoindre Morgan et Lance. Lance récapitula ce qu'il s'était passé.

Brody ferma son carnet de notes.

— Je vous ferai savoir si j'ai d'autres questions.

— Dean Voss est clairement lié à l'affaire Palmer, dit Morgan.

Brody fit un bref signe de tête, sans engagement.

— Je vais essayer d'interroger Dean maintenant, mais d'après ce que vous et Carl avez dit, il est probablement trop instable pour faire une déclaration rationnelle. Dans ce cas, nous allons devoir attendre une évaluation psychiatrique, et nous verrons ce que l'équipe médico-légale trouvera.

— On peut y aller ? demanda Lance.

— Oui, dit Brody.

— Vous nous appellerez si vous trouvez quelque chose de pertinent pour l'affaire Palmer ? demanda Lance.

— Je transmettrai votre demande au chef Horner.

Avec un froncement de sourcils, Brody se retourna et partit.

Qu'est-ce que cela signifiait ?

Carl délimita le camp avec du ruban adhésif pour scène de crime. Il dirigea Lance et Morgan à l'extérieur du périmètre.

C'est ce qui arrive quand on change de camp. Lance n'était plus l'un d'entre eux. Et maintenant qu'il avait rejoint Morgan, il était probablement exclu de la bande pour toujours.

Mais s'il avait refusé sa demande, elle serait venue sur la scène de crime seule. Elle aurait pu être tuée.

Morgan et Lance retournèrent sur la plage. Le soleil couchant planait au-dessus de la cime des arbres et projetait une lumière dorée sur le lac. Lance vérifia l'heure sur son téléphone. Dix-huit heures trente.

— Une demi-heure avant le coucher du soleil. Peut-être que nous devrions arrêter là pour aujourd'hui. Tu peux te nettoyer au bureau avant de rentrer à la maison.

Il regarda les éraflures sur ses jambes.

— Bonne idée.

Elle brossa une traînée de terre sur son mollet.

— Tu vas bien ? demanda-t-il à Morgan.

— Oui. J'ai bien peur de ne pas ressentir une grande confiance envers la police en ce moment.

— Le chef Horner est pénible, mais Brody est un bon flic. Tu peux compter sur lui.

— Je l'espère.

Elle arracha une aiguille de pin de sa jupe.

— Je vais appeler ma mère et ajouter Dean à la liste de vérification des antécédents. Je suis sûre qu'elle peut trouver plein d'informations personnelles.

— D'après les divagations de Dean, je suis convaincue qu'il a soit tué Tessa, soit qu'il a été témoin du meurtre.

26

Morgan sortit de la Jeep dès que Lance se gara derrière son minivan en face de Sharp Investigations. Sa jambe égratignée lui faisait mal alors qu'elle faisait un détour vers son van pour prendre un sac de sport dans le coffre. Le soleil s'était couché, et le crépuscule s'installait dans la rue calme. Ils remontèrent l'allée et grimpèrent les marches du duplex sombre.

Lance déverrouilla la porte d'entrée.

— Je ne savais pas que tu allais à la salle de sport.

— Il y a deux mois, j'ai acheté un abonnement d'essai de deux semaines. J'y suis allée deux fois. Le sac de sport est resté là depuis.

Morgan le suivit dans le bureau.

— Sharp doit être sorti.

Lance ferma et verrouilla la porte derrière eux.

— Tu fais manifestement de la musculation régulièrement.

Elle contempla ses muscles bien développés.

Il haussa les épaules.

— Mon régime de thérapie physique est intensif.

— Ça t'aide à récupérer ?

— Oui. C'est aussi bon pour libérer des endorphines et évacuer le stress.

— C'était mon intention avec l'abonnement d'essai.

Elle avait beaucoup d'excuses à propos des enfants qui lui prenaient tout son temps, mais en réalité, elle n'était juste pas motivée pour faire de l'exercice.

Ou faire d'autres choses.

Lance la guida dans la cuisine. Il prit un kit de premiers secours dans l'armoire.

— Assieds-toi.

— Je peux nettoyer mes coupures moi-même, protesta-t-elle.

— Très bien.

Il posa la trousse sur la table et alla au réfrigérateur. Il en sortit une bouteille d'eau, la posa devant elle, puis se retira de l'autre côté de la petite pièce, s'appuya contre l'armoire et observa.

Morgan s'assit et se pencha sur ses genoux. Du sang et de la saleté recouvraient les éraflures sur ses jambes. Elle versa de l'antiseptique sur une compresse de gaze et commença à nettoyer. Il y avait plus de saleté que de sang. Quelques éraflures superficielles sur ses tibias étaient déjà en train de cicatriser, mais une abrasion plus profonde sur sa cheville était rouge vif et saignait toujours. Elle la tamponna, grimaçant à la piqûre. La gaze s'accrocha à quelque chose. Plusieurs grandes échardes étaient coincées dans sa peau. Elle avait dû se blesser sur le tronc contre lequel Lance l'avait coincée, non pas qu'elle s'en soit plainte. Il avait mis son corps entre elle et un tireur.

Elle avait gardé son calme à ce moment-là, mais maintenant qu'elle était en sécurité, ses mains tremblaient alors qu'elle repassait l'incident dans sa tête. Elle fléchit ses doigts pour les stabiliser. Rejetant le souvenir, elle se concentra sur sa cheville. Une fois qu'elle serait à la maison et seule, elle pourrait s'effondrer. Elle tenta de mieux voir, mais elle ne pouvait pas approcher sa cheville sans remonter sa jupe jusqu'aux hanches.

Et rien que d'imaginer faire ça…

Son regard se porta sur Lance, appuyé contre le comptoir, ses bras épais croisés sur sa poitrine plus épaisse encore. Il n'était pas le genre d'homme qui pouvait se fondre dans le décor. Son corps et sa personnalité prenaient trop d'espace. Au point que ses yeux étaient attirés par lui dès qu'il était dans la même pièce.

Il était si différent de John. Son mari était grand, mince, et les cheveux sombres, avec une personnalité facile à vivre. Lance était blond, très musclé, et intense.

Très intense.

Elle cligna des yeux et détourna le regard.

Qu'est-ce qui n'allait pas chez elle ? Ce devait être le contrecoup de s'être fait tirer dessus. Ses émotions étaient en pagaille.

— Y a-t-il une pince à épiler dans cette boîte ? demanda-t-elle.

Elle voulait être exempte de sang et de saleté avant de rentrer chez elle pour ne pas effrayer ses filles. Elles n'avaient pas besoin de savoir qu'elle avait été en danger.

— Laisse-moi regarder.

Lance posa sa bouteille d'eau et traversa la cuisine.

Mais au lieu de fouiller dans la trousse, il s'assit sur la chaise à côté d'elle et souleva ses jambes sur ses genoux, la tournant sur le côté de son siège.

— Oh, dit-elle, surprise.

Ses jambes étaient deux fois plus épaisses que les siennes et dix fois plus solides.

— C'est probablement plus facile pour moi de te les enlever.

Prenant une pince à épiler dans le kit, il se pencha sur ses jambes.

— C'est bon. Je peux le faire.

Le tremblement dans sa voix démentait ses paroles confiantes.

Il leva la tête, son regard accrocha le sien et le soutint pendant une longue seconde. Des émotions assombrirent le bleu de ses yeux. La colère. L'inquiétude.

De la chaleur.

Elle frissonna.

— Laisse-moi t'aider, d'accord ?

Ses doigts s'enroulèrent autour de la peau sensible de son mollet.

— Le fait qu'on se soit fait tirer dessus aujourd'hui m'a fait flipper.

— D'accord.

Morgan se rassit. Elle prit une gorgée d'eau froide.

— Merci pour ce que tu as fait.

La pince à épiler resta en suspens au-dessus de sa cheville.

— De rien.

Il arracha une écharde.

— Je suis sérieuse. Quand je pense à ce qu'il s'est passé.

Et à ce qui *aurait pu* se passer. Ses yeux brûlaient de larmes non versées.

— Je suis tout ce que mes filles ont.

Sa prise sur son pied se resserra.

— Je sais. Je ne pensais qu'à ça.

Donc l'homme qui avait déjà perdu une carrière et dix mois de sa vie à cause d'une blessure par balle s'était inquiété pour elle et ses filles. La chaleur envahit la poitrine de Morgan.

— Je ne sais pas ce que j'aurais fait si j'avais été seule.

Sa gorge se noua.

— Tu n'aurais pas été seule. Tu aurais engagé un autre enquêteur.

— Un étranger n'aurait pas accepté d'être mon bouclier humain. Tu l'as été. Merci.

— De rien.

Il s'éclaircit la gorge, attrapa une autre écharde, et la libéra doucement.

— Tu t'es plutôt bien débrouillée là-bas.

Il enleva une autre écharde pendant qu'elle essayait d'ignorer la chaleur de ses grandes mains sur la peau sensible de ses chevilles… et la chaleur qui montait dans son ventre.

— Encore une, dit-il. C'est une grosse. Tiens-toi prête.

Morgan s'accrocha pendant qu'il retirait l'écharde.

— Aïe.

Tenant une compresse de gaze sous son pied pour récupérer les gouttes, il versa de l'antiseptique sur sa cheville.

Morgan tressaillit à la piqûre vive.

— Ça pique.

Penchant sa tête, Lance souffla sur la coupure pendant ce qui sembla être un long moment.

Un très long moment.

Finalement, il se redressa.

— Laisse-moi mettre un bandage sur ça.

Il versa de la crème antibiotique sur la coupure et la recouvrit de deux gros pansements. Il se tourna vers elle et se pencha plus près, jusqu'à ce que leurs visages soient à quelques centimètres l'un de l'autre. Mon Dieu, il sentait bon, un peu de sueur et de saleté superposées sur du bon vieux savon. Sur elle, la combinaison était dégoûtante, mais sur lui, elle augmentait sa masculinité jusqu'à ce que ses ovaires se pâment pratiquement. Non pas qu'ils avaient besoin d'être encouragés. Il avait déjà atteint le statut de héros avec ses hormones.

La pulpe de ses doigts caressa sa cheville. Quand était-ce la dernière fois qu'un homme avait touché sa peau nue ? Il y avait des années. Si longtemps que cette sensation semblait toute nouvelle.

Elle était presque assise sur ses genoux. Mais il ne paraissait pas pressé de bouger, et, franchement, une grande partie d'elle voulait ramper jusque dans ses bras.

— Je devrais me lever maintenant, dit-elle.

— Oh. D'accord.

Lance libéra ses chevilles.

Elle souleva ses jambes de ses genoux et se leva.

— Merci encore.

La poussée d'adrénaline de l'après-midi avait depuis longtemps disparu, laissant place à l'épuisement. Elle était fatiguée et seule, et fatiguée d'être seule. Et être si proche de Lance dans un tel état pouvait être dangereux.

Si elle ne partait pas bientôt, elle allait se mettre dans l'embarras, parce que tout ce à quoi elle pouvait penser était de l'embrasser.

En fait, l'embrasser n'était pas tout ce qu'elle avait en tête.

Il jeta les compresses de gaze usagées à la poubelle.

— Tu devrais envisager de porter un pantalon quand tu n'es pas dans une salle d'audience. Ou au moins quand tu te promènes dans les bois. Ce n'est pas que je n'aime pas regarder tes jambes…

— Vraiment ?

Était-elle en train de flirter ? Elle se souvenait comment ? Ça devait être comme faire du vélo, parce qu'avec lui, c'était tout à fait naturel.

Il haussa un sourcil.

— Vraiment.

Oooooh.

Mais elle était trop effrayée pour donner suite à ce flirt. Pour le moment.

— Je vais juste aller me changer.

Elle se glissa hors de la cuisine, se rendit dans la salle de bains, et se changea en pantalon de yoga, T-shirt et baskets blanches.

Il sourit lorsqu'elle sortit.

— Quoi ?

— Rien. Tu es mignonne.

— Mignonne ?

Morgan faisait un mètre soixante-quinze.

— On ne m'a plus dit que je suis mignonne depuis que j'ai dépassé tous les garçons de ma classe au lycée.

Son sourire s'élargit alors qu'il réduisait la distance entre eux.

— Tu es petite comparée à moi.

Il était presque plus grand d'une tête et deux fois plus large.

— C'est vrai. On dirait que tu as fait du *bench-pressing* sur des maisons.

— Peut-être que c'est le cas.

Il fléchit son biceps.

Ses ovaires répondirent par « miam ».

Et il était temps de partir.

— Merci encore pour ce que tu as fait aujourd'hui.

Elle se retira dans son bureau et rassembla quelques dossiers. Elle n'avait toujours pas fait le tour de toutes les informations du bureau du procureur. Elle était déterminée à lire chaque mot de chaque page d'ici lundi.

Il la suivit et se tint dans l'embrasure de la porte.

— Encore une fois, de rien. Quels sont tes projets pour demain ?

— Je vais passer la journée avec mes filles. Je travaillerai avant qu'elles se lèvent et après qu'elles seront couchées.

Elle devait tracer la limite entre le travail et sa vie de famille. Un point positif du travail indépendant : elle pouvait travailler de chez elle quand cela lui convenait. L'inconvénient, c'est qu'elle n'était pas payée.

Il acquiesça.

— Je dois emmener ma mère à sa thérapie de groupe de toute façon. Je serai occupé toute la matinée.

— Lundi alors, convint-elle. Tu me feras savoir si ta mère trouve quelque chose de juteux ?

Il sourit.

— Je t'appellerai.

Elle rangea ses dossiers dans son sac et passa la sangle au-dessus de sa tête, sur ses épaules. En sortant du bureau, sa hanche frôla la sienne dans l'étroit couloir.

Il l'attrapa par le bras. Son regard tomba sur ses lèvres.

Allait-il l'embrasser ?

Bien qu'elle ait envisagé de faire la même chose un peu plus tôt, l'idée envoya un frisson d'avertissement dans son cœur déjà endommagé. Au-delà de l'attraction physique indéniable entre eux, elle aimait vraiment cet homme. Tout, de son courage à sa gentillesse et son sens de l'humour lui plaisait.

Mais ce soir, avec le poids combiné de la mort de Tessa et l'avenir de Nick sur ses épaules, ses sentiments pour Lance, et la vulnérabilité qu'ils créaient, étaient plus qu'elle ne pouvait en supporter.

Quand sa tête se baissa, elle l'arrêta avec une main au centre de sa poitrine.

— C'est juste trop pour le moment.

Elle souhaitait pouvoir s'expliquer de façon plus éloquente, mais elle ne pouvait pas trouver les mots.

— On en reparle lundi ?

Avec cette question, la tension entre eux passa de sexy à gênante.

Avec un hochement de tête rapide, il s'éloigna. Pendant une seconde, on aurait dit qu'il voulait dire quelque chose, mais il la suivit simplement jusqu'au van et ne s'éloigna pas avant que sa portière ne soit fermée.

Morgan profita du trajet du retour pour décompresser. Quand elle entra dans la maison, les filles étaient dans la baignoire.

Dans son fauteuil, Grand-père baissa son journal et fronça les sourcils.

— Qu'est-ce qui t'est arrivé ? Tu as une feuille dans les cheveux.

Elle se percha sur le bord du canapé et relata les événements de la journée. Il était inutile d'essayer de minimiser le danger. Grand-père vérifierait son histoire auprès de Stella de toute façon.

— Dieu merci, Lance était là.

— Oui, acquiesça-t-elle.

— Je n'aime toujours pas ça, dit Grand-père.

— Moi non plus. Être avocate n'est généralement pas dangereux. C'était vraiment une journée étrange.

Morgan ne voulait pas que les événements pénibles de la journée empiètent sur le temps passé en famille. Pour l'instant, elle les mit de côté. Elle entendit un bruit d'éclaboussement et un cri de petite fille assez aigu pour être entendu seulement par les chiens.

— Je vais aller donner un coup de main à Gianna pour l'heure du bain.

— Elle est super avec elles, tu sais.

— Je sais. Je pense que nous sommes ceux qui ont eu le plus de chance quand elle a emménagé à la maison.

Morgan déposa son tailleur sale dans le panier du pressing.

Quand elle entra dans la salle de bains, Ava et Mia se tenaient toutes les deux sur le tapis, enveloppées dans des serviettes. Gianna aidait Sophie à sortir de la baignoire. Morgan prit les plus grandes dans ses bras et se prépara à l'accueil de Sophie.

Comme prévu, l'enfant bondit dans ses bras, nue et mouillée. Elle pressa son visage contre l'épaule de Morgan, trempant le T-shirt.

— Maman ! Tu m'as manqué.

Morgan l'enveloppa dans une serviette et la reposa à terre.

— Tu m'as manqué, toi aussi. Parle-moi de ta journée.

— Grand-père m'a acheté un stylo à paillettes, commença Sophie.

Mia se disputa l'attention.

— J'ai déguisé Snoozer en princesse.

Ava resta en retrait, inhabituellement silencieuse alors que les plus jeunes filles bavardaient.

Morgan appuya sa paume sur le front d'Ava. Son nez était rouge, et sa peau excessivement chaude. Elle avait définitivement attrapé le rhume de Sophie.

Gianna s'assit sur le rebord de la baignoire et jeta des jouets en plastique dans un panier en filet fixé par des ventouses à la faïence carrelée.

— Merci de ton aide, Gianna. Je peux faire le ménage, dit Morgan.

— Je m'en occupe, dit Gianna. Pourquoi ne pas les coucher ? Tu leur as manqué aujourd'hui.

Un nouveau sentiment de culpabilité frappa Morgan entre les côtes alors qu'elle récupérait le pyjama de Sophie sur le meuble.

— Mettons nos pyjamas. Vous voulez regarder un film dans mon lit ?

Cette nuit-là, elles enfreignirent toutes les règles, mangèrent des cookies au lit et veillèrent bien après l'heure du coucher, mais c'était exactement ce dont Morgan et ses trois filles avaient besoin. Après quatre-vingt-dix minutes de câlins, de biscuits et du film *La Reine des neiges* de Disney, Ava était la seule enfant encore éveillée. Morgan transféra Sophie et Mia dans leur propre lit. Sentant que quelque chose se passait avec sa fille aînée, elle ne la pressa pas.

Morgan s'assit sur le bord de son lit et brossa les cheveux de sa fille loin de son visage triste.

— Qu'est-ce qui ne va pas, bébé ?

Ava tordait l'ourlet de sa chemise de nuit Petite Sirène.

— C'est quoi, un violeur ?

Oh non.

Elle, Grand-père et Gianna avaient fait attention de ne pas parler des nouvelles lorsque les filles étaient là, mais il était impossible d'isoler ses enfants du monde.

— Où as-tu entendu ce mot ? demanda Morgan.

— Mandy Pinkerton a dit que sa maman a dit que Nick est un violeur et qu'il a tué Tessa et que tu essaies de le faire sortir de prison.

Les mots d'Ava sortirent rapidement, d'un seul souffle.

— Un violeur est quelqu'un qui fait du mal à d'autres personnes, simplifia Morgan. Mais je ne crois pas que Nick ferait du mal à qui que ce soit.

— Alors, pourquoi il est en prison ?

Les grands yeux bruns d'Ava étaient remplis de questions et de peur.

— Je pense que la police a fait une erreur.

— Et si ce n'était pas le cas ?

Ava faisait écho à la propre peur de Morgan. Était-il possible que Nick soit coupable ? Qu'il ait tué Tessa dans une crise de rage ?

Ava froissa une autre poignée de sa nuisette.

— Et si Nick était une mauvaise personne, et qu'ils le laissent partir ? Il vit juste de l'autre côté de la rue. Il vient dans notre maison tout le temps. Il pourrait nous faire du mal.

Morgan hésita à assurer à Ava que Nick était innocent. À ce point de l'enquête, elle avait plus de questions que de réponses sur l'affaire. Finalement, elle opta pour la vérité.

— Je vais découvrir ce qui s'est passé, d'accord ? Je ne voudrais jamais qu'une personne dangereuse soit libérée de prison.

Elle embrassa la tête de sa fille.

— Et je promets de te garder en sécurité.

Hochant la tête, Ava renifla.

— Tessa me manque. Elle est vraiment morte ?

— Oui.

Le cœur de Morgan lui faisait mal.

— Donc nous ne la reverrons jamais, dit Ava.

— C'est vrai. Je suis désolée.

Morgan enroula ses bras autour de l'enfant.

Ni Mia ni Sophie n'avaient mentionné Tessa, bien que Morgan leur ait dit qu'elle était morte. Mais Ava avait clairement du mal. Ses souvenirs de John étaient plus clairs, tout comme sa compréhension du concept de la mort.

— Je peux dormir avec toi ce soir ?

— Oui.

Morgan se brossa les dents et grimpa dans le lit.

Ava prit la photo de John sur la table de nuit et la fixa.

— Papa me manque. S'il était là, il nous protégerait, et je n'aurais pas si peur.

— Il me manque aussi, mais vous êtes en sécurité ici avec Grand-père et moi.

Morgan s'appuya sur l'oreiller.

— Parfois, j'oublie à quoi il ressemblait.

Ava reposa soigneusement la photo encadrée sur la table de nuit.

— Nous avons beaucoup de photos.

Morgan tira sa fille vers elle. Elle prit une profonde bouffée de spray démêlant et de savon parfumé au bubble-gum alors qu'Ava se blottissait contre elle. Qui réconfortait qui ? Ava s'endormit rapidement, mais Morgan ne trouvait pas le sommeil. Il ne lui était pas venu à l'esprit que des enfants de six ans discuteraient d'un cas de viol et de meurtre.

Mais elle aurait dû s'y attendre. Les enfants avaient l'ouïe la plus fine quand les adultes discutaient de sujets interdits.

Mais cela l'attristait de penser que de jeunes enfants puissent entendre parler de crimes brutaux. Ses filles devraient aller se coucher en se sentant en sécurité. Elles ne devraient pas avoir à s'inquiéter de criminels vivant de l'autre côté de la rue.

Morgan fixa le plafond, les mots d'Ava résonnant dans son esprit.

Était-il possible que Nick soit coupable ? Comment cela affecterait-il les filles ? Elles finiraient par découvrir qu'un homme que leur mère avait accueilli dans leur maison était un tueur.

Et encore plus effrayant, si Nick était innocent, alors quelqu'un d'autre avait tué Tessa. Ce qui signifiait que quelqu'un à Scarlet Falls était un meurtrier.

Et ce tueur était toujours en liberté.

27

— Comment était ton dimanche ? demanda Lance à Morgan alors qu'il entrait dans la salle de crise.

D'un commun accord, Lance, Sharp et Morgan avaient tous utilisé la journée précédente pour rattraper leurs engagements personnels, lire des dossiers, et permettre à la mère de Lance d'avancer dans ses recherches.

Lance avait emmené sa mère en thérapie. Il avait tondu sa pelouse, fait ses courses, vérifié ses factures, et rempli son pilulier de médicaments pour la semaine.

— Tranquille. J'ai emmené les filles au parc et j'ai fini de lire les entretiens avec la police.

Debout derrière la table, elle y posa son sac et un mug en acier inoxydable, ainsi que sa veste sur le dos de sa chaise.

Elle s'assit, croisa les jambes, le revers de son pantalon bleu marine se soulevant suffisamment pour laisser apparaître ses talons noir brillant. Des cernes sombres sous ses yeux lui indiquaient qu'elle avait passé la journée avec ses enfants et qu'elle avait travaillé jusque tard dans la nuit.

— Qu'as-tu fait hier ?

— La même chose.

Après avoir fini avec sa mère, Lance avait lu des dossiers jusqu'à ce que ses globes oculaires brûlent.

Morgan semblait distraite.

— Est-ce que tu vas bien ? demanda Lance.

— Ava a eu des problèmes à l'école avec une autre petite fille qui lui a dit que sa maman voulait libérer un violeur.

Morgan posa un coude sur la table et son menton dans sa paume.

Lance s'écarta du seuil de la porte.

— Sérieusement ? Un parent a parlé de violeurs avec son enfant de six ans ?

— L'enfant pourrait avoir simplement entendu ses parents parler.

— Les gens devraient faire attention à ce qu'ils disent à proximité des enfants.

Elle soupira.

— Six ans me semble bien trop jeune pour parler de viol et de meurtre. Quand j'ai pris cette affaire, je savais qu'il y aurait des ragots, mais je pensais que certains membres de la communauté seraient du côté de Nick. Cela ne semble pas être le cas.

— Les médias n'ont pas aidé. La couverture a été nettement unilatérale.

— Ni Mia ni Sophie ne saisissent la finalité de la mort, mais Ava commence à comprendre.

Morgan se redressa, comme si elle se débarrassait de son humeur.

— Quoi qu'il en soit, elle avait vraiment besoin de mon attention hier.

— Je suis désolé, dit Lance, hésitant.

Il souhaiterait être son confident, mais samedi, il était allé trop loin et elle avait fait marche arrière. Il ne voulait pas qu'elle recule encore plus.

— Les filles n'ont pas besoin de ça en plus de la mort de leur père.

Morgan haussa les épaules.

— Seule Ava pose des questions sur lui. Sophie le connaissait à peine. Elle n'était qu'un nourrisson quand elle l'a vu pour la dernière fois. John a été déployé six mois avant sa mort. Mia n'avait que deux ans et demi. Même les souvenirs d'Ava sont limités. Il était parti si souvent que son absence n'était pas quelque chose de nouveau dans la vie quotidienne des enfants.

La culpabilité le poignarda dans les tripes. Quoi qu'il se passe entre lui et Morgan, elle devrait faire le premier pas. Sinon, comment pouvait-il être sûr qu'il ne profitait pas de sa vulnérabilité ?

— Écoute, Morgan. À propos de samedi.

Il baissa d'un ton.

— Je suis désolé si je suis allé trop loin. Je ne veux pas faire quoi que ce soit pour ajouter à ton stress. Je sais que tu as beaucoup à gérer avec l'affaire et tes filles. Si j'ai dépassé les bornes…

Elle se leva et se rapprocha, l'arrêtant avec une main sur son avant-bras.

— Tu n'as rien fait de mal. C'est moi qui devrais m'excuser auprès de toi. Je sais que je t'envoie des signaux contradictoires. Le fait est que je suis attirée par toi, mais je ne sais pas quand je serai prête à faire quelque chose à ce sujet ou si un jour je le serai. Je ne sais pas ce que je veux. Je suis désolée. Jusqu'à ce que cette affaire soit terminée…

— C'est probablement mieux si on en reste à l'amitié. Je t'aime bien. Je ne veux pas gâcher ce que nous avons.

Mais alors même qu'il le disait, son cerveau s'était raccroché à *je suis attirée par toi.*

Elle sourit.

— Je t'aime bien aussi.

Eh bien, merde. Ça n'aidait pas.

— Le deuil n'est pas quelque chose que l'on peut précipiter ou faire arriver au bon moment, dit-il. Mais peut-être que tu devrais envisager une thérapie.

Morgan fronça les sourcils.

— J'ai essayé. Je ne me sentais pas bien.

— Maman a dû passer par plusieurs thérapeutes avant de trouver le bon. La personnalité et le style doivent correspondre. Je peux te donner un numéro.

— Je vais y réfléchir.

Elle lui serra le bras.

— Merci pour ta compréhension.

C'était lui qui ne savait pas ce qu'il voulait. Si, il le savait. Il la voulait. Mais il ne pouvait simplement pas l'avoir.

Par exemple, à ce moment précis, il aimait sa main sur son bras. Il voulait lui rendre la pareille. Il voulait l'attirer contre lui et l'embrasser sans raison. Plus ils travaillaient ensemble, plus il se sentait proche d'elle.

Quand l'affaire serait terminée, il devrait se retirer jusqu'à ce qu'il remette de l'ordre dans sa tête.

— Tu as trouvé quelque chose d'intéressant hier ? demanda-t-il.

— Oui. J'ai trouvé une information fascinante enfouie dans un des rapports de police.

Morgan retourna à sa chaise et prit une pile de dossiers de son sac à main.

— Les Palmer ont dit à tout le monde que les parents de Tessa étaient morts quand Tessa avait douze ans. Ce n'est pas entièrement vrai. La mère de Tessa est morte dans l'accident de voiture, mais son père a survécu. Il était responsable. Il purge actuellement une peine de vingt-trois ans dans une prison d'État pour homicide involontaire aggravé.

— Vingt-trois ans ?

Lance siffla.

— Une lourde peine, n'est-ce pas ?

Morgan tapota son doigt sur la table.

— Après la mort de Tessa, le chef Horner a interrogé les Palmer personnellement, et il n'a pas insisté sur les détails. C'était mentionné discrètement dans les informations de fond et jamais souligné. Le père de Tessa est incarcéré depuis six ans. C'était un accident impliquant plusieurs véhicules, son alcoolémie dépassait de loin la limite légale, et il avait déjà perdu son permis pour conduite en état d'ivresse. Trois personnes sont mortes, et il a été reconnu coupable de plusieurs chefs d'accusation. Il y avait sans aucun doute des facteurs aggravants, mais il n'est pas un tueur de sang-froid. Il est derrière les barreaux, donc peut-être que Horner a eu raison de laisser tomber.

— Alors pourquoi les Palmer ont-ils menti ? demanda Lance.

— Je suppose qu'ils ne voulaient pas que les gens sachent que leur fils était en prison, dit Morgan.

— Tessa était assez âgée pour comprendre les détails quand c'est arrivé. Je me demande ce qu'elle a ressenti en prétendant que son père était mort.

Elle secoua la tête.

— Bien que je ne voie honnêtement pas comment cela pourrait être lié à l'affaire de Tessa. Les Palmer ont peut-être menti à leurs voisins, mais ils ont été honnêtes avec la police, et c'était il y a si longtemps.

La porte d'entrée claqua, et Sharp cria dans le couloir :

— Il y a quelqu'un ?!

— On est derrière, répondit Lance.

Sharp défit la fermeture Éclair de son sweat à capuche gris en entrant dans la pièce. Il portait un plateau en carton contenant trois tasses.

— Du thé vert pour tout le monde.

Lance prit une tasse. Sharp en offrit une à Morgan.

Elle sourit en soulevant sa tasse.

— Merci quand même, mais j'ai apporté la mienne.

— Ce truc va vous tuer.

Sharp fronça les sourcils.

— Mais je serai réveillée quand je partirai, rétorqua-t-elle.

Sharp lui fit un clin d'œil.

— Je finirai par vous convertir.

Morgan entoura sa tasse de ses deux mains.
— J'ai trois enfants de moins de sept ans. Vous arracherez le café de mes mains froides et mortes.
Il rit.
— Qu'est-ce que tout le monde a fait hier ?
Morgan répéta l'information sur le père de Tessa.
— Depuis le début, je n'étais pas heureux de la façon dont l'affaire était traitée.
Sharp se tourna vers le tableau du meurtre.
— J'ai passé du temps hier soir au pub. Les garçons étaient là et bavardaient comme une bande de vieilles pies.
D'après l'expérience de Lance, les copains flics retraités ou presque de Sharp bavardaient plus que n'importe quelle femme. Beaucoup d'entre eux étaient divorcés et solitaires. Il était difficile pour un mariage de survivre à vingt-cinq ans de carrière. Certains flics étaient plus proches de leurs partenaires que de leurs conjoints.
— Je suis d'accord. J'attends plus de Brody.
Lance tira une chaise et s'assit en face de Morgan.
Sharp prit le siège à côté de lui.
— Maintenant, je sais pourquoi Brody ne fait pas beaucoup d'efforts pour l'enquête.
— Pourquoi ? demanda Lance.
— Parce que Horner garde cette affaire comme un chien garde un os. Il ne laisse pas Brody faire quoi que ce soit.
Les yeux de Sharp brillèrent.
— Lui et le procureur ont lié les mains de Brody.
— Ça explique pourquoi il était si brusque samedi, dit Lance.
— On dirait qu'il est aussi frustré que nous.
— Sans aucun doute, acquiesça Sharp. Quel est notre programme pour aujourd'hui ?
Morgan vida son café.
— Je vais parler à Felicity dès qu'elle rentrera de l'école.
— Lance ? demanda Sharp.

— J'attends un appel de ma mère à propos des infos sur Dean Voss et les recherches sur les Barone et Kevin Murdoch.

Son téléphone sonna.

— Et c'est elle maintenant.

Il décrocha.

— Salut, maman. Je peux te mettre sur haut-parleur ? Morgan et Sharp sont là.

— Oui, dit-elle.

Lance enclencha le haut-parleur et posa son téléphone sur la table.

— OK. Nous t'écoutons.

— Je vous enverrai par courriel le rapport complet, mais je voulais vous donner les grandes lignes, commença sa mère. Commençons par Dean Voss. M. Voss est un ancien combattant. Il a servi dans l'armée pendant huit ans après l'université, dont trois tours en Irak. Il est marié, sans enfant. Il a été blessé deux fois. Il y a quatre ans, à l'âge de trente ans, il a reçu une décharge honorable. Il a obtenu son certificat d'enseignement et a pris un poste de professeur d'histoire au lycée de Scarlet Falls. L'année dernière, il a démissionné au milieu de l'année.

— Laisse-moi deviner, dit Sharp. Relations inappropriées avec une étudiante.

— Comment l'as-tu su ? demanda sa mère.

— Parce que c'est une évidence, dit Sharp d'un ton ironique.

La mère de Lance poursuivit :

— Aucune charge n'a été retenue. J'ai dû travailler pour obtenir les détails. La fille, Ally Somers, a nié, et apparemment, il n'y avait aucune preuve physique, juste une déclaration d'une autre étudiante, Kimmie Blake, qui prétendait les avoir vus s'embrasser. Mais Voss a quand même démissionné.

— Y a-t-il un lien entre Kimmie Blake, Ally Somers, Jamie et Tessa ? demanda Morgan.

— Ça, je ne sais pas, dit la mère de Lance.

— Même si les accusations ont été complètement inventées, on ne s'en remet pas dans l'enseignement.

Morgan secoua la tête.

— Est-ce que nous savons si Voss a déjà eu Tessa dans une de ses classes ?

— Je ne peux pas légalement accéder aux dossiers des étudiants, répondit sa mère. Mais j'ai trouvé que Voss enseignait l'histoire américaine et les cultures du monde aux étudiants de deuxième et troisième année, donc c'est très possible.

— Je mets ça sur ma liste de questions pour les Palmer.

Morgan fit une note.

— J'espère qu'ils me parleront sans que je doive les citer à comparaître pour faire une déposition. Je ne veux pas avoir l'air d'un monstre. Je vais d'abord demander à Felicity. Elle pourrait savoir qui étaient les professeurs de Tessa l'année dernière.

— Elle pourrait aussi avoir plus d'informations sur Voss, renchérit Lance. Les enfants savent tout.

La mère de Lance leur donna la dernière adresse connue de Dean Voss.

— Il ne vit là que depuis mai dernier, et sa femme a demandé le divorce il y a deux semaines.

Est-ce que ça avait pu le faire basculer ?

— Nous allons passer chez Voss et parler aux voisins aujourd'hui, dit Lance. Qu'est-ce que tu as d'autre pour nous, maman ?

— Vous avez demandé plus d'informations sur la famille Barone.

Elle s'éclaircit la gorge.

— Cela a demandé quelques recherches, mais je crois que Dwayne Barone est impliqué dans un groupe appelé l'ASB.

— Eh bien, merde.

Sharp se leva et commença à arpenter la pièce.

— C'est quoi, l'ASB ?

Morgan leva les yeux de son dossier.

— L'Alliance de Survie Blanche, dit Lance.

Maintenant, il ne voulait vraiment pas que Morgan s'approche des Barone.

— Un groupe local de suprémacistes blancs, une quasi-milice. Ils se préparent à l'apocalypse.

Sharp frotta son crâne chauve.

— Il y a quelques mois, la police de Scarlet Falls a fait un raid dans une grange derrière la maison d'un membre. Elle était pleine de matières premières pour fabriquer des explosifs. Elle était aussi piégée. Heureusement, personne n'a été tué quand ça a explosé.

— Madame Kruger ?

Morgan se pencha vers le haut-parleur.

— Savez-vous quelle est la position de Dwayne Barone dans l'organisation ?

— S'il vous plaît, appelez-moi Jennifer, et non, répondit-elle. Je suis passée du Deep Web au Dark. Il y a très peu d'informations sur l'ASB. Ils restent hors des radars.

Ce qui expliquait le manque de données sur la famille. Le Deep Web comprenait les pages Internet qui ne pouvaient pas être trouvées par les moteurs de recherche. La plupart d'entre elles existaient pour des raisons ordinaires : bases de données, forums web qui nécessitaient une inscription, ou des pages derrière des murs payants. Les comptes bancaires en ligne qui nécessitaient des identifiants et des mots de passe en étaient un exemple. Mais le Dark Web allait plus loin. Les sites du Dark Web cachaient leur identité et leur emplacement en utilisant un outil de cryptage. Certains sites dissimulaient leurs adresses IP derrière plusieurs couches de cryptage.

Lance se leva et marcha jusqu'à la fenêtre. Parler de la milice locale le rendait nerveux.

— Le truc à propos de l'ASB est qu'ils sont très secrets sur leur liste. Ils gardent leurs ressources réparties. Donc si un membre est compromis, le reste du groupe demeure anonyme.

— ASB mise à part.

Morgan tapota son stylo sur son carnet.

— Avons-nous vraiment des raisons de croire que Robby a tué Tessa ? Pourquoi ?

— Un amour non partagé ? suggéra Sharp. Et si ce n'était pas Robby ? Et si Dwayne avait tué Tessa ? L'ASB n'est pas seulement une organisation suprémaciste blanche. Ils ont une philosophie très patriarcale envers les femmes.

— Cela explique la façon dont Dwayne traite sa femme et ses filles, mais nous n'avons toujours pas de lien entre Dwayne et Tessa. Nous devons découvrir si Tessa a passé du temps dans la maison des Barone.

— Tu peux continuer à creuser, maman ? demanda Lance.

— Bien sûr.

Elle avait l'air contente.

— Sans te mettre en danger.

Lance s'inquiétait que l'ASB traque ses demandes en ligne.

— Je sais comment cacher mes traces, dit-elle en gloussant. Ne t'inquiète pas.

Mais il s'inquiéterait. L'ASB n'était pas du genre à plaisanter.

— Une dernière chose, dit Lance au téléphone. As-tu trouvé quelque chose d'autre sur la famille de Jamie Lewis ou le fiancé de sa mère ?

— Non, dit sa mère. Rien d'inhabituel sur les Lewis ou Kevin Murdoch pour le moment. Je t'enverrai les détails dès que possible. Plus tard dans la journée ou demain matin. J'attends une autre source.

— Je te parle plus tard, maman. Je t'aime.

— Je t'aime aussi.

Elle termina l'appel.

Lance raccrocha son téléphone.

— J'espérais vraiment trouver quelque chose de compromettant sur Kevin.

— Moi aussi.

Morgan prit plus de notes dans ses dossiers.

— Je suppose qu'il y a toujours la possibilité qu'il soit juste une personne nerveuse ou qu'il ait une sorte de raison médicale qui le fait transpirer excessivement.

Lance secoua la tête.

— Le langage corporel de Kevin suintait le mensonge.

— Je sais. Attendons que ta mère ait fini son rapport. Puis on rendra visite à Kevin.

Elle finit son paragraphe.

— Est-ce que tu veux commencer par les Barone ou Dean Voss aujourd'hui ?

— Je suppose qu'on peut passer chez les Barone en premier.

Avec un peu de chance, Dwayne serait au travail. La famille avait déclenché toutes les alarmes de Lance depuis la première fois qu'il avait mis les pieds sur la propriété. La dernière chose qu'il voulait faire était de mettre Morgan dans le radar de l'ASB.

— Ensuite, on peut passer à l'appartement de Dean Voss, regarder par les fenêtres, et parler à ses voisins. Il est enfermé dans l'unité psychiatrique, ça me semble être le bon moment.

Elle se leva, s'étira et attrapa son blazer.

— Je suis prête.

— À plus, Sharp.

Lance se dirigea vers la porte.

— Soyez prudents, les enfants.

Sharp leur fit signe de la main.

— Je vais travailler sur l'affaire Jamie Lewis ce matin. Je prévois de parler au meilleur ami de Jamie, Tony, et lui mettre la pression. Faites-moi savoir si vous avez besoin de moi.

— Je le ferai.

Lance suivit Morgan à l'extérieur. L'automne avait frappé Scarlet Falls pendant la nuit. L'air était devenu frais, et les feuilles obstruaient les gouttières.

Ils montèrent dans la Jeep.

Morgan posa son sac à main à ses pieds.

— J'ai une visite légale mise en place avec Nick pour demain matin. Il mérite une mise à jour, et je voudrais m'assurer qu'il va bien. Il pourrait avoir des informations supplémentaires sur ce que nous avons découvert jusqu'à présent, en particulier la grossesse de Tessa. J'ai besoin de confirmer que Nick ne savait pas pour le bébé.

Ils s'éloignèrent du quartier des affaires. Sur leur chemin, ils passèrent devant le lac Scarlet. L'air frais du matin créait de la brume sur l'eau.

Elle flottait sur la plage et tourbillonnait à travers les quenouilles comme de la fumée. Morgan et lui restèrent silencieux tandis qu'ils passaient devant, mais cette image rappela à Lance la gravité de l'affaire.

Une jeune fille avait été violée et assassinée, et son tueur était toujours en liberté. S'ils ne trouvaient pas le meurtrier de Tessa, un homme innocent pourrait passer le reste de sa vie en prison.

Et un tueur serait libre de frapper à nouveau.

Ni lui ni Morgan ne parlèrent jusqu'à ce qu'ils atteignent la maison des Barone. Puis Lance arrêta la Jeep sur le bas-côté de la route, le regard fixé sur la ferme.

— Tu vois ce que je vois ? demanda-t-il.

Ce n'était pas possible.

C'était quoi, ce bazar ?

28

Lance cligna des yeux, mais cela ne changea rien à la scène. La ferme semblait déserte. Morgan baissa sa vitre. Elle passa sa tête par l'ouverture.

— C'est trop calme.

Il tourna après la boîte aux lettres dans l'allée. Il n'y avait aucun véhicule garé près de la maison. L'enclos des poules et la porcherie étaient vides. Aucune vache ne broutait dans le pâturage. La remorque à bétail et le bus scolaire qui étaient garés à côté de la grange avaient disparu.

Ils sortirent de la voiture. Lance ouvrit la voie vers la porte d'entrée. Qui savait quel genre de surprises Dwayne Barone, avec toute sa paranoïa de l'ASB, laisserait derrière lui ? Se tenant sur le côté de l'embrasure de la porte, il poussa Morgan derrière lui et frappa à la porte. Rien d'autre qu'un silence sinistre les accueillit.

Lance se dirigea vers la fenêtre et jeta un coup d'œil à l'intérieur.

— Les meubles sont encore là, mais ils ont pris tout le reste.

Des fils électriques pendaient des trous dans le mur où la télévision et d'autres appareils électroniques avaient été installés. Lance redescendit les marches.

En s'éloignant de la maison, il scruta la ligne du toit.

— L'antenne satellite a disparu.

Il se dirigea vers la grange, sachant déjà ce qu'il allait voir.

— C'est flippant.

Morgan le suivait.

Faisant attention où ils mettaient les pieds, ils vérifièrent les dépendances. Lance prit soin d'inspecter chaque porte avant de s'en approcher et de l'ouvrir. Mais rien ne se produisit. Rien du tout.

La ferme entière était sinistre, silencieuse et vide.

Ils retournèrent à la voiture, se tournant pour fixer les bâtiments vacants.

— Une idée ? demanda Lance.

— Personne n'emmène ses cochons en vacances, dit Morgan. Dwayne aime vivre hors des radars. Peut-être qu'il n'était pas à l'aise avec nos questions.

— Nous n'avons pas accusé Dwayne ou son fils de quoi que ce soit.

Les yeux de Morgan dérivèrent vers la maison.

— Peut-être que l'un d'entre eux a fait quelque chose de vraiment mauvais, et qu'il avait peur qu'on le découvre.

— Comme commettre un meurtre. Préfères-tu Robby ou Dwayne pour le crime ?

— Robby semble terriblement petit, pas beaucoup plus grand que Tessa, dit Morgan.

— Ce garçon a beaucoup de colère, cependant, fit remarquer Lance. La rage peut rendre quelqu'un plus fort qu'il n'y paraît.

— Oui, acquiesça Morgan.

— Et Tessa n'aurait pas su comment se défendre. Elle n'était qu'une enfant.

Ça tuait Lance de penser à la violence, la douleur, la terreur qui avaient rempli les derniers instants de la jeune fille.

Morgan se dirigea vers la porte arrière.

— Mais Dwayne n'aurait aucune difficulté à maîtriser une jeune fille.

Lance la suivit.

— D'une seule main.

Faisant une pause, Morgan secoua la tête.

— Nous allons trop vite en besogne. Nous n'avons pas établi que Tessa soit déjà allée à la ferme.

— Elle connaissait la fille aînée des Barone à l'église. Elle n'avait pas besoin de venir à la maison pour rencontrer Dwayne.

— Sa propre famille est terrifiée par lui. Pourraient-ils savoir que c'est un tueur ?

— Attends une seconde.

Lance courut jusqu'à la Jeep et récupéra deux paires de gants en vinyle et une petite valise noire dans la boîte à gants. Puis il rejoignit Morgan à la porte arrière des Barone.

— Qu'est-ce que c'est ?

— Rien.

Ouvrant l'étui noir, il choisit deux minces outils métalliques.

Morgan passa la main et tourna la poignée. La porte s'ouvrit.

— Ce n'est pas verrouillé.

Regardant la porte ouverte, Lance glissa les crochets de serrure dans leur étui.

— Je n'aime pas ça.

Pas du tout.

Se tenant à l'écart, il poussa la porte et la laissa s'ouvrir. Quand rien ne se passa, il franchit l'ouverture. La grande cuisine de ferme était vide. Les Barone n'avaient même pas laissé de poussière derrière eux.

Morgan enfila ses gants et fit le tour de l'îlot central. Elle ouvrit un tiroir, puis une armoire.

— Tout est vide.

Lance vérifia le frigo.

— Vide.

Ils firent le tour du rez-de-chaussée, puis montèrent les marches jusqu'au deuxième étage. Morgan ouvrit un placard.

— Comment ont-ils fait pour tout emballer et déménager si rapidement ?

— Je me demande ce que Dwayne va faire de la maison.

Lance ouvrit la voie de nouveau en bas et dehors. Il se retourna et observa les environs. Il n'y avait pas d'autre maison en vue, juste des champs, des prés et des bois.

— Ce n'est pas comme si nous pouvions demander aux voisins à propos de la famille. Mais peut-être qu'on peut trouver quelle église ils fréquentaient.

— Ça vaut le coup d'essayer.

Ils retournèrent à la Jeep. Morgan grimpa sur le siège passager.

Lance se glissa derrière le volant.

— Et maintenant ?

— On appelle la police ?

— Et signaler quoi ? Ce n'est pas illégal de déménager.

Lance démarra le moteur et fit demi-tour.

— Peut-être que Sharp aura une idée.

Il appela son patron et le mit sur haut-parleur.

Lance lui parla de la disparition des Barone.

— Je vais passer quelques appels. Peut-être que ta mère peut penser à un moyen de les suivre. Même s'ils veulent rester hors des radars, c'est presque impossible de nos jours, étant donné la quantité de surveillance électronique qui existe. En plus, ils devront s'arrêter pour prendre de l'essence ou payer un péage. Tenez-moi au courant.

Lance termina l'appel avec un merci. Il appela sa mère et lui expliqua la situation.

— Laisse-moi voir ce que je peux pirater, dit-elle.

— Sois prudente. Ne fais rien d'illégal.

Ou ça pourrait mettre la puce à l'oreille de l'ASB.

Mais elle ne fit aucune promesse, raccrochant avec un vague « Je t'appellerai ».

Lance appuya sur le bouton *Fin* de son téléphone. Il prit la route et retourna en ville.

— J'espère qu'on trouvera quelque chose à l'appartement de Voss.

Dean Voss vivait dans une vieille section résidentielle, pas loin du quartier d'affaires. Lance s'arrêta devant une ancienne maison victorienne qui avait été divisée en appartements.

Morgan étudia les portes.

— Je vois les unités une à quatre. Dean vit dans le numéro cinq.

— On va regarder derrière.

Ils sortirent de la voiture et restèrent sur le trottoir pendant une minute.

— C'est calme.

Morgan protégea ses yeux du soleil de fin de matinée. Lance vérifia sa montre. Il était onze heures.

— C'est un quartier résidentiel. Tout le monde est parti à l'école ou au travail à cette heure-ci.

Ils remontèrent l'allée, qui continuait le long de la maison jusqu'à un garage individuel dans l'arrière-cour. Un ensemble de marches en bois sur le côté du garage menait à une porte blanche marquée *CINQ*.

— Bingo.

Lance marcha vers l'escalier.

— Je peux vous aider ? les interpella une voix féminine.

Morgan et Lance firent volte-face. Une femme d'âge moyen en jean et avec une casquette de base-ball rouge se tenait sur le porche arrière de la maison victorienne.

— Oui, en effet.

Morgan traversa la cour.

— Je suis Morgan Dane et voici Lance Kruger. Nous sommes à la recherche de M. Voss.

— Je suis Shannon Green.

La femme hocha la tête.

— Qui êtes-vous ?

— Nous sommes des détectives privés.

Lance lui tendit une carte de visite.

Elle l'étudia pendant une minute, en la tenant à bout de bras et en penchant la tête en arrière.

— Je n'ai pas vu M. Voss ces derniers temps. Si vous voulez mon avis, il est fou. J'espère qu'il va déménager. Il m'a fait peur plus d'une fois.

— Comment ? demanda Lance.

— Il se faufile autour de la propriété la nuit comme une sorte de ninja paranoïaque. Il semble toujours espionner.

Elle pointa du doigt la maison derrière elle.

— Je vis à l'étage inférieur. Il y a quelques semaines, je l'ai surpris à la fenêtre de ma chambre au milieu de la nuit, essayant de regarder à travers les stores. J'ai acheté ces rideaux occultants juste pour être sûre qu'il ne pouvait pas voir à l'intérieur.

— Vous vous êtes plainte ?

— J'ai appelé le propriétaire.

Elle leva les yeux au ciel.

— Il n'en a rien à faire de nous. J'ai signalé l'incident à la police. Ils sont venus et lui ont parlé. Il leur a dit qu'il ne faisait que passer. Ce n'était pas sa faute si mes stores étaient ouverts. Ils m'ont envoyée balader. Je pense à prendre un chien. Un gros chien. Mais si Voss déménage, je n'aurai pas à le faire.

— Vous rappelez-vous la dernière fois que vous avez vu M. Voss ? demanda Morgan.

— Pas exactement, peut-être il y a une semaine ?

Shannon haussa les épaules.

Lance jeta un coup d'œil par-dessus son épaule à l'appartement de Voss.

— Est-ce que vous savez ce qu'il y a dans le garage ?

— Non, dit Shannon en secouant la tête. Mais Voss le loue avec son logement.

— A-t-il jamais eu de la compagnie ? demanda Lance.

Les mains de Shannon tombèrent sur ses côtés.

— Pas que je sache.

— Merci pour votre aide, dit Morgan.

La voisine retourna dans son appartement.

Après la fermeture de sa porte, Lance se retourna vers le garage et le fixa. Il voulait vraiment voir l'espace personnel de Voss.

— Il y a une fenêtre à côté de la porte. Peut-être qu'on peut jeter un coup d'œil à l'intérieur.

Même en sachant que Voss était enfermé, Lance avait l'impression d'être surveillé. L'endroit lui donnait la chair de poule.

Il observa les côtés du bâtiment et repéra une caméra de surveillance montée sous l'avant-toit au-dessus d'une porte de l'autre côté du garage. Par chance, la voisine ne pouvait pas voir Lance crocheter la serrure. Il ramassa une branche fine au sol et l'accrocha au-dessus de la caméra de sorte que les feuilles mortes couvraient l'objectif.

— Je n'ai rien vu, dit Morgan.

— Vu quoi ?

Lance chercha des caméras dans le reste du bâtiment, mais n'en trouva pas.

Une haute haie bloquait la vue depuis la rue. Lance sortit ses outils de crochetage de serrure de sa poche. Le pêne dormant demanda un peu de travail, mais il réussit.

— Entrée par effraction ?

Morgan regarda par-dessus son épaule.

— Juste regarder. On ne va rien déranger.

Il sortit des gants de sa poche et lui en tendit une paire.

— Nous l'avons fait à la maison des Barone, et ça ne t'a pas dérangée.

— Ils avaient clairement quitté la maison, et la porte n'était pas verrouillée. Techniquement, nous sommes seulement entrés, chuchota-t-elle. Et il n'y avait pas de voisins fouineurs.

— Tu pourrais attendre dans la voiture.

Il savait très bien qu'elle ne le ferait pas.

— Si on trouve quelque chose, on s'éclipsera et on appellera la police.

Lance poussa la porte ouverte et posa le pied sur une dalle de béton. Malgré la chaleur de la matinée de septembre, le garage était froid et humide. Lance hésita sur le seuil. Une énorme pile de cartons occupait la moitié de l'espace.

Morgan fit un pas de côté vers la pile.

— Ils sont vides. La plupart viennent de grandes chaînes de magasins.

Elle déplaça une boîte.

— Walmart, Amazon, Home Depot. M. Voss est un bon acheteur en ligne.

— Mais qu'est-ce qu'il a acheté ?

Elle regarda à l'intérieur de quelques cartons.

— Pas de bordereaux d'expédition.

Il n'y avait que deux autres objets dans le garage : une moto et un congélateur coffre. Lance se dirigea vers le congélateur et l'ouvrit. Des dizaines de paquets, emballés dans d'épaisses couches de film plastique, remplissaient le congélateur.

— Qu'est-ce qu'il y a là-dedans ?

Morgan se rapprocha de lui et jeta un coup d'œil à l'intérieur.

— Je ne suis pas sûr de vouloir savoir, mais je suppose qu'on devrait regarder.

Il souleva un des paquets congelés, prit le bord du plastique et commença à le dérouler.

Le paquet de viande en polystyrène le fit expirer de soulagement.

— Tu n'imagines pas à quel point je suis heureux de voir des steaks pour hamburgers.

— C'est vrai ?

Elle en prit un autre et l'ouvrit.

— Des cuisses de poulet.

Lance referma le couvercle et continua à inspecter l'espace.

La moto était équipée de l'équivalent de sacoches, deux compartiments de stockage derrière le siège. Lance en ouvrit un. Vide. Le second contenait des rations militaires et des équipements pour le mauvais temps.

— Lance.

Morgan fixait le plafond.

Il suivit son regard. Un rectangle était découpé dans le plafond. Un rectangle légèrement plus petit était placé à l'intérieur.

— Un escalier rétractable ?

Il n'y avait qu'un seul endroit où il pouvait mener : à l'appartement de Voss.

— Il n'y a pas de ficelle, dit Morgan.

Correction : l'escalier n'était accessible que depuis l'appartement du dessus.

— Je pense qu'il est conçu pour être une sortie seulement.

— Et maintenant ? demanda Morgan.

— Je veux vraiment voir l'intérieur de son appartement.

— Tu ne peux pas crocheter la serrure de sa porte d'entrée. La voisine le verra.

Lance se pencha et croisa ses doigts.

— Regarde si tu peux attraper le bord de la planche. Je vais te donner un coup de pouce.

Elle posa le pied dans ses mains et il la souleva. Une fois qu'il se redressa, elle maintint son équilibre en s'appuyant sur lui. Lance ferma les yeux à la vue de ses cuisses à la hauteur de ses yeux, classant mentalement son idée sous la rubrique *Ça semblait être une bonne idée sur le moment.*

— Je l'ai.

Morgan transféra une partie de son poids sur l'escalier et les marches se déroulèrent. Lance la déposa au sol. Il testa les marches, puis monta. Sa tête passa par l'ouverture dans un espace sombre. Un placard ? Il grimpa jusqu'à l'intérieur. Alors que ses yeux s'adaptaient à la pénombre, il trouva la porte et l'ouverture sur une chambre, ou du moins sur ce qui était censé en être une.

Un sac de couchage déroulé occupait l'espace où un lit aurait dû se trouver. Un bureau de fortune comprenait un moniteur montrant le flux de la caméra de surveillance en direct de la porte arrière et un second qui semblait être de l'intérieur de l'entrée principale. De lourdes couvertures étaient fixées aux fenêtres.

— M. Voss est plus qu'un peu paranoïaque.

Lance pivota.

— Merde.

Voss avait écrit sur les murs. Il avait recouvert chaque centimètre de panneau blanc avec un collage bizarre d'équations mathématiques, de phrases absurdes, de cartes dessinées à la main et de listes d'objets aléatoires.

Lance siffla doucement.

— On dirait que le diagnostic de la voisine est correct. Voss a un grain.

— Voss était un militaire.

Morgan parcourut le périmètre, prenant des photos des murs par sections.

— Il a rassemblé des provisions. Il a installé une porte dérobée. Il avait un plan d'évasion, avec un véhicule secret bien équipé.

— Alors, qu'est-ce qu'il foutait dans les bois ?

— Peut-être que sa paranoïa est passée à la vitesse supérieure.

— C'est plus que de la paranoïa.

Lance observa les dessins et les annotations.

— Une crise psychotique ?

— Quelque chose comme ça. Je ne pense pas que nous puissions attribuer des explications rationnelles à l'activité de Voss.

— Il y a une caméra braquée sur la porte d'entrée, dit Lance. Reste hors de son champ.

Ils traversèrent le reste de l'appartement, qui consistait en un minuscule espace de vie et une kitchenette. Une table à cartes et quatre chaises étaient les seuls meubles. Les coins étaient encombrés de piles de livres.

Lance trouva une pile de bordereaux d'expédition sur la table. Il les feuilleta. La plupart des achats de Voss étaient des équipements de surveillance de la maison, des denrées alimentaires non périssables et du matériel de camping.

— J'ai trouvé ses factures, dit Morgan depuis la kitchenette. Il a atteint le maximum de ses cartes de crédit. Il n'a pas payé une seule facture depuis des lustres. Son loyer est en retard. S'il n'était pas en prison, il n'aurait peut-être bientôt plus d'endroit où vivre.

— Tu vois un ordinateur portable ? demanda Lance. Voss devait utiliser un ordinateur pour ses commandes en ligne.

— Non. Je me demande si c'était au camping.

Morgan continua à fouiller la cuisine.

— Il y a un peu de poussière ici, mais pas plus que l'accumulation d'une semaine ou deux. Le reste de l'endroit semble relativement propre.

— Donc, il était ordonné avant de sombrer, dit Lance. Tu sais ce que je ne vois pas ? Un signe que la police est venue ici.

— Peut-être qu'ils n'ont pas encore eu le temps de fouiller son appartement. Ils ont besoin d'un mandat, et il est en garde à vue, donc je doute qu'ils voient une quelconque raison de se précipiter.

Lance se dirigea vers le coin et commença à lire les titres des livres. Voss avait des goûts paranoïaques en matière de lecture. Conspirations et thrillers d'espionnage, mémoires militaires, livres pratiques sur la survie, préparation de la fin du monde, et rester hors des radars. Lance considéra la carte de crédit. Peut-être que Voss n'avait pas encore lu les livres sur la vie hors réseau.

À mi-chemin d'une haute pile, l'œil de Lance s'arrêta sur un étrange livre relié en cuir bleu marine. L'écriture dorée sur la reliure indiquait *LYCÉE DE SCARLET FALLS* avec la date de l'année dernière.

— Qu'est-ce que tu as trouvé ?

Morgan regarda par-dessus son épaule.

— Un album du lycée ?

Lance le tira de la pile. Il feuilleta les pages. Voss avait été assez prévenant pour marquer ses propres photos avec des Post-it.

Morgan montra une photo d'un grand groupe d'enfants en short de sport. Plusieurs adultes encadraient le groupe.

— Voss était un assistant coach d'athlétisme.

— Tessa était-elle dans l'équipe d'athlétisme ?

— Non.

Lance tourna la page.

— Il dirigeait le club de jeux vidéo. Tessa n'est pas là non plus.

Il alla au Post-it suivant.

— Bingo.

La photo était étiquetée *Comité de l'album du lycée*. Voss se tenait d'un côté d'un groupe de vingt adolescents.

Morgan fronça les sourcils et des larmes scintillèrent dans ses yeux quand elle désigna une fille mince au milieu du groupe.

— C'est Tessa.

— Donc Voss la connaissait.

— Oui.

— Est-ce que tu vois la fille qui l'a accusé de comportement inapproprié ?

Morgan vérifia ses notes.

— Kimmie Blake. Ou Ally Somers, la fille que Kimmie prétend avoir vue être embrassée par Voss.

— Aucune des deux n'est dans le comité de l'album du lycée.

Lance feuilleta jusqu'à la section des portraits individuels de l'album.

— Voici Kimmie Blake.

Il tourna les pages.

— Et voici Ally Somers.

Lance prit une photo des pages importantes, puis remit le livre à son emplacement d'origine.

— Nous allons obtenir notre propre copie et l'étudier plus attentivement pour voir si nous pouvons trouver des liens entre Kimmie, Ally, Jamie et Tessa.

— As-tu besoin de voir autre chose ? demanda Morgan, ses yeux balayant la pièce.

— Qu'est-ce qu'il y a dans les placards ?

— Des trucs de cuisine normaux. J'ai même vérifié le dessous des tiroirs.

— Pas de compartiments secrets ?

— Aucun que j'ai pu trouver, dit-elle.

Lance se faufila dans l'unique salle de bains, un espace de quatre par huit avec un lavabo sur pied, une cabine de douche étroite et des toilettes. Il ouvrit la pharmacie au-dessus du lavabo. Les marques propres sur les étagères indiquaient que des produits pharmaceutiques manquaient.

— Voss était-il sous traitement ? demanda Morgan depuis la porte.

— S'il ne l'était pas, il aurait dû l'être.

— Maintenant que nous avons établi qu'il connaissait Tessa, nous pouvons citer à comparaître son dossier médical.

— C'est un progrès.

Lance éteignit la lumière et sortit de la salle de bains. Alors qu'ils retournaient vers le placard de la chambre, il s'assura que l'appartement était dans le même état que lorsqu'ils y étaient entrés.

Ils utilisèrent la trappe d'évacuation. Lance replia les marches et souleva la plateforme au plafond. Elle se remit en place d'un coup sec.

Lance ouvrit la porte extérieure d'un pouce pour découvrir que la cour latérale était vide. Ils se glissèrent dehors et firent le tour jusqu'à l'avant du garage.

En levant les yeux, Lance repéra une note collée sur la porte d'entrée.

— Attends une seconde.

Lance gravit les marches.

— C'est une notification de livraison. Je suppose que les sociétés de cartes de crédit n'ont pas encore coupé les vivres.

Lance se retourna vers l'escalier. *Boum !* Craquement.

L'escalier trembla. De la lumière clignota sous ses pieds. Il s'agrippa à la rampe. Trop tard ! Le bois se brisa et l'escalier s'effondra.

29

Le cœur de Morgan tomba dans son estomac alors que l'escalier s'effondrait devant elle.

Lance plongea au sol dans un nuage de fumée et de poussière.

— Lance !

Elle se précipita en avant.

La structure s'était brisée. Lance avait atterri au milieu des décombres. Le petit nuage de fumée se dissipa en quelques secondes dans la brise. Voss avait-il déclenché une petite explosion comme piège ?

Morgan grimpa sur un tas de bois. Il était sur le dos avec plusieurs planches empilées sur lui. Il ne bougeait pas. Son cœur rata un battement.

Il fallait qu'il aille bien. Il le fallait.

La peur rendit ses mains moites et son ventre froid alors qu'elle s'accroupissait à côté de lui.

— Tu peux m'entendre ?

Il remua.

— Oui.

Dieu merci.

Morgan expira. Sa tête était remplie de soulagement. Elle mit une main sur le sol pour se stabiliser.

— Ne bouge pas.

Elle souleva une planche de son torse.

— As-tu mal quelque part ?

— Je vais bien.

Il essaya de se glisser sous deux marches jointes qui le coinçaient entre les cuisses.

— Tu ne devrais pas bouger !

Elle s'accroupit et ramassa le bois.

Elle vacilla sous son poids. L'adrénaline l'avait sans doute aidée à le soulever.

— Ne fais pas ça ! cria Lance en se redressant. Tu vas te blesser toi-même.

En titubant sur le côté, elle le jeta dans l'herbe.

— Morgan, je vais bien.

— Tu saignes.

Se méfiant des planches cassées et des clous qui dépassaient, elle se baissa à côté de lui et passa ses mains sur ses bras et ses jambes.

Lance se figea.

— Qu'est-ce qui ne va pas ? Où est-ce que ça fait mal ?

Elle passa ses mains sur ses côtés. S'était-il cassé une côte ? Elle s'arrêta à ses épaules. Ses yeux lui souriaient.

Elle s'assit.

— Tu n'es pas blessé, n'est-ce pas ?

Il faisait des efforts pour ne pas rire.

— Je t'ai dit que je ne l'étais pas, mais peut-être que tu devrais vérifier chaque centimètre de mon corps juste pour être sûre.

Elle lui donna une tape sur l'épaule.

— Sois sérieux. Tu aurais pu être gravement blessé.

— Mais je ne le suis pas. Tu vois ?

En un seul mouvement fluide, Lance se releva rapidement et la souleva du sol.

— Oh !

Surprise, elle attrapa sa chemise. Mon Dieu, il était fort. Elle n'était pas une petite fille, mais il la portait comme si elle l'était.

— Il semble qu'il y ait eu une petite explosion avant que l'escalier ne s'effondre. Je pense que Voss doit avoir mis en place un piège. Ce qui serait insensé, car il est évident qu'il se fait livrer des colis.

— Le mot-clé étant : fou. Éloignons-nous du bâtiment au cas où Voss aurait laissé d'autres surprises aux visiteurs.

Lance la porta jusqu'à l'herbe.

— Pose-moi par terre. Ça devrait être l'inverse. C'est toi qui es blessé.

Malgré ses protestations, et allant contre son image de femme moderne et professionnelle, elle aimait la façon dont il la faisait se sentir petite et féminine. Tous ces muscles n'étaient pas juste pour le spectacle.

— Rien que quelques pansements ne puissent réparer.

— Oh, mon Dieu !

Une porte claqua, et Shannon se précipita sur les marches du porche.

— J'ai appelé le 911. Est-ce que vous allez bien ?

— Nous allons bien.

Sans la déposer, il s'assit sur les marches arrière.

Il lui fallut quelques secondes pour se dire qu'elle devrait probablement descendre de ses genoux. Elle se leva d'un bond et le regarda. Du sang coulait de quelques petites coupures sur son bras, et son pantalon était déchiré à l'ourlet.

— As-tu une trousse de premiers secours dans ta Jeep ? demanda-t-elle.

— Oui.

Avant qu'elle ne puisse la récupérer, des sirènes s'approchèrent. Une minute ou deux plus tard, des lumières stroboscopiques clignotèrent sur le côté de la maison. Un officier en uniforme courut dans l'allée vers eux. Carl. Il avait une main sur l'arme sur sa hanche.

— Est-ce que tout le monde va bien ?

— Nous allons bien, dit Lance. Juste quelques égratignures.

— Que s'est-il passé ?

Carl balaya le désordre du regard.

— Je ne sais pas, dit Lance. Morgan et moi sommes venus parler aux voisins de Dean Voss. Je suis allé à sa porte et j'ai frappé au cas où il aurait un colocataire. J'ai entendu un *boum* puis un *crac* et l'escalier a lâché.

Pas exactement la vérité, mais assez proche.

Lance tordit son bras pour inspecter une coupure.

— Je n'ai vu aucun signe de pourriture ou de manque d'entretien.

Il marqua une pause.

— Mais il y avait de la fumée, et je pense avoir peut-être vu un flash de lumière. Je soupçonne une sorte d'explosion truquée. Peut-être qu'il y avait un fil conducteur ou un déclencheur à pression que je n'ai pas vu.

— J'ai vu des flammes sous tes pieds, ajouta Morgan.

Carl inspecta quelques morceaux de décombres.

— Regardez ce trou soigné.

Lance s'approcha, les yeux plissés.

— Tu sais à quoi ça ressemble ?

Carl hocha la tête.

— Une petite explosion contrôlée.

— On dirait les dommages laissés après une brèche explosive dans une porte.

Lance examina les débris.

— Avec Voss dans l'unité psychiatrique, nous devons supposer qu'il a piégé l'escalier et que je l'ai déclenché. Je me demande ce qu'il faisait dans l'armée.

— Je ferais mieux d'appeler la police scientifique, dit Carl en s'éloignant et en parlant dans le micro de la radio sur son épaule.

Morgan se frotta les bras. Malgré la chaleur du soleil, un vent frais balayait la cour, remuant les feuilles mortes et les petits débris. Sa veste de tailleur ne semblait pas assez chaude.

— Tu aurais pu te faire exploser.

Voss était fou, mais il était enfermé. Elle aimerait croire qu'il ne pourrait plus jamais faire de mal à personne, mais il venait de le faire.

Carl revint.

— Horner est en route. Il veut que vous attendiez ici.

Lance soupira.

— Cette journée est de mieux en mieux.

Le chef de la police arriva quinze minutes plus tard. Horner parla à Carl et inspecta la scène. Puis il s'approcha de Lance et Morgan.

— Que faisiez-vous ici ?

— Nous sommes venus parler aux voisins de Voss.

Lance répéta son histoire au chef de la police.

— L'escalier s'est effondré.

— Voss connaissait Tessa Palmer, ajouta Morgan. Il enseignait au lycée et dirigeait le comité de l'album du lycée dont Tessa faisait partie.

La suspicion rétrécit les yeux de Horner.

— Comment avez-vous appris ça ?

— L'album.

Morgan ne mentionna pas où ils l'avaient vu.

— Tessa et Voss étaient tous les deux sur la photo pour le comité de l'album. Les photos ont probablement été prises au début de l'année, et personne n'a pris la peine d'enlever celle de Voss après sa démission.

— Voss n'est plus à l'école depuis la fin de l'hiver, dit Horner. Il n'y a aucune preuve que lui et la fille Palmer aient été en contact depuis.

— Il est parti à cause d'accusations de mauvaise conduite avec une étudiante, fit remarquer Lance.

La voix et le regard de Horner s'aiguisèrent.

— Il n'y avait aucune preuve. Les accusations n'ont jamais été déposées.

— Ça ne veut pas dire que ça ne s'est pas produit, dit Morgan.

Lance fit un geste vers la cour jonchée de débris.

— Clairement, Voss pourrait être assez violent ou instable pour commettre un meurtre.

Horner se rapprocha. Son regard se posa sur Morgan, puis sur Lance. La colère brillait dans ses yeux. Sa bouche s'ouvrit et se ferma.

Morgan pouvait lire son désir de les éloigner de l'affaire, mais légalement, il n'avait pas d'argument. L'équipe de défense de Nick avait tous les droits d'enquêter. Mais Horner n'appréciait pas le fait qu'ils aient découvert des preuves qui lui avaient échappé.

Finalement, il souffla l'air de son nez comme un poney irrité.

— Je ne peux pas vous empêcher de fourrer votre nez dans l'affaire, mais je vous donne un avertissement. N'enfreignez pas la loi en le faisant.

— Je vous assure que je connais très bien la loi, dit Morgan.

Horner ricana.

— Faites juste attention à ce que vous faites, maître. Parce que si vous ne le faites pas, nous le ferons.

Et maintenant, il avait dépassé les limites de Morgan.

— Vous me menacez, chef ?

— Bien sûr que non.

Horner fit un pas en arrière.

— Mais votre client est clairement coupable. Il a tué Tessa Palmer. Voss n'a rien à voir avec ça.

— Je tiens à vous rappeler que je suis tenue de mener une enquête complète sur cette affaire.

Morgan énonça chaque mot avec soin. Il lui fallut du self-control pour ne pas dire « parce que vous n'avez pas mené une enquête correcte avant d'arrêter mon client », mais c'était implicite.

— Je vais déposer une assignation pour que l'ADN de Voss soit comparé à celui de l'enfant de Tessa.

La mâchoire de Horner se contracta.

— Vous faites ce que vous avez à faire, maître, et je ferai de même. N'oubliez pas de venir au poste pour signer une déclaration officielle.

Il s'éloigna.

— Que voulait-il dire par «je ferai de même» ? demanda Morgan.

— Je ne sais pas, mais il prépare quelque chose. Je ne lui fais pas confiance.

Lance se tourna vers la Jeep.

— Partons d'ici.

Morgan observa la posture raide du chef de la police pendant quelques secondes avant de se tourner pour suivre Lance.

Elle balaya un peu de poussière de son tailleur. Elle avait déchiré l'ourlet de son pantalon, et le cuir était éraflé sur le talon de sa chaussure. De retour dans la Jeep, Lance sortit sa trousse de secours, nettoya les coupures sur son bras et les recouvrit de quelques pansements.

— Tu vas bien ? demanda-t-il.

Elle sentit son regard sur son visage, mais garda son attention sur la fenêtre.

— Je vais bien. Mais je suis sûre que tu auras quelques bleus demain.

L'incident avait marqué Morgan. Elle se souciait de lui plus qu'elle ne le voulait, ressentait plus qu'elle n'était prête à le faire. Sa tête commença à palpiter. Elle appuya un coude sur la portière passager et se frotta la tempe.

Lance s'arrêta au restaurant à la limite de la ville.

— Qu'est-ce que tu fais ?

— Je pense que nous avons tous les deux besoin d'une pause.

Il enleva sa ceinture de sécurité et se tourna vers elle.

— Tu as l'air fatiguée. Je sais que le meurtre de Tessa t'a vraiment secouée, et tu fais de ton mieux pour sauver Nick. Mais tu ne peux pas te négliger.

— Je vais bien.

Elle attrapa la poignée de la portière.

— N'oublie pas. Cette affaire va être longue. Tu ne seras pas utile à Nick si tu t'épuises.

— Je sais. Je n'ai juste pas faim.

Elle ouvrit sa portière.

— Mais j'aurais grand besoin d'un café.

— Tu as pris ton petit déjeuner ?

— Oui.

— Les donuts ne comptent pas.

Mince.

— C'est ce que je pensais, dit-il. Tu vas manger aussi. Quelques protéines pourraient aider avec ce mal de tête.

— Tu es aussi autoritaire que Sharp, dit-elle sans rancune.

Malgré sa détermination à garder ses distances, se chamailler avec lui était agréable. La promesse d'une énorme tasse de café lui remontait le moral.

Il lui rendit son sourire.

— Seulement quand j'ai besoin de l'être.

Elle roula des yeux exagérément, et son sourire s'élargit. La lumière dans ses yeux le faisait passer de beau à irrésistible.

Qu'est-ce qu'elle *allait faire* de lui ?

Lance la suivit à l'intérieur et trouva une place avec vue sur le parking. Il commanda un sandwich à la dinde. Ignorant le menu de midi, Morgan fit des folies avec une énorme pile de pain perdu et un café au lait.

— Le pain perdu n'est pas une protéine, protesta Lance.

— Bien sûr que si. Le pain est trempé dans l'œuf.

La serveuse apporta leurs boissons.

Morgan s'installa et sirota son latte. La caféine frappa son système avec un frisson agréable.

— J'espère que la police et l'équipe médico-légale seront prudentes en entrant dans l'appartement de Voss.

— Elles le seront. Mais vu qu'on a déjà fouillé à l'intérieur, c'est probablement sûr.

La caféine soulagea son mal de tête. Leurs plats arrivèrent et Morgan dévora son pain perdu comme un soldat. Quand elle repoussa son assiette, il ne restait plus que quelques paillettes de sucre en poudre.

— Waouh ! dit Lance. Tu ne vas pas lécher l'assiette ?

— Hey, tu voulais que je mange.

— En effet.

Morgan se saisit de l'addition.

Lance attrapa sa main.

— Laisse-moi faire.

Elle la tint hors de sa portée.

— C'est une dépense.

— Tu n'es pas payée. Tu n'as aucun revenu à dépenser.

Il essaya d'arracher le ticket vert manuscrit de sa main. Elle tint bon, lui adressant un regard têtu, et il renonça. Il travaillait déjà à bon marché pour elle. Elle n'allait pas le laisser faire des dépenses supplémentaires.

— Finalement, je vais devoir réfléchir à ce que je vais faire comme travail.

Elle se glissa hors de sa place.

— Je m'occupe du pourboire.

Lance jeta de l'argent sur la table.

— Tu as besoin d'argent ?

Elle ouvrit la voie vers la caisse enregistreuse à l'avant du restaurant.

— Non, mais merci de demander. En vivant avec grand-père, mes dépenses sont faibles. Nous ne roulons pas sur l'or, mais nous avons un toit au-dessus de nos têtes, de la nourriture sur la table, et un peu d'argent de côté.

Elle paya l'addition.

— Mais je pense déjà à économiser pour les frais d'université pour trois.

— Tu pourrais être une avocate de la défense. Je connais pas mal de procureurs qui ont changé de côté. Le secteur privé paie mieux que le bureau du procureur.

— J'y ai songé, mais je ne pense pas pouvoir défendre des personnes coupables et bien dormir la nuit. Je sais dans mon cœur que tout le monde mérite la meilleure défense. Le système juridique ne fonctionnerait pas sans l'équilibre entre l'accusation et la défense, mais mon père était flic. Mon grand-père était flic. Ma sœur et mon frère sont tous deux flics. J'ai grandi en croyant que les criminels devaient être derrière les barreaux. Défendre n'importe qui passant la porte de mon bureau, ce n'est pas pour moi. Je ne dis pas que je ne pourrais jamais défendre une autre personne, mais je dois être convaincue de son innocence.

— Comme Nick ?

Lance mit son portefeuille dans sa poche.

— Oui.

Ils traversèrent le hall d'entrée carrelé, sortirent sur le béton, et se retrouvèrent face à face avec les grands-parents de Tessa. Les Palmer avaient vieilli de vingt ans depuis que Tessa était morte. La peau de Mme Palmer était pâle, de la couleur translucide du papier parchemin. Elle ne portait pas de maquillage. Ses cheveux n'étaient pas peignés, et elle serrait les revers de son pull-over à la base de son cou, comme si elle était gelée. Les yeux de M. Palmer étaient gonflés et rouges. On aurait dit qu'ils n'avaient pas mangé ou dormi depuis des semaines.

— Je suis vraiment désolée.

Morgan n'avait pas d'autres mots pour exprimer sa sympathie. Elle ne comprenait que trop bien le chagrin, mais la perte d'un enfant avait conduit les Palmer à un endroit qu'elle ne pouvait même pas envisager sans risquer une crise de panique.

M. Palmer lança à Morgan un regard furieux qu'elle ressentit au creux de son estomac. Son pain perdu se retourna.

Mme Palmer se leva, son visage étant un masque de colère.

— Comment avez-vous pu faire ça à Tessa ?

— Vous êtes une honte.

M. Palmer prit le coude de sa femme et la dirigea vers le restaurant. Comme ils passaient, il cracha sur la chaussure de Morgan.

Morgan tressaillit comme s'il l'avait frappée. Lance fit un pas en avant, mais Morgan posa une main sur son avant-bras et le retint.

— Laisse-les.

— Il n'avait pas le droit de faire ça.

— Ils sont en deuil, et ils pensent que je défends l'assassin de leur petite-fille.

Morgan sortit un mouchoir de son sac, se baissa et essuya sa chaussure. Elle ne pouvait pas reprocher aux Palmer leur réaction. Elle ne comprenait que trop bien la nature brute et accablante du chagrin.

— Je ne sais pas comment je réagirais si je rencontrais l'avocat de la défense qui représentait les hommes responsables de la mort de John ou l'assassin de mon père.

Elle jeta le mouchoir dans une poubelle.

Lance déverrouilla la Jeep, et ils montèrent dedans. Elle pouvait encore sentir la colère des Palmer. En levant les yeux, elle les vit à travers la vitre. Mme Palmer la regardait fixement.

— La seule chose que je puisse faire pour eux est de trouver l'homme qui a vraiment tué Tessa.

Morgan cligna des yeux pour éviter le regard de la vieille femme.

— Prêt à retourner au travail ?

— Tu parles.

Lance fit marche arrière sur la place de parking.

Morgan ouvrit son sac à main, trouva un rouleau d'antiacides, et en mâcha deux. La rencontre avec les Palmer l'avait laissée avec une indigestion.

— Nous devrions parler à la femme de Voss.

Lance fit demi-tour avec la Jeep.

— Excellente idée. Il n'y a pas de meilleure source qu'une future ex.

— Les femmes savent généralement si leur mari s'égare.

Mais aurait-elle su si son mari était un tueur ?

Le téléphone de Lance sonna. Il stoppa la Jeep et répondit à l'appel.

— Merci de m'avoir prévenu.

Lance posa son téléphone sur la console.

— C'était Carl. Dean Voss s'est échappé de l'hôpital.

30

Lance passa la vitesse supérieure. Il verrouilla les portières. L'idée que Voss soit en liberté lui donnait l'envie de mettre Morgan dans un avion pour l'Australie.

— Non !

Morgan se retourna pour le fixer.

— Comment Voss s'est-il échappé ?

— Il s'est défait de ses liens, a assommé un infirmier, et a volé son uniforme et sa carte d'identité. Cet homme est peut-être fou, mais il est très intelligent.

Lance s'engagea sur la route.

— S'est-il échappé avant que le piège se soit déclenché ou après ? demanda Morgan.

— Juste après. Il a dû le déclencher avant de nous tirer dessus au lac.

— Où penses-tu que Voss va aller ?

— Puisqu'il a programmé sa propre maison pour se détruire, je parierais soit chez sa femme, soit dans les bois pour se cacher. Au cas où il choisirait sa femme, nous ferions mieux de trouver Mme Voss avant qu'il ne le fasse.

Mme Voss n'était pas à la maison ni à l'agence bancaire où elle travaillait comme assistante de direction. Le directeur de l'agence leur dit qu'elle venait de partir. Lance ne vit aucun signe de Voss aux deux endroits. Si tout le monde avait de la chance, il irait se cacher dans la nature.

— A-t-elle peur de son mari ? demanda Morgan. Si je venais de demander le divorce à un homme violent et instable qui vient juste de s'échapper de l'unité psychiatrique, j'irais me cacher.

Lance appela sa mère et lui demanda de rechercher la famille et les amis de Mme Voss.

Puis il se tourna vers Morgan.

— Où allons-nous maintenant ?

Le repas lui avait redonné des couleurs, jusqu'à ce qu'ils tombent sur les Palmer.

Il comprenait que les grands-parents de Tessa soient en deuil, mais ça ne signifiait pas qu'il aimait qu'ils s'en prennent à Morgan.

— Tu veux bien t'arrêter chez moi ? Ava est malade et reste à la maison aujourd'hui. Je voudrais vérifier qu'elle va bien, et Felicity ne sort pas de l'école avant encore une heure.

— Bien sûr.

Dix minutes plus tard, Lance se gara dans l'allée des Dane. À l'intérieur de la maison, Ava accueillit Morgan avec un gros câlin et un sourire.

— Elle va beaucoup mieux, dit Grand-père depuis son fauteuil.

Morgan souleva le menton de sa fille.

— Retour à l'école demain.

Ava hocha la tête.

— Grand-père m'a acheté un milk-shake au McDonald's.

— Ça a l'air délicieux, dit Morgan. Je dois aller dans ma chambre une minute. Je reviens tout de suite.

Après que sa mère eut quitté la pièce, le regard d'Ava se posa sur Lance.

— Qu'est-ce qui est arrivé à ton bras ?

Il baissa les yeux. Il avait perdu un pansement.

— Juste une égratignure.

— Est-ce que ça fait mal ? demanda Ava.

— Juste un peu, dit Lance.

— Il te faut un pansement.

Lance fit semblant de ne pas fondre quand elle le prit par la main et le traîna dans la cuisine.

Elle pointa du doigt un placard en hauteur.

— La boîte est là-haut.

Il ouvrit le meuble et en sortit une boîte blanche avec une croix rouge sur le dessus. Il la lui tendit.

— Assieds-toi ici.

Elle le dirigea vers une chaise, posa la boîte sur la table et l'ouvrit. Ensuite, elle choisit soigneusement un pansement rose de princesse et l'appliqua sur son bras. Se penchant vers lui, elle embrassa le bandage.

— Tout va mieux.

Lance sentit son cœur s'ouvrir en grand. Quel dur à cuire il était.

— Je dois aller jouer avec Gianna.

Elle sauta de la chaise.

— Merci, Ava, dit Lance, alors que l'enfant sortait de la cuisine en sautillant, heurtant presque Morgan quand elle entra.

— Je dois y aller. Je t'aime, bébé ! cria Morgan après sa fille.

Morgan ouvrit la voie vers la sortie de la maison, s'arrêtant pour dire au revoir à son grand-père sur le chemin.

Alors qu'elle tendait la main vers la poignée de la Jeep, Lance repéra une bosse suspecte juste sous son rein droit.

— C'est ton arme ?

— Oui.

Elle avait ajouté une ceinture à son pantalon, sans doute pour accueillir son holster.

— On peut la voir ?

— Juste quand ta veste s'est resserrée.

Il savait qu'elle avait une arme, mais ne l'avait jamais vue armée.

Elle ajusta l'étui.

— Je n'ai pas porté d'arme depuis très longtemps. Je ne la sors que pour aller occasionnellement au stand de tir.

— Tu t'entraînes régulièrement ?

Elle rit.

— Comme si Grand-père me permettait de ne pas le faire !

Ils s'installèrent à l'avant du véhicule.

— Felicity ne vit pas très loin d'ici.

Morgan lui donna l'adresse et Lance quitta le quartier en voiture.

Les Weber vivaient dans une maison de style Cape Cod. Les clapets bleu-gris, les garnitures blanches et les volets noirs étaient fraîchement peints. Une clôture blanche à piquets entourait une cour avant pleine d'herbe luxuriante. Lance se gara sur le trottoir et ils prirent la direction de la porte. Felicity l'ouvrit avant même qu'ils ne frappent. Ses longs cheveux blonds tombaient en une longue tresse au milieu de son dos.

— Entrez.

Felicity fit un pas en arrière.

La porte d'entrée s'ouvrait directement sur le salon. Felicity les conduisit à une petite cuisine bien rangée. Derrière elle, un porche grillagé donnait sur une petite cour à l'herbe bien entretenue. Ils passèrent la baie vitrée qui menait sur le porche. Felicity s'assit dans une chaise Adirondack et serra ses genoux. Morgan et Lance prirent position sur une causeuse en face d'elle.

Morgan commença.

— Merci de nous parler.

Des larmes remplirent les yeux de Felicity.

— Je ne peux pas croire que Tessa soit morte.

— Je sais.

Morgan s'approcha et toucha son genou.

— Je suis désolée.

Felicity renifla.

— Vous pensez que Nick n'est pas coupable ?

— Exact, dit Morgan d'une voix ferme.

— Moi aussi, affirma Felicity.

— Pourquoi dis-tu cela ? demanda Lance.

Morgan avait craint que Lance n'intimide Felicity, mais elle ne semblait pas du tout nerveuse. Juste triste.

La jeune fille tira sa tresse sur son épaule et la caressa.

— Tout d'abord, Nick aimait vraiment Tessa, et il la traitait vraiment bien.

— De quelle manière ? demanda Morgan.

— Il était prévenant, gentil, doux même.

Elle mordilla l'extrémité de sa tresse.

— Je ne peux pas l'imaginer faire du mal à une fille.

— Il s'est battu avec Jacob, lui rappela Lance.

La colère brilla dans les yeux de la jeune fille.

— Parce que Jacob était méchant avec Tessa. Nick la protégeait.

Lance appuya ses coudes sur ses genoux.

— Tu n'aimes pas Jacob ?

— C'est un connard.

Felicity se renfrogna.

— Si je devais choisir quelqu'un qui violerait…

Elle s'arrêta une seconde pour presser une main sur sa bouche et se calmer.

— … une fille, ce serait Jacob.

Le corps de Morgan bascula en avant, comme si les mots de la jeune fille la tiraient.

— Pourquoi dis-tu cela ?

— À cause d'autres choses qu'il a faites.

Felicity bondit sur ses pieds et fit les cent pas sur les planches peintes en gris.

— A-t-il fait quelque chose à Tessa ? demanda Morgan.

La fille s'immobilisa et hocha la tête.

— Il y avait cette fête au début de l'été. Je n'étais pas là, mais apparemment Tessa s'est évanouie. Le lendemain, elle a dit qu'elle n'avait bu que deux bières. Elle était vraiment dans un sale état cependant, et elle ne se souvenait pas beaucoup de la fête. Puis Jacob lui a envoyé une photo sur Snapchat.

— C'est quoi, Snapchat ? demanda Morgan.

— C'est une application qui permet aux gens de partager des photos et des messages qui se détruisent après avoir été lus, dit Lance. Elle a été conçue pour permettre aux adolescents de partager des choses sans avoir à s'inquiéter que leurs photos ou messages les hantent sur Internet pour le reste de leur vie.

— Donc s'ils étaient ivres ou que quelqu'un les a pris en photo en train de fumer de l'herbe, il n'y a pas de preuve, dit Morgan.

— Quel genre de photo Jacob a envoyé à Tessa ?

Une larme roula le long de la joue de Felicity.

— Elle était nue, et il était en train de faire des choses avec elle.

Lance et Morgan s'échangèrent un regard.

— Sais-tu quand ça s'est passé ? demanda Morgan.

— Vers le début du mois de juillet.

Felicity enroula ses bras autour de sa taille.

— Je ne me souviens pas exactement.

À peu près au même moment où Tessa est tombée enceinte.

— Mais les photos sur Snapchat sont temporaires, donc elles ont été effacées du téléphone de Tessa.

La frustration faisait des bulles dans la poitrine de Lance. Jacob Emerson était un prédateur, et Lance voulait le coincer.

— Techniquement, elles disparaissent de votre téléphone.

Felicity prit son téléphone de la poche arrière de son short et commença à faire défiler l'écran.

— Mais j'ai fait prendre une capture d'écran à Tessa. Je voulais qu'elle garde une copie parce que Jacob est un tel trou du cul que ça ne me surprendrait pas qu'il recommence. Je ne voulais pas que Tessa regrette de ne pas avoir gardé les photos. Mais elle ne voulait pas les garder où ses grands-parents pourraient les voir. Elle était si embarrassée.

Tellement gênée qu'elle n'était pas allée voir la police. L'humiliation était l'une des raisons pour lesquelles seulement un tiers des victimes de viol signalaient leur agression.

— J'ai copié les photos sur mon cloud, dit Felicity.

La police n'aurait jamais su qu'elles existaient, même si elle avait obtenu un mandat de perquisition pour le téléphone de Felicity. De plus, si jamais Jacob mettait la main sur son téléphone, il ne pourrait pas supprimer les photos.

— Tu les as toujours ?

Morgan se percha sur le bord de son siège.

— Attendez une minute. Je dois les télécharger.

Felicity regarda son téléphone, et le lui remit. Puis elle se détourna, comme si elle ne pouvait pas regarder.

Morgan tint le téléphone vers Lance. Même en sachant à quoi s'attendre, la première photo l'avait fait souffler. Une Tessa inconsciente et nue, étalée sur un tapis. Un Jacob entièrement habillé, agenouillé entre ses jambes, les deux mains sur ses seins.

— Bordel.

Dégoûté, Lance détourna le regard.

Il y avait quatre photos, chacune pire que la précédente. Lance leur jeta un rapide coup d'œil, puis se leva et fit les cent pas vers la fenêtre. Le simple fait de regarder les images le faisait se sentir sale, comme si Tessa était violée une fois de plus.

La colère qui s'était accumulée tout au long de l'affaire passa d'un frémissement à une ébullition. Jacob Emerson avait juste dix-sept ans, mais Lance voulait le tabasser pour ce qu'il avait fait à Tessa.

Et dire que Jacob avait déclaré qu'il considérait Tessa comme une sœur.

Morgan baissa le téléphone et parla à Felicity.

— Ces photos sont des preuves maintenant. J'ai besoin de ton téléphone, et tu devras faire une déposition formelle.

Felicity hocha la tête.

— OK.

— Pourquoi ne les as-tu pas montrées à la police ? demanda Lance.

— Ils m'ont seulement demandé à propos des deux dernières semaines.

Felicity haussa les épaules.

— Je ne pensais pas que quelque chose qui s'était passé il y a quelques mois pouvait être important. Je suppose que j'aurais dû, mais j'ai été tellement bouleversée depuis que Tessa est morte. Je n'ai pas les idées claires.

Maudit Horner…

Lui et le procureur étaient tellement sûrs que Nick était l'auteur du crime, et dans une telle hâte de procéder à une arrestation et d'assurer au public qu'un violent délinquant était hors d'état de nuire avant les prochaines élections, qu'ils avaient négligé d'enquêter pleinement sur d'autres suspects. Ils avaient pris pour argent comptant l'image propre de Jacob. Morgan récupéra le téléphone, et ils quittèrent la maison de Felicity.

— Tu penses qu'il l'a droguée ? demanda Morgan.

— Il n'y a aucun moyen de le prouver.

Lance ouvrit la voie vers la Jeep. Morgan sortit son téléphone de son sac.

— Qui est-ce que tu appelles ? demanda-t-il.

— Le procureur. Nous devons avoir une réunion.

Morgan fit défiler ses contacts.

— Nous avons besoin d'un échantillon d'ADN de Jacob Emerson pour voir s'il est le père du bébé de Tessa. Il y a plusieurs façons de le faire, mais, franchement, Bryce peut le faire plus rapidement. Je dois partager toutes les informations que je découvre au cours de l'enquête de toute façon.

Le processus de découverte était une rue à double sens. Le procureur devait partager toutes les preuves qu'il avait l'intention de présenter contre Nick, mais la défense avait la même obligation.

— Penses-tu qu'il va coopérer ? demanda Lance, alors qu'ils faisaient une pause sur le trottoir.

— S'il se bat, il y a une chance que le juge rejette notre demande en se basant sur le fait que quelqu'un a déjà été arrêté pour ce crime. Jacob n'est pas un suspect. De plus, le fait qu'il l'ait mise enceinte ne veut pas dire qu'il l'a tuée, mais ça prouverait qu'il a menti. Son père le sait et va se battre pour nous empêcher d'obtenir un échantillon.

— Mais c'est une nouvelle preuve.

— Oui, et j'aurai l'ADN de Jacob un jour, mais je veux que ça arrive tôt plutôt que tard. Je veux que Nick sorte de prison.

Elle tapota un doigt sur sa lèvre inférieure.

— Bryce présente son affaire au grand jury demain. S'il obtient son inculpation le même jour que cette nouvelle preuve est rendue publique, il aura l'air d'un idiot.

— Mais il ne peut pas repousser l'audience.

— Non, il ne peut pas, et il peut toujours obtenir son acte d'accusation, mais il ne va pas être heureux que Jacob ait menti. Les témoins qui mentent créent un doute raisonnable. Bryce n'aime pas porter au tribunal des affaires qu'il n'est pas sûr de gagner.

L'intérêt de Morgan se reporta sur son appel alors qu'elle demandait Bryce.

— Dites-lui qu'il va vouloir me voir.

Elle fit une pause de moins d'une minute.

— Merci.

Elle baissa le téléphone.

— Il va nous recevoir maintenant.

La confiance brillait dans ses yeux.

— Qu'est-ce qu'il y a ? demanda-t-il.

— Pour la première fois, je pense que nous avons trouvé une faille solide dans l'affaire contre Nick.

Trente minutes plus tard, ils se garèrent dans le complexe municipal et enfermèrent leurs armes de poing dans la boîte à gants de la Jeep. Lance suivit Morgan jusqu'à l'étage du procureur. Sa secrétaire ne les fit pas attendre.

Le procureur se leva lorsqu'ils entrèrent dans son bureau.

Morgan et Lance se glissèrent dans deux chaises faisant face au bureau du procureur.

Bryce fit un signe de tête à Lance, puis se concentra sur elle.

— De quoi s'agit-il, Morgan ?

Morgan sortit le téléphone de Felicity, maintenant dans un sac plastique, de sa poche. À travers le plastique transparent, elle tapa sur l'application photos et fit apparaître les clichés de Tessa. Elle tendit le téléphone à Bryce.

Lance avait vu le procureur en action dans la salle d'audience. Bryce Walters pourrait concourir pour un Oscar n'importe quel jour, mais même Bryce ne pouvait pas maintenir son visage impassible en regardant les images de Tessa. Lance était soulagé de voir le dégoût briller brièvement dans les yeux de Bryce. Lance avait eu peur que l'ambition personnelle rende le procureur aveugle à l'injustice.

Bryce posa le téléphone et se passa une main sur le visage.

— À qui est ce téléphone ?

— C'est celui de Felicity Weber, dit Morgan. Jacob a envoyé ces photos à Tessa via Snapchat. Tessa a fait une capture d'écran, mais n'a pas voulu les garder dans l'hypothèse où ses grands-parents verraient son téléphone. Felicity a stocké les images sur son compte cloud au cas où Jacob ferait un autre coup similaire dans le futur, que ce soit avec Tessa ou quelqu'un d'autre.

Bryce s'assit.

— Alors qu'est-ce que vous voulez ?

— Je veux un échantillon ADN de Jacob, dit Morgan.

— Pourquoi ? demanda Bryce. Le sperme de Nick a été trouvé dans son corps. C'est vérifié.

— Ces photos datent de début juillet, dit Morgan. Juste au moment où Tessa serait tombée enceinte. Si Jacob l'a violée en juillet et qu'elle est tombée enceinte, elle aurait pu le confronter cette nuit-là. C'est un mobile.

Bryce posa ses coudes sur la table et entrecroisa ses doigts.

— Mais pourquoi la tuer ? Pour l'avoir mise enceinte ? Ce n'est pas la fin du monde.

— Bryce, ces photos montrent Jacob molestant une fille inconsciente. Elle n'aurait pas pu donner son consentement, alors que Jacob semble avoir le contrôle de toutes ses facultés. S'il l'a mise enceinte cette nuit-là, il l'a violée. Elle aurait pu le faire mettre en prison.

Morgan fit un geste vers le téléphone posé sur le bureau de Bryce.

— Même s'il n'a pas tué Tessa, Jacob Emerson est un prédateur. C'est une accusation complètement différente.

La mâchoire de Bryce fit un mouvement de va-et-vient, comme si ses molaires et son cerveau étaient en train de broyer les preuves des crimes de Jacob.

— La presse s'en donnerait à cœur joie avec ces photos, ajouta Morgan.

La colère brilla dans les yeux de Bryce, mais il la chassa et se pencha en arrière.

— Je vais demander à la police d'interroger Jacob et d'obtenir son ADN.

— Je veux que le test soit accéléré.

Bryce secoua la tête.

— Je ne peux pas le promettre. Même un test positif ne prouve pas qu'il l'a tuée.

— Vous l'avez déjà fait dans cette affaire, argumenta Morgan. La présence de lubrifiant prouve qu'un préservatif a été utilisé la nuit du meurtre de Tessa. Jacob aurait pu la violer et la tuer sans laisser son sperme derrière lui.

Bryce croisa ses bras sur sa poitrine.

— C'est tiré par les cheveux.

— Donc vous avez accéléré les tests qui ont mis mon client en prison, mais vous ne ferez pas la même chose pour les tests qui pourraient l'en faire sortir ? Je *vais* aller voir la presse, Bryce. Cela aura de mauvaises répercussions sur vous si vous êtes prêt à laisser Nick pourrir en prison pour protéger un jeune homme riche et privilégié.

— Cela n'affectera pas l'audience du grand jury demain. Mes preuves sont solides. Votre client sera inculpé.

Bryce lui lança un regard noir.

— Nous savons tous les deux qu'il sera inculpé parce qu'une audience du grand jury est complètement unilatérale. Je ne peux pas présenter de preuves, reconnut Morgan. De plus, nous savons tous les deux que ces photos n'ont pas à prouver que Nick est innocent ou que Jacob est coupable.

Elle poignarda l'air dans la direction du téléphone.

— Ces photos sont un doute raisonnable.

— J'ai parlé au chef Horner aujourd'hui, dit le procureur. Il a dit que vous vouliez que l'ADN de Dean Voss soit également testé. Vous vous raccrochez à n'importe quoi, Morgan ?

— Pas du tout, répondit-elle. Je mène juste une enquête approfondie.

Lance sentit la fulgurance de ce commentaire rebondir dans la pièce. Il admettait que l'affaire avait paru assez simple au début. À l'origine, même lui avait pensé que Nick semblait coupable. Il avait perdu la foi dans le système judiciaire pénal au fil des ans. Trop de criminels s'en sortaient avec des charges solides. Mais peut-être que cette fois, le système fonctionnerait réellement de la façon dont il avait été conçu.

Le corps de Morgan se déplaça d'un pouce vers l'avant.

— Le chef Horner vous a-t-il parlé des accusations contre Dean Voss l'année dernière ? Et qu'il était dans le comité de l'album du lycée avec Tessa ?

Elle n'avait jamais élevé la voix, mais sa posture et son ton devinrent autoritaires d'une manière à laquelle il ne s'attendait pas. Elle s'était glissée dans l'offensive d'une manière parfaitement féminine. C'était comme regarder Perry Mason déguisé en Donna Reed. Lance imaginait qu'elle prenait souvent les avocats adverses par surprise.

— Je vais faire accélérer le test.

Les yeux du procureur s'étrécirent. Clairement, il ne s'attendait pas non plus à l'attaque directe de Morgan.

— Soyez prudente, madame Dane. Vous remuez plus que quelques nids de frelons. Vous allez sûrement être piquée.

31

Prison, jour 5.

Nick récupéra un plateau de nourriture du soir sur le chariot. Alors qu'il se retournait, Shorty lui fit signe. Nick s'approcha, et Shorty lui désigna la place vide sur le banc à côté de lui.

— Tu peux manger ici si tu veux.

Personne ne l'avait beaucoup dérangé depuis qu'il avait été battu deux jours plus tôt. Nick avait ajouté à sa liste croissante d'habitudes celle de rester loin des portes des cellules.

Il avait également repéré d'autres angles morts et les avait aussi évités.

Nick s'assit, en espérant que personne ne l'attaquerait en pleine vue des caméras de surveillance.

— Je n'ai pas très faim. Tu veux un biscuit supplémentaire ? demanda Shorty.

Nick hésita. Essayer de lire entre les lignes lui donnait un mal de tête. S'il prenait le biscuit, devrait-il quelque chose à Shorty en retour ? S'il n'acceptait pas l'offre, Shorty serait-il offensé ?

S'il y avait une chose qu'il avait apprise depuis qu'il était arrivé ici, c'était que la prison fonctionnait sur un système de respect. La pire chose qu'un homme puisse faire était de manquer de respect à un autre. Chaque homme avait une place dans la hiérarchie, une place qu'il avait méritée. Les insultes, même celles qui n'étaient que perçues, menaçaient l'ordre établi.

Le chaos en résultait.

De plus, Nick pensait que s'il restait honnête, il n'aurait pas besoin de se souvenir de ce qu'il avait dit.

— J'apprécie l'offre, mais je ne peux pas m'empêcher de me demander pourquoi tu le fais. Si je l'accepte, est-ce que ça me laisse avec une obligation ?

Shorty jeta le biscuit sur le plateau de Nick.

— Tu es un garçon intelligent. On échange de la nourriture tout le temps, mais c'est une offre de paix unique.

Refuser le biscuit serait offensant et indiquerait que Nick était rancunier.

La raclée était-elle un test ?

— Dans ce cas, j'accepte, dit Nick.

Le pain de viande avait un goût de carton, mais la faim le poussa à manger chaque bouchée. À la maison, il aurait évité les haricots verts détrempés, mais aujourd'hui, Nick mangea chaque morceau de son assiette.

Les deux gars de l'autre côté de la table plaisantaient entre eux. Ils ne regardèrent pas Nick une seconde. Il s'était rendu compte qu'on ne le regardait plus. Avait-il réussi le test qu'on lui avait fait subir ?

Ils finirent de manger, en avalant leur nourriture avec la concentration de ceux qui ont perpétuellement faim.

Shorty baissa la voix.

— Tu as déjà ton code NIP ?

Nick secoua la tête. Il attendait toujours de recevoir son numéro d'identification personnel de prisonnier, dont il aurait besoin pour tout faire, de passer des appels téléphoniques à acheter des articles à la cantine.

— Ça craint, dit Shorty. On fait un festin ce soir. Je pourrais t'inviter.

Un festin était un repas que les détenus préparaient avec des aliments qu'ils avaient achetés à la cantine, comme du thon, des ramens, du café et des bonbons. Nick les avait regardés en faire un la première nuit qu'il était ici.

— Merci pour l'offre, mais je préfère attendre de pouvoir contribuer. Je ne veux pas être un parasite.

Nick avait déjà vu un homme se faire taper dessus pour avoir renoncé à une dette.

Shorty inclina la tête.

— La prochaine fois.

Nick se dirigea vers les joueurs d'échecs et regarda deux parties. Aucun des joueurs n'était très bon. Nick aurait pu facilement gagner contre l'un ou l'autre, mais il se dit que ce ne serait pas la meilleure idée.

Toujours incertain de son statut, il restait un observateur silencieux, limitant sa participation à féliciter discrètement le gagnant.

Un feuilleton espagnol passait sur la télé accrochée au mur. Il n'avait aucune idée de qui avait la télécommande, si quelqu'un l'avait.

Même après le rameau d'olivier de Shorty et son acceptation apparente parmi la plupart des détenus, les poils de la nuque de Nick étaient toujours hérissés.

Il ne serait jamais capable de baisser sa garde. L'état constant de vigilance lui portait sur les nerfs. Est-ce que tous les hommes dans cet endroit ressentaient la même chose ?

L'Homme n'avait pas l'air d'être nerveux. Était-ce de la comédie ? Bien sûr, il avait la taille d'un camion blindé, et un groupe de copains de la même taille, mais la Fraternité Aryenne était en surnombre à six contre un. De plus, il y avait plusieurs autres gangs qui semblaient tout aussi mortels. Les frères avec les tatouages *BLOODS* étaient loin d'être des scouts.

La vérité frappa Nick avec une clarté choquante.

Ils n'avaient rien à perdre.

L'Homme avait dit qu'il était accusé d'homicide involontaire, et qu'il était un récidiviste. Une fois son procès terminé, allait-il aller à la prison d'État pour le reste de sa vie ?

Leur absence de peur n'était pas due à un niveau de menace plus faible, mais à l'indifférence.

Le souffle de Nick se resserra. Ses paumes commencèrent à transpirer. Que se passerait-il s'il était reconnu coupable ? Il irait dans une prison d'État pour un minimum de vingt-cinq ans. Dans le meilleur des cas, il aurait quarante-cinq ans avant de pouvoir sortir. Dans le pire des cas, il prendrait perpétuité sans liberté conditionnelle et ne reverrait jamais l'extérieur.

Il passerait le reste de sa vie dans une cage en béton. Il avait écouté les prisonniers expérimentés parler de la prison d'État, de la vie dans un quatre par huit avec une heure de cour par jour.

Sa vision s'obscurcit lorsque cette possibilité réelle l'envahit.

Le désespoir était un poids de mille livres assis au centre de sa poitrine.

Il faisait pression sur ses poumons et lui coupait l'air jusqu'à ce qu'il s'étouffe.

Stop !

— Ça va, mec ? demanda Shorty.

— Ouais. Ça va.

Nick frappa un poing sur sa poitrine et toussa.

— J'ai juste besoin d'un verre d'eau.

Il se leva et marcha jusqu'à la fontaine à eau, en combattant la crise de panique imminente. Comment pouvait-il se sentir désolé pour lui-même alors qu'il était vivant et que Tessa était morte ? Il imagina son visage, son sourire, ses yeux.

Puis la photo de son cadavre que les flics lui avaient montrée.

Se glissant dans son esprit alors qu'il était vulnérable, le chagrin le submergea. Elle lui manquait tellement que ça faisait mal, et savoir qu'il ne la reverrait plus lui donnait l'impression d'être poignardé en plein cœur.

Il s'accrocha à la vision de Tessa, morte, et laissa sa fureur monter. Ici, la colère était une émotion beaucoup plus utile et acceptable. La colère le faisait paraître fort.

Elle avait rompu avec lui, mais Nick savait qu'elle ne le voulait pas.

La façon dont elle avait pleuré n'avait pas de sens autrement. Si rompre la rendait malheureuse, pourquoi l'avait-elle fait ? Quelques jours auparavant, ils avaient été vraiment heureux ensemble.

Plus il y pensait, moins ça avait de sens, et plus sa poitrine lui faisait mal.

Si jamais il trouvait l'homme qui l'avait tuée…

Il se pencha sur la fontaine à eau et but. Le liquide frais coula dans sa gorge, mais n'eut aucun effet sur le tourbillon d'émotions dans son ventre.

Dans le coin le plus éloigné de l'espace, une douzaine de détenus faisaient de l'exercice.

En l'absence de matériel, ils faisaient preuve de créativité. L'un d'eux s'asseyait sur un banc pendant que l'autre le soulevait, puis ils échangeaient les rôles. Un autre gars s'asseyait sur les épaules de son partenaire alors qu'il faisait des pompes. Mais Nick n'avait pas assez confiance en quelqu'un pour s'associer, et il priait afin de ne pas être ici assez longtemps pour développer des liens étroits. Certains de ces hommes étaient là depuis longtemps.

Il retourna vers l'échiquier. Deux nouveaux joueurs avaient commencé une nouvelle partie. Regarder semblait l'option la plus sûre. Nick traversa de nouveau la pièce. Il s'écarta alors qu'un détenu sortait d'une rangée de tables.

L'homme passa tout près. Trop près, se rendit compte Nick, mais il était trop tard pour s'écarter du chemin.

L'épaule de l'homme toucha celle de Nick, et le reste se déroula au ralenti.

Une rapide torsion du corps vêtu d'orange. La piqûre aiguë d'une lame pénétrant le ventre de Nick. Une deuxième et troisième tranche chaude d'agonie alors que l'homme enfonçait l'arme dans l'estomac de Nick, encore et encore. La réponse instinctive de couvrir les blessures, pour empêcher ses entrailles de jaillir. L'afflux de sang chaud entre ses doigts.

Personne ne vint l'aider. Les corps orange reculèrent, incertains de la situation.

Ne voulant pas s'impliquer.

Une alarme retentit. Elle sonnait loin, assourdie par la pulsation du pouls de Nick dans ses oreilles. Le froid l'envahit. Il se mit à genoux.

La porte s'ouvrit. Les pieds frappaient le béton. Des hommes crièrent.

Nick tomba sur le côté, son épaule heurta le béton.

Des mains le firent rouler sur le dos et retirèrent ses mains de ses blessures.

Une pression.

Il cligna des yeux vers le plafond. Les lumières fluorescentes se brouillaient et s'atténuaient tandis que des ombres se penchaient sur lui. Il savait que c'étaient des gardes par leurs formes et leurs voix.

D'autres chaussures frappèrent le ciment.

Quelqu'un attrapa le menton de Nick.

— Reste avec moi.

Mais il ne pouvait pas. Il dériva. Les sons et la lumière disparurent. Les battements de son cœur ralentirent. La douleur le consumait, et l'obscurité qui suivit fut un soulagement.

32

Morgan sortit du bâtiment municipal, d'un pas vif, l'esprit tourbillonnant.

— Je suis impatiente de le dire à Nick demain. Nous avons enfin une avancée dans son affaire. Je vais passer chez Bud et lui annoncer la bonne nouvelle ce soir. Il a besoin d'encouragements.

Le père de Nick avait besoin d'espoir, et elle avait hâte de lui en donner.

— Je ne lui donnerais pas trop d'espoir.

Lance fit un pas à côté d'elle sur le trottoir. Depuis qu'ils avaient eu vent de l'évasion de Voss, Lance n'avait pas cessé de scruter leur environnement.

— Cela ne signifie pas beaucoup jusqu'à ce que le test ADN revienne.

À dix-huit heures trente, le parking des visiteurs était pratiquement vide.

— Cela signifie que l'un des témoins clés de l'accusation a menti, et la vidéo de Nick se battant avec Jacob vient de prendre un tout nouveau sens. Le récit de Nick semble beaucoup plus véridique que celui de Jacob maintenant. Bryce ne veut peut-être pas l'admettre, mais entre ces photos et le campement de Voss près du site du meurtre, je peux faire une centaine de trous dans son affaire contre Nick.

À la fin de la promenade, Morgan descendit du trottoir.

— Bryce s'est appuyé sur une abondance de preuves matérielles sans faire preuve de diligence en s'assurant qu'il n'y avait pas d'autres explications possibles.

Son téléphone sonna quand ils atteignirent la Jeep. Le nom de Bud était affiché sur l'écran. Morgan répondit à l'appel.

— Salut, Bud. J'allais justement appeler…

— Morgan.

La voix de Bud était rauque.

— Je viens de recevoir un appel de la prison. Nick a été poignardé.

Morgan se figea.

— Quoi ?

— Il a été poignardé, dit Bud. Par un autre prisonnier. C'est tout ce que je sais. Je suis en route pour l'hôpital.

— Je vous retrouve là-bas.

Sonnée, elle raccrocha le téléphone et expliqua la situation.

— Nous devons aller à l'hôpital.

Lance ouvrit la portière passager pour elle.

— Allons-y.

Le trajet se déroula dans un paysage flou.

— Ce n'est pas juste. Ce n'est vraiment pas juste. Nick a été enfermé avec des criminels endurcis parce qu'il n'avait pas assez d'argent pour une caution *et* une défense. Il a dû choisir.

Morgan ferma les yeux et posa son front contre la vitre froide.

Elle pouvait sentir l'affaire se désagréger, les nœuds dans le dossier du procureur se démêler alors qu'elle démontait les preuves. Mais elle n'avait pas été assez rapide pour Nick. Tous ses efforts n'avaient pas été suffisants.

— Si seulement j'avais interrogé Felicity plus tôt…

— Arrête ça ! la coupa Lance. Tu as fait tout ce qui était possible. Tu as enquêté sur une affaire où la police et le procureur n'ont pas fait leur travail correctement.

Tu as proposé deux suspects alternatifs et détruit la crédibilité d'un des témoins de l'accusation. Tu n'as rien à regretter. Ce n'est pas ta faute. La faute incombe au procureur et au chef Horner. Ils étaient tellement sûrs qu'ils avaient une affaire toute cuite.

Elle hocha la tête, mais elle n'était pas vraiment d'accord. Avec le recul, elle aurait pu faire mieux. Elle aurait pu réaliser que la police s'intéressait à Nick comme suspect avant de l'avoir arrêté. Elle aurait dû lui rendre visite après qu'ils avaient trouvé le corps de Tessa. Elle savait qu'il serait l'un des premiers suspects en tant que petit ami de la victime.

Lance attrapa sa main par-dessus la console.

— Tu es incroyable. Tu as soutenu Nick quand personne d'autre ne le faisait.

À l'hôpital, ils se garèrent dans le parking des urgences et entrèrent par les portes coulissantes. Ils trouvèrent le père de Nick dans le couloir des urgences, les deux mains pressées sur son front.

À trois mètres dans le couloir, un adjoint du shérif s'appuyait contre le mur. Le fait qu'il soit à l'extérieur de la chambre faisait comprendre à Morgan que Nick était en mauvais état. Si mauvais qu'il n'y avait aucune chance qu'il puisse s'échapper ou être agressif.

— Bud !

Morgan se précipita en avant.

Bud baissa ses mains, ses yeux en état de choc.

— Il est en opération d'urgence. Un autre prisonnier l'a poignardé dans le ventre trois fois avec une sorte de couteau fait maison. Un surin, comme ils l'appellent.

En retenant une larme, Morgan posa sa main sur le bras de Bud.

— Je suis vraiment désolée.

Il couvrit sa main avec la sienne.

— Vous n'avez pas à être désolée.

Morgan ne dit rien sur l'affaire. Ce n'était pas le moment.

— Ont-ils dit quelque chose sur son état ?

Bud déglutit. Il avait l'air de devoir faire un effort.

— Il a perdu beaucoup de sang. Ils ne savent pas s'il va s'en sortir.

Lance dirigea Morgan et Bud vers une salle d'attente. Le garde resta dans le hall.

— J'ai discuté avec l'infirmière. Le chirurgien viendra nous parler quand il sortira du bloc.

— Je peux appeler quelqu'un pour vous, Bud ? demanda Morgan.

Il appuya une main sur le bas de son dos.

— Non. Ma sœur arrive de Manhattan. Elle devrait être là dans quelques heures.

Morgan appela à la maison et dit à son grand-père de ne pas l'attendre.

Lance apporta du café, mais la première gorgée tourna au vinaigre dans l'estomac de Morgan.

Bud faisait les cent pas. Lance appela Sharp et lui donna des nouvelles. Morgan s'assit sur une chaise pour attendre. Lance se posa à côté d'elle. Les heures passèrent dans un brouillard tendu et silencieux.

Morgan avait perdu la notion du temps, mais des picotements dans les jambes l'obligèrent à se lever et à marcher dans le couloir plusieurs fois. La sœur de Bud était arrivée et faisait les cent pas avec elle.

Une ombre apparut dans l'embrasure de la porte. Morgan sursauta en voyant un chirurgien à la blouse verte entrer dans la pièce, son masque chirurgical toujours attaché autour de son cou.

Il se débarrassa de la calotte sur sa tête.

— Monsieur Zabrowski ?

Bud acquiesça, figé au milieu de la pièce comme s'il avait peur de s'approcher du docteur.

Comme s'il avait peur d'entendre si Nick était vivant ou mort.

— Je ne vais pas vous mentir. Ses blessures sont graves. Il a subi trois coups de couteau à l'abdomen. Le pire étant la lacération du foie. Nous avons réparé les dégâts, mais il a perdu beaucoup de sang. Il a reçu plusieurs unités pour remplacer son volume sanguin.

Le chirurgien s'arrêta, la mine sombre.

— Les prochaines vingt-quatre heures seront critiques. Il est jeune et fort, et il a survécu à l'opération sans aucune complication majeure. Il est en salle de réveil maintenant.

Le regard du chirurgien balaya la pièce.

— Dès qu'il sera installé dans l'unité de soins intensifs chirurgicaux, vous pourrez aller le voir.

Il jeta un coup d'œil dans la pièce.

— Famille immédiate seulement. Avez-vous des questions ?

Bud fit non de la tête.

— Je sais que c'est beaucoup à assimiler. Suivez les panneaux jusqu'à la salle d'attente des soins intensifs. Une infirmière viendra vous chercher dès que Nick sera installé.

Le chirurgien quitta la pièce.

Bud expira longuement et se tourna ensuite vers Morgan.

— Je vous appellerai. Je vous remercie pour tout. Vous êtes la seule personne qui croit en lui.

Morgan prit les mains de Bud et les serra. Puis Bud et sa sœur quittèrent la pièce.

— Viens. Je te ramène à la maison.

Lance passa un bras autour des épaules de Morgan.

Mais ses mains commencèrent à trembler. Elle roula ses doigts en poings et les serra pour arrêter les tremblements, le stress et la peur de la journée ayant finalement brisé son contrôle.

— Non. Je ne veux pas rentrer à la maison comme ça.

Elle regarda l'heure sur son téléphone.

— Il est minuit.

Si elle rentrait à la maison maintenant, elle allait réveiller Grand-père.

Elle se sentait perdue, ses membres lâches et désordonnés, prêts à s'envoler. Le poids du bras de Lance autour de ses épaules était tout ce qui la retenait.

— Je peux rentrer avec toi ce soir ? demanda-t-elle.

Ses doigts s'enfoncèrent dans son bras pendant une brève seconde, puis se détendirent.

— Bien sûr. Allons-y.

Elle le laissa la guider à travers les couloirs vers la sortie. La fraîcheur de la nuit caressa son visage. Elle inhala, l'air vivifiant lui donnant un coup de fouet.

Lance repartit en ville et se gara dans l'allée d'une maison à un étage.

Il était allé chez elle tellement de fois que ça lui semblait étrange qu'elle ne soit jamais venue chez lui.

Il appuya sur un bouton de son pare-soleil et ouvrit la porte du garage.

Ils sortirent de la Jeep, et Morgan regarda la maison soignée de style ranch.

— Tu habites près du bureau. Tu pourrais marcher.

— Je le fais si je dois être au bureau toute la journée, mais c'est rare. Habituellement, je cours toute la journée. Il y a beaucoup de déplacements dans ce travail.

Elle le suivit dans le garage.

— Ça te plaît ?

— Je ne m'y attendais pas, mais oui, répondit Lance.

Des équipements de hockey remplissaient la moitié du garage pour deux voitures.

— Tu joues toujours ?

— J'entraîne une équipe d'enfants indisciplinés. Je n'ai pas vraiment été sur la glace depuis qu'on m'a tiré dessus.

Morgan le suivit à l'intérieur. La porte s'ouvrait sur un salon/salle à manger. La cuisine était juste derrière, et le couloir qui s'ouvrait sur le salon menait probablement aux chambres. La maison était soignée, presque austère, avec un mobilier minimal et sans décoration. Dans le salon, un petit canapé et un fauteuil inclinable faisaient face à une télévision. Mais la grande surprise était le piano à queue qui occupait toute la salle à manger.

Alors que Morgan le suivait dans la cuisine, un engourdissement rampant et froid l'envahit. Ses mains se remirent à trembler.

— Je peux t'apporter quelque chose ? Tu as faim ?

Lance se tourna pour la fixer, son regard cherchant, évaluant.

— Thé ou café ?

— Rien.

Morgan repensa au visage de Bud quand le chirurgien lui avait donné les nouvelles.

— Je me demande comment va Nick.

Des émotions trop conflictuelles pour être identifiées surgirent dans la poitrine de Morgan. La colère, la frustration, l'impuissance, tout s'était transformé en un ragoût toxique.

— Tu as quelque chose à boire ?

— Je ne suis pas sûr. Laisse-moi regarder.

Lance ouvrit et ferma trois placards. À l'arrière du meuble, il trouva une bouteille de whisky, encore dans sa boîte.

De toute évidence un cadeau, la bouteille avait un nœud rouge noué autour du goulot.

— Depuis que j'ai commencé à travailler pour Sharp, j'ai renoncé à la plupart des alcools dans le cadre de sa « campagne de santé pour Lance ». Il n'est pas opposé au vin ou à la bière bio. Les gars de la police m'ont donné ça comme cadeau d'adieu.

Il en versa une petite quantité dans un verre et le lui tendit. Elle but une petite gorgée. Le whisky brûla un chemin depuis sa langue jusqu'à son ventre. Enfin, un peu de chaleur.

— Ça te dérange si je prends une douche ? demanda-t-il.
— Pas du tout.
Elle prit une autre gorgée de whisky.
— Je serai là.
Il disparut dans le couloir.
Elle attrapa la bouteille, se versa une dose plus généreuse, et la but cul sec. Lentement, l'engourdissement se dissipa, comme une inondation après une tempête.
Son téléphone sonna. Elle tâtonna dans sa poche pour le sortir.
— Oui ?
Elle retint son souffle.
— C'est la sœur de Bud. Il m'a demandé de vous appeler pour vous donner des nouvelles. Il est avec Nick maintenant. Sa pression sanguine est remontée un peu. Donc c'est une bonne nouvelle. Je dois y aller. Bud a besoin de moi.
— Merci d'avoir appelé, dit Morgan.
La sœur de Bud mit fin à l'appel. Morgan se dirigea vers le piano. Elle s'y assit et posa son verre de whisky sur un dessous-de-verre bien placé. Elle avait eu des leçons quand elle était petite, mais maintenant, la seule chanson qu'elle pouvait jouer était *Chopsticks*.
Lance revint. Il portait un short de sport et un T-shirt confortable. Une serviette pendait autour de son cou. Il la frotta sur sa tête, faisant ressortir ses courts cheveux blonds.
— Nick tient bon.
— Bien.
Elle joua quelques notes.
— J'espère que ça ne te dérange pas.
— Bien sûr que non.
Il la rejoignit sur le banc.
— Joue quelque chose.
Il la poussa de quelques centimètres. Elle l'avait côtoyé assez longtemps pour savoir qu'il préférait le

rock classique, alors les premiers accords de *Hallelujah* la choquèrent. Quand il ouvrit la bouche et chanta, elle fut encore plus surprise. Sa voix était profonde, douce et pleine d'émotions.

Elle le rejoignit sur le refrain, mais perdit sa voix lorsqu'ils arrivèrent au couplet «froid et brisé». Quelque chose craqua au fond d'elle. Elle le laissa finir en solo. Au moment où les dernières notes se transformèrent en silence, des larmes coulèrent sur son visage.

Elle se retourna et lui fit face.

— Ce n'est pas juste. Les adolescents ne devraient pas mourir. Tessa devrait être en vie, et Nick devrait être en train de réfléchir à quel film l'emmener voir ce week-end. Comment est-ce arrivé ?

Elle reprit son whisky, souhaitant qu'il se dépêche de l'engourdir.

— Ce n'est pas la bonne manière de gérer ça.

Lance lui prit son verre des mains.

— Que dirais-tu de manger ? Une omelette ?

— Je n'ai pas faim.

Elle tira son verre hors de sa portée.

— Peut-être que je ne veux pas le gérer. Peut-être que je suis fatiguée de tout gérer. Peut-être que je veux juste arrêter de penser pour une nuit.

Elle se leva, se rendit dans la cuisine et se servit un autre verre. Lance la suivit.

Son esprit tournait en boucle, comme un manège qui ne s'arrêtait jamais.

Des images de Tessa, ensanglantée, déchiquetée et couverte de terre ; des photos de blessures, des rapports d'autopsie, des photos de scènes de crimes. Le diaporama tournait vingt-quatre heures sur vingt-quatre, comme s'il avait été gravé sur sa rétine.

Elle but cul sec. La gorgée suivante glissa le long de sa gorge et dans son ventre. Elle accueillit la chaleur. Quelques secondes plus tard, l'alcool apaisa et aplanit les bords de son corps.

C'était simplement un pansement sur une plaie béante. Mais si un pansement était tout ce que vous aviez, vous l'utilisiez.

Pas vrai ?

— Morgan…

Lance se rapprocha. Son corps touchait presque le sien. Il lui prit le bras et la tourna vers lui. Sa main se posa sur son biceps.

Si elle pensait que le whisky la réchauffait, sa proximité faisait exploser sa température. Lance avait le pouvoir de lui faire tout oublier. D'éteindre son cerveau et de simplement *ressentir*.

Elle posa le verre et le remplit de whisky.

— Je vais prouver que Nick est innocent, même s'il…

Elle ne voulait pas dire ce qu'elle craignait le plus. Au début, elle avait été terrifiée à l'idée de laisser tomber Nick et qu'il aille en prison pour meurtre. Sa vie serait terminée. La prison était dangereuse, mais elle ne s'attendait pas à ce que quelqu'un essaie de le tuer dans ses cinq premiers jours dans la prison du comté. Mais voulait-elle résoudre l'affaire pour Nick ou pour elle-même ?

Si Nick mourait, elle aurait tout risqué pour rien.

La communauté la détestait. Elle avait perdu son travail avant même d'avoir commencé.

Ce n'était pas la première fois qu'elle allait à l'encontre de l'opinion publique.

Toute sa famille était dévouée à servir la justice. Toute sa vie, elle avait été élevée dans le respect de la loi. Ceux qui n'obéissaient pas méritaient d'en subir les conséquences. Elle avait passé des années à faire de son mieux pour mettre les criminels derrière les barreaux. Cette affaire n'était pas différente. La police avait arrêté le mauvais homme. Un tueur était toujours en liberté, et Nick était en soins intensifs, peut-être en train de mourir, à cause de leur erreur.

Elle pensait à Nick jouant aux échecs avec son grand-père ou faisant des bulles pour les filles sur la pelouse et ne pouvait pas concilier ces images avec un garçon au bord de la mort.

C'était injuste. Injuste. *InjusteInjusteInjuste.*

Des larmes brûlèrent le coin de ses yeux. Elle inclina le verre et prit une autre gorgée de whisky. Le goût s'était adouci sur sa langue, et ses pensées s'embrouillaient.

— Je sais que tu souffres ce soir, mais le whisky n'est pas la solution, dit Lance. Je le sais. Je suis passé par là l'hiver dernier. Ça n'a fait qu'empirer les choses.

Morgan but une gorgée. L'alcool n'était peut-être pas la solution, mais, franchement, elle était à court d'idées.

— Alors, quelle *est* la solution ?

Est-ce que Nick serait encore en vie demain matin ?

Il n'avait rien fait pour mériter ce qui lui était arrivé. Morgan ne pouvait pas croire qu'il pouvait intentionnellement blesser quelqu'un.

— Est-ce que tu penses que Nick est innocent ?

— Je ne suis pas convaincu qu'il soit coupable, dit Lance. Mais je ne pense pas que nous avons trouvé la vérité pour le moment.

— Est-ce que mon jugement est faussé ? Est-ce que je veux tellement qu'il soit innocent que je ferais n'importe quoi pour le prouver ?

La chaleur fleurit sur sa peau. Posant son verre sur le comptoir, elle s'éloigna du contact de Lance et enleva sa veste de tailleur.

— Je ne sais pas.

Lance prit ses bras fermement dans ses deux mains.

— Mais quoi qu'il arrive, rien de tout cela n'est ta faute. Tu m'as déjà donné de sérieux doutes sur le dossier du procureur. Nous allons résoudre cette affaire. Nous allons trouver l'assassin de Tessa.

— Même si Nick…

Elle ne put finir sa phrase.

Mais Lance l'avait comprise.

— Oui. Même dans ce cas.

Ses paumes se posèrent sur ses épaules. Même s'il n'était pas convaincu à cent pour cent de l'innocence de Nick, elle était contente de l'avoir sur l'enquête. Elle avait besoin de quelqu'un d'objectif à ses côtés.

Quelqu'un pour la garder sous contrôle.

Demain. Elle penserait à l'affaire demain.

Pour l'instant, la dernière chose qu'elle voulait était d'avoir le contrôle. Elle voulait effacer toutes ses pensées et simplement *ressentir*. Le whisky l'avait aidée.

Elle se pencha plus près et respira l'odeur de cèdre de sa peau. Se dressant sur ses orteils, elle posa sa bouche sur la sienne.

Avec toutes les choses qui semblaient mauvaises dans sa vie, ce n'était pas l'une d'entre elles. Sa bouche avait un goût de menthe. Elle approfondit davantage le baiser, sa langue pénétrant sa bouche. Elle avait besoin de plus. De contact. De *sa* peau. Contre la sienne.

Elle tira sur l'ourlet de son T-shirt.

Ses mains glissèrent sous le tissu et remontèrent le long des muscles durs de son dos. Il était solide et si totalement, délicieusement, masculin. Plus elle touchait, plus elle goûtait, plus elle voulait.

Elle ouvrit les yeux. Ceux de Lance étaient devenus d'un bleu profond, le désir qu'ils dégageaient lui coupait le souffle alors qu'il lui rendait son baiser avec la même ardeur.

Ses doigts se saisirent de ses hanches et l'attirèrent contre lui. Un gémissement surgit du fond de sa poitrine, et une longueur dure se pressa contre son ventre.

Une petite voix au fond de son esprit l'avertissait qu'elle voulait cet homme un peu trop et que la chaleur qui se développait entre eux devenait incontrôlable.

Elle la fit taire en glissant ses mains entre leurs corps pour caresser les crêtes dures de son abdomen. Il siffla, son corps entier s'était raidi.

Lance se retira, ses mains prirent les siennes et les ôtèrent de sous son T-shirt.

— Laisse-moi te faire du thé et peut-être quelque chose à manger.

— Je ne veux pas de thé.

Elle enroula ses doigts dans son T-shirt.

— Je te veux, toi.

Un besoin pur brillait dans ses yeux. Il voulait qu'elle revienne. Il ferma les yeux pendant quelques secondes. Quand il les rouvrit, le désir s'était amenuisé.

— Tu ne sais pas ce que tu veux en ce moment.

— Ne me dis pas ce que je veux.

La frustration brûla dans le ventre de Morgan, épaisse et chaude, deux ans de chagrin et de douleur se transformant finalement en colère.

Pourquoi le monde était-il si injuste ? Elle avait eu un homme qu'elle avait aimé de tout son cœur, arraché à la famille qui avait besoin de lui. Comment avait-elle pu se détacher de ça ?

Il y avait un autre homme dans sa vie qu'elle pouvait aimer, et il se tenait juste en face d'elle. Et bon sang, elle le voulait.

Elle ferma les yeux, se pencha en avant et appuya son front sur la poitrine de Lance.

Il enroula ses bras autour d'elle et posa sa joue sur le dessus de sa tête.

— Je ne peux pas expliquer tes sentiments, mais je connais les miens. Nous savons tous les deux ce qu'il va se passer ce soir. Cela deviendrait un moyen pour toi d'exorciser tes démons. Nous sommes amis, et je tiens à toi. Tu es une femme belle et incroyable. Faire l'amour avec toi serait une expérience religieuse. N'importe quel homme sain d'esprit sauterait sur l'occasion de partager ton lit. Mais je ne veux pas que notre amitié soit entachée par ça. Je ne serai pas quelque chose que l'on sort de son système. Je ne serai pas quelqu'un que tu regrettes.

Bien sûr, elle avait ressenti une certaine attraction de sa part, mais jamais la profondeur de l'émotion qu'elle avait vue dans ses yeux ce soir.

Ce soir, tout semblait différent, plus intense. Était-ce juste à cause du stress de la journée, ou leurs sentiments étaient-ils réels ? Lance avait raison. Ils ne devraient pas prendre une décision aussi importante avec autant de stress.

Il faisait des efforts pour prendre la bonne décision, et elle avait été égoïste.

— Je suis désolée. Tu fais tellement pour moi, et je continue d'en demander plus.

Elle se pencha en arrière, la honte l'envahissant, effaçant les effets du whisky.

— Je suis juste tellement fatiguée de ne pas me laisser ressentir quelque chose.

Elle quitta son étreinte.

— Je sais.

Il la tira de nouveau vers lui.

— Et je suis désolé.

À contrecœur, elle fit un pas en arrière.

— Je ne voulais pas te faire de mal.

— Tu ne m'as pas fait de mal.

Seulement parce qu'il l'avait arrêtée.

Elle frotta ses bras, la chaleur de son corps lui manquant.

— Ça te dérange si j'utilise ta douche ?

— Pas du tout. Tu veux des vêtements propres ?

— Ce serait génial.

Lance lui montra la chambre d'amis.

— Il y a une douche dans la salle de bains du couloir. Les serviettes sont sous le lavabo. Les draps du lit sont propres. Appelle-moi si tu as besoin de quelque chose.

J'ai besoin de toi.

Mais les mots moururent sur ses lèvres.

Il lui apporta un short et un T-shirt.

— Ceux-là ont un cordon de serrage.

Elle prit les vêtements et se doucha. Peu importe la température de l'eau, elle la sentait à peine sur sa peau. Elle se sentait engourdie de l'intérieur.

Le whisky n'était pas son ami.

Le T-shirt pendait jusqu'à mi-cuisse et le cordon de serrage maintenait à peine le short sur ses hanches. Habillée, elle se glissa dans le lit d'invités, posant son arme sur la table de nuit. Mais le sommeil ne venait pas. Elle fixa le plafond jusqu'à ce que les premiers rayons gris de l'aube éclairent le ciel. Puis elle se glissa hors du lit. Elle mit son arme dans son sac à main, enfila ses chaussures et quitta la maison.

Le ciel devenait rose alors que le soleil se profilait à l'horizon. Elle ne rencontra aucun autre humain sur les six pâtés de maisons menant à Sharp Investigations où son van était garé. Elle récupéra les vêtements de rechange qu'elle avait commencé à garder à l'arrière depuis l'incident sur la scène de crime. Elle prit la clé de l'immeuble que Sharp lui avait donnée, et s'approcha de la porte d'entrée. Elle se changerait avant de rentrer chez elle pour voir ses filles. Il serait difficile d'expliquer pourquoi elle portait les vêtements de Lance.

Un bruit de raclage fit se dresser les poils de sa nuque. Elle se retourna, mais la rue était vide. À six mètres de là, une grande haie séparait le terrain de Sharp de la propriété voisine. Morgan recula vers l'agence, les sens en alerte. La haie bruissa. Éclairée par le soleil levant, une silhouette sortit de la haie. Son ombre tomba sur l'herbe.

33

Lance se réveilla dans une maison sombre. Il s'était inquiété pour Nick aux soins intensifs, pour ce fou de Dean Voss en liberté, et pour Morgan s'effondrant dans ses bras.

Surtout la dernière partie.

Sa main effleura l'oreiller vide et froid à côté de lui. C'était un miracle qu'il ait résisté à l'envie de la prendre dans son lit. Au-delà du désir physique, elle était tout ce qu'il avait toujours voulu chez une femme, beauté profonde alliée à une combinaison irrésistible de force et de fragilité.

Il ne savait pas comment elle gérait le stress et les responsabilités qui pesaient sur ses épaules. S'occuper uniquement de sa mère l'accablait par moments.

Ses articulations étaient comme des charnières rouillées après une nuit peu reposante. Tout ce qu'il voulait, c'était une tasse de café fort et une douche chaude. Il n'y avait aucune chance que le thé vert de Sharp puisse dissiper le brouillard cérébral de Lance.

Mais en sortant du lit, il perçut que l'endroit était vide. Il revêtit un short et se rendit dans la chambre d'amis. La porte était entrouverte.

Il jeta un coup d'œil à l'intérieur.

Morgan était partie.

Mince.

Il n'y avait qu'un seul endroit où elle aurait pu aller. Son van était au bureau. Lance enfila un T-shirt, ses chaussures, et sortit. Voss était toujours en liberté et dangereux.

Le soleil pointait à l'horizon quand il se pressa vers sa Jeep.

Devant le bureau, Lance se gara sur le trottoir et sauta de son véhicule.

Alors qu'il se dirigeait vers le bâtiment, son cœur fit un bond à la vue de son sac à main et d'un petit sac de voyage sur le trottoir à mi-chemin de la porte d'entrée.

Dégainant son arme, il entra.

— Morgan ?

— Par ici.

La voix féminine venant de la cuisine l'étourdit presque de soulagement. Il ramassa son sac à main et son sac de voyage et les porta à l'intérieur.

Morgan était assise à la table de la cuisine. Elle portait toujours ses vêtements. Le sang suintait d'une écorchure sur son genou. Le chien errant s'appuyait contre ses jambes. Sharp, habillé d'un short et d'un T-shirt, faisait du thé.

Lorsque Lance entra dans la cuisine, le chien hérissa son poil et grogna, se mettant entre Morgan et lui.

Il s'immobilisa.

— Que s'est-il passé ?

— Quelqu'un était dehors.

La main de Morgan se posa sur la tête du chien.

— J'ai trébuché et je me suis écorché le genou. Elle l'a chassé.

— Tu as vu qui c'était ?

Il posa ses affaires sur la chaise vide à côté d'elle.

Morgan secoua la tête.

— Il était dans les haies à côté. J'avais le soleil dans les yeux quand il est sorti. Lorsque le chien est arrivé en courant de l'arrière de la maison, il a détalé à travers la haie.

— As-tu appelé la police ? demanda Lance.

Sharp secoua la tête.

— Il n'a rien fait d'illégal.

Lance jura.

— Vous avez vérifié les vidéos de surveillance ?

Sharp prit un iPad derrière lui. Il passa en revue quelques écrans et tendit l'iPad à Lance.

— Le soleil était derrière lui. Un type de taille moyenne, habillé d'un jean et d'une veste à capuche noire. On dirait que son visage était couvert de quelque chose.

— Ce n'est pas très utile.

Lance regarda la vidéo. La silhouette était une ombre à peine détaillée, le contour d'un homme. Il sortit des haies. Avant qu'il n'ait fait deux pas, une tache blanche le chargea. L'homme se retourna et détala.

— Ce chien est une fusée.

— Je vais envoyer l'image à un ami pour voir s'il peut obtenir plus de détails, dit Sharp.

Morgan caressa la tête du chien.

— Si l'on suppose que l'homme est le tueur de Tessa, cela exclut Robby Barone et son père. Robby est trop petit et son père trop grand.

— Et si l'homme n'avait rien à voir avec l'affaire ? demanda Sharp.

— Il aurait pu être un cambrioleur potentiel repérant l'immeuble d'à côté.

— Ou c'était Jacob Emerson, suggéra Lance. Je suis sûr que le procureur a déjà appelé son père. Peut-être qu'il n'apprécie pas la perspective de se voir prélever de l'ADN.

— Dean Voss est une autre possibilité, dit Sharp. Essayer de kidnapper une femme dans une rue publique est assez fou. La police de Scarlet Falls, le département du shérif et la police d'État le recherchent, mais il est insaisissable.

— N'oubliez pas Kevin Murdoch, ajouta Lance. Je sais que nous n'avons pas trouvé d'informations sur le futur beau-père de Jamie, mais je ne l'ai pas encore exclu.

— Il y a une personne qui est complètement exclue.

Morgan appliqua un pansement sur son genou.

— Nick. Et à ce sujet, Bud m'a envoyé par message que Nick est stable et que son état s'améliore plus vite que ce que les médecins attendaient. Ils pensent qu'il est sorti d'affaire.

— C'est un soulagement, dit Lance.

Sharp posa une tasse de thé sur la table en face d'elle.

— Merci, dit-elle.

Lance essaya de croiser son regard, mais elle était bien trop concentrée à mélanger une cuillère de miel dans son thé.

Soudain, elle se leva sans boire le thé.

— Je ferais mieux de me changer et de rentrer à la maison si je veux voir mes filles avant qu'elles n'aillent à l'école.

Sharp lui tendit un pansement et elle quitta la pièce avec son sac de voyage. Le chien la suivit. Ils entendirent la porte de la salle de bains s'ouvrir et se fermer. Quelques minutes plus tard, Morgan revint, vêtue d'un jean et d'un pull léger.

Le chien restait collé à ses jambes.

— Merci d'avoir accouru à mon secours, Sharp.

— Entre le Glock dans votre main et le chien, vous n'aviez pas besoin d'être secourue, dit Sharp.

— J'apprécie quand même.

Morgan changea le sac de voyage d'épaule et attrapa son sac à main sur la chaise de la cuisine.

— Je serai de retour dans deux ou trois heures. Ensuite, nous pourrons chercher la femme de Voss.

— C'est un bon plan.

Lance l'accompagna jusqu'à la porte d'entrée.

Elle se baissa pour caresser la tête du chien.

— Merci. Tu dois rester ici, au moins pour le moment.

Lance la suivit dehors, en s'assurant que le chien ne sortait pas par la porte d'entrée.

Sur le trottoir à côté de son van, elle se tourna vers lui.

— Je suis désolée pour la nuit dernière.

— Tu n'as pas à être désolée, dit Lance. Tu étais bouleversée à propos de Nick.

Leurs regards se croisèrent pendant quelques secondes.

Ses yeux étaient tristes et résignés.

— C'était mal, et je suis désolée.

Elle se détourna et glissa sur le siège conducteur, jetant son sac à main et son sac de voyage sur la console.

— Cela ne se reproduira plus. Je te le promets.

Et cela ne déclenchait-il pas un flot de regrets ?

Si seulement les choses étaient différentes. Si elle n'était pas accrochée à son mari décédé. S'il n'y avait pas trois petits enfants innocents qui seraient affectés par toutes les retombées. Si la maladie mentale de sa mère ne prenait pas une si grande part de sa vie.

Trop de *si*.

Mais il avait été complètement honnête la nuit précédente. Il ne serait pas un regret. Pas avec elle.

— Tu m'envoies un message quand tu es à la maison ? demanda-t-il.

Elle lui adressa un signe affirmatif de la tête et ferma la portière.

Lance la regarda partir. Le trou vide au fond de son estomac s'inquiétait qu'en ayant été la voix de la raison la nuit dernière, il ait laissé passer sa seule occasion de lui faire l'amour.

Il chassa ses idées sombres et retourna à l'intérieur. Sharp était dans la cuisine quand Lance revint.

— Je veux savoir pourquoi cet homme était devant chez moi ce matin, dit Sharp.

— Mais l'a-t-il suivie jusqu'ici ou l'a-t-il attendue ? demanda Lance.

— Bonne question. Je me demande aussi s'il savait que je vis à l'étage.

— Il ne savait certainement pas pour le chien.

Lance retourna dans la cuisine. Le chien était dans le coin, les regardant suspicieusement.

— Fusée lui a fait une sacrée surprise.

— Ne la regarde pas. Ça la rend nerveuse.

Sharp ignora le chien.

Elle se recroquevilla sous la table alors qu'il remplissait des bols de nourriture et d'eau et les mettait dans le coin comme s'il le faisait tous les jours.

— Alors, pourquoi Morgan était habillée avec tes vêtements ce matin ? demanda Sharp avec son franc-parler habituel.

— Ce n'est pas ce que tu crois.

Lance alla au frigo et se versa un verre d'eau filtrée.

Sharp leva les mains.

— Je n'ai fait aucune supposition.

— Il était tard quand nous avons quitté l'hôpital hier soir. Morgan est restée dans ma chambre d'amis. Il ne s'est rien passé.

Lance ne savait pas pourquoi il était important que Sharp le sache.

— Bien sûr qu'il ne s'est rien passé. Tu n'aurais jamais profité d'elle, dit Sharp.

— J'en avais envie, admit-il. Est-ce que ça fait de moi un salaud ?

Ce baiser l'avait presque achevé.

— Non. Ça fait de toi un être humain.

Sharp lui donna une tape dans le dos.

On frappa à la porte. Lance se dirigea vers l'entrée et regarda par la fenêtre.

— C'est Tony Allessi, le meilleur ami de Jamie Lewis.

Il ouvrit la porte.

Le Mohawk de Tony avait changé de couleur pour devenir vert vif.

— Je sais qu'il est tôt. Je voulais m'arrêter sur le chemin de l'école. Il faut que je vous parle. C'est à propos de Jamie.

Lance fit un pas de côté. Sharp était dans le couloir derrière lui. Il fit un geste vers son bureau.

— Allons-y.

Tony fit des allers-retours nerveux devant le bureau de Sharp. Lance croisa les bras et s'appuya contre le mur. Sharp s'assit derrière son bureau.

— Que pouvons-nous faire pour toi, Tony ?

Tony s'immobilisa.

— C'est Jamie.

— Tu l'as vue ? demanda Sharp.

— Non. C'est justement ça.

Tony reprit son tour du périmètre de la pièce.

— Depuis qu'elle a quitté la maison, on se voit deux fois par semaine au lac. Je lui apporte de la nourriture et d'autres choses dont elle pourrait avoir besoin. Elle ne m'a pas dit où elle restait, mais je savais qu'elle allait bien.

— Et maintenant ?

Lance s'écarta du mur.

— Elle a manqué nos deux derniers rendez-vous. Je ne sais pas où elle est allée. J'ai regardé partout où je pouvais penser. Personne ne l'a vue.

Sharp fronça les sourcils.

— Depuis quand ?

— Depuis la nuit où Tessa Palmer est morte.

Tony s'arrêta derrière une chaise et posa ses deux mains sur le dossier. Ses doigts se crispèrent.

— Je suis vraiment inquiet.

Sharp hocha la tête.

— C'est intelligent de ta part de venir nous voir.

— Fais une liste de tous les endroits où elle a pu aller.

Lance se rendit dans la salle de crise pour récupérer une feuille blanche d'imprimante. Il tendit à Tony un stylo du bureau de Sharp.

— OK.

Tony s'assit sur la chaise et s'appuya sur le bureau pour écrire.

— Mais j'ai déjà vérifié tous ces endroits.

— Fais une autre liste de tous ceux que Jamie aurait pu aller voir pour obtenir de l'aide, ajouta Sharp.

Tony finit d'écrire et poussa la liste sur le bureau.

— J'ai écrit mon numéro de téléphone portable en bas, au cas où vous voudriez me demander quelque chose d'autre.

— Merci, Tony.

Lance l'escorta jusqu'à la porte, et retourna ensuite dans le bureau de Sharp.

— Merde. On doit trouver cette gamine, et on doit s'assurer qu'elle est en sécurité.

Sharp brandit la liste de Tony.

— Je vais commencer par cette liste. Si cette enfant est toujours là, quelqu'un l'aura vue.

Lance se dirigea vers son bureau tandis que Sharp sortait par la porte d'entrée. Alors que Lance s'installait dans son fauteuil, il entendit un craquement venant de la cuisine, puis le bruit du chien lapant son eau.

Il y avait trop de gens qui se cachaient dans cette ville. Ils devaient trouver Jamie pour son propre bien, et la police devait localiser Dean Voss pour le bien de tous.

34

Morgan franchit sa porte d'entrée. Sophie était déjà debout. Elle se tenait sur un tabouret dans la cuisine, «aidant» Gianna à faire des pancakes.

— Bonjour.

Gianna attira l'attention de Morgan.

— Des nouvelles ?

— Nick va mieux.

Morgan hocha la tête. Elle avait parlé à Bud dans la voiture. Elle avait aussi laissé un message au shérif du comté. Il devait lui fournir les détails de l'attaque de Nick.

— Maman !

Sophie sauta de sa chaise et courut vers Morgan. Elle l'attrapa en plein vol et l'embrassa sur le front. Avec sa fille autour de sa taille, elle se dirigea vers le couloir.

— Je vais réveiller Ava et Mia.

Un petit déjeuner bavard avec ses filles était exactement ce dont Morgan avait besoin pour se ressaisir.

Elle les aida à s'habiller, à brosser et à tresser leurs cheveux, et les accompagna à l'arrêt de bus. Sophie refusa que Morgan touche ses cheveux, disant qu'elle attendrait que Gianna lui fasse ses oreilles de chaton.

À l'approche du bus, elle prit la main de Sophie, embrassa Mia et Ava, regarda ses deux filles aînées monter les grandes marches du bus scolaire.

Sophie et elle retournèrent vers la maison.

Sophie sautilla.

— Gianna et moi faisons des biscuits aujourd'hui.
— Ah oui ?
— Oui, oui.
Sophie hocha la tête.
— Des cookies en forme de chaton.
— Ils donnent envie.
— Nous avons des pépites de chocolat pour leurs yeux et de la réglisse pour leurs moustaches.
Morgan ouvrit la porte et elles entrèrent.
Gianna avait nettoyé la cuisine après le petit déjeuner. Elle ferma la porte du lave-vaisselle.
— Si tu m'apportes le panier de trucs pour les cheveux, je ferai tes oreilles de chaton.
— *Miaou.*
Sophie sauta hors de la pièce.
— Je ne pourrai jamais te remercier assez. Elle semble vraiment heureuse.
— Je te l'ai déjà dit. J'aime être avec les filles.
Gianna sourit.
— J'ai l'impression d'avoir des petites sœurs.
— Demain, tu as une dialyse. Je sais que tu as proposé d'être leur nounou, mais tu dois me promettre que tu me diras si elles sont trop fatigantes pour toi, dit Morgan. Cette situation ne fonctionnera que si nous communiquons.
— OK.
Gianna s'essuya les mains sur un torchon.
— Mais mes traitements de dialyse s'alignent sur les horaires de l'école maternelle de Sophie. Tant que je peux faire une sieste après, ça devrait aller.
— Nous devons encore discuter d'un salaire pour toi.
Gianna secoua la tête avec entêtement.
— Non.
— Je vais laisser tomber pour l'instant, mais nous aurons de nouveau cette discussion.
Morgan se tourna vers le seuil de la porte.

— Ma réponse ne changera pas, lui lança Gianna.

Morgan se doucha et s'habilla d'un pantalon noir et d'un chemisier en coton. Elle glissa son Glock dans son étui à l'intérieur de sa ceinture, derrière sa hanche droite. Après avoir enfilé un blazer et des chaussures plates, elle embrassa Sophie pour lui dire au revoir et reprit la route vers le bureau.

Le meurtre de Tessa devait être résolu. Nick allait vivre, mais il risquait toujours d'aller en prison.

Elle franchit la porte d'entrée du bureau et traversa le couloir jusqu'à la salle de crise. Lance sortit de la cuisine et faillit la percuter. Ses cheveux étaient encore humides. Elle avait chassé la nuit précédente de son esprit, mais l'odeur de cèdre de son gel douche la ramena en un éclair.

La sensation de ses muscles sous ses mains. L'odeur de sa peau. Le goût de sa bouche.

La chaleur lui monta au visage.

La nuit dernière, elle avait été bouleversée et le whisky avait réduit ses inhibitions, mais ce matin, elle était complètement sobre. On ne pouvait nier qu'elle le désirait toujours.

Mais était-elle prête à faire quelque chose à ce sujet ?

Et après son comportement d'hier soir, était-il encore intéressé par elle ? Elle avait été une idiote.

Elle se réfugia dans la salle de crise. Lance la suivit.

Sharp se tenait devant le tableau blanc.

— Avons-nous une mise à jour sur l'état de Nick ?

— Oui, dit Morgan. Bud a appelé pendant que j'étais dans la voiture. Les médecins sont très heureux de son amélioration. Il est passé de critique à stable et devrait sortir des soins intensifs ce matin.

Lance expira.

— C'est génial.

— J'attends des nouvelles du shérif. Je veux savoir qui a poignardé Nick et pourquoi, dit Morgan. Le détenu qui l'a attaqué a pris un risque énorme. Il avait besoin d'une raison pour attaquer Nick. Cela aurait pu être une simple violence carcérale, mais il y a plus de chance que ce ne soit pas le cas.

Lance croisa ses bras sur sa poitrine.

— Ce n'est pas si difficile d'organiser un coup à l'intérieur, mais pourquoi ?

— Peut-être que le vrai tueur a supposé que si Nick mourait, nous n'aurions plus de client et que nous arrêterions d'enquêter.

Morgan fit les cent pas dans la pièce.

— Ce qui signifie que nous avons mis quelqu'un mal à l'aise. Nous sommes sur la bonne voie.

Lance montra des photos de Robby Barone et de son père.

— J'ai parlé à ma mère. Elle n'a rien trouvé sur les Barone. On dirait qu'ils ont disparu dans la nature. Elle a trouvé plusieurs petites sociétés liées à d'autres membres suspects. Elle est en train de creuser à travers des couches de sociétés-écrans pour voir s'ils possèdent des biens immobiliers.

— J'ai appelé quelques-uns de mes potes. Il n'y a aucun signe de Dean Voss. Les flics locaux, du comté et de l'État le recherchent tous. Ils savent que Voss était dans les forces spéciales. Il ne va pas être facile à trouver, dit Sharp.

— Ils cherchent Rambo, dit Lance en soupirant.

— Exactement, confirma Sharp.

— Nous allons essayer de parler à Mme Voss aujourd'hui. Dans l'espoir qu'elle ait une idée de l'endroit où son mari se cache, répondit Morgan.

— Bonne chance avec ça.

Sharp se frotta la tête avec une main.

— Elle coopère avec la police. Ils la surveillent. Ils pensent que Voss pourrait essayer de la contacter.

Mince.

Morgan fixa le tableau.

— Qui reste-t-il sur notre liste de suspects ?

— Jacob Emerson, dit Lance. Est-ce que ça pourrait être lui qui t'a suivie ce matin ?

Morgan prit l'image capturée sur la vidéo de surveillance et la fixa au tableau avec un aimant.

— Cela pourrait être soit Dean Voss, soit Jacob Emerson. Ils ont à peu près la même taille et la même corpulence.

Lance secoua la tête.

— Pour les besoins de l'argumentation, supposons que le même homme a traqué Morgan ce matin et a organisé l'attaque sur Nick. Si c'est vrai, alors je ne vois pas Jacob Emerson avoir les contacts nécessaires pour orchestrer un coup en prison.

— Son père aurait-il pu arranger ça ? Quel genre de droit pratique M. Emerson ? demanda Sharp.

Morgan ouvrit son dossier et feuilleta les pages sur M. Emerson.

— Il est spécialisé dans les erreurs médicales, mais il a aussi défendu des cas de conduite en état d'ivresse, ce qui signifie qu'il a passé du temps au tribunal et en prison.

Le téléphone de Morgan vibra.

— C'est le shérif.

Elle répondit à l'appel.

— Morgan Dane.

— Madame Dane, dit le shérif. Que puis-je faire pour vous ?

— Merci de me rappeler. Qui a poignardé mon client, shérif ?

— Le nom de l'homme est Zachary Menendez. Il est en attente de son procès pour trois chefs d'accusation de meurtre au premier degré, répondit le shérif.

— Avez-vous une idée de la raison pour laquelle il l'a fait ?

— Jusqu'à présent, M. Menendez a exercé son droit de garder le silence.

La voix du shérif reflétait son mépris.

— Mais je sais que les charges déjà déposées contre lui sont assez lourdes. On s'attend à ce qu'il aille en prison pour les cent prochaines années. C'est un homme très violent. Je ne suis pas sûr qu'il ait besoin d'une raison pour faire du mal aux gens.

Morgan ne le croyait pas une seconde. Menendez aurait pu poignarder n'importe qui dans cette pièce. Pourquoi avait-il choisi Nick ?

— Que savez-vous d'autre sur lui ?

— Il a des problèmes de santé mentale, dit le shérif. C'est un héroïnomane, et il est sans abri depuis qu'il a été libéré de l'armée il y a cinq ans.

— Avez-vous son dossier militaire ? demanda-t-elle. Pourrait-il connaître Dean Voss ?

— Non. Il était dans une sorte de forces spéciales. L'armée n'aime pas partager ce genre d'informations, répondit le shérif. Vous n'avez pas besoin de vous inquiéter pour votre client quand il retournera en prison. Nous avons transféré Menendez en isolement. Il sera accusé de tentative de meurtre, en plus des autres charges auxquelles il faisait déjà face.

— Merci pour l'information.

Morgan ne parla pas d'un éventuel procès au nom de Nick. Elle était déterminée à ce que Nick ne retourne jamais en prison.

— J'aimerais voir la vidéo de surveillance de l'incident.

— Bien sûr.

Mais le shérif ne s'était pas excusé pour le coup de couteau. L'homme était assez intelligent pour savoir que des excuses pouvaient être interprétées comme un aveu de faute et que Morgan porterait plainte au tribunal civil au nom de Nick.

— Merci, offrit Morgan.

— De rien. Faites-moi savoir si vous avez besoin de plus d'informations.

Le shérif mit fin à l'appel.

Morgan résuma la conversation pour Sharp et Lance.

— L'homme qui a poignardé Nick était dans les forces spéciales. Comment peut-on savoir s'il a servi avec Dean Voss ?

— Nous devons parler à la femme de Voss, dit Lance. Elle pourrait soit connaître Menendez, soit quelqu'un d'autre qui a servi avec son mari.

— Bonne chance.

Sharp se retourna vers le tableau.

— J'ai une réunion prévue ce matin avec les parents de Jamie Lewis. Puis je vais voir ce que je peux apprendre d'autre sur Menendez.

— Vous avez réussi à trouver Jamie ? demanda Morgan.

— Non, dit Sharp. La dernière fois que quelqu'un l'a vue, c'était la nuit où Tessa a disparu.

— Je n'aime pas ce que j'entends.

Morgan se leva et mit la sangle de son sac à main sur son épaule.

— J'espère que rien ne lui est arrivé.

Morgan et Lance allèrent à la Jeep. Ils roulèrent en silence en parcourant les premiers blocs.

Elle regarda par la vitre passager alors qu'ils traversaient Scarlet Falls. Près du centre-ville, les maisons étaient grandes et bien entretenues, avec de larges porches, des arbustes taillés et des parcelles d'herbe verte. Mais qui savait ce qu'il se passait derrière ces portes fermées fraîchement peintes ?

Elle baissa sa vitre de quelques centimètres. L'air frais du matin sentait les feuilles mortes et la fumée de bois. La tension entre elle et Lance crépitait comme un feu de joie. Avait-elle endommagé leur relation ?

Elle lui jeta un regard en biais.

— J'espère que je n'ai pas ruiné notre amitié.

— Tu n'as rien ruiné.

Mais son langage corporel contredisait ses paroles. Les muscles de sa mâchoire s'étaient contractés, et ses doigts s'étaient crispés sur le volant juste une seconde. Si elle n'avait pas été à l'affût, elle ne l'aurait pas remarqué.

Elle se détourna pour regarder par le pare-brise, l'épuisement glissant sur elle, pesant sur ses membres comme une épaisse couverture. Elle s'en débarrassa.

Réparer leur relation devrait attendre. L'affaire de Nick avait besoin de toute son énergie.

35

Mme Voss vivait dans un lotissement de petites maisons sur des terrains en timbre-poste.

L'entretien était mitigé. Certaines pelouses étaient tondues et ratissées, d'autres envahies par la végétation. Lance se gara sur le trottoir d'un petit bungalow. Pas de peinture écaillée ou de volets pendants, mais l'herbe avait besoin d'être tondue. Il inspecta les maisons environnantes, mais ne vit aucun signe de Dean Voss.

De l'autre côté de la rue, une voiture de police était garée sur le trottoir. Lance reconnut le jeune policier assis sur le siège conducteur. Vraiment ? Horner avait assigné la nouvelle recrue pour surveiller un ancien soldat des forces spéciales ?

Lance balaya la propriété du regard.

— Je suppose que Mme Voss n'a pas eu le temps de tondre la pelouse.

Morgan récupéra son sac à main.

— Si l'un de mes voisins avait de l'herbe aussi haute, Grand-père serait à sa porte pour demander si tout va bien. Ensuite, il se serait occupé de l'herbe.

— Soit ce n'est pas ce genre de quartier, soit Mme Voss n'est pas ce genre de voisine.

Deux portes plus bas que chez les Voss, une porte de garage s'ouvrit et un homme sortit pour aller chercher sa poubelle sur le trottoir.

— Allons voir ça.

Morgan sortit de la voiture.

Lance et elle marchèrent en direction du voisin. Le ciel était couvert, et le manque de lumière du soleil rendait la matinée fraîche.

— Bonjour, l'interpella-t-elle.

Le voisin était d'âge moyen. Il portait un pantalon kaki et un polo bleu avec le logo d'un magasin d'électronique sur la poitrine.

Morgan fit les présentations.

— Vous connaissez les Voss ?

— Je suis Ned Burke, dit le voisin. Je les connais juste assez pour ne pas vouloir m'approcher. Ils ne sont pas très amicaux, et le mari est une tête brûlée. J'ai emménagé en mars dernier. Je ne pouvais pas ouvrir mes fenêtres. Tout le voisinage pouvait les entendre se battre. C'est plus calme depuis qu'il a déménagé. J'ai entendu dire qu'il avait complètement perdu la tête. Ça ne me surprend pas.

— Avez-vous vu Dean depuis ? demanda Morgan.

— Oui, dit-il en hochant la tête. Il est venu il y a quelques semaines pour frapper à sa porte. Je suis sorti pour lui demander de faire moins de bruit, et il m'a dit que si je ne m'occupais pas de mes affaires, il m'y obligerait.

Lance n'aimait pas l'image de Voss qui se formait dans sa tête, un homme au tempérament violent qui avait été entraîné à blesser les gens.

— Que s'est-il passé ?

— J'ai appelé la police, répondit le voisin en soufflant. Ils ont mis un quart d'heure à répondre. Il a continué à harceler sa femme jusqu'à ce qu'il entende les sirènes. Puis il est parti.

— Avez-vous parlé à Mme Voss récemment ? demanda Morgan.

— Non. Je reste en dehors de ça.

Le voisin sortit un trousseau de clés de sa poche.

— Je dois aller travailler.

— Merci pour votre aide.

Lance tendit une carte de visite au voisin.

— Si vous voyez Dean dans le coin, vous pouvez nous appeler ?

L'homme la glissa dans sa poche.

— Bien sûr. Juste après avoir appelé les flics. Mais si j'étais vous, je ne chercherais pas Dean Voss. Cet homme est fou.

L'officier se tenait devant sa voiture quand ils revinrent à pied vers la maison de Voss.

— Je peux voir une pièce d'identité ? demanda le bleu.

Lance sortit son permis de conduire de son portefeuille.

— Vous ne vous souvenez pas de nous ?

— J'ai quand même besoin de votre numéro de permis.

Le bleu prit également la carte d'identité de Morgan.

— Attendez ici.

Il apporta leurs pièces d'identité à sa voiture. Il revint quelques minutes plus tard et leur rendit leurs documents.

— Merci.

Morgan et Lance allèrent à la porte. Lance appuya sur la sonnette.

Les rideaux de la fenêtre à gauche bougèrent. Quelques secondes plus tard, la porte s'ouvrit aussi loin que la chaîne le permettait. Le visage fin d'une femme apparut dans l'interstice.

— Mme Voss ? s'enquit Morgan.

Le hochement de tête de la femme était incertain et plein de suspicion.

— Qui êtes-vous ?

Morgan les présenta.

— Pouvons-nous vous poser quelques questions sur votre mari ? Nous avons eu une rencontre avec lui il y a quelques jours.

— Vous êtes les personnes sur lesquelles il a tiré ? demanda Mme Voss.

— Oui, dit Morgan.

La porte se referma, la chaîne racla, et Mme Voss ouvrit la porte en grand.

— Je suppose que je vous dois quelques minutes.

— Merci.

Morgan franchit le seuil.

Le salon était sombre, les rideaux et les stores étaient fermés.

Mme Voss les conduisit dans une cuisine minuscule, mais bien rangée. Le sol en vinyle était impeccable et les plans de travail brillaient dans la lumière du plafonnier. Un flacon pulvérisateur de nettoyant pour meubles et une pile de chiffons étaient posés sur le sol. Elle s'assit à une table ronde en chêne et croisa ses mains devant elle, leur peau était rouge et irritée.

— Je ne sais pas quoi faire, alors je nettoie, dit-elle en frottant ses jointures. J'ai peur de quitter la maison, même si la police me suit partout. Hier, je suis allée au magasin. J'avais tellement peur que j'ai à peine réussi à acheter du lait et du pain avant de devoir partir.

— Il y a un policier juste devant.

Morgan se glissa sur la chaise à côté d'elle.

Mme Voss soupira un grand coup.

— Ils ne connaissent pas Dean. S'il veut m'avoir, un agent en uniforme ne pourra pas l'arrêter.

— Vous n'avez pas à nous convaincre qu'il est dangereux, dit Morgan. Il a essayé de nous tuer.

Mme Voss secoua négativement la tête.

— Si Dean avait voulu vous tuer, vous seriez morts.

— À quel point Dean est-il un bon tireur d'élite ?

Lance s'appuya contre le comptoir. Il soupçonnait Voss de les avoir intentionnellement manqués.

— Dean touche ce qu'il vise. À chaque fois.

Mme Voss frotta ses mains l'une contre l'autre.

— Votre mari a-t-il toujours été violent ? demanda Morgan.

Mme Voss prit un mouchoir dans la boîte et s'essuya les yeux. Sa voix devint dure.

— Non. Tout a commencé l'hiver dernier, quand cette petite salope l'a accusé d'avoir embrassé une autre élève.

Morgan appuya ses avant-bras sur la table.

— Vous ne pensez pas que Dean était coupable ?

— Dean a ses problèmes, mais il ne serait jamais inconvenant avec une étudiante.

Mme Voss croisa le regard de Morgan, puis celui de Lance. Elle était peut-être effrayée par son mari, mais elle était tout aussi sûre qu'il n'avait pas fait d'avances à son étudiante.

— Sous tous ses délires, Dean est un homme bon. Un homme moral.

— Mais vous avez peur de lui maintenant ?

— Vous ne comprenez pas. Le Dean qui court dans la ville dans un état de paranoïa n'est pas vraiment lui.

Mme Voss se pencha en arrière, froissa son mouchoir dans sa main, et enserra sa taille.

— Dean est revenu d'Irak en homme changé. Ce qui s'est passé là-bas l'a détruit. Mais il a suivi une thérapie. Il a parlé à d'autres vétérans. Il a travaillé très dur pour se ressaisir pendant toute la première année. Quand il s'est senti assez stable, il a demandé son certificat d'enseignement. Il avait obtenu son master en histoire pendant qu'il était en service.

D'autres larmes se formèrent, et elle se tamponna les yeux et le nez.

— Il aimait enseigner. Ça lui donnait un but. Il aimait les enfants, et les enfants semblaient l'aimer en retour. Je pensais qu'il avait réussi. Les cauchemars avaient cessé. Il faisait ses nuits. Plus il travaillait à l'école, plus il ressemblait à son ancien lui.

Elle marqua une nouvelle pause. Un petit frisson secoua son corps, puis un soupir.

— Puis cette fille est allée voir le principal et a dit qu'elle l'avait vu embrasser une autre fille. Dean a nié l'accusation, tout comme Ally Somers, la fille qu'il était accusé d'avoir embrassée. Il n'y avait aucune preuve. Aucune. Sauf cette déclaration de Kimmie Blake. Mais sa réputation était ternie, et sa carrière terminée. Il a démissionné. Après ça, la dépression l'a durement frappé. Il est devenu instable. Il a refusé de retourner en thérapie. C'était trop. Il s'était déjà refait une fois. Il ne pouvait pas le faire à nouveau. Il a sombré de la dépression à la paranoïa.

Mme Voss se tut.

— Votre mari a-t-il déjà parlé de Tessa Palmer ou de Jamie Lewis ? demanda Morgan.

— Je ne pense pas, dit Mme Voss. Bien sûr, je connais le nom de Tessa en lisant les journaux.

— Votre mari a-t-il déjà mentionné un homme nommé Zachary Menendez ? demanda Lance.

Mme Voss fit non de la tête.

— Non. Pourquoi ?

— Nous pensions qu'ils avaient pu servir ensemble dans l'armée, expliqua Lance, déçu.

Une connexion établie entre Voss et Menendez aurait simplifié les choses, mais le démenti de Mme Voss ne l'excluait pas totalement.

— Le nom ne m'est pas familier, dit Mme Voss.

— Que s'est-il passé en mai ? demanda gentiment Morgan. Pourquoi a-t-il déménagé ?

— Il m'a frappée.

Mme Voss pressa le mouchoir sur son visage. Un petit sanglot éclata derrière avant qu'elle ne renifle et ne baisse les mains.

— Je ne sais pas qui de nous deux était le plus horrifié, mais je savais que quelque chose devait changer. Je ne pouvais pas vivre avec lui s'il n'était pas prêt à se faire aider. Franchement, j'avais peur de lui. Alors je lui ai donné un ultimatum. S'il voulait que nous restions mariés, il devait se faire soigner.

Des larmes coulèrent sur ses joues, et cette fois, elle ne prit pas la peine de les essuyer.

— Je voulais bien faire. Je pensais qu'il m'aimait assez pour s'efforcer de préserver notre mariage, mais Dean était déjà parti trop loin à ce moment-là. Il est parti. Il a pris son propre appartement. Il a refusé de répondre à mes appels. Je ne savais pas quoi faire. Dans mon cœur, je l'aime toujours. Mais comment vivre avec un homme qui vous effraie au plus haut point ? Même après que Dean a déménagé, j'avais toujours peur de fermer les yeux la nuit. Il est devenu imprévisible et irrationnel. Il est venu à plusieurs reprises pour s'excuser et me supplier de le reprendre. Mais quand je dis non, il pète les plombs. J'ai finalement demandé le divorce. Je ne peux pas aider un homme qui ne veut pas me laisser faire.

Un chien aboya dehors, et Mme Voss bondit de sa chaise. Elle regarda par la fenêtre au-dessus de l'évier. Avec un index, elle écarta les mini stores et jeta un coup d'œil entre les lattes.

Lance traversa la cuisine et regarda par-dessus son épaule.

— Vous pensez qu'il viendrait ici en plein milieu de la journée ?

— Dean ne laisserait pas une petite chose comme la lumière du jour l'arrêter.

Mme Voss s'éloigna du store. Quand la maison redevint calme, elle fit les cent pas.

— Recevoir les papiers du divorce a semblé être la goutte d'eau qui a fait déborder le vase. Il est venu ici le jour où il les a reçus. Il m'a suppliée de le reprendre. Il a dit qu'il m'aimait. Mais il ne pouvait pas suivre une nouvelle thérapie. C'était trop. Je lui ai demandé de partir. Il a commencé à crier. J'ai fermé la porte, mais il n'est pas parti avant que la police n'arrive.

Elle s'immobilisa dans un coin et se retourna. Ses mains agrippèrent le comptoir de chaque côté d'elle.

— Il est à une sorte de point de rupture. Je peux le sentir.

Une latte du plancher au-dessus grinça. Le regard de Mme Voss se dirigea vers la porte. Quelques secondes plus tard, un homme s'avança dans l'ouverture. Il pointa son fusil dans la cuisine.

Comment diable était-il entré ?

Le pouls de Lance s'accéléra, et il se déplaça automatiquement sur le côté pour essayer de se mettre entre l'homme armé et les femmes dans la pièce.

— Stop.

Le ton de Dean Voss était doux, mais autoritaire. Il était habillé d'un uniforme de camouflage du désert qui se serait mélangé aux feuilles mortes de l'automne. Son visage était barbouillé de terre, et il portait un fusil comme un homme à l'aise avec son arme. Lance considéra ses options. Il n'en avait pas beaucoup. Il n'avait pas le temps de sortir son arme. Alors, comment allait-il empêcher Voss de faire du mal à sa femme ou à Morgan ?

— Ne bougez pas, dit Voss.

— Ne vous inquiétez pas.

Lance leva les mains. Le fusil était pointé au centre de sa poitrine.

36

Le cœur de Morgan rata un battement quand elle reconnut Dean Voss. Son visage était fin, son regard féroce. Elle garda ses deux mains sur la table en face d'elle.

Voss pointa son arme sur Lance.

— Mettez vos mains sur votre tête. Entrelacez vos doigts.

Il déplaça son regard vers Morgan pendant une seconde.

— Vous aussi.

— Dean, ils étaient juste en train de me parler, dit sa femme.

— Non, dit Voss en secouant la tête. Ils veulent t'emmener. Ils veulent te faire du mal. La seule façon d'être en sécurité est de venir avec moi.

— Je n'irai pas, dit-elle. Tu as besoin de moi. Tu as besoin d'aide.

— Le seul type d'aide dont j'ai besoin est celui qui me fera disparaître. Ils veulent que je paie pour ce que j'ai fait.

La voix de Voss s'adoucit.

— Je dois payer.

Il leva son menton. Il y avait trop de blanc autour de ses yeux. Ils brillaient d'une lumière folle.

— Dean. Personne ne veut te faire du mal. Ils veulent t'aider.

— Non ! cria-t-il.

Sa prise sur le fusil se resserra jusqu'à ce que ses articulations soient aussi blanches que ses yeux.

— C'est juste ce qu'ils t'ont dit pour te faire coopérer.

Dean Voss était clairement paranoïaque et probablement délirant. Morgan ne pourrait pas sortir son arme avant que Voss ne tire sur Lance. Faire descendre Voss de sa corniche paranoïaque était leur seule option.

De plus, elle n'avait jamais tiré sur un autre être humain et ne voulait pas commencer maintenant si elle pouvait l'éviter.

Même si elle le ferait pour protéger Lance.

Un poing frappa à la porte d'entrée.

— Hey, Mme Voss. Est-ce que tout va bien là-dedans ?

Le bleu.

Ça n'arrangerait en rien la situation.

Les yeux de Voss s'écarquillèrent. Il attrapa Morgan par les cheveux et la tira de sa chaise. La douleur éclata dans son cuir chevelu. Elle cria. Ses deux mains allèrent sur le dessus de sa tête, une tentative instinctive pour soulager l'effort de traction.

Lance se jeta en avant, mais le fusil sur son visage l'arrêta.

— Je vais bien, Lance.

Morgan se souleva sur ses pieds. La position debout aidait à diminuer la pression.

Lance tendit sa main devant sa poitrine et recula d'un demi-pas.

— Vous ne voulez pas blesser une femme, n'est-ce pas, Dean ?

Dean rit.

— Qu'est-ce que ça peut faire ? Le monde est arriéré. Je suis accusé d'un crime que je n'ai pas commis, mais n'ai jamais été attrapé pour la seule mauvaise chose que j'ai faite.

— Qu'avez-vous fait, Dean ? demanda Lance.

— Je ne peux pas le dire. J'ai promis. Mais je dois payer.

La tête de Dean bougeait en rythme avec ses mots.

— Elle est morte. C'est ma faute.

— Qui est morte ? demanda Morgan.

Était-il en train d'avouer le meurtre de Tessa ?

Le bleu frappa encore.

— Mme Voss ?

— Dis-lui que tu vas bien.

Dean tira Morgan plus près. Le fusil resta pointé sur Lance. Le corps sale de Voss sentait la peur. Morgan respirait à travers les battements de son cœur et les tremblements de ses mains. Elle avait besoin qu'il pose le fusil. Si Voss tirait sur Lance à une distance d'un mètre cinquante, la balle le transpercerait.

— Dean, supplia sa femme. Ne leur fais pas de mal. Je vais aller avec toi. On pourra être ensemble pour toujours.

— On ne s'échappera jamais.

Voss secoua Morgan par les cheveux. Son cuir chevelu criait de douleur.

— Je vais les attacher, et on partira, plaida sa femme. Juste toi et moi. Je sais que tu seras capable de nous faire disparaître. Tu avais raison depuis le début. Nous ne sommes pas en sécurité ici.

Voss hocha la tête.

— Si tu le penses vraiment, débarrasse-toi du flic à la porte.

— Mme Voss ? cria le bleu à travers la porte. Si vous n'ouvrez pas cette porte, je vais la défoncer.

— J'arrive ! cria sa femme en direction de la porte tout en essuyant ses paumes sur son jean.

Elle parla à voix basse.

— Je vais chercher de la corde.

Elle quitta la pièce en courant. Morgan ne savait pas s'ils devaient s'attendre à ce qu'elle revienne ou non. Mme Voss pourrait sortir en courant de la maison si elle voulait s'échapper. Mais elle ne le fit pas. Elle se précipita dans la cuisine, une bobine de corde en nylon dans sa main.

— Mettez vos mains derrière le dos, dit-elle à Lance.

Il obtempéra, et elle attacha ses poignets. Le pouls rapide de Morgan résonnait dans ses oreilles. Elle ne pouvait pas permettre que ses propres poignets soient attachés. Ils seraient tous à la merci de Voss.

— Des attaches zip auraient mieux marché, dit Voss. Et prends son arme.

Merde. Il avait repéré son arme sous sa veste.

— Je n'ai pas pu en trouver.

Sa femme fit un nœud. Elle déplaça une chaise derrière Lance, et il s'assit pendant qu'elle attachait ses chevilles aux pieds de la chaise.

— Ça va les tenir assez longtemps.

Elle prit l'arme de Lance dans son étui, puis passa à celle de Morgan.

— Que dois-je faire avec les armes ?

— Donne-les-moi, dit Voss.

Une fois que Lance fut attaché, Voss posa le fusil sur le comptoir et mit l'arme de Morgan dans sa ceinture. Il traîna Morgan à une deuxième chaise. Elle devait agir maintenant. Elle n'aurait pas d'autre chance.

Mais cela faisait des années qu'elle n'avait pas pratiqué l'autodéfense physique. Est-ce qu'elle saurait le faire correctement ? Si elle ne le faisait pas…

Avant qu'il ne puisse la forcer à s'asseoir, elle mit ses mains sur le dessus de sa tête, écrasant les doigts enroulés dans ses cheveux. Pinçant sa main sur son cuir chevelu, elle se mit à genoux et inclina sa tête, pliant sa main en arrière. Des os se brisèrent quand le poignet se cassa. Ses doigts inutiles la relâchèrent. Il s'approcha d'elle avec son autre main.

Non ! Elle ne le laisserait pas s'emparer à nouveau d'elle.

Elle s'éloigna de quelques mètres, la peur se serrant autour de sa gorge comme des doigts. Respirant difficilement, Morgan roula sur le dos et donna un coup de pied.

Voss sauta hors de son atteinte et tenta de contourner ses pieds, mais elle garda ses jambes tendues et se prépara à donner un autre coup de pied.

Lance bondit sur ses pieds. Les nœuds de Mme Voss devaient être des faux.

Lance plongea à travers la pièce, attrapant Voss par la taille et le plaquant. Ils atterrirent durement sur le sol et roulèrent dans un enchevêtrement de membres, s'arrêtant avec Lance sur le dessus. Avec un grognement, Voss repoussa Lance.

— Mme Voss. J'entre.

Le jeune homme donna un coup de pied à la porte. Elle ne s'ouvrit pas. Il donna un autre coup de pied.

Morgan espérait qu'il avait appelé des renforts. Elle se leva et courut vers la porte. Elle l'ouvrit, et le bleu trébucha à l'intérieur. Il retrouva son équilibre et souleva son arme de poing.

— Ne bougez plus ! cria-t-il en pointant son arme sur les hommes au sol.

Voss sauta sur ses pieds et courut. Lance se précipita après lui, attrapant sa chemise. Voss se retourna, sa main droite contre son corps.

Boum !

Le coup de feu se répercuta dans la petite pièce. Voss s'arrêta à mi-course. Lance se figea. Le cœur de Morgan sauta un battement. Une tache rouge se forma sur la poitrine de Voss. Il tomba à genoux et oscilla pendant quelques longues secondes avant de s'écraser face contre terre.

Le bleu ne bougea pas. Son arme était toujours pointée sur Voss. Lance était à genoux à côté de Voss.

— Donnez-moi une serviette.

En pleurant, Mme Voss courut à la cuisine et rapporta un torchon.

Lance le mit sur la plaie de la poitrine de Voss et exerça une pression.

— Appelez une ambulance.

Le bleu sauta sur l'occasion. Rengainant son arme, il utilisa sa radio pour appeler de l'aide.

Les genoux de Morgan étaient comme de l'eau alors qu'elle titubait aux côtés de Lance. Malgré l'attaque de Voss, elle ne voulait pas qu'il meure. Il ne pouvait pas maîtriser ses actions. Il n'était pas sain d'esprit.

— Comment va-t-il ?

— Il saigne beaucoup trop, dit Lance. J'ai besoin d'une autre serviette.

Mme Voss lui en apporta une pile. Puis elle se mit à genoux à côté de son mari. Elle attrapa sa main.

— Dean ? Dean, n'abandonne pas.

Lance croisa le regard de Morgan. Il secoua sa tête. La balle avait touché Voss au centre de sa poitrine, juste au-dessus de son cœur.

Morgan posa deux doigts sur le cou de Voss, mais ne sentit rien.

— Pas de pouls.

Lance commença le massage cardiaque et effectua des compressions thoraciques jusqu'à ce que les ambulanciers arrivent. Puis il se retira. Les ambulanciers travaillèrent sur Voss pendant dix minutes avant de secouer la tête.

— Il est mort.

Mme Voss commença à pleurer. Morgan alla vers elle, mettant un bras autour des épaules de la femme.

Les heures suivantes passèrent dans un flou total. D'autres policiers étaient arrivés. Les armes de Morgan et de Lance avaient été récupérées sur la scène et gardées comme preuves jusqu'à ce qu'elles soient vérifiées par la balistique.

Bien que tout le monde soit d'accord pour dire que le bleu avait tiré sur Voss, une enquête approfondie permettrait de mettre les points sur les i et les barres sur les t. La police détermina que Voss avait escaladé un arbre et s'était introduit dans la maison par une fenêtre à l'étage à l'arrière de la maison.

Morgan, Lance et Mme Voss se rendirent au poste de police pour faire leurs déclarations. Ils furent séparés et placés dans des pièces individuelles. Sonnée, Morgan raconta l'incident comme un robot. Elle n'était même pas consciente qu'elle tremblait jusqu'à ce qu'un officier lui apporte une veste et une tasse de café. Comme l'adrénaline retombait, son cuir chevelu palpitait à cause de sa rencontre avec Voss, mais à part quelques bleus, elle n'était pas blessée.

Après l'heure du déjeuner, Morgan sortit de la petite pièce sans fenêtre. Lance l'attendait.

Il la conduisit hors du poste de police. Le soleil avait émergé pendant qu'ils étaient à l'intérieur, et bien que Morgan ait besoin de chaleur, celle de ses rayons ne lui convenait pas.

— Il n'aurait pas dû mourir.

Morgan frissonna dans la lumière du soleil. Elle avait rendu la veste de l'officier avant de quitter le poste.

— Il était mentalement malade.

— Tu penses qu'il a tué Tessa ?

Lance ouvrit la portière de la Jeep pour elle.

Morgan se remémora les mots de Voss.

— Je ne sais pas. Il n'a pas été plus spécifique que la première fois que nous l'avons rencontré. Je n'ai aucun doute sur le fait que les mots de Voss aideront Nick, mais j'aimerais en savoir plus.

— Nous savons que Voss avait un campement non loin de l'endroit où le corps de Tessa a été trouvé. Il souffrait de délires et de paranoïa.

Lance ferma la portière, fit le tour du véhicule, et se glissa derrière le volant.

— Avec un peu de chance, la médecine légale sera capable de relier Voss à la scène de crime.

— Pourquoi aurait-il tué Tessa ? demanda Morgan.

— Il était délirant. Peut-être qu'il pensait qu'elle était quelqu'un d'autre. S'il était vraiment accusé à tort, il a pu la confondre avec Kimmie Blake, la fille qui a porté l'accusation.

— Ou, s'il était vraiment intéressé par ses étudiantes, peut-être était-il attiré par Tessa.

Le téléphone de Morgan vibra. Elle jeta un coup d'œil à l'écran.

— C'est le procureur.

Elle répondit à l'appel.

— Pouvez-vous venir à mon bureau ? demanda-t-il.

— Oui.

Elle regarda Lance. Ses vêtements étaient tachés du sang de Dean Voss.

— Dans une demi-heure ?

Bryce accepta, et Morgan mit fin à l'appel.

— C'était à quel propos ?

Lance sortit du parking.

— Bryce veut me voir.

Elle regarda l'heure.

— Ce qui est intéressant, car il est censé être devant un grand jury dans deux heures.

— Tu penses qu'il va abandonner les charges ? demanda Lance.

— Peut-être.

Morgan se frotta la tête. Son cuir chevelu piquait encore à cause de la prise de Dean Voss dans ses cheveux.

— Si tu me déposes au bureau, je prendrai mon minivan.

— Ou je pourrais t'emmener au palais de justice.

— Je pense que je serai assez en sécurité là-bas, dit-elle. De plus, tu as besoin d'une douche et de vêtements propres.

— Où iras-tu après le palais de justice ? demanda-t-il, alors qu'il conduisait vers le bureau.

— Voir Nick.

Elle croisait les doigts pour qu'elle ait de meilleures nouvelles pour lui.

Quand ils atteignirent Sharp Investigations, Lance la déposa à côté de son minivan.

— Je te retrouve à l'hôpital.

Elle conduisit jusqu'au palais de justice. Avec son estomac qui gargouillait et son énergie au plus bas, Morgan fit un détour par les distributeurs automatiques pour acheter un paquet de M&M's à la cacahuète. Elle les mangea sur le chemin du bureau de Bryce. Sa secrétaire lui fit immédiatement signe de passer. Morgan entra, ne sachant pas trop à quoi s'attendre. Il se leva et lui indiqua d'un geste une chaise face à son bureau.

Si elle n'avait pas décidé de défendre Nick, elle aurait commencé à travailler avec le bureau du procureur la veille. Cela faisait seulement une semaine et demie depuis qu'elle avait dîné avec Bryce ? Elle avait l'impression que cela faisait bien plus longtemps.

Bryce se pencha sur sa chaise et la regarda fixement pendant quelques secondes, puis il s'avança.

— J'abandonne les charges contre Nick Zabrowski. Non pas parce que je suis convaincu de son innocence, mais parce que Dean Voss crée trop de doutes. La police va continuer à enquêter, et il n'y a aucune garantie que nous ne demanderons pas une inculpation contre votre client à une date ultérieure.

Mais, pour l'instant, Nick n'aurait pas à retourner en prison. Des quantités égales de soulagement et de colère envahirent Morgan, mais elle tint sa langue.

S'en prendre à Bryce pour avoir mis Nick en prison, où il avait été poignardé, ne l'aiderait pas. En fait, moins elle parlait à Bryce, mieux c'était. Chaque mot qui sortirait de sa bouche donnerait des informations au procureur.

— Si un homme n'est pas reconnu coupable, alors il est innocent aux yeux de la loi, dit-elle.

Bryce ne fit aucun commentaire sur l'innocence de Nick.

— Je vais rappeler le garde et faire enlever les menottes de Nick.

Morgan acquiesça.

— Je me rends à l'hôpital pour parler avec Nick juste après.

Mais ils savaient tous les deux que l'opinion publique ne serait pas nécessairement aussi facile à influencer, pas avant que quelqu'un ne soit condamné pour le meurtre de Tessa.

— Vous êtes une enquêtrice diligente, madame Dane, dit Bryce avant qu'ils ne s'asseyent tous les deux. Je pourrais être disposé à vous faire une autre offre.

Morgan lui serra la main. Quand elle essaya de retirer sa main de sa prise, il la retint. Le geste lui parut visqueux. Tout chez Bryce Walters était horripilant, et le fait qu'il se la joue gentil la rendait doublement méfiante.

— Merci, mais je passe mon tour.

— Comme vous voulez.

Lâchant sa main, il se redressa. Son sourire plat ne pouvait pas couvrir l'irritation dans ses yeux. Il préparait quelque chose. Mais quoi ?

— Comment les Emerson ont-ils pris la demande d'ADN de Jacob ? demanda-t-elle.

— Aussi bien que l'on peut s'y attendre. Phillip Emerson a déposé une plainte pour harcèlement contre le canton.

— Ça ne tiendra pas la route.

— Je ne suis pas inquiet à ce sujet. Les photos de juillet dernier de son fils avec Tessa Palmer sont accablantes. Si Tessa était toujours en vie et prête à témoigner, nous aurions probablement déposé des accusations d'agression sexuelle contre Jacob.

Bryce sortit de derrière son bureau.

— Vous ne le faites pas ?

La déception envahit Morgan. Tessa méritait mieux.

Morgan se leva de sa chaise.

— C'est déjà assez difficile d'obtenir une condamnation dans une affaire d'agression sexuelle avec le témoignage de la victime et les preuves ADN. Sans aucune de ces choses…

Bryce haussa une épaule.

— Vous connaissez les probabilités.

— C'est pourquoi si peu de violeurs passent un jour en prison, déclara Morgan.

Elle partit sans un seul regret d'avoir perdu le poste au bureau du procureur. Quand elle avait travaillé pour celui d'Albany, le procureur avait du pouvoir, mais il ne dirigeait pas son bureau comme un fief, tel que le faisait Bryce.

Elle était impatiente de dire à Nick qu'il était libre, du moins pour le moment. Elle aurait souhaité avoir une vraie confession de Dean Voss. Bien qu'elle veuille annoncer à Nick qu'elle avait trouvé le vrai meurtrier de Tessa, la vague déclaration de Voss n'était pas suffisante pour convaincre Morgan. Un doute raisonnable garderait Nick hors de la prison, mais il ne restaurerait pas sa réputation.

Plus important, si Voss n'était pas l'assassin de Tessa, alors un meurtrier était toujours en liberté à Scarlet Falls.

37

Lance se doucha et s'habilla avec des vêtements propres avant de se rendre au bureau pour donner à Sharp tous les détails sur l'autodestruction de Voss. L'incident d'aujourd'hui était un autre rappel malvenu de sa propre fusillade de l'automne dernier.

Sharp était à son bureau en train de pianoter sur son ordinateur portable quand Lance entra.

Lance s'assit sur une chaise, tapant du pied pendant qu'il faisait à son patron un compte rendu complet de l'incident chez Voss.

Sharp ferma son ordinateur portable.

— Le tir était-il justifié ?

Lance repassa ces quelques secondes cruciales dans sa tête.

— Voss avait posé son fusil dans la cuisine. Il avait l'arme de Morgan sur lui, mais ses mains étaient vides. Il s'enfuyait. Je le poursuivais. Il s'est retourné à la dernière seconde et le bleu lui a tiré dessus.

La mâchoire de Sharp se contracta.

— L'officier aurait pu te tirer dessus.

— Mais il ne l'a pas fait. Il a visé juste, et je ne serai pas celui qui le jugera.

Lance essayait d'empêcher sa jambe de tressauter, mais la montée d'adrénaline chez les Voss l'avait laissé crispé.

— Je ne sais pas ce que le bleu a vu de son angle avant de tirer. Nous savons tous les deux à quelle vitesse ces situations se déroulent. Il a eu une seconde pour se décider. Quand Voss s'est retourné, il tenait sa main droite sous son bras gauche. C'est possible qu'il ait eu l'air de sortir l'arme de Morgan de sa ceinture.

— Le bleu n'avait aucun moyen de savoir qu'il avait un poignet cassé, ajouta Sharp.

— Mais tout le monde va le juger comme s'il l'avait eu.

— En effet, dit Sharp en soupirant.

— Morgan a vraiment cassé son poignet ?

— Elle l'a fait.

Incapable de rester assis, Lance se leva et fit les cent pas devant le bureau de Sharp.

— Je ne sais pas pourquoi tout ce qu'elle fait est toujours une surprise. Son père et son grand-père étaient tous deux flics. Sa sœur est inspectrice. Son frère est dans le SWAT de la police de New York.

— Tu te laisses berner par ses perles et ses talons.

— Ça m'apprendra à juger les gens sur leur apparence.

Lance s'arrêta, une main sur l'arrière de son cou.

— Qu'est-ce qui ne va pas ?

— Je ne sais pas. Peut-être que je suis encore sous le choc de la fusillade.

— J'ai des informations pour toi.

Sharp prit une paire de lunettes de lecture et se concentra sur la feuille devant lui.

— L'homme qui a poignardé Nick, Menendez, a une femme et un fils de six ans. L'enfant a une malformation cardiaque. Leurs factures médicales les ont déjà conduits à la faillite, dit Sharp. Pourtant, Mme Menendez a fait un gros dépôt sur son compte bancaire récemment. Considérant que le solde précédent était de onze dollars, je pense que le dépôt est significatif.

— Quelqu'un a payé Menendez pour poignarder Nick.

— Oui.

Les yeux de Sharp brillèrent.

— Tu sais qui ? demanda Lance.

Sharp hocha la tête.

— Le shérif n'est peut-être pas très chaud pour partager, mais j'ai mon propre contact à la prison. Mon homme dit que le shérif sait qui a ordonné le meurtre.

Soudain, cette pièce du puzzle se mit en place pour Lance.

— Le père de Tessa Palmer.

— Bingo, dit Sharp. Il l'a fait de l'intérieur de la prison. Apparemment, son père a de l'influence là-bas.

— Et un accès à de l'argent, ajouta Lance.

— Le bureau du shérif suit la piste de l'argent. Ils vont découvrir qui a financé le coup.

— Donc la vengeance a motivé la tentative d'assassinat de Nick.

— Oui. Le pauvre gamin a été emprisonné et poignardé pour quelque chose qu'il n'a pas fait.

Le téléphone de Lance sonna.

— C'est Morgan.

Il répondit à l'appel, et elle résuma sa réunion avec le procureur et la liberté certaine de Nick. Le soulagement inonda Lance.

— Super. Je te verrai à l'hôpital.

Il termina l'appel et relaya la conversation à Sharp.

— Morgan dit que le procureur a abandonné les charges contre Nick.

— Alléluia, dit Sharp.

— Ne t'excite pas trop. Nick est toujours considéré comme un suspect.

Sharp jura.

— Les aveux de Voss étaient trop vagues, mais cela va forcer Horner et le procureur à jeter un nouveau regard sur l'affaire. De plus, la police scientifique aura l'ADN de Voss à comparer aux preuves trouvées sur la scène de crime.

Lance reprit sa marche.

— Je ne suis pas convaincu que Dean Voss ait tué Tessa Palmer.

— Voss était sérieusement mal en point. Il pourrait ne pas avoir été conscient de ce qu'il faisait.

Lance s'immobilisa.

— Je peux l'imaginer la poignarder en pensant qu'elle était quelqu'un d'autre, mais un viol ? C'est un crime complètement différent. Un qui ne correspond pas du tout à la personnalité de Dean Voss. Sa femme ne pense pas qu'il l'ait fait non plus, et elle avait peur de lui pour d'autres raisons.

Sharp se leva et traversa le couloir jusqu'à la salle de crise. Il se mit devant le tableau blanc.

— Si ce n'est pas Voss, alors qui a tué Tessa ?

— Les seuls autres suspects sont Jacob Emerson et Kevin Murdoch.

— Je respecte votre instinct. Morgan et toi avez tous les deux assez d'expérience pour savoir quand on vous ment, mais nous n'avons aucune preuve pour soutenir une affaire contre Kevin sauf le moment de la disparition de Jamie.

— Tu as raison.

Lance s'approcha de lui et pointa la photo de Jacob.

— Nous savons qu'il a agressé sexuellement Tessa en juillet. Ça ne semble pas tiré par les cheveux qu'il le fasse de nouveau. Quand elle a résisté, il s'est mis en colère.

— Son père dit qu'il était chez lui, et le GPS de son téléphone le confirme. Soit Phillip Emerson ment, soit Jacob s'est éclipsé de la maison sans que son père le sache. Les enfants font ça tout le temps.

Sharp étudia le tableau d'un bout à l'autre.

— Je pense que tu as raison. Le viol façonne toute la dynamique du crime. Le viol se produit quand un homme voit quelque chose qu'il veut et le prend.

— La violence de Voss venait de sa peur, de sa paranoïa, de ses délires.

— Il a frappé sa femme, dit Sharp.

— Oui. Mais même elle disait qu'il était moral, qu'il n'aurait jamais blessé un de ses étudiants. Le viol est une question de pouvoir. C'est agressif. Voss a agi sur la défensive, comme un animal acculé.

— Un violeur n'a aucune considération pour les femmes. Jacob est un petit con prétentieux qui a déjà démontré son manque de respect pour Tessa quand il a agressé son corps inconscient.

Sharp prit la photo de Jacob et la déplaça au centre du tableau.

— Nous n'avons pas de preuves tangibles qu'il a tué Tessa. Pourtant, nous pensons tous les deux qu'il est le suspect le plus probable.

— Il riait sur ces photos. Il aimait l'humilier.

— Ton évaluation de son expression n'est pas une preuve, dit Sharp. Revenons en arrière. Jacob a vu Tessa à la fête. Elle était avec Nick. Ce qui l'a mis en colère. Et si elle avait refusé de coucher avec lui quand ils sortaient ensemble ? Le seul moyen qu'il avait d'y parvenir était de la droguer. Pourtant, elle couchait manifestement avec Nick, lui donnant ce qu'elle avait refusé à Jacob.

Lance reprit le fil de la théorie.

— Il s'est faufilé hors de sa maison. Il a apporté un préservatif. Il a prévu de la violer, de prendre ce qu'elle ne voulait pas lui donner, mais auquel il avait droit.

— Comment savait-il qu'elle serait encore au lac ? demanda Sharp.

— Ça, je l'ignore. Quand il a quitté la fête, elle était assise dans sa voiture, en train de pleurer. Peut-être qu'il espérait juste qu'elle soit encore là.

— Elle a appelé chez lui cette nuit-là, lui rappela Sharp. Soit c'est Jacob qui a pris l'appel, soit il a entendu sa conversation avec son père. Nous ne savons pas ce qu'il s'est dit. Nous n'avons que la déposition de Phillip Emerson, qu'il a pu totalement changer pour protéger son fils. Et pour le couteau ? Tu penses qu'il l'a apporté pour la tuer ?

— Je ne sais pas. Peut-être qu'il l'a apporté pour faciliter le viol, puis elle l'a mis en colère. Jacob n'a pas le meilleur contrôle de lui-même.

Sharp et Lance s'échangèrent un regard.

— On ne peut rien prouver de tout ça, dit Sharp.

— Non.

— Il y a une personne qui était à cette fête et qui n'a pas été interrogée par la police.

Sharp se précipita hors de la pièce. Il revint avec la photo de Jamie Lewis et la fixa au tableau avec un aimant.

— Personne n'a vu Jamie Lewis depuis cette nuit, pas même son meilleur ami. J'ai passé toute la matinée à vérifier les endroits sur la liste de Tony. J'ai appelé tous ses amis, et j'ai fait la moitié des endroits que Tony pensait que Jamie fréquentait. Jusqu'à présent, je n'ai trouvé aucun signe d'elle. Et si Jamie avait vu le meurtre et que ça l'avait tellement effrayée qu'elle en a quitté la ville ?

— C'est une possibilité.

Lance frotta la douleur à la base de son crâne.

— Je vais passer par la maison des Emerson avant de rejoindre Morgan à l'hôpital. J'adorerais avoir l'occasion de parler à la femme de chambre sans la famille autour.

— Fais attention à toi. Phillip Emerson est déjà en train de crier au harcèlement.

Lance haussa les épaules.

— Il a porté plainte contre le canton. Nous sommes des privés.

— Tu sais ce que je veux dire.

— Je sais.

Lance se rendit à son bureau pour récupérer ses clés.

— Que vas-tu faire ensuite ?

— Je travaille toujours sur la liste des cachettes de Jamie. Je vais proposer des pots-de-vin et j'envisage de demander de l'aide à quelques-uns de mes amis retraités. Ils connaissent cette ville de fond en comble. Si Jamie Lewis est quelque part dans cette zone, je vais la trouver.

— Je t'appelle quand je saurai quelque chose.

Lance sortit.

La maison des Emerson était calme quand Lance se gara sur le trottoir.

À l'origine, il avait prévu de ne surveiller la maison que quelques minutes, mais comme les Emerson utilisaient leur garage, il était impossible de voir qui était chez eux de l'extérieur.

Lance se servit du téléobjectif de son appareil photo pour regarder à travers les fenêtres. La seule activité qu'il vit était la domestique qui faisait la poussière.

Il regarda pendant encore dix minutes. Aucun signe de Jacob ou de Phillip Emerson. *Assez de marcher sur des œufs autour de ces gens.*

Lance se glissa hors de la voiture, marcha jusqu'à la porte d'entrée, et sonna.

La domestique répondit. Elle avait une cinquantaine d'années. Elle portait un uniforme gris et un tablier blanc. Ses cheveux gris et bruns étaient attachés en un chignon serré.

— Oui ? demanda-t-elle.

— Je suis ici pour voir M. Emerson, dit Lance en souriant.

— Vous êtes déjà venu.

Elle fronça les sourcils.

— Oui. M. Emerson est-il là ?

— Quel M. Emerson ? demanda-t-elle.

Lance n'allait pas être accusé de harceler un mineur.

— M. Phillip Emerson.

La femme de chambre secoua la tête.

— Non. Je suis désolée. M. Phillip n'est pas chez lui. Voulez-vous laisser un message ?

— Oui.

Lance lui offrit une carte de visite.

— S'il vous plaît, dites-lui que j'aimerais parler avec lui.

La femme de chambre accepta la carte.

— À l'avenir, veuillez appeler pour un rendez-vous.

— Qui est à la porte, Myra ? appela une voix provenant du couloir derrière la domestique.

Jacob Emerson fit son apparition. Son visage se crispa quand il reconnut Lance.

— Que faites-vous ici ?

— Je voulais juste poser quelques questions à ton père, répliqua Lance en souriant.

— Vous avez des couilles. Je vous l'accorde.

Jacob poussa la domestique de côté.

— Je vais m'occuper de ça, Myra. Retourne au travail.

Avec un hochement de tête, la femme s'éloigna.

— Ça ne sert à rien de renifler par ici. Vous ne trouverez aucune preuve parce que je n'ai pas tué Tessa.

Jacob croisa ses bras sur sa poitrine.

— De la même façon que tu n'as pas abusé de son corps inconscient ? demanda Lance.

La lèvre de Jacob se retroussa.

— Quand mon père rentrera à la maison, il va être furieux.

C'est un mineur. Tu ne peux pas le frapper.

Mais Lance voulait faire disparaître ce sourire narquois du visage de ce gamin.

— Est-il dehors pour réparer plus de dégâts pour toi ? Ça doit être un travail à plein temps pour lui.

— Vous ne savez rien de nous.

Le visage de Jacob rougit.

— Mon père est un grand homme. En ce moment, il rend visite à un ami malade à l'hôpital. Prenez vos accusations et sortez de notre propriété avant que j'appelle la police.

Mais Lance se dirigeait déjà vers sa Jeep. Emerson s'était rendu à l'hôpital.

Où Morgan rendait visite à Nick.

Une coïncidence ?

Avec tout ce qu'il s'était passé sur cette affaire, Lance n'était pas prêt à parier la sécurité de Nick ou de Morgan sur une coïncidence.

Auraient-ils pu se tromper ? Est-ce que l'homme qui avait harcelé Morgan au bureau était Phillip Emerson, et non Jacob ? Il devait savoir que c'était Morgan qui avait demandé l'ADN de Jacob. Et il devait être en colère. Les parents feraient n'importe quoi pour protéger leurs enfants. Jusqu'où Phillip irait-il ?

38

La rage palpitait en lui. Elle grandissait et se nourrissait d'elle-même jusqu'à ce qu'elle ait une volonté propre.

Morgan Dane allait tout gâcher. Quelqu'un d'autre avait été arrêté. Les preuves qu'il avait mises en place étaient solides, jusqu'à ce que Mme Dane mette son nez dans ses affaires.

Il n'y avait aucun doute qu'elle devait être arrêtée. Mais comment ? Son acolyte, l'ancien flic, était toujours à ses côtés, et il agissait comme son garde du corps personnel.

Il avait passé toute la nuit à élaborer un plan pour arrêter son enquête. Étape numéro un : finir ce que la prison du comté avait laissé en suspens. Elle ne pouvait pas défendre un client mort.

Il entra dans l'hôpital par les portes principales. Ce n'était pas une grande ville. L'hôpital communautaire de taille moyenne avait peu besoin de sécurité.

Il n'y avait que deux personnes derrière la réception dans le hall. Une femme âgée était assise devant un ordinateur, cherchant les numéros de chambre des patients et distribuant des laissez-passer aux visiteurs avec un sourire poli. Assis derrière elle, un agent de sécurité d'une cinquantaine d'années buvait un café et parlait au comptoir avec un homme en costume portant une carte d'identité de l'hôpital. L'administration de l'hôpital ?

Il posa son sac à provisions à ses pieds, utilisa le désinfectant pour les mains et récupéra le laissez-passer de la vieille dame. Il se dirigea vers l'ascenseur à un rythme tranquille. Personne n'avait demandé ce qu'il y avait dans le sac. Personne ne s'en était soucié. Les caméras de sécurité l'avaient suivi dès qu'il est entré. Mais il n'avait rien à cacher.

Pour l'instant.

Au troisième étage, il s'occupa de ses affaires légitimes. Ensuite, il dut improviser. Nick Zabrowski avait été transféré des soins intensifs au quatrième étage ce matin-là.

Il se cacha derrière une double porte qui séparait les couloirs les plus publics de ceux moins fréquentés. Il passa les panneaux pour la Radiologie et le laboratoire de cathétérisme cardiaque et trouva les toilettes les plus proches.

La veille, il avait acheté une blouse verte dans un magasin d'uniformes.

Il l'enfila, plia ses vêtements ordinaires et les rangea dans le sac à provisions. Son costume était authentique, jusqu'à ses chaussures en caoutchouc. Le postiche poivre et sel couvrait ses cheveux et les lunettes à monture noire cachaient ses yeux. Il inséra des rouleaux de gaze de coton dans sa bouche pour dissimuler la forme de son visage. Quand il fut convaincu que personne ne le reconnaîtrait, il retourna dans le couloir.

Il le traversa, en faisant défiler l'écran de son téléphone pour décourager l'attention. Il s'immobilisa alors qu'un aide-soignant faisait rouler un patient sur une civière à travers une porte étiquetée *IRM*. Il y avait une salle extérieure qui semblait conçue pour préparer les patients avant leur test. Cette pièce extérieure était vide. Un bureau avait été poussé contre le mur, une blouse blanche jetée négligemment sur la chaise. Avec un regard dans chaque direction du couloir, il se cacha à l'intérieur assez longtemps pour attraper la blouse. Le badge d'identification accroché à la poche montrait la photo d'un jeune homme. Pas un problème. Il retourna simplement le badge pour cacher la photo. Puis il transféra son couteau de son sac à la poche de la blouse.

En continuant, il prit l'ascenseur jusqu'au quatrième étage.

Dans une chambre de patient sur le côté droit du couloir, il repéra un homme âgé qui dormait profondément. La chambre était marquée d'une carte jaune appelant aux précautions de contact. Un chariot chargé de gants, de masques et de blouses se situait près de la porte. Il fourra son sac à provisions dans la poubelle étiquetée *Déchets médicaux* et se prit un masque.

Il le noua autour de son visage et le fit descendre devant sa bouche, comme s'il venait de sortir de la salle d'opération.

Les infirmières s'affairaient au poste au bout du couloir. Aucun garde ne se tenait sur le seuil de la porte. Peut-être y avait-il un adjoint du shérif dans la chambre.

Il jeta un coup d'œil par l'embrasure de la porte. Pas de garde.

C'était pratique.

Mais aussi négligent.

Qui était-il pour juger ? L'absence de garde lui facilitait la tâche.

Mais il devait se dépêcher. Quelqu'un pourrait entrer dans la pièce à tout moment. Il entra dans la chambre, prenant le dossier au pied du lit au cas où il serait interrompu.

Nick Zabrowski dormait paisiblement. Ses yeux ne tremblaient même pas.

Sa poitrine se soulevait et s'abaissait dans un rythme profond et régulier qui suggérait un sédatif ou l'épuisement. Peut-être les deux.

Une ligne de perfusion avait été posée dans un bras. Pas de menottes. Intéressant. Non pas que ça ait de l'importance. Nick n'était pas en état de sortir du lit.

Ou de se battre.

Il n'était pas relié à un moniteur cardiaque, donc aucune alarme ne sonnerait quand son cœur cesserait de battre. Il n'aurait même pas besoin du couteau qu'il avait apporté. Non. Il pouvait faire en sorte que la mort de Nick soit calme et nette.

Ça allait être plus facile qu'il ne le pensait. Et quand il en aurait fini ici, Morgan Dane serait la suivante. Cette salope avait tout gâché, et elle allait payer.

Il attrapa l'oreiller du lit vide.

39

La conscience s'empara de Nick.

Il résista. La dernière chose qu'il souhaitait était de se réveiller. Il l'avait fait plus tôt, et la douleur l'avait frappé avec la force d'un bus.

D'un côté, la douleur lui avait assuré qu'il était vivant alors qu'il avait été certain de ne pas l'être. D'autre part, l'agonie avait été si intense qu'il avait considéré les avantages d'être mort.

Alors qu'il flottait depuis les profondeurs lourdes d'un sommeil médicamenteux, le feu dans son ventre l'encouragea à rester endormi. Il était à plat sur le dos, attaché au lit par des fils et des tubes. Pourquoi être éveillé alors qu'il ne pouvait pas bouger de toute façon ?

Bien sûr, l'infirmière lui avait dit plus tôt que bouger l'aiderait à se rétablir, mais, vraiment, quelle était sa motivation pour aller mieux ? Plus vite il guérirait, plus vite ils le remettraient en prison.

Quel était l'intérêt ?

Même si Morgan réussissait à convaincre un jury que l'accusation n'avait pas prouvé sa culpabilité, la ville entière l'avait déjà jugé et condamné.

Il ne serait jamais innocent à leurs yeux à moins que le vrai tueur de Tessa ne soit attrapé. Même dans ce cas, il soupçonnait que certaines personnes seraient à jamais convaincues qu'il avait commis le crime.

Une image de Tessa se forma dans son esprit, et la douleur physique passa au second plan.

Le couteau qu'il avait pris dans le ventre n'était pas comparable à celui, invisible, qui se tordait dans son cœur.

Tessa.

Morte.

Vraiment, pourquoi prendre la peine de se réveiller ? Pourquoi l'avaient-ils sauvé ? Ils auraient dû le laisser se vider de son sang.

Il laissa son esprit sombrer, accueillant le noir complet et souhaitant qu'il l'étouffe.

Une semelle en caoutchouc grinça sur le sol. Il avait été à l'hôpital quelques années auparavant, pour une appendicectomie d'urgence. Les infirmières étaient constamment entrées et sorties de sa chambre. Mais cette fois, elles n'entraient que lorsque c'était absolument nécessaire, et généralement leur arrivée signifiait que quelque chose de douloureux allait se produire. Il percevait un ressentiment de la part du personnel de l'hôpital, mais qui voudrait s'occuper d'un homme arrêté pour un viol brutal et un meurtre ?

Penser à la façon dont Tessa était morte amplifiait son chagrin. Comment osait-il s'apitoyer sur son sort alors qu'elle avait souffert bien pire ?

Il remua, étirant une jambe. Le petit mouvement tendit ses muscles abdominaux sectionnés et une agonie brûlante le traversa dans un nouvel élan de douleur.

Son souffle suivant lui fit si mal qu'il essaya de ne pas le répéter.

Mais son corps stupide avait d'autres idées. Il ne pouvait pas simplement arrêter de respirer. Il ouvrit la bouche, et ses poumons aspirèrent l'air. La respiration plus profonde qu'à l'accoutumée lui causa une douleur telle qu'il faillit s'évanouir.

Malheureusement, il ne s'évanouit pas.

Merde, ça fait mal.

Il se concentra sur une respiration lente et superficielle, son attention étant complètement absorbée par la réduction des mouvements et de la douleur qui en résultait. Quelques respirations plus tard, il abandonna l'idée d'être inconscient et ouvrit les yeux.

La lumière du jour provenant de la fenêtre l'aveugla. Il loucha sur une silhouette floue vêtue d'une blouse verte se déplaçant dans sa chambre.

Rien d'exceptionnel à ce sujet.

Il cligna ses yeux secs plusieurs fois, sa vision s'éclaircissant progressivement, la figure prenant la forme d'un homme. Des cheveux gris. Un médecin plus âgé.

La silhouette prit un oreiller et s'approcha. Au début, Nick crut qu'il allait le faire s'asseoir.

Il ouvrit la bouche pour dire «Je ne peux pas». Mais sa voix sonnait comme du métal rouillé. Il déglutit et essaya de nouveau.

Mais ses mots furent coupés quand l'oreiller s'abattit sur son visage.

Nick tenta d'agripper l'homme, mais son bras était attaché par l'intraveineuse. Sa main libre attrapa la chemise de l'homme et tira, mais il avait la force d'un nouveau-né.

Ses poumons brûlaient. La douleur dans son ventre s'emballa.

Mais bientôt, tout serait terminé. Il abandonna, cessa de se battre, lâcha prise.

Et attendit la fin.

40

Morgan sortit de l'ascenseur. Elle avait hâte d'annoncer à Nick que le procureur avait abandonné les charges contre lui. Elle suivit les panneaux jusqu'à sa chambre et entra.

Un médecin était sur Nick. Au début, elle pensa qu'il était peut-être en train de lui faire un massage cardiaque, mais elle vit l'oreiller sur le visage de Nick.

Oh, mon Dieu.

Il essayait de le tuer.

Elle se ressaisit.

— Hé ! cria-t-elle, attrapant l'homme par l'arrière de son col et l'arrachant de Nick.

L'homme était trop occupé à étouffer sa victime, et elle le prit par surprise. Il bascula en arrière du lit et sur le sol. Ses lunettes volèrent à travers la pièce et ses cheveux bruns glissèrent de sa tête, révélant une chevelure blonde et argentée.

Mais Morgan n'avait pas le temps de fixer la perruque sur le sol.

Nick !

Elle se précipita à son chevet.

— À l'aide ! cria-t-elle, espérant que sa voix porterait dans le couloir. Que quelqu'un m'aide ici !

Sans tourner le dos à l'homme au sol, Morgan arracha l'oreiller du visage de Nick.

Respirait-il ?

Elle appuya sur le bouton d'appel avec son index. *Allez.* L'agresseur se débattait pour se remettre debout. Morgan lui fit face, en gardant son propre corps entre lui et Nick.

Le choc la traversa quand elle reconnut l'agresseur de Nick.

Phillip Emerson.

Habillé d'une blouse de laboratoire, il était debout. Sa mâchoire était bizarrement bouffie. Il mit la main dans sa bouche et en sortit deux boules de coton.

— Espèce de salope.

Emerson sortit un couteau de la poche de sa blouse.

Le couteau brillait dans la lumière fluorescente. Une nouvelle peur envahit Morgan. Elle regarda autour d'elle à la recherche d'une arme ou de quelque chose à utiliser comme bouclier. Elle ne pouvait pas courir. Nick serait sans défense. Mais il n'y avait rien entre elle et Emerson.

Absolument. Rien.

Morgan ne pouvait même pas atteindre le rideau qui entourait le lit.

La sueur coulait dans son dos alors que son cœur battait la chamade. Elle n'avait pas d'arme. Aucun moyen de se protéger ou de protéger Nick.

— Qu'est-ce qui ne va pas ?

Une infirmière se précipita dans l'entrée. Son élan la porta au pied du lit avant qu'elle ne réalise ce qu'il se passait et s'immobilisa.

Ses yeux s'écarquillèrent sous le choc et elle regarda entre Emerson et Morgan.

— Allez chercher de l'aide ! cria Morgan.

L'infirmière se précipita hors de la pièce.

Emerson se jeta sur Morgan, le couteau ciblé vers son abdomen.

Elle le bloqua de justesse avec le dos de son avant-bras. Mais il revint vers elle.

— Vous avez détruit ma vie.

Morgan voulait répondre, mais son cœur battait assez fort pour l'essouffler.

Elle n'avait nulle part où aller qui ne laisserait pas Nick vulnérable. Jamais elle n'avait souhaité avoir son arme plus qu'à ce moment précis.

La peur lui glaçait le sang. Mais aussi effrayée qu'elle soit, elle ne pouvait pas s'enfuir.

Elle ne pouvait pas laisser Emerson tuer Nick.

Un agent de sécurité apparut dans l'embrasure de la porte, son arme dégainée et pointée sur Emerson.

— Arrêtez-vous là. Posez le couteau.

Mais les mains du garde tremblaient tellement que Morgan aurait presque souhaité qu'il ait rangé son arme. Il pouvait aussi bien tirer sur elle ou sur Nick que sur Emerson.

Ce dernier attrapa Morgan par le biceps et la tira devant lui. Son dos s'écrasa contre sa poitrine. Il mit le couteau sous sa gorge, la forçant à être son bouclier humain.

— Poussez-vous de là ou elle est morte, dit-il en resserrant sa prise sur son bras.

Le souffle d'Emerson était chaud dans son oreille, et l'odeur âcre de la panique se dégageait de sa peau. Il se déplaça sur le côté, l'entraînant avec lui.

Le garde maintint son arme pointée sur Morgan et Emerson pendant qu'ils se dirigeaient vers la porte. Si le garde appuyait sur la gâchette, même par accident, il toucherait Morgan.

Emerson la tira vers la porte. Le garde reculait au fur et à mesure qu'ils approchaient. Que se passerait-il quand ils atteindraient le couloir ? Il y aurait sûrement d'autres gardes. Que ferait Emerson quand il réaliserait qu'il était au pied du mur et qu'il n'y avait pas d'échappatoire ?

Son avant-bras était sur sa trachée, la lame du couteau embrassant le côté de son cou. Morgan ne se souvenait plus si sa veine jugulaire ou la carotide se trouvait de ce côté, mais cela n'avait pas d'importance. Il pouvait la tuer en tranchant l'une ou l'autre.

41

Lance courait dans le couloir.

Un aide-soignant lui cria dessus :

— Vous ne pouvez pas aller là-bas ! L'étage est fermé. Il y a une prise d'otages !

Lance l'ignora. Il dérapa dans le virage et s'arrêta net.

Emerson reculait dans le couloir. Habillé en médecin, il traînait Morgan le long du couloir, se cachant derrière son corps et tenant un couteau sur sa gorge. Lance n'était pas un homme violent, mais à ce moment précis, il voulait tuer Phillip Emerson.

Lance se saisit de l'arme sur sa hanche, puis se rendit compte que la police ne la lui avait pas encore rendue.

Merde.

Heureusement, il avait toujours son arme de secours. Personne ne l'avait demandée et il ne l'avait pas signalée.

Son cœur cognait contre ses côtes. Il ne pouvait pas laisser quelque chose arriver à Morgan, mais il voyait le désir de la blesser dans les yeux d'Emerson.

Un agent de sécurité avait sorti son arme et la pointait sur Emerson et Morgan.

Le garde n'était manifestement pas dans son élément, car ses mains tremblaient fortement. La terreur envahit Lance alors qu'il imaginait l'agent de sécurité tirant sur Morgan par erreur.

Lance s'arrêta au bout du couloir.

— Laissez-la partir, Emerson !

Si Morgan bougeait de quelques mètres… il pourrait tirer. C'est tout ce dont Lance avait besoin.

— Un pas de plus et je coupe sa jolie gorge, dit Emerson, sa voix étrangement froide.

Il voulait le faire. Lance pouvait lire le désir d'en finir sur le visage d'Emerson.

Il savait qu'il était piégé. Il savait qu'il n'y avait que deux façons de se sortir de cette situation : la prison ou un sac mortuaire. Il avait l'air de vouloir emmener Morgan.

Le regard de celle-ci rencontra celui de Lance. Une de ses mains saisit l'avant-bras d'Emerson, comme pour l'éloigner de son cou.

— Je ne peux pas respirer, siffla-t-elle.

— La ferme !

Emerson changea de position, retirant son bras de sa trachée et attrapant une poignée de ses cheveux avec sa main libre. Sa tête bascula en arrière, exposant sa gorge. Mais, maintenant, il y avait quelques centimètres entre le cou de Morgan et la lame.

— Nous savons que Jacob a tué Tessa. Vous ne pouvez plus le couvrir, dit Lance.

— Jacob n'a pas tué Tessa ! cria Emerson. À quel point êtes-vous stupide ? Je l'ai tuée.

— Je ne vous crois pas, répondit Lance. Jacob l'a droguée et violée en juillet. Puis il s'est énervé parce qu'elle donnait à Nick ce qu'elle lui avait refusé. Il a décidé de lui donner une leçon et s'est emporté.

Emerson n'arrêtait pas de secouer la tête. Le couteau tremblait à côté de la gorge de Morgan.

Lance avait besoin d'une distraction.

— Saviez-vous que Tessa était enceinte ?

Les yeux d'Emerson devinrent fous.

— C'est impossible.

— La police n'a pas rendu ça public, continua Lance.

— Vous mentez.

Emerson étudia le couloir et s'approcha de Lance.

— Reculez.

Lance continua de le pousser.

— Personne ne vous blâme de couvrir votre fils. C'est ce que font les parents, non ? Mais le test ADN va revenir, et il montrera que Jacob était le père de son enfant.

— Il ne l'est pas !

Emerson secoua la tête en direction du couloir qui menait à l'ascenseur.

— Dégagez le passage ou je la tue.

Si Emerson pensait qu'il était condamné, il pourrait la tuer quand même.

La haine brillait sombrement dans ses yeux.

La main libre de Morgan était sur sa cuisse. Elle secouait le poing, comme si elle essayait d'attirer l'attention de Lance.

Il la regarda tendre trois doigts, puis deux, puis un.

Qu'est-ce qu'elle allait faire ?

Sa main se leva entre son cou et la lame tandis que son corps tombait au sol.

Le sang se répandit sur l'arrière de son bras lorsque le couteau le trancha.

Dès qu'elle toucha le sol, Lance put viser Emerson. Il pressa la gâchette deux fois.

Les balles touchèrent Emerson à l'épaule et à la poitrine. Il fit un bond en arrière. Le couteau vola de sa prise et s'écrasa sur le sol.

Morgan roula, et Lance se précipita en avant. Il avait une botte sur le bras d'Emerson, le plaquant au sol. Les doigts de l'avocat s'agrippaient au couteau.

— Vous allez payer pour ce que vous lui avez fait.

Lance le surplombait, la colère coulant à flots dans ses veines.

— Vous et votre fils.

— Mon fils n'a rien à voir avec ça, siffla Emerson. J'ai tué Tessa Palmer.

Lance se rapprocha.

— A-t-elle menacé de dire à tout le monde que Jacob l'avait violée ?

— Non.

Emerson secoua la tête.

— Je ne savais même pas pour ces photos jusqu'à ce que la police m'appelle.

Il humecta ses lèvres.

— Je l'aimais.

Lance ne pouvait pas croire ce qu'il entendait.

— Quoi ?

— Je l'ai aimée dès la première fois que je l'ai rencontrée.

Des gouttes de sueur perlaient sur son front. Le sang jaillissait de ses blessures et tachait de rouge son uniforme vert et la blouse volée.

— Elle était la plus belle chose que j'avais jamais vue. Elle allait me trahir. Elle m'a forcé à le faire. C'était entièrement sa faute.

Un médecin se précipita et commença à soigner Emerson, mais il attrapa Lance par la chemise.

— Vous devez l'entendre. Au cas où je mourrais. Jacob ne l'a pas fait.

Emerson s'humecta de nouveau les lèvres et continua à parler.

— Jacob est rentré de la fête. Il m'a raconté sa dispute avec Nick à propos de Tessa. Il était dans sa chambre quand elle a appelé. Elle m'a dit de la retrouver à la pergola. Si je ne me montrais pas, elle le dirait à tout le monde. Je savais qu'elle allait rompre avec moi pour pouvoir être avec Nick. Jacob avait dit qu'ils étaient partis ensemble, mais je devais la posséder encore une fois.

Il prit deux respirations sifflantes.

— Après, elle pleurait. Elle disait que ça n'arriverait plus jamais. Elle allait le dire à ses grands-parents. J'ai perdu la tête. Comment a-t-elle pu me tourner le dos ? Je l'aimais. Je me souviens à peine de l'avoir attaquée, poursuivie et tuée. C'est un flou total. Je ne pouvais pas m'en empêcher. Quand ça a été fini, je me suis rendu compte de ce que j'avais fait... Je savais qu'elle avait été avec Nick cette nuit-là, alors je suis allé chez lui et j'ai enterré le couteau dans son jardin.

Sa main lâcha la chemise de Lance, trop faible pour maintenir sa prise.

— C'était moi. Pas Jacob.

Ses yeux roulèrent dans sa tête, et il s'évanouit.

Lance rangea son arme et alla voir Morgan. Une infirmière tenait un bandage compressif sur son bras. La lame d'Emerson avait tranché l'extérieur de son bras du poignet au coude. Mais la blessure n'était pas critique, et le soulagement traversa Lance comme de l'eau froide.

Il aurait pu la perdre.

— Tu as entendu ça ?

Il prit sa main indemne.

— Oui.

Son visage était sombre, soit à cause de la douleur, soit à cause de la vérité qu'ils avaient finalement découverte.

— Tessa a emménagé ici quand elle avait douze ans. Je me demande depuis combien de temps ça dure.

— Assez longtemps pour être horrible.

Lance observa deux aide-soignants hisser Emerson sur une civière et l'emmener. Il aurait presque souhaité que son tir ait été un peu plus précis. Lance ne ressentait aucune pitié pour Emerson, pas après ce qu'il avait fait.

— Et assez longtemps pour que ce soit un crime, dit Morgan.

Assez longtemps pour que l'exposition de son crime soit un motif de meurtre.

— Je parie qu'elle allait lui dire qu'elle était enceinte, mais il ne lui en a jamais donné l'occasion.

Lance se détourna de la vue d'Emerson disparaissant dans le couloir.

— Je ne peux pas croire qu'Emerson ou son fils puisse être le père. Deux monstres, une famille.

Le visage de Morgan était pâle, ses traits pincés par la douleur. Assez des Emerson. Il n'irait nulle part. Il y aurait beaucoup de temps pour s'inquiéter de lui plus tard. Il frotta sa main, et elle lui sourit à travers la douleur.

Un médecin s'approcha de Morgan.

— Jetons un coup d'œil.

Il souleva le bandage et examina la plaie.

— C'est une vilaine entaille. Vous allez avoir besoin de sérieux points de suture.

Elle hocha la tête.

— Mais mieux vaut mon bras que mon cou.

Cette pensée rendit presque Lance malade.

— J'ai été impressionné par la façon dont tu as échappé à sa prise, dit Lance.

Bien qu'il doive s'attendre à ce qu'elle agisse héroïquement, considérant la façon dont elle avait cassé le poignet de Dean Voss plus tôt. Mais, même après l'avoir vue en action, il avait du mal à concilier son apparence féminine avec ses capacités.

C'était une femme élégante qui pouvait botter des fesses. Il devrait s'habituer à ce fait.

— Je t'ai déjà dit que mon père et mon grand-père m'avaient formée à l'autodéfense, mais rappelle-moi que je dois m'entraîner de temps en temps. J'ai de la chance de m'être souvenue de deux-trois choses.

Morgan serra les dents alors que Lance et le jeune docteur l'aidaient à se relever.

— Je savais que si je pouvais m'écarter du chemin, tu t'occuperais du reste.

Lance lui serra les doigts.

— On va vous emmener aux urgences.

L'infirmière guida Morgan vers un fauteuil roulant.

Lance s'accrocha à la main de Morgan. Il ne se souciait pas de savoir où ils allaient.

Il ne voulait pas lâcher prise.

42

Morgan tenait son bras bandé contre son corps alors qu'elle se glissait dans la Jeep de Lance.

— Quelle heure est-il ?

— Presque minuit.

Lance ferma la portière de la voiture, fit le tour du véhicule, et s'assit à la place du conducteur.

— Tu as mal ?

— Non. Pas pour l'instant.

Les analgésiques que l'hôpital lui avait donnés rendaient tout flou. Dans sa bouche, elle avait l'impression d'avoir mangé du coton.

— Tu seras à la maison dans un quart d'heure.

Morgan ne se souvint pas du trajet. Elle avait dû s'assoupir. La chose qu'elle savait était qu'elle était maintenant à la maison et que Lance l'aidait à rentrer. Son grand-père tenait la porte ouverte. Gianna attendait dans le couloir.

— Elle va bien, dit Lance. Juste un peu dans les vapes.

— Si tu peux l'emmener dans sa chambre, je peux m'en occuper à partir de là.

Gianna les suivit dans le couloir.

— Je ne me suis fait mal qu'au bras. Mes jambes vont bien. Je peux marcher.

Mais Morgan vacillait plus qu'elle ne marchait.

Lance la porta à moitié jusqu'à son lit.

— On dirait qu'elle tolère aussi mal l'alcool que les analgésiques.

Elle s'étira.

— Je peux t'entendre.

Mais elle ne pouvait pas s'asseoir. Elle avait l'impression d'avoir la tête comme un ballon rempli d'eau.

— Merci d'avoir sauvé ma petite-fille, dit son grand-père dans l'entrée.

La réponse de Lance la surprit.

— Ce n'est pas moi. Elle s'est sauvée toute seule.

— Pas exactement, marmonna-t-elle.

Elle savait qu'elle ne serait pas là sans lui. Il se redressa et s'écarta du lit.

Elle attrapa sa main. Ses yeux se remplirent de larmes. La gratitude et quelque chose de plus la remplissaient de contentement.

— Merci.

— Quand tu veux.

Il se pencha et embrassa sa main avant de la poser sur le lit.

— Repose-toi bien.

Morgan avait dû s'endormir. Quand elle rouvrit les yeux, la lumière matinale éclatait à travers les stores. Elle jeta un bras sur ses yeux.

La douleur la transperça.

— Aïe.

Elle s'assit. Elle portait toujours son pantalon de la nuit précédente.

Mais quelqu'un avait enlevé son chemisier ensanglanté et l'avait remplacé par une douce flanelle boutonnée. Ses pieds étaient nus, une couverture était étendue sur elle. Elle posa ses épaules sur l'oreiller. Sa bouche était sèche comme un désert.

— Hé, comment te sens-tu ?

Gianna se tenait dans l'embrasure de la porte.

— Comme si j'avais mangé de la craie.

— Tu veux de l'eau ?

— Oui, dit Morgan en secouant la tête. Et du café.

— Lance a laissé quelques analgésiques pour toi si tu en as besoin.

— Je vais m'en tenir à ceux en vente libre si possible. Clairement, je n'ai aucune tolérance pour quelque chose de plus fort.

Morgan balança ses jambes sur le côté du lit.

— Vas-y doucement, d'accord ? suggéra Gianna.

— Je le ferai.

Morgan se leva en douceur. La pièce resta immobile.

Elle se dirigea vers la salle de bains. Mais quand elle sortit, elle décida qu'être debout était surfait et elle se recoucha. Elle avait mal à la tête.

Gianna lui apporta de l'eau et du café.

— C'est comme si j'avais la pire gueule de bois du monde.

— Le café devrait aider.

Gianna le lui tendit.

— Je suppose qu'il n'y a pas de risques que tu deviennes accro. Tu ne serais pas assez réveillée.

Morgan but. Le café coula dans sa gorge comme de l'or liquide.

— Où sont les filles ?

— À l'école, dit Gianna. Le bus est arrivé il y a une demi-heure.

— Où est Sophie ?

— Ton grand-père l'a mise dehors avec Snoozer. Il ne voulait pas qu'elle te réveille.

La caféine dissipa les toiles d'araignée dans la tête de Morgan.

— Attends. On est mercredi. Tu dois aller à la dialyse.

— Ça ira pour toi toute seule ? Sinon, j'appelle un taxi et ton grand-père pourra rester avec toi.

Morgan vida sa tasse.

— Je vais bien maintenant que j'ai de la caféine. Sérieusement, j'ai une coupure au bras. C'est tout.

— Tu étais plutôt dans les vapes hier soir.

Gianna hésita devant la porte.

— Les médicaments sont sortis de mon système maintenant. Je vais bien.

Pour le prouver, Morgan sortit du lit. Elle avait l'impression que quelqu'un venait de faire un strike dans sa tête. Mais elle feignit un sourire quand Gianna quitta sa chambre. À la seconde où ils partiraient tous de la maison, elle se remettrait directement au lit.

— Maman !

Sophie courut vers elle.

— Sophie ! appela Grand-père. Rappelle-toi le bras de maman.

Sophie fit une glissade en s'arrêtant, ses baskets grinçant sur le parquet du couloir.

— C'est bon. Tu peux me faire un câlin.

Morgan s'accroupit, tenant son bras blessé en l'air.

Sophie la serra doucement et lui fit un bisou sur la joue avant de se retourner et de se précipiter vers la porte.

— Grand-père m'emmène à l'école.

Elle souleva son sac à dos Hello Kitty et le mit sur ses épaules.

Prenant la main de son grand-père, elle tira.

— Viens. Je vais être en retard.

— Tu es sûre que tu vas bien ?

Les yeux de Grand-père étaient inquiets.

— Je vais parfaitement bien, dit Morgan. Je vais aller chercher une autre tasse de café.

— Je serai de retour dans une heure, dit Grand-père.

Gianna prit la main de Sophie et tous les trois sortirent par la porte d'entrée. Morgan entendit le pêne dormant coulisser.

Dès que la maison fut vide, elle retourna dans sa chambre.

Mais maintenant que le café bourdonnait dans son corps, elle ne pouvait plus dormir. Renonçant, elle se rendit à la cuisine, remplit sa tasse, et l'apporta dans son lit.

La nuit précédente, quand Phillip Emerson lui avait mis un couteau sous la gorge, elle avait réalisé que la vie était courte.

Malgré toutes les personnes qu'elle avait perdues, il avait fallu une menace contre sa propre vie pour la ramener à la raison.

Pendant les deux dernières années, elle avait gâché sa vie. Ses enfants étaient les seules choses qui lui donnaient de la joie, et ce n'était pas juste.

Elle ouvrit la table de nuit et sortit la lettre qu'elle évitait depuis deux ans. Des larmes brûlèrent le coin de ses yeux alors qu'elle lisait l'écriture de son mari sur l'extérieur de l'enveloppe. *Morgan.*

— Je suis désolée, dit-elle à la photo de John en glissant un doigt sous le rabat. Je ne pouvais pas la lire avant.

Des larmes brouillèrent la page alors qu'elle lisait les mots que son mari lui avait écrits avant son départ pour l'Irak. La lettre qu'il avait laissée à son commandant au cas où il ne rentrerait pas à la maison. Le fait qu'elle n'ait jamais été capable de la lire avant maintenant semblait soudainement égoïste. La note était courte. John n'avait jamais gaspillé ses mots. Il n'était pas un poète, juste un homme bon. Il allait toujours droit au but et disait ce qu'il pensait. Sa dernière lettre n'était pas différente.

Morgan,

Si tu lis cette lettre, c'est que je ne suis pas rentré à la maison. J'en suis désolé. C'était beaucoup te demander d'être ma femme. Sache juste ceci : je t'aimais et j'aimais nos filles de tout mon cœur. Même à neuf mille kilomètres de distance, je n'ai aucun doute que vous serez, toutes les quatre, les dernières images dans mon esprit.

Peu importe que notre temps ensemble soit si court, votre amour est une chose précieuse que j'emporterai avec moi.

Je n'ai pas donné ma vie pour une noble idée de patriotisme. Je l'ai donnée pour que des gens comme toi, Ava, Mia et Sophie soient en sécurité et libres. J'ai fait mon devoir. Maintenant, je veux que tu fasses le tien. Honore ma vie en vivant la tienne. Ne gâche pas une seconde en pensant qu'être heureuse serait en quelque sorte déloyal envers moi. Vis. Ris. Aime. Ne te retiens pas. Rends-moi fier.

Je t'aimerai toujours,

John

Elle essuya les larmes de son visage, plia la lettre et la remit dans son tiroir. Elle la transférerait dans le coffre-fort pour que les filles puissent toujours l'avoir. Mais elle ne la lirait plus jamais.

Elle prit la photo sur sa table de nuit.

— Tu as raison. Je n'ai été qu'à moitié vivante. Ce n'est pas juste pour les filles, et ce n'est pas juste pour moi. Merci de m'avoir ouvert les yeux.

En portant sa photo, elle marcha jusqu'à la chambre des filles et la plaça sur leur commode. Elle ne l'oublierait jamais, ni l'amour qu'ils avaient eu, mais il était temps de le laisser partir.

Il était temps de vivre.

43

Lance pénétra dans la patinoire. Les enfants étaient déjà en train de s'échauffer.

Le coach Zack était appuyé sur le demi-mur et regardait tandis qu'ils faisaient le tour de la patinoire.

Zack se retourna.

— Hey, Lance. Ce sont tes patins ?

— En effet.

Lance s'assit sur le banc et échangea ses chaussures de sport contre des patins de hockey noirs.

— Ton thérapeute est au courant ?

— J'ai été autorisé à faire un peu de patinage tranquille.

Lance serra les lacets.

— Donc t'attends pas à quelque chose d'excitant.

Mais ça faisait un bien fou d'entrer sur la glace.

Les enfants se précipitèrent vers lui. Il eut un bref moment de panique à l'idée de se faire percuter, mais ils lui donnèrent de l'espace, en tournant autour de lui et en lui criant des encouragements.

— Coach Lance !

— Génial.

Lance sourit. Il y avait un an et demi, ces mêmes gamins se méfiaient tellement des flics qu'ils lui parlaient à peine. Leur confiance était venue lentement. Mais après s'être fait tirer dessus, chacun d'entre eux lui avait rendu visite à l'hôpital.

Il suivit les instructions et ne resta pas longtemps sur la glace, raccrochant ses patins pour aider Zack à coacher depuis la ligne de touche.

Il faisait nuit quand il se gara dans son allée et ouvrit la porte de son garage.

Il aurait dû être de bonne humeur, mais il ne l'était pas. Il n'avait pas eu de nouvelles de Morgan depuis qu'il l'avait ramenée de l'hôpital la nuit précédente.

Cela dit, l'affaire était terminée. Ils n'allaient plus passer beaucoup de temps ensemble. Leur amitié allait-elle redevenir ce qu'elle était avant le meurtre de Tessa ? Était-ce ce qu'il voulait ?

Merde.

Lance était dans le garage quand la Dodge Charger de Sharp s'arrêta sur le trottoir. Sharp se pressa dans l'allée, un dossier sous le bras.

— Attends de voir ce que j'ai.

— Tu as l'air excité.

Lance ouvrit la porte de la maison.

Sharp agita le dossier.

— Ton instinct et celui de Morgan étaient tout à fait justes au sujet du fiancé de Vanessa Lewis.

— Je pensais que Kevin Murdoch était clean.

Lance alluma et ils allèrent dans la cuisine.

Sharp ouvrit le dossier sur le comptoir.

— Kevin Murdoch *est* clean.

Lance regarda par-dessus son épaule la photo d'un gros chauve.

— Qui est-ce ?

— Kevin Murdoch.

Le sourire de Sharp était large.

— Alors, qui sort avec Vanessa Lewis ?

Sharp tourna la page suivante.

— Byron Dixon. Un délinquant sexuel qui a déménagé de Floride il y a trois ans et a volé l'identité de Kevin Murdoch. Dixon a violé une fille de treize ans et a fait onze ans de prison. Un mois après sa libération conditionnelle, il a déménagé ici et a utilisé sa nouvelle identité pour échapper au registre des délinquants sexuels. Puis il s'est lié d'amitié et a commencé à sortir avec Vanessa. C'est vraiment un comptable et il travaille depuis son appartement à faire des impôts sur le revenu et la comptabilité pour de petites entreprises.

— Pauvre Jamie.

Lance était en colère, mais pas surpris. Au dernier recensement, il y avait près de sept cent cinquante mille délinquants sexuels enregistrés aux États-Unis. C'était trop facile pour eux de se faufiler à travers les frontières des États et les failles des rapports.

— Ouais. Il a dû faire quelque chose, et quand elle a entendu que sa mère allait l'épouser, elle n'a pas pu le supporter.

Sharp ferma le dossier.

— J'ai appelé les fédéraux. Ils l'ont arrêté il y a quinze minutes. Jamie n'a plus à s'inquiéter de lui.

— Donc, si on peut la trouver, elle sera en sécurité.

— On va continuer d'essayer, mais cette gamine est un fantôme.

— Je vais appeler son ami, Tony, dit Lance. Peut-être qu'il peut lui faire savoir qu'elle est en sécurité.

— Je me suis dit que tu voudrais être au courant.

Sharp prit le dossier.

— As-tu parlé à Morgan ?

— Non.

— Alors ça explique ta triste mine.

Sharp secoua la tête.

— Appelle-la. Tu sais que tu l'aimes bien. Tu n'arrives juste pas à te débarrasser de tes mauvaises habitudes.

— Sharp, on en a déjà parlé. Les relations amoureuses et ma mère ne se mélangent pas.

— Ne me raconte pas de conneries.

Sharp se mit en travers de son chemin.

— Tu as peur. Morgan est différente. Je vois la façon dont tu la regardes. Elle pourrait être la bonne.

Lance se détourna de lui, et de la vérité.

— Bonne nuit, Sharp.

Celui-ci expira en se dirigeant vers la porte.

— Ne fais pas l'imbécile.

Après que la porte se fut refermée derrière lui, Lance s'installa à son piano et se laissa aller à de la musique mélancolique. Il était passé à Coldplay quand on sonna à sa porte. Personne d'autre que Sharp ne passait. Lance se rendit à la porte.

À travers le judas, il vit une grande silhouette avec un Mohawk. Lance ouvrit. Tony Allessi se tenait sur le seuil, et à côté de lui, une fille grande et mince.

Jamie Lewis.

— Entrez.

Lance s'écarta.

Jamie trébucha. Tony attrapa son bras et le passa sur ses épaules.

Alors qu'il aidait Jamie à entrer dans la cuisine bien éclairée, Lance pouvait voir que quelque chose n'allait pas du tout avec la jeune fille. Sa peau était à la fois mortellement pâle et rouge.

— Asseyez-vous.

Lance tira une chaise de cuisine.

Jamie se laissa tomber dessus.

— Elle est malade.

La main de Tony passa sur son Mohawk.

— Je ne savais pas où l'emmener d'autre.

Lance s'accroupit en face de Jamie. Elle n'avait manifestement pas pris de douche depuis un certain temps. Ses cheveux étaient gras, et ses yeux ternes. Il mit une main sur son front.

— Elle est brûlante.

— Je ne peux pas rentrer chez moi, marmonna-t-elle.

— Si, tu peux. Kevin, c'est du passé.

Elle cligna des yeux.

— Kevin n'est pas Kevin, dit Lance. C'est un délinquant sexuel de Floride, et tu n'as plus à t'inquiéter de lui.

— Il a dit que personne ne croirait une fille folle.

Elle commença à pleurer.

— Je sais.

Lance attrapa ses clés.

— On va t'emmener aux urgences et appeler ta mère. Tout va bien se passer.

Les genoux de la jeune fille lâchèrent quand elle se leva. Lance la prit dans ses bras et la porta jusqu'à la Jeep. Il appela sa mère sur le chemin des urgences. Une infirmière escorta Jamie dans la salle de triage tandis que Lance et Tony se dirigeaient vers la salle d'attente.

Vanessa Lewis se précipita à travers la porte coulissante. Son visage était strié de larmes et de peur.

— Où est-elle ? Est-ce qu'elle va bien ?

Lance se leva.

— L'infirmière l'a prise en charge. Je suis sûr qu'ils vont vous laisser entrer.

Vanessa donna son nom au comptoir.

— Je n'arrive pas à croire que j'ai laissé un monstre s'approcher de mon enfant.

Elle fouilla dans sa poche pour trouver un mouchoir.

— Il était si gentil.

— C'est un prédateur expérimenté, dit Lance. Ce n'était pas sa première fois. Il savait ce qu'il faisait.

La porte électronique s'ouvrit et une infirmière en blouse appela :

— Madame Lewis ?

Vanessa jeta un regard coupable à Lance alors que l'infirmière la conduisait vers la porte qui s'ouvrait sur les urgences.

— J'espère qu'elle pourra me pardonner.

Tout comme Lance. Mais ça n'allait pas se faire du jour au lendemain. Jamie et sa mère auraient besoin de temps et d'une aide professionnelle si elles devaient traverser cette épreuve ensemble.

44

Deux jours plus tard.

Le vendredi en fin de matinée, Lance entra dans le bureau après s'être arrêté pour rendre visite à sa mère. Sharp était au téléphone, le chien recroquevillé dans un panier dans un coin. Lance le salua en passant la porte. Puis il s'installa à la table pliante de son bureau et fixa le seul dossier devant lui : l'affaire de son père.

Il ne l'avait toujours pas ouvert. Oui, il voulait savoir ce qui était arrivé à son père, mais si Sharp n'avait trouvé aucun indice en vingt-trois ans, quelles étaient les chances qu'il y en ait ?

Quelles étaient les chances que Lance se fasse aspirer dans un passé avec lequel il pensait avoir fait la paix ? Il considéra également l'effet que fouiller dans le passé aurait sur sa mère.

La porte d'entrée s'ouvrit et se referma. Morgan franchit le seuil de sa porte. La surprise fit se lever Lance. Il ne l'avait pas vue depuis qu'il l'avait déposée chez elle le mardi soir.

Le chien se précipita hors du bureau de Sharp pour l'accueillir, et Lance voulut en faire de même.

Il l'écouta parler au chien d'une voix aiguë ridicule.

— Quelle jolie fille tu es ! Sharp t'a donné un bain ?

Le bruit des griffes du chien sur le bois dur suivit les pas de Morgan dans le couloir.

Lance se rendit dans la salle de crise. Elle nettoyait le tableau et classait les preuves de l'affaire de Nick. À la place d'un tailleur, elle portait un jean, un pull noir et une paire de bottes brunes aux pieds. Un foulard en soie gris et turquoise était savamment noué autour de sa gorge. Le bandage sur son bras dépassait de l'ourlet de sa manche. Son visage était encore pâle, mais ses yeux étaient clairs, bleus et beaux comme toujours.

Elle parlait toujours au chien.

— Regarde ton nouveau collier et ta nouvelle médaille.

Le chien s'assit à ses pieds et écoutait, la tête penchée. Le collier autour de son cou était violet, et une médaille rose vif estampillée du nom *FUSÉE* pendait de sa boucle métallique.

Qu'allait faire Morgan maintenant ? Avec les charges contre Nick abandonnées, elle n'avait plus besoin de jouer les avocates de la défense. Cela allait lui manquer de ne plus la voir tous les jours, mais c'était probablement pour le mieux. S'ils travaillaient étroitement ensemble, il serait trop difficile de lui résister.

Il s'appuya sur le montant de la porte.

— Comment va le bras ?

Elle se retourna.

— Ça démange, mais sinon ça va.

Elle sortit les photos des suspects de sous leurs aimants et les mit dans la boîte.

— Je peux aider ?

Il commença à l'autre bout du tableau.

— Que vas-tu faire avec tous ces trucs ?

— Les garder pour l'instant, je suppose.

Morgan fit une pause, une photo de la scène de crime pendait de sa main.

— Je déciderai quand j'aurai des nouvelles de Bryce.

— Pas encore de nouvelles du procureur ?

— Non.

Morgan gratta le bord de son bandage.

— J'espérais qu'il ferait une annonce officielle avant que Nick ne sorte de l'hôpital. Je ne veux pas d'autres incidents avec les voisins.

— Tu t'y attends ?

— Qui sait ? Je ne sais pas pourquoi ça prend autant de temps pour déposer des accusations contre Emerson. Sans une arrestation formelle et un communiqué de presse, les gens penseront toujours que Nick est coupable.

Son téléphone sonna, et elle lut l'écran.

— C'est Bryce.

Elle décrocha. Une ligne confuse se forma sur l'arête de son nez alors qu'elle écoutait. Lance discernait la voix de Bryce, mais ne pouvait pas comprendre ses mots.

— Très bien. Merci d'avoir appelé, Bryce.

Elle posa le téléphone, son visage pâle.

— Les résultats de l'ADN sont arrivés.

— Et ? dit Sharp depuis l'entrée.

— Ils ne sont pas concluants.

Elle croisa les bras.

— Normalement, il est attendu que la probabilité de paternité soit de quatre-vingt-dix-neuf pour cent, ce qui signifie que le père biologique d'un enfant a été identifié avec précision, ou de zéro pour cent, ce qui signifierait que Jacob n'est pas du tout le père. Mais le bébé de Tessa correspondait à vingt-six pour cent à Jacob Emerson.

Lance s'appuya sur le mur alors que la vérité le frappait.

— Parce que Jacob et le bébé étaient demi-frères. Phillip était le père.

— C'est troublant à bien des égards, dit Morgan en se baissant pour caresser la tête du chien.

Celui-ci s'appuya contre ses tibias.

— Tel père, tel fils, dit Sharp. Considérant ce que son père a fait, il n'est pas étonnant que Jacob n'ait aucun respect pour les femmes.

— Oui.

Morgan frissonna.

— Ces familles se connaissaient… étaient amies. Elles passaient du temps ensemble. Tessa a même quelques fois passé la nuit chez eux quand son grand-père a eu une crise cardiaque il y a quelques années. Elle avait environ douze ans quand Phillip a commencé à l'agresser.

Sharp tapa du poing sur le mur.

— J'aimerais le tuer moi-même.

Morgan poursuivit :

— La police a effectué une fouille minutieuse de la maison des Emerson. Dans le fond du placard du bureau de Phillip, ils ont trouvé une boîte qui contenait des photos de Tessa et ce que la police croit être une mèche de ses cheveux. Bryce a dit que les photos remontaient à six ans, à l'époque où les parents de Tessa sont morts et qu'elle est venue vivre avec ses grands-parents. Phillip est accusé du viol et du meurtre de Tessa. Bryce dit qu'ils feront une déclaration publique plus tard dans la journée. Donc Nick est en règle.

— Les retombées devraient s'avérer intéressantes pour la campagne de réélection du maire, ajouta Sharp. Mais on récolte ce que l'on sème.

— Le bureau du procureur et le chef de la police se démènent pour trouver une solution à cela, dit Morgan. Mon avis est que le maire va prendre ses distances avec eux deux. Mais je doute qu'il ait assez de temps avant l'élection pour rattraper ce désastre.

— Je pensais qu'il pourrait virer Horner et le laisser prendre toute la responsabilité, dit Sharp.

Lance haussa les épaules.

— Ça peut toujours arriver. Nous devons juste attendre et voir. Que va faire le procureur avec Jacob ?

— Malheureusement, je ne pense pas qu'il puisse faire quoi que ce soit à Jacob. Sans une victime pour témoigner, l'affaire est étouffée dans l'œuf. Mais j'ai d'autres nouvelles, dit Morgan. J'ai parlé au shérif ce matin. Ils ont été capables de suivre le dépôt qui a été versé sur le compte bancaire de la femme de Menendez. Vous ne devinerez jamais qui a organisé le transfert d'argent.

— Le grand-père de Tessa ? devina Lance.

Morgan secoua la tête.

— Sa grand-mère. Quand on l'a confrontée, elle a aussi admis avoir cloué ce cœur de bœuf à ma porte. Le département du shérif l'a arrêtée ce matin.

— Est-ce que quelqu'un a découvert ce que Dean Voss a avoué avoir fait ? demanda Lance.

— Oui, dit Morgan. Un membre de l'ancienne unité de Dean a appelé Mme Voss pour lui présenter ses condoléances. Il a dit que Dean avait accidentellement tiré et tué une jeune fille irakienne. Il n'a pas pu lui donner plus de détails que ça. L'incident faisait partie d'une mission classifiée et ils ne sont pas autorisés à en parler.

— Pauvre Voss.

Sharp secoua la tête.

— Je pense qu'il a vu le meurtre de Tessa et que cela a coupé le fil de la raison auquel il s'accrochait. Peut-être qu'il s'est senti coupable de ne pas être capable d'arrêter Emerson.

Morgan mit la dernière photo dans la boîte et ferma le couvercle. Elle regarda autour du bureau.

— Je suppose que nous pouvons emballer tout ça et le mettre dans un entrepôt maintenant.

— J'espère que Nick pourra tourner la page, dit Sharp.

— Physiquement, il va s'en sortir, Dieu merci, mais sa guérison émotionnelle sera plus difficile.

Morgan posa la boîte sur le sol.

— J'ai parlé à Bud ce matin. Il met la maison en vente. Lui et Nick vont emménager chez la sœur de Bud à Manhattan pour un moment. Il pense que la ville pourrait être un nouveau départ pour eux.

— C'est peut-être la meilleure chose pour Nick, dit Lance. J'ai des nouvelles aussi. Vanessa Lewis m'a appelé plus tôt ce matin. Jamie est sortie de l'hôpital et se remet à la maison d'une pneumonie. Elles ont un rendez-vous prévu avec un nouveau psychiatre, mais le spécialiste qu'elles ont vu à l'hôpital pense que le diagnostic de bipolarité de Jamie était une connerie. Le faux Kevin était déjà devenu tactile avec elle et lui disait que personne ne la croirait parce qu'elle était folle. Donc Jamie paniquait. Elle restait hors de son chemin du mieux qu'elle pouvait, mais quand sa mère a annoncé qu'ils allaient se marier, Jamie savait que lorsque le faux Kevin emménagerait, les abus deviendraient sérieux. Alors elle est partie.

— Le faux Kevin doit faire face à des charges fédérales, en plus des charges d'État en Floride et à New York, dit Sharp. Il va partir pour un long moment.

— Bien, poursuivit Lance. Il semble que Kevin ait ciblé Vanessa parmi un groupe de soutien en ligne pour les parents d'adolescents ayant des difficultés d'apprentissage.

— Ugh. J'espère qu'il pourrira en prison.

Sharp se dirigea vers le couloir.

— Morgan, fais-moi savoir si tu as besoin d'aide pour vider ton bureau ou commander des meubles.

Lance tourna la tête vers la porte vide.

— Est-ce que j'ai bien entendu ?

— Oui, dit Sharp depuis le couloir.

Morgan rougit.

— Sharp m'a fait une offre. Il pense qu'ajouter un avocat à l'équipe sera un avantage.

— En plus, elle est sacrément douée pour ça ! cria Sharp depuis la cuisine. Et elle apporte de la classe à l'endroit. Ça nous donne l'air légitime.

Morgan se leva et ferma la porte.

— Travailler ensemble ne sera pas un problème, n'est-ce pas ?

Elle se rapprocha.

— Non, bien sûr que non.

Lance ne bougea pas alors qu'elle s'arrêtait juste en face de lui.

Comment se sentait-il à ce sujet, vraiment ?

Sonné.

— Tu es sûre de vouloir faire ça ? demanda-t-il.

— C'est une bonne solution pour le moment. Quand les filles sont nées, John était absent. Je travaillais beaucoup. Je ne réalisais pas à quel point notre vie était insensée. Mais après avoir été à la maison avec elles ces deux dernières années, je ne veux pas abandonner tout mon temps avec elles. Sauf en cas d'affaires corsées occasionnelles, je peux fixer mes propres horaires. J'ai entendu dire que ton patron est assez flexible.

— Il l'est ! cria Sharp à travers la porte.

Elle leva la main et la posa sur la poitrine de Lance.

— Est-ce que ça te convient ? Je ne sais pas où *nous* en sommes.

Le cœur de Lance faisait une danse endiablée.

— C'est bon pour moi. Plus que bon même.

Bon sang. Il avait l'air d'un idiot bafouillant.

— Bien. Je me demandais si tu voulais sortir pour un rencard ou quelque chose comme ça.

Oui. Oui. Oui !

Pour l'amour de Dieu, sois cool.

Il se racla la gorge.

— J'aimerais bien.

Mais il ne devrait pas être si égoïste. Elle n'avait rencontré sa mère qu'une fois, dans un bon jour. Morgan n'avait aucune idée dans quoi elle s'engageait. Être impliquée avec lui pourrait être compliqué.

— Bien. J'espère que le patron est d'accord avec la fraternisation entre collègues.

Un sourire se dessina sur sa bouche.

Il voulait le goûter.

— Il l’encourage !
La voix de Sharp franchit la porte.
— Va-t’en, Sharp.
Lance mit une main sur sa taille et la tira plus près.
— Alors, par où on commence ?
— Je ne sais pas.
Elle se pencha sur lui.
— Je n’ai pas eu de rendez-vous depuis plus d’une décennie.
— Que dirais-tu d’un déjeuner ?
— Un déjeuner serait sympa.
— Embrasse-la, c’est tout ! cria Sharp.
Lance pencha la tête et pressa sa bouche contre la sienne. Le baiser était sans hâte, sa bouche était douce et chaude. Elle soupira, un son de contentement total, et se lova contre lui. La douceur de son corps se blottit contre la dureté du sien. Bien que le baiser soit resté doux, il goûta à la promesse de beaucoup plus sur ses lèvres.
Il releva la tête.
— Nous formons une bonne équipe.
— C’est vrai.
Elle sourit. Passant son bras autour de son cou, elle l’attira vers le bas pour un autre baiser, moins délicat, qui les laissa tous les deux à bout de souffle.
Qui sait ce qu’il adviendrait de demain ? Morgan et lui avaient assez de bagages combinés pour couler un paquebot, et elle n’avait aucune idée du chaos que sa mère avait apporté dans sa vie.
Mais elle s’adaptait à lui d’une manière qui le faisait penser bien au-delà du déjeuner.
Aujourd’hui, il allait vivre l’instant présent. Il avait attendu trop longtemps pour ce simple baiser.
Mais il en valait chaque seconde.